L'HOMME QUI AIMAIT LES LIVRES

"Lettres anglo-américaines"

DU MÊME AUTEUR

ABLUTIONS. NOTES POUR UN ROMAN, Actes Sud, 2010 ; Babel nº 1450.
LES FRÈRES SISTERS, Actes Sud, 2012 (prix des Libraires du Québec) ; Babel nº 1250.
HEURS ET MALHEURS DU SOUS-MAJORDOME MINOR, Actes Sud, 2017 ; Babel nº 1714.
FRENCH EXIT. UNE TRAGÉDIE DE MŒURS, Actes Sud, 2020 ; Babel nº 1851.

Titre original :
The Librarianist
Éditeur original :
Ecco, HarperCollins Publishers, New York

ISBN 978-2-330-20624-6

PATRICK DEWITT

L'Homme qui aimait les livres

roman traduit de l'anglais (États-Unis)
par Emmanuelle et Philippe Aronson

ACTES SUD

À la mémoire de David Berman.

1

2005-2006

Le matin du jour où Bob Comet se rendit pour la première fois à la résidence séniors Gambell-Reed, il se réveilla dans sa maison vert menthe à Portland dans l'Oregon, déçu d'avoir été interrompu en plein songe. Il venait encore de rêver de l'hôtel Elba, un établissement côtier depuis longtemps disparu où il avait eu l'occasion d'aller au milieu des années 1940 lorsqu'il avait onze ans. La mémoire n'étant pas son point fort, Bob s'étonnait de se souvenir aussi précisément de l'endroit après tant d'années. Et l'émotion que suscitaient en lui ces images était encore plus surprenante ; bien qu'il n'eût rien vécu de tel durant son séjour à l'hôtel, des molécules chimiques annonciatrices d'un profond sentiment amoureux inondaient toujours son cerveau durant ce rêve. Allongé dans son lit, il s'efforçait de retenir ce sentiment qui peu à peu lui échappait.

Bob se redressa, inclina la tête et regarda dans le vide. Bibliothécaire à la retraite, il avait soixante et onze ans et n'était pas malheureux. Sa santé était bonne et il passait ses journées à lire, cuisiner, manger, ranger et marcher. Ses promenades faisaient souvent plusieurs kilomètres et jamais il ne décidait à l'avance de sa destination, il se laissait porter et improvisait au gré de ce qu'il entendait ou voyait de potentiellement prometteur dans telle ou telle rue potentiellement prometteuse. Une fois, il avait assisté à un incendie dans un appartement en ville ; avec leur grande échelle les pompiers avaient sauvé un bébé à une fenêtre du dernier étage et la foule de badauds émus sur le trottoir les avait acclamés. Bob avait trouvé l'épisode hautement palpitant. Une autre fois, dans le sud-est de la ville, il avait vu un déséquilibré arracher résolument les plantes des plates-bandes devant une clinique vétérinaire pendant qu'aux fenêtres les chiens, outrés, tendaient le cou et aboyaient à tout-va. La plupart du temps il n'y avait pas grand-chose à signaler ou à observer, mais cela faisait toujours du bien de bouger et de voir du monde même s'il n'interagissait que rarement avec quiconque. Bob n'avait pas d'amis à proprement parler ; son téléphone ne sonnait pas, et il n'avait pas de famille, et si l'on frappait à sa porte il s'agissait d'un démarcheur ; mais cette solitude ne le dérangeait pas, il n'avait pas particulièrement envie de compagnie. Bob avait depuis longtemps abandonné l'idée de connaître quiconque, et que quiconque le connaisse. Il communiquait avec le monde en partie en le parcourant à pied, mais principalement à travers la lecture. Depuis l'enfance, Bob lisait exclusivement et assidûment des romans.

Ainsi ce matin-là, Bob avait mangé et était sorti avant neuf heures. Il s'était habillé en fonction des prévisions météorologiques mais celles-ci s'étant révélées fausses, il s'était retrouvé dehors mal équipé pour le froid et l'humidité. Il aimait sortir quand il ne faisait pas beau, mais seulement s'il était habillé comme il le fallait ; il détestait tout particulièrement avoir froid aux mains, ce qui était en l'occurrence le cas, de sorte qu'il pénétra dans un 7-Eleven pour boire un café et traîner près du présentoir à journaux pour se réchauffer tout en glanant quelques informations en lisant les gros titres. Le caissier était un jeune homme d'une vingtaine d'années, aimable mais occupé à observer une femme qui se tenait debout au fond du magasin face à une rangée de portes vitrées derrière lesquelles se trouvaient les boissons réfrigérées. La femme portait un survêtement rose, des tennis d'un blanc éclatant, une casquette de baseball et une paire de lunettes de soleil noires, et elle était immobile comme une statue. Bien qu'elle fût vêtue comme une gamine ou une adolescente, elle avait une tignasse de cheveux blancs dépassant de sa casquette ; elle devait avoir dans les soixante ou soixante-dix ans. Comme le caissier paraissait inquiet, Bob lui chuchota : "Tout va bien ?

— Je ne crois pas, non, souffla-t-il en retour. Enfin, elle n'a pas l'air d'être droguée et ses vêtements sont propres. Mais ça fait trois quarts d'heure qu'elle regarde les boissons énergétiques et j'ai peur qu'elle pète un câble.

— Vous avez essayé de lui parler ?

— Je lui ai demandé si je pouvais faire quelque chose pour elle. Pas de réponse.

— Voulez-vous que j'aille la voir ?

— Et si elle pète un câble ?

— Qu'entendez-vous par « péter un câble » ?

— Des choses que je ne me permettrais pas d'évoquer dans une conversation polie. Et les flics ne viendront pas, à moins que la présence d'une arme soit avérée. Vous savez combien il y a de façons de péter un câble sans arme ? Littéralement un million."

Ils parlaient en examinant tous deux la femme. Bob dit : "Je vais aller la voir.

— OK, mais si elle pète un câble, vous pourrez essayer de la pousser vers la sortie ?" Le caissier écarta les bras, geste servant d'ordinaire à canaliser un troupeau de bêtes. "Une fois qu'elle sera sur le parking, ça ne sera plus de mon ressort."

Bob s'approcha de la silhouette rose, fredonnant doucement, à la fois pour annoncer son arrivée et se montrer amical. "Oh, bonjour", fit-il, comme s'il venait de remarquer la présence de la femme. Celle-ci ne réagit pas, du moins pas de manière visible, la casquette, les cheveux et les lunettes de soleil dissimulant ses traits. "Tout va bien, madame ? Je peux vous aider peut-être ?" Toujours pas de réaction. Bob se tourna vers le caissier qui se toucha l'épaule pour lui signifier de secouer celle de son interlocutrice. Plutôt que de suivre ce conseil, Bob préféra poser une main sur l'épaule de la femme ; aussitôt, celle-ci bougea, tel un robot s'animant, s'écarta de Bob et s'éloigna tranquillement vers la sortie. Bob la regarda partir. "Qu'est-ce que je fais ? demanda-t-il au caissier.

— Je ne sais pas !" répondit ce dernier. Non seulement il était content que la femme ne soit plus là, mais en prime quelque chose d'intéressant venait de se produire.

Bob dit : "Je vais la suivre", et il quitta le magasin.

Sirotant son café, il marcha à une dizaine de mètres derrière la femme, au rythme de sa lente progression. Il lui fallut cinq bonnes minutes pour atteindre le pâté de maisons suivant, et là elle se figea de nouveau, cette fois devant un arrêt de bus, fixant le banc vide sous l'aubette vitrée. La pluie se mit à tomber, et le jogging de la femme commença à se mouiller. Lorsque Bob la vit frissonner, il s'approcha et lui posa son manteau sur les épaules. Mais bientôt ce fut *lui* qui commença à frissonner, et comme une voiture de patrouille s'arrêtait au feu rouge à côté d'eux, Bob fit signe à l'agent de police derrière le volant dans l'espoir d'attirer son attention. Celui-ci en retour le salua d'un geste de la main, avant de redémarrer.

Bob s'avança pour se mettre à l'abri sous l'aubette, face à la femme. Son café avait depuis longtemps refroidi et il se rendit compte qu'il avait oublié de le payer. Songeant que sa promenade était gâchée, il décida d'en rester là, d'abandonner son manteau et de rentrer chez lui en taxi, lorsqu'il s'aperçut que la femme portait autour du cou un cordon auquel était suspendue une carte plastifiée. Il contourna l'aubette et, incitant la femme à se pencher, inspecta la carte de plus près. Il y avait une photographie d'elle, avec lunettes de soleil et casquette, accompagnée d'une légende : *Je m'appelle CHIP et je vis à la RÉSIDENCE SÉNIORS GAMBELL-REED*. Dessous figurait une adresse et encore en dessous l'image d'une magnifique demeure style Craftsman aux airs moyenâgeux – avec une tourelle surmontée d'une girouette et une véranda ouverte qui faisait le tour de la bâtisse. Pour être passé devant au gré de ses promenades, Bob reconnut l'édifice et dit : "Je connais cet endroit. Vous vivez là ? Vous vous appelez Chip ?" Une détermination nouvelle s'éveilla en lui et il décida de raccompagner Chip à cette adresse.

Il lui prit délicatement le bras et la fit pivoter dans la bonne direction. Tous les dix ou quinze pas, elle marquait une pause et bougonnait, mais sans faire preuve véritablement de résistance, et ils avancèrent ainsi tant bien que mal malgré le mauvais temps. Chaque fois qu'ils passaient devant une boutique, elle avait envie d'y entrer et même si elle se raidissait et grommelait de plus belle, Bob l'incitait constamment à poursuivre son chemin. “Pardonnez-moi, Chip, lui disait-il. J’aimerais bien qu’on s’arrête jeter un coup d’œil à l’intérieur, mais ils vont s’inquiéter pour vous et on ne veut pas les inquiéter, pas vrai ? Non, continuons de marcher, nous y sommes presque.”

Ils ne tardèrent pas à apercevoir la résidence Gambell-Reed. Bob était déjà passé devant un nombre incalculable de fois en se demandant souvent de quoi il s’agissait exactement. Juché au sommet d’une butte, l’édifice surplombait les habitations voisines et ressemblait en tout point à une maison hantée. Aucun panneau n’indiquait quoi que ce soit, mais il n’était pas rare que des navettes de l’hôpital et des ambulances soient garées devant, et une rampe d’accès pour fauteuils roulants zigzaguait du trottoir jusqu’à l’entrée. Tout en observant le bâtiment, Bob fit avancer Chip sur cette rampe. Les lieux, songea-t-il, n’étaient pas sans ressembler à l’hôtel Elba ; et même si Bob ne versait guère dans le surnaturel, il ne put s’empêcher, au regard de son rêve du matin même, de s’émerveiller de la similarité des deux endroits.

L’imposante porte d’entrée – en métal peint en vert et à vitre blindée – était fermée à clé. Bob sonna à l’interphone et d’un clic le système automatique déverrouilla le battant qui s’ouvrit lentement. Chip pénétra d’elle-même à l’intérieur et disparut au bout d’un couloir alors que Bob s’arrêtait sur le seuil, attendant que l’on vienne à sa rencontre ; mais personne ne se manifesta et au bout d’un long moment pesant, la porte commença à progressivement se refermer. Bob était sur le point de tourner les talons lorsqu’une voix masculine dans son dos l’interpella : “Tenez la porte !” La voix était empreinte d’une telle conviction que Bob s’exécuta sans même réfléchir, bloquant le battant avec son pied droit, qui de ce fait se retrouva écrasé avec une telle force que Bob eut bien du mal à ne pas crier de douleur. La porte rebondit et se rouvrit. Pendant ce temps, le propriétaire de la voix, un homme démesurément grand, c'est-à-dire un colosse immense et costaud dans un imposant fauteuil roulant électronique, fonça sur Bob à vive allure, l'air déterminé et inflexible, les yeux injectés de sang. À la fois en guise de salut et de remerciement, il effleura en passant devant Bob le bord d'un béret démesurément grand. Dès qu'il eût pénétré à l'intérieur de la résidence, des cris émanant de voix invisibles le hélèrent, accueil tant railleur que calamiteux faisant bruyamment suite à un échange antérieur, comme si en une nuit de nouvelles preuves venaient de résoudre un contentieux laissé en suspens. "Hop hop hop", fit l'homme, agitant son énorme main en réponse aux clameurs. Assis dans son fauteuil roulant, il pénétra plus avant dans l'établissement.

Une femme d'une quarantaine d'années en blouse médicale vert pâle et cardigan beige s'approcha de Bob. Elle lui demanda si elle pouvait l'aider et Bob expliqua qu'il avait ramené Chip. La femme acquiesça sans pour autant paraître impressionnée que Chip se fût enfuie ni qu'on l'eût ramenée saine et sauve. Elle dit à Bob qu'elle s'appelait Maria, et Bob répondit qu'il s'appelait Bob. Lorsque la porte commença à se refermer, Maria recula d'un pas, brandissant une main en guise d'adieu ; mais Bob, surprenant Maria aussi bien que lui-même, entra d'un bond mal assuré dans la maison de retraite, après quoi, quelque peu essoufflé, il resta planté là pendant que Maria se demandait s'il fallait ou non appeler la sécurité.

Bob apprécia Maria instantanément. Elle lui parut rompue à la folie du monde ; son air avait quelque chose de celui d'un chat, à la fois dubitatif et critique mais qui semble aussi dire : surprends-moi. Bob remarqua qu'elle était fatiguée, physiquement et émotionnellement ; et qu'elle venait de se doucher car elle avait les cheveux encore mouillés. Elle questionna Bob sur ce qu'il avait au pied et il lui répondit : "Votre porte d'entrée me l'a écrasé", ce à quoi elle répliqua : "Je vois." Puis elle lui demanda s'il se sentait assez bien pour faire une petite visite de l'établissement, il répondit que oui et elle le mena dans une pièce spacieuse qu'elle appela la Grande Salle. Au beau milieu trônait une longue table autour de laquelle une bonne douzaine d'hommes et de femmes âgés étaient assis. Certains bavardaient avec volubilité, d'autres œuvraient tête baissée à de menus travaux manuels ne nécessitant aucune compétence particulière, d'autres encore dormaient, menton sur la poitrine. L'homme en fauteuil roulant n'était pas là, mais Chip, installée en bout de table, à l'écart des autres, respirait bouche entrouverte, le manteau de Bob encore sur les épaules. Bob expliqua à Maria qu'il s'agissait de son pardessus, et celle-ci s'approcha de Chip par-derrière pour récupérer le vêtement. Il lui fallut tirer à quelques reprises, mais elle finit par le libérer et revint avec vers Bob. Il la remercia, mais garda le manteau sur le bras, préférant laisser la chaleur du corps de Chip se dissiper avant de le remettre.

Maria et lui poursuivirent leur visite. "C'est tout Chip. Elle va et elle vient. Elle s'échappe dès qu'elle peut. Heureusement, elle ne va jamais très loin, ni très vite. Une fois sur deux on ne s'est même pas encore aperçu de son absence que quelqu'un sonne, comme vous, pour nous la ramener."

Bob demanda comment la maison de retraite pouvait accueillir autant de monde ; Maria lui répondit qu'en réalité il n'y avait que cinq résidents à proprement parler et que les autres venaient chaque matin en navette pour repartir chez eux, toujours en navette, après le dîner. La plupart vivaient avec leurs enfants adultes, ou chez des proches. Maria expliqua que ces gens n'avaient ni assurance ni économies, et qu'ils n'avaient pas les moyens d'être pris en charge à temps complet.

"Chip fait partie des résidents ?

— Pour l'instant oui. Mais honnêtement, nous ne pouvons pas lui donner tout ce dont elle aurait besoin. Nous avons la chance d'avoir cette maison à notre disposition mais elle est mal équipée pour les cas compliqués. Nous manquons d'effectifs, d'argent, bref de moyens. Chip aurait besoin de soins plus spécifiques dans un environnement sécurisé. L'idéal pour nous, au regard de ce que nous pouvons proposer, c'est quelqu'un comme Brighty, ici. Comment allez-vous, Brighty ?"

Bob serra la main de cette femme, Brighty, ou plutôt ce fut elle qui serra la sienne en le fixant durement tout en s'adressant à Maria. "Qui est-ce ? Une nouvelle tête ? Du sang neuf ? C'est quoi son histoire ?"

Maria répondit : "Brighty, je vous présente Bob. Il a eu l'amabilité de nous ramener Chip, donc je me suis dit que je lui ferais faire un petit tour.

— OK, c'est logique, mais où est-ce qu'il habite ?

— Je ne sais pas. Où habitez-vous, Bob ?

— Dans une maison. Dans le nord-est de la ville.

— C'est sûrement cossu, lança Brighty à Maria.

— Ça va, fit Bob.

— Il est modeste. Je suis sûre que c'est très élégant et cossu. Sa femme doit être contente… d'être si bien établie."

Bob dit : "Je n'ai pas de femme."

Cette fois, Brighty se tourna vers Bob : "Ah bon ? Pourquoi ?

— Je ne sais pas. Je n'en ai pas, c'est tout. J'en ai eu une, autrefois.

— Et une, ça vous a suffi ?

— Je suppose.

— Vous êtes veuf ?

— *Divorcé**, répondit Bob.

— Et quand avez-vous retrouvé… votre liberté ?"

Bob fit un rapide calcul. "Il y a quarante-cinq ans."

Brighty tenta de siffler mais sans succès, si bien qu'elle ne fit qu'expulser de l'air.

Maria intervint : "Brighty a été mariée cinq fois, Bob.

— Qu'est-ce que vous en dites ? lança Brighty à Bob.

— Ça fait beaucoup de mariages, remarqua Bob.

---

* Les mots en italique suivis d'un astérisque sont en français dans le texte original. *(N.d.T.)*

— J'aime faire la fête, c'est pour ça, répliqua Brighty. Je sais pas vous, mais moi, je choisirai toujours un mariage à un enterrement !" Elle se dirigea vers une rangée de canapés dépareillés alignés contre le mur de la Grande Salle, s'assit, renversa la tête en arrière et ferma les yeux. "C'était Brighty", dit Maria à Bob. Celui-ci s'aperçut que Chip n'était plus sur sa chaise mais se tenait debout près de la porte d'entrée, regardant le battant sans le voir. Il signala ce changement à Maria qui soupira et l'entraîna à l'autre bout de la pièce où une femme à l'air renfrogné, assise à une table de bridge pliante, faisait un puzzle de mille pièces. Elle avait les cheveux filandreux, gris et sales et portait des lunettes de lecture par-dessus ses lunettes ordinaires. "Voici Jill, déclara Maria. Jill fait partie des personnes qui viennent ici à la journée. Jill, vous voulez bien dire bonjour à notre nouvel ami Bob ? Je reviens tout de suite." Elle s'éloigna pour aller chercher Chip à l'entrée. Jill, pendant ce temps, leva les yeux vers Bob qui lui dit : "Bonjour." Elle ne répondit pas. Lorsque Bob lui demanda comment elle allait, elle brandit les deux mains en l'air tel un chirurgien venant de se les laver avant une intervention, les doigts soigneusement écartés les uns des autres. "Je ne sens pas mes pouces, observa-t-elle.

— Ça vient de vous prendre ?" s'enquit Bob.

Elle secoua la tête. "Je me suis réveillée cette nuit en pensant qu'il y avait quelqu'un dans ma chambre. « Bonjour », j'ai dit. « Bonjour ? » Avant de me rendre compte, vous savez, pour mes pouces.

— Vous ne pouviez pas les sentir.

— Je ne les sentais plus et c'est toujours le cas." Elle posa les mains sur ses genoux. "Qu'est-ce que ça veut dire à votre avis ?

— Je ne sais pas, répondit Bob. Qui était dans votre chambre ?

— Oh, personne. C'était probablement la présence d'un nouveau truc qui ne tourne pas rond chez moi ?" Elle inclina la tête, consciente de son étrange tournure de phrase. Elle ajouta : "Ne le prenez pas mal, mais vous n'avez pas l'air d'être médecin.

— Je ne suis pas médecin."

Jill recula sa chaise. "Pourquoi me posez-vous des questions sur ma santé si vous n'êtes pas médecin ?"

Ne sachant trop que répondre à cela, Bob décida de changer de sujet de conversation et il se concentra sur le puzzle. "Ça va ressembler à quoi quand vous aurez terminé ?" interrogea-t-il. Elle saisit le couvercle de la boîte et, sérieuse, le brandit devant elle. Elle dit : "Vous savez ce que c'est ?

— Une scène de moisson."

Elle dodelina de la tête, comme pour dire qu'il avait en partie raison. Sur un ton didactique, elle proclama : "C'est sur le *sentiment d'automne*.

— Comment ça ?

— Vous ne comprenez donc pas ?

— Je n'en suis pas certain, non.

— Le *sentiment d'automne*, répéta Jill, c'est le fait de savoir qu'un long crépuscule arrive." L'air pénétré, elle fixa Bob. Sur le verre gauche de ses lunettes de lecture un petit autocollant indiquait : $3.99.

Elle se remit à son puzzle, farfouillant parmi les pièces pour trouver celles qu'il lui fallait, son majeur et son index jaunis par la nicotine et ses pouces engourdis curieusement tournés. Bob la salua et s'éloigna pour aller retrouver Maria mais en chemin il s'arrêta devant un panneau d'affichage encombré de notices, dessins et autres messages d'information. L'un des prospectus attira son attention : la maison de retraite cherchait des bénévoles. Maria arriva à sa hauteur alors qu'il inscrivait dans son carnet à spirales le numéro de téléphone de l'American Volunteer Association.

"Que faites-vous ? demanda-t-elle.

— Je ne sais pas. Ça m'intéresse, je crois.

— Avez-vous déjà fait du bénévolat ?

— Non."

Elle fit signe à Bob de la suivre dehors. Une fois sous le porche, la porte s'étant refermée derrière eux, elle dit : "Si je peux être franche avec vous, je vous encouragerais à réfléchir à deux fois avant de vous porter volontaire. Je dis ça autant pour vous que pour moi. Parce que jusqu'ici les bénévoles n'ont été qu'un poids pour la résidence. En fait, j'ai demandé à l'AVA de nous supprimer de leurs listes parce que les gens qu'ils nous ont envoyés ont été plus problématiques qu'utiles. Ils sont tous arrivés heureux de faire une bonne action, mais aucun n'a tenu ne serait-ce qu'un mois parce que la réalité de la situation est beaucoup plus délicate que ce qu'ils s'imaginaient. Ici personne ne vous dit jamais merci par exemple ; mais on sera toujours prompt à vous critiquer, à vous examiner à la loupe et à vous malmener verbalement. Les hommes et les femmes que nous accueillons sont susceptibles ; un soupçon de pitié à leur égard et ils se déchaînent contre vous, et j'avoue que je ne peux pas vraiment les blâmer.

— Bon… fit Bob.

— Je ne dis pas ça pour vous critiquer personnellement, l'interrompit Maria. Vous avez l'air très gentil." Elle marqua une pause avant de reprendre comme si elle abordait un problème sous un autre angle. "Vous êtes à la retraite, j'imagine ?

— Oui.
— Vous faisiez quoi avant ?
— J'étais bibliothécaire.
— Vous avez été bibliothécaire pendant combien de temps ?
— De vingt-deux à soixante-sept ans."
Maria déclara : "Parfois les retraités viennent travailler chez nous bénévolement dans l'espoir de dissiper leur mal-être.
— Je ne souffre d'aucun mal-être, se défendit Bob. Et peu m'importe si on ne me remercie pas." Les nuages avaient disparu et le ciel était traversé de lueurs roses, mauves et orangées. Alors qu'il contemplait ces teintes pastel, Bob eut une idée. "Je pourrais leur faire la lecture.
— À qui ?"
Il désigna la maison de retraite.
"Pour leur lire quoi ?
— Des histoires, répondit Bob.
— Quel genre d'histoires ?
— Des histoires divertissantes."
Maria acquiesça, avant de secouer la tête. "Oui, mais non. Ce ne sont pas des lecteurs pour la plupart, Bob.
— Mais c'est autre chose quand on vous fait la lecture, répliqua-t-il. Tout le monde aime écouter une histoire.
— Peut-être, mais eux, pas sûr", fit-elle.
Ils descendaient l'escalier en béton qui longeait la rampe en zigzag. L'idée de faire la lecture aux pensionnaires était une erreur, répéta Maria ; mais l'audace de Bob lui donnait envie d'y croire et elle voulait bien qu'il fasse un essai, ajouta-t-elle. Une fois sur le trottoir, elle lui tendit sa carte de visite en concluant : "Dites à l'AVA d'appeler mon bureau, et on vous placera ici."

Bob la remercia, lui serra la main et s'éloigna. Après quelques pas, il se retourna et vit qu'elle le regardait. "Qu'avez-vous pensé de Jill ?" lui lança-t-elle, et Bob lui signifia d'un geste qu'il était partagé. Maria sourit avant de tourner les talons et de remonter l'escalier en courant, ce qui surprit Bob ; jamais il n'aurait pensé qu'elle fût du genre à monter des marches en courant.

Bob téléphona à l'American Volunteer Association le lendemain, et plus tard dans la semaine il reçut un courrier : des prospectus colorés sur lesquels figuraient des personnes âgées dont certaines en fauteuils roulants – toutes souriantes. La lettre qui les accompagnait, hautement élogieuse, saluait la décision de Bob de prêter main-forte, mais il y avait un hic : il fallait que l'AVA procède à quelques vérifications sur son compte avant qu'il puisse officiellement faire partie de ses effectifs. C'était un samedi matin et il prit sa voiture pour se rendre dans un magasin sur Broadway délivrant photos d'identité, certifications de conformité et relevés d'empreintes digitales, ce dont il avait en l'occurrence besoin. Ses empreintes seraient envoyées à ce qu'il imaginait être une ville souterraine automatisée, un centre de données sécurisé où était conservée une liste noire de personnes indésirables coupables d'actes innommables ou autres pratiques douteuses. Il ne pensait pas qu'il y aurait le moindre problème et il avait raison, mais il éprouva malgré tout un léger doute comme la fois où, franchissant le portique antivol de la pharmacie il avait eu peur que l'alarme se déclenche alors qu'il n'avait rien fait de mal.

Bob n'avait pas été particulièrement bon ni mauvais au cours de sa vie. Comme beaucoup, comme la plupart, il était resté dans la moyenne, sans jamais faire volontairement du mal à ceux qui ne le méritaient pas, mais sans non plus aller jusqu'à aider ceux qui le méritaient. Alors pourquoi le faire maintenant ? Lui-même n'était pas certain de la réponse. La veille de sa première visite en tant que bénévole à la maison de retraite, il rêva qu'en arrivant là-bas il était accueilli avec force clameurs taquines, à l'instar de l'homme au grand béret. Le lendemain matin, Bob pénétra dans l'établissement avec cette idée grisante en tête, mais personne ne remarqua son arrivée. "Bonjour", lança-t-il à la cantonade. Aucun regard ne se tourna vers lui, et il comprit qu'il allait devoir se donner du mal pour se rendre visible, pour gagner le droit d'être vu de ces gens, ce qui lui sembla normal et juste.

Bob se mit en quête de Maria, qu'il trouva dans son petit bureau désordonné, assise en train de parler au téléphone. Elle lui indiqua le fond de la Grande Salle et brandit un pouce en l'air pour lui souhaiter bonne chance ; Bob se retrouva bientôt debout sur une estrade devant une petite assemblée d'une vingtaine de personnes. Il se présenta et évoqua en quelques mots le texte qu'il avait choisi. Comme Halloween approchait, il avait décidé de commencer par une nouvelle d'Edgar Allan Poe, *Le Chat noir*. La lecture se déroula sans anicroche jusqu'à la page trois, lorsque le chat se fait crever l'œil d'un coup de canif par son propriétaire, provoquant le départ soudain d'un tiers de la petite assistance. Lorsque, page quatre, le même chat malchanceux se fait pendre à une branche d'arbre, le reste de l'auditoire se leva pour partir. Une fois la pièce vide, un agent d'entretien arriva avec un diable, et se mit à plier et empiler les chaises en marmonnant. Maria s'approcha de Bob, l'air de dire : je vous avais prévenu. "Je vous avais prévenu", dit-elle.

Bob rentra à pied. Le temps était automnal. Un flot de feuilles mortes poussées par le vent l'entraîna vers sa maison couleur menthe, son lieu de vie, l'endroit où il traversait le temps, allant d'une pièce à l'autre. La bâtisse se trouvait dans le virage d'une impasse tranquille, et il se sentait toujours rassuré en la voyant. Si elle ne reflétait pas une éclatante réussite sociale, elle était de bonne facture, confortablement meublée et bien entretenue. Elle était vieille d'une centaine d'années, et sa mère l'avait achetée à l'homme qui l'avait construite. Cet homme, devenu aveugle en vieillissant, avait fixé sur les murs à hauteur de la taille de lourds anneaux en laiton dans lesquels passaient des mètres de corde épaisse et rêche, ce qui lui avait permis de se déplacer, d'aller dans la cuisine, la salle de bains, la chambre, et de monter et descendre l'escalier jusqu'à l'atelier au sous-sol. À la mort de cet homme, lorsque la maison avait changé de propriétaire, la mère de Bob avait conservé ce cordage, plus par indifférence que par choix esthétique ; et lorsqu'elle mourut et que Bob hérita de la maison, il laissa lui aussi le cordage en place. Il s'effilochait çà et là, et Bob se cognait parfois la hanche aux anneaux, mais il appréciait ce système pour son histoire ; il aimait le voir, et appréciait la rugosité de la corde lorsqu'il glissait sa main dessus.

Il remit le volume de Poe à sa place, sur l'étagère réservée aux poches. Il amassait des livres depuis sa préadolescence, et il y en avait des étagères pleines à craquer dans la moitié des pièces de la maison, des piles soigneusement organisées dans les couloirs. Connie, jadis la femme de Bob, lui demandait parfois pourquoi il lisait autant. D'après elle, Bob lisait beaucoup trop, au-delà du plaisir personnel, et elle s'interrogeait : n'était-ce pas symptomatique d'une difformité spirituelle ou émotionnelle ? Bob pensait que sa véritable question était : *Pourquoi lire au lieu de vivre ?*

Au fil de la journée, Bob se remémora son expérience à la maison de retraite, et il en conclut que si les choses ne s'étaient pas déroulées comme il l'avait voulu, ce n'était pas qu'il avait pris la tâche trop au sérieux, mais qu'au contraire il ne l'avait pas prise *assez* au sérieux. Il n'avait même pas fait l'effort de relire le texte au préalable. Un chat est torturé et pendu dès les premières pages, et avec ça il s'étonnait de ne pas avoir eu de succès ! Il téléphona à Maria, expliqua pourquoi il avait échoué et lui dit qu'il voulait ressayer. Maria lâcha un soupir qui ressemblait à un non mais lui répondit que oui, d'accord, comme il voulait, et Bob passa les six jours suivants à préparer son retour. Il établit une liste de nouvelles et d'extraits de textes plus longs liés entre eux, qui selon lui constituaient un ensemble autour du même thème ; il écrivit également une introduction illustrant son point de vue. Il se demanda s'il n'accordait pas trop de temps à ce projet, sans toutefois pouvoir s'arrêter, ce dont il n'avait d'ailleurs nulle envie.

Il dormit mal la veille de sa deuxième lecture et arriva avec une demi-heure d'avance à la maison de retraite où l'agent d'entretien installait, toujours en marmonnant, les chaises. Bob monta sur l'estrade pour se préparer, parcourir ses textes ; Maria s'approcha et demanda si elle pouvait jeter un coup d'œil aux livres de Bob. Il les lui tendit et elle les inspecta un par un.

“Comet, c'est russe comme nom ? s'enquit-elle.

— Non.

– Mais ces livres sont tous écrits par des Russes.
– C'est vrai."

Elle rendit les livres à Bob. "Ça vous arrive de lire des auteurs qui ne sont pas russes ?

— Bien sûr, répondit-il. Je me disais que ça pourrait amuser le groupe d'essayer de repérer les références culturelles et les opinions politiques dissimulées.

— Oui, ça *pourrait*", dit Maria. De toute évidence, elle considérait qu'il allait encore échouer, mais elle lui souhaita bonne chance avant de s'éclipser. Petit à petit, les gens s'installèrent ; il n'y avait pas autant de public que la fois précédente. Bob se lança dans la petite introduction qu'il avait préparée et apprise par cœur.

"Pourquoi lire ? Qu'est-ce qui nous pousse à ouvrir un livre ? Pourquoi est-ce que je lis, moi ? C'est une échappatoire… c'est un fait, ça réconforte. Mais nous lisons aussi pour essayer de saisir le côté aléatoire de l'existence. Lire un livre dont l'auteur est à la fois bienveillant et observateur permet de voir le paysage humain sous toutes ses coutures, et le lecteur ou la lectrice se dit : *Oui, c'est comme ça, c'est juste que je ne savais pas comment le décrire*. Un sentiment fraternel se dégage alors : nous ne sommes pas seuls. La voix d'un auteur nous est parfois familière dès la première page, dès le premier paragraphe, même si l'auteur a vécu dans un autre pays, un autre siècle." Bob montra sa pile de Russes. "Comment expliquer qu'on a l'impression de connaître cette voix ? Je crois que, dans le meilleur des cas, un lien nous unit. J'ai lu toute ma vie et j'en suis arrivé à cette conclusion. Et c'est ce sentiment ou ce phénomène que je souhaite partager avec vous aujourd'hui. Je vais lire un choix de classiques russes. Nous commencerons par Gogol ; s'il s'agit d'un choix évident, il est évident pour une raison. La langue est un peu formelle mais, à mon sens, la charge émotionnelle nous concerne tous."

Bob lut *Le Pardessus*. Il lut d'une voix claire et enjouée, sûr de la beauté décalée et de l'humour décapant de l'œuvre. Il savait qu'il toucherait les gens qui lui faisaient face si ces derniers s'abandonnaient ne serait-ce qu'un instant aux mots, mais avant même d'arriver à la moitié du texte, ils commencèrent à gigoter sur leurs chaises. Puis ils ne tardèrent pas à se lever pour partir. Arrivé à la fin de sa lecture, Bob se rendit compte qu'il ne restait dans la salle que Chip et l'agent d'entretien marmonnant dans sa barbe, qui avait déjà commencé sa triste tâche, à savoir plier et empiler les chaises. Alors que l'homme ronchonnait plus distinctement, Bob comprit qu'il le tenait pour responsable de ce qu'il considérait comme un travail inutile. Bob s'interdit de s'excuser ; il rassembla ses livres et prit le chemin de la sortie, s'arrêtant devant Chip qui, comme il put s'en rendre compte, dormait profondément. Ses lunettes de soleil étant de travers, il les remit en place. Il passa ensuite devant la longue table dans la Grande Salle, autour de laquelle étaient assis côte à côte, sous la lumière d'un néon bourdonnant doucement, ceux qui venaient de déserter sa lecture ; certains discutant, ou pas, d'autres faisant des mots croisés et des Sudoku, ou découpant du papier cartonné avec des ciseaux à bouts ronds.

Bob alla dire au revoir à Maria mais vit par sa porte ouverte qu'elle parlait de nouveau au téléphone. Il attendit quelques instants avant de partir brusquement pour rentrer chez lui. Il était en colère, chose très atypique pour Bob ; mais il se surprit à regretter d'avoir mis les pieds à la maison de retraite. La pluie commença à tomber. Il abrita ses livres sous son manteau et grimaça sous les gouttes. Il était en train d'ouvrir sa porte d'entrée lorsqu'il entendit son téléphone sonner. Il n'y avait pas de lumière dans la cuisine ; tout était propre et bien rangé dans la pénombre du jour. Il posa ses livres sur le comptoir, s'empara du combiné sur le mur et dit : "Allô."

C'était Maria. "Qu'est-ce qui s'est passé ?

— Rien. Vous aviez raison, donc je suis parti.

— Mais vous ne m'avez pas prévenue.

— Vous étiez au téléphone.

— Vous auriez pu attendre une minute.

— J'ai attendu plusieurs minutes."

Maria demanda. "Vous boudez ?

— Un peu, oui.

— D'accord. Eh bien, vous en avez le droit, et quand j'aurai raccroché, vous pourrez bouder tout ce que vous voulez, mais en attendant est-ce que je peux vous parler ? Parce que j'ai une idée. Vous voulez bien m'écouter ?

— Je vous écoute.

— J'aimerais vous proposer de continuer à venir ici, mais sans livres.

— Revenir sans livres.

— Laissez ces livres chez vous, Bob.

— Et qu'est-ce que je vais faire alors ?

— Vous serez là, c'est tout.

— Pour faire quoi ?

— Pour être là. La plupart des gens ici n'ont plus de lien avec l'extérieur. Certains d'entre eux s'en fichent, ou n'en ont pas conscience ; mais d'autres ont peur, ils sont un peu perdus, voire en colère. Vous êtes du genre stable, rassurant, et je pense que votre présence pourrait être utile. Je viens juste de parler au téléphone avec un homme qui nous propose de nous faire des tours de magie. La moitié des gens ici souffrent plus ou moins de démence sénile. Pour eux, le monde entier relève d'un tour de magie, et je n'ai pas envie de rendre encore plus instable leur situation. À mon sens, c'est là où vous entrez en jeu." Elle pria instamment Bob de revenir les voir la semaine suivante, mais il prétendit avoir besoin d'y réfléchir, et la salua avec une certaine froideur avant de raccrocher. Mais au fond, ce que Maria venait de dire sur son tempérament l'avait touché. Lorsqu'il avait pris sa retraite, le rôle qu'il avait tenu durant sa vie professionnelle n'avait plus lieu d'être, mais désormais cette facette froide de son être reprenait vie. Le lendemain matin, il appela Maria pour accepter sa proposition et le jour J, il arriva à la maison de retraite sans livres, comme convenu.

Cependant, il n'était toujours pas complètement certain de ce qu'il était censé faire.

"Baladez-vous, c'est tout, circulez, lui dit Maria. Demandez à quelqu'un comment il s'appelle, et présentez-vous à votre tour. Imaginez-vous dans un cocktail, mais sans verre à la main." Elle le poussa gentiment vers la Grande Salle, dans laquelle il pénétra. Il tourna autour de la longue table, saluant de la main ceux dont il croisait le regard, dans l'espoir qu'on l'invite à s'attarder davantage. Mais personne ne sembla vouloir lui parler, et il se contenta de poursuivre ses déambulations. Au fond de la salle, la femme prénommée Jill était assise à sa table de bridge ; elle faisait un autre puzzle. Bob se dirigeait vers elle pour la saluer lorsqu'il remarqua dans l'angle opposé de la pièce, sous un écran de télévision fixé au mur, l'homme au grand béret en fauteuil roulant électronique. Cette perspective lui semblant plus prometteuse, il bifurqua dans sa direction et prit place à côté de lui. L'homme au grand béret regardait un match de tennis, un simple messieurs ; Bob profita du fait qu'il était concentré sur l'écran pour inspecter ses traits de plus près : son visage était d'une laideur absolue. Sa chair abondante était parsemée de traînées lie-de-vin ; on aurait dit qu'il avait été empoisonné ou gazé. Son gros nez grêlé était parcouru de vaisseaux sanguins éclatés ; il n'avait ni sourcils ni cils, et le blanc de ses yeux était d'un rose tirant sur le rouge. Tous ces éléments formaient l'image d'un homme qui avait depuis plusieurs décennies laissé libre cours à de mauvaises habitudes alimentaires et à un appétit gargantuesque. Mais il se dégageait également de lui une force de vie manifeste : quelque chose de l'ordre de la joie, mais déformée.

Arborant un badge au nom de NANCY et un crucifix en or autour du cou, une aide-soignante ne tarda pas à s'approcher en poussant un chariot. "C'est l'heure du goûter, les garçons", claironna-t-elle. Sur le chariot étaient disposées quatre rangées de masses rondes, dix par rangée, dont la moitié étaient blanchâtres et hérissées de petits piquants et l'autre moitié marron chocolat semblables à des cerveaux miniatures. "Et qu'avons-nous là ? s'enquit l'homme au grand béret.

— Des bouchées au beurre de cacahuète et des bouchées aux raisins secs.

— Et comment on fait la différence exactement ?

— Les bouchées au beurre de cacahuète sont faites de beurre de cacahuète roulé en boule et recouvert de noix de coco râpée. Les bouchées aux raisins secs sont juste faites de raisins secs écrasés.

— Et qui les a préparées ?

— Moi.

— Vous portiez des gants, je suppose ?"

Nancy regarda Bob d'un air blasé, comme pour le prendre à témoin. Son visage s'éclaira lorsqu'elle se rendit compte qu'elle le voyait pour la première fois. "Vous êtes nouveau ? demanda-t-elle.

— Oui, bonjour, je suis ici dans le cadre de l'AVA."

Le visage de Nancy se rembrunit soudain et elle écarta son chariot. “Je suis désolée, mais les bénévoles n’ont pas le droit aux goûters.

— Oh, je comprends”, fit Bob. Loin de lui l’idée de prendre un goûter. Mais l’aide-soignante resta sur ses gardes, comme si Bob allait tenter de lui dérober une bouchée dès qu’elle aurait le dos tourné. L’homme au grand béret avait chaussé des lunettes de lecture et examinait le contenu du chariot, l’air dubitatif. “Il y a pénurie d’ingrédients dans le garde-manger ou quoi ? fit-il. Parce que ces goûters-là m’ont l’air merdiques.

— À vrai dire, il y *a* pénurie. Et si vous croyez que ça m’amuse d’établir un programme alimentaire sain avec ce qu’on me donne ici, réfléchissez à deux fois avant de parler. De plus, je crois que je vous ai déjà dit ce que je pensais de votre façon de vous exprimer, pas vrai ?

— Vous me l’avez dit, oui, mais ça a dû me sortir de la tête.” Il ôta ses lunettes. “Parlons peu parlons bien, Nance. Je peux en avoir combien ?

— Combien en voulez-vous ?

— Combien je *peux en avoir* ?

— Vous *pouvez en avoir* deux.

— Deux de chaque ?”

Nancy jeta un coup d’œil par-dessus son épaule avant d’acquiescer discrètement, et l’homme au grand béret s’empara de quatre bouchées qu’il disposa en ligne sur son énorme avant-bras. Nancy s’éloigna avec son chariot et l’homme mangea vite fait bien fait ses goûters, mâchant, avalant, mâchant, avalant, le regard perdu dans le vide. Après en avoir terminé, il parut apaisé ; il se débarrassa des miettes puis tendit la main à Bob. “Linus Webster”, fit-il avant de demander à Bob comment il s’appelait. Bob lui répondit. “Bob

Cosmic ? Vous travaillez dans l'industrie du spectacle ou quoi ?" s'exclama Linus Webster. Et Bob était en train de répéter son nom lorsque son interlocuteur, tournant son attention vers la télévision, lui fit d'un geste signe de se taire. Quatre joueuses de tennis avaient pris place sur le court et il actionna la télécommande pour monter le son, de plus en plus fort, beaucoup plus fort qu'il n'était nécessaire voire même tolérable. Le match commença. Les cris que poussaient les joueuses résonnèrent dans la salle, manifestations sincères et sonores d'efforts physiques qui dans n'importe quel autre contexte eurent été obscènes. Toujours assise, Jill s'était tournée et lançait un regard noir à Linus. "Il recommence !" s'écria-t-elle. Bob croisa le regard de Jill et la salua de la main ; interdite, elle le dévisagea. Par-dessus le son de la télévision, Bob lui demanda : "Comment vont vos pouces ?" Jill eut un mouvement de recul. "Et les vôtres ?" rétorqua-t-elle. Bob secoua la tête et expliqua : "Vos pouces, la dernière fois que j'étais ici, vous ne les sentiez plus, vous vous souvenez ?" La mémoire lui revenant manifestement, elle prit un air ravi. "Ah, oui", clama-t-elle avant de faire volte-face et de reprendre son puzzle. Linus, pendant ce temps, occiput confortablement calé contre l'appuie-tête de son fauteuil roulant, savourait son expérience auditive lorsque Nancy rappliqua pour lui arracher la télécommande des mains et couper le son. Respirant bruyamment, elle le fusilla du regard. "Vous devriez avoir honte", décréta-t-elle.

Linus riposta : "Si Dieu ne voulait pas qu'on apprécie les gémissements des autres, pourquoi est-ce qu'Il les a inventés, à votre avis ?

— OK, bon, vous savez quoi ? Vous êtes privé de télé pendant vingt-quatre heures. Vous feriez peut-être mieux d'aller dans votre chambre vous reposer et réfléchir.

— À mon avis j'ai bien assez réfléchi. Mais me reposer, pourquoi pas." Linus adressa un clin d'œil à Bob et disparut sur son fauteuil roulant. Là-dessus, un bruit étouffé de ferraille se fit entendre dans le bâtiment ; un ascenseur fatigué qui déposait les résidents aux premier et deuxième étages où se trouvaient leurs chambres. Nancy déclara : "Il faut éviter de l'encourager, celui-là." Elle tira à elle une chaise pour s'asseoir et changer de chaîne. Elle finit par opter pour un programme religieux et Bob s'éloigna de l'écran afin de retenter sa chance autour de la longue table.

Il prit place et demanda à ses voisins comment ils se portaient. Pour toute réponse, il obtint de vagues bruits plutôt que des mots au sens strict du terme, mais l'humeur générale, d'après ce que Bob put déceler, était teintée de déception feutrée : certes, les choses n'allaient pas si mal – néanmoins, personne ne pouvait prétendre que tout allait pour le mieux dans le meilleur des mondes possibles. Chip était assise de l'autre côté de la table, juste en face de Bob, et elle avait l'air de le regarder, mais comme elle portait sa tenue habituelle, il était impossible d'en être certain. Il lui fit un petit signe ; elle n'eut aucune réaction.

Au centre de la table trônait un panier plein de ciseaux à bouts ronds, de bâtons de colle et de bouts de papier dépareillés. Se souvenant de l'époque où il était bibliothécaire, lorsqu'il lui incombait parfois de s'occuper de groupes d'enfants, Bob s'empara d'une feuille de papier cartonné rouge et l'aplatit avant de la plier en deux et encore en deux jusqu'à en faire un accordéon. Tandis qu'à la fois appliqué et détendu il accomplissait ces gestes, il attira la curiosité de certains de ses voisins ; le temps qu'il saisisse une paire de ciseaux et commence à couper le papier plié, ils étaient tous fascinés par l'activité mystérieuse à laquelle s'adonnait ce nouveau venu. Lorsqu'enfin il déplia le papier et qu'apparut une série de poupées se donnant la main, il se rendit compte qu'il avait atteint son but : il avait surpris ces hommes et ces femmes, il les avait distraits, et même impressionnés. Certains voulaient savoir comment s'y prendre pour fabriquer leur propre ribambelle de papier, et Bob se lança dans une brève démonstration. Cependant les uns et les autres ne tardèrent pas à se désintéresser de lui, mais Bob était satisfait de ce premier contact.

Brighty traversait la salle avec ce qui sembla à Bob une certaine urgence. "Bonjour Brighty", lança-t-il ; lorsqu'elle le vit elle changea de cap et se précipita dans sa direction. Elle lui saisit la main et dit : "Quand on pense qu'autrefois je refusais de danser.

— Ah ?" fit Bob.

Elle prit un air enjôleur et porta une cigarette invisible à ses lèvres : "Je vais passer mon tour pour cette fois, merci." Elle jeta la cigarette imaginaire et secoua la tête en se souvenant des jours enfuis. "À quoi diable pensais-je ?

— Vous faisiez tout simplement selon vos envies.

— Selon mes envies, qu'il me dit !" Elle lui flanqua une tape sur le bras et fit volte-face pour repartir d'où elle venait.

Maria avait suggéré à Bob de ne rien prévoir et d'aller et venir à sa guise ; décidant que pour l'heure il en avait assez fait, il salua l'assemblée autour de la table et se dirigea vers le bureau de Maria. Sa porte était entrouverte et elle était… au téléphone. Elle lança un regard interrogateur à Bob et celui-ci brandit un pouce en l'air. Maria répondit par un "OK" de la main et il lui fit un salut militaire. Puis, remuant ses doigts comme pour les faire marcher, Bob lui fit comprendre qu'il était sur le départ, ce à quoi elle lui signifia qu'elle avait bien reçu le message, et il s'inclina avant de tourner les talons. En descendant la rampe d'accès, Bob s'aperçut qu'il se sentait heureux ; Maria avait eu raison de lui faire changer d'approche. Sur le chemin du retour, il songea qu'en prenant le temps de connaître les gens de cette maison de retraite, il serait sûr de ne pas s'ennuyer.

Jill était un être foncièrement négatif ; elle avait la malchance chevillée au corps et s'indignait toujours de tout. Chaque jour lui apportait la preuve que son sort était funeste, et chaque jour elle s'efforçait de le supporter, mais aussi de l'affronter, mais aussi de repérer ceux avec lesquels elle pouvait en parler. Elle se rendit compte que Bob avait – elle le lui dit à voix basse comme s'il s'agissait d'un secret qu'elle n'était pas censée lui révéler alors qu'elle était en train de le faire – une capacité peu commune à écouter autrui. En ce sens il était précieux à ses yeux, mais jamais elle ne se montrait gentille ni reconnaissante envers lui. Pour elle, Bob était comme une bête de somme qui ne mangeait ni ne buvait jamais, ne recevait que des coups de fouet. Au bout d'un mois de visites sans livres à la maison de retraite, il avait noué avec Jill une sorte d'amitié, ou ce qui dans son monde passait pour de l'amitié. Rien de chaleureux à proprement parler, mais une entente, chacun se sentant libre d'être soi-même. Bob ignorait ce que Jill pensait de lui, mais de son côté il appréciait son esprit, et il commença à avoir hâte de la retrouver chaque fois qu'il prenait la direction de la maison de retraite Gambell-Reed.

C'était une journée maussade. Bob arriva à la résidence et trouva Jill à sa place habituelle, assise à faire un nouveau puzzle de mille pièces : un désert surplombé d'un ciel d'aube saturé de montgolfières. Elle ne salua pas Bob, car jamais elle ne le saluait ; mais il savait qu'elle savait qu'il était là, qu'elle finirait par parler et que ce serait pour se plaindre, ce qui fut le cas. Elle lâcha un profond soupir et déclara : "Je suis si fatiguée, Bob.

— La nuit a été dure ?

— Question idiote."

Bob prit une pièce de puzzle et chercha l'endroit où la placer. "Je croyais qu'il n'y avait pas de questions idiotes, remarqua-t-il.

— Qui vous a dit ça ? Internet ?" Jill rit tristement. Elle se plaisait à vilipender internet. Bob ne savait presque rien de cet univers excessivement vaste, mais un jour Jill avait décidé qu'il était un inconditionnel de la chose, et à partir de là elle s'était mise à mépriser tous ses faits et dires.

Elle serra et desserra les poings en expliquant à Bob qu'elle avait enfin retrouvé des sensations dans ses pouces.

"C'est bien, fit-il.

— Non, pas du tout", rétorqua-t-elle, précisant que le sentiment d'engourdissement avait été remplacé par une douleur lancinante au niveau des jointures. Évoquer la douleur dans ses pouces la fit songer à d'autres douleurs, et elle devint intarissable sur le sujet, pérorant sur les douleurs dont elle avait souffert au cours de son existence : la douleur de sa jeunesse, et la douleur de l'âge mûr, et le combat qu'elle menait actuellement contre la douleur. Elle vivait la douleur comme un châtiment, comme une discipline, affirma-t-elle et pour finir elle parla du mal que faisait la douleur. “Vous comprenez, n’est-ce pas ?

— Quoi donc ? demanda Bob.

— On ne peut parler de douleur que si ça fait mal.”

Cette remarque paraissait évidente, songea Bob. Mais, comme souvent, Jill le fit douter. Il se remémora ses propres douleurs, qui ces derniers mois n’avaient fait que s’intensifier. “Mais ça veut dire quoi, *ça fait mal* ? interrogea-t-il.

— Est-ce que vous sursautez involontairement sur votre chaise ? Avez-vous parfois le souffle court ? Au point de fermer les yeux en ayant l’impression de manquer d’air ? Est-ce que vous voyez alors des taches rouges ? Est-ce que vous redoutez de vous écrouler ou de vous évanouir ?

— Non.

— Ce que vous ressentez n’est pas de la douleur, décréta Jill. C’est de l’inconfort.

— Pas de la douleur.

— L’inconfort, ce n’est pas de la douleur.”

Jill raconta que sa douleur était quasi constante et qu’il lui était impossible de s’y habituer, ni de cesser de s’en étonner. Elle eût voulu, ajouta-t-elle, pouvoir la mesurer, avoir un volume ou un poids à lui attribuer, pour en parler avec les médecins, les inconnus, les chauffeurs de bus. “Les gens seraient impressionnés s’ils savaient à quel point elle est grande, assura-t-elle. À l’heure actuelle, personne ne peut l’appréhender. Personne.” Ils se consacrèrent au puzzle, chacun cherchant silencieusement à faire mieux que l’autre. Tous deux ainsi concentrés, ils en eurent raison en quatre-vingt-dix minutes ; à peine fut-il terminé que Jill le défit avant de remettre les pièces dans la boîte. Plus tard, installés devant le poste de télévision fixé en hauteur sur le mur, ils regardèrent une émission où quatre femmes adultes se criaient dessus devant un public de femmes adultes qui criaient elles aussi. Un lien impénétrable existait entre les femmes sur scène et celles du public ; plus les premières criaient, plus les hurlements des secondes s'intensifiaient. Parfois les deux groupes vociféraient à pleins poumons : des manifestations bien trop passionnelles pour un programme de début d'après-midi, songea Bob. Une page de publicité ramena un silence relatif, et Bob se tourna vers Jill, qui le dévisageait. Elle lui demanda si elle lui avait parlé de son nouveau radiateur, et il répondit que non. "Parlez-m'en maintenant", ajouta-t-il, et elle s'exécuta.

Son nouveau radiateur, un appareil capricieux et mystérieux. Il restait froid et silencieux, même s'il était allumé, puis il se réveillait en pleine nuit pendant que Jill dormait, et se mettait à surchauffer et à fumer – une fumée noire et âcre qui déclenchait son alarme incendie et réveillait ses voisins, qui à deux reprises avaient appelé les pompiers, qui avaient irrémédiablement endommagé la moquette de Jill avec leurs bottes crasseuses et bruyantes. C'était le genre d'histoire dont Jill raffolait, une histoire dans laquelle les difficultés étaient multiformes et collectivement ingérables. Il était facile en écoutant ce genre d'histoire de se perdre dans le dédale de son infortune ; mais Bob voulait l'aider, et c'est pourquoi il tentait toujours d'aller à la source de tel ou tel problème dans l'espoir de dénicher une solution et d'améliorer, même de manière infime, la qualité de vie de Jill. "Vous devriez débrancher le radiateur avant de vous coucher, lui conseilla-t-il.

— Je l'ai débranché, Bob. C'est ce que je vous dis. Le radiateur s'allume tout seul alors qu'il est débranché."

Bob déclara : "Ça m'étonnerait que ce soit vrai.

— En tout cas, il était éteint quand je me suis endormie, riposta-t-elle.

— Mais ce n'est pas la même chose."

Ils regardèrent une publicité de lessive qui mettait en scène un ours en peluche animé grimpant dans une machine à laver. Jill déclara : "Ça va mal se terminer pour lui." L'émission des femmes hurlantes reprit, mais Jill coupa le son. "Je n'ai pas fini de vous parler de mon radiateur.

— D'accord", acquiesça Bob.

Elle marqua une pause, comme pour s'armer de courage. "Je crois que ce radiateur n'est pas juste un radiateur, dit-elle enfin.

— Qu'est-ce que c'est d'autre ?

— Je crois que ce radiateur est ce qu'on appelle un oracle.

— Quoi ? fit Bob.

— Je me sens menacée par le comportement de ce radiateur.

— Vous croyez que ce radiateur exprime un point de vue ?

— Je crois qu'il transmet des mauvaises nouvelles.

— Mais que vous dit-il ?

— Mon avenir.

— C'est quoi, votre avenir ?

— Eh bien, réfléchissez, Bob. Où est-ce qu'il fait chaud ?"

Bob scruta Jill en quête d'une étincelle d'humour dans son regard, mais il n'y distingua que la galaxie sombre et tortueuse de son être. Il comprit qu'elle venait de lui avouer une vérité difficile et effrayante, ce qui était flatteur, dans la mesure où cela signifiait que Bob avait atteint le statut de confident ; mais d'un autre côté cette confession le troublait. Bob lui demanda si elle avait conservé le ticket de caisse. "Il était en solde, chuchota-t-elle. Ni repris ni échangé." À la fin de l'émission des femmes hurlantes, Bob salua Jill et se dirigea vers le bureau de Maria. "Jill pense que son radiateur d'appoint est médium et qu'il lui annonce qu'elle va aller en enfer", déclara-t-il. Maria fixa un point par-dessus l'épaule de Bob avant de le regarder de nouveau. Elle dit : "OK." Elle le salua d'un geste de la main mais Bob s'attarda dans l'encadrement de la porte.

"Puis-je faire une remarque ?

— Je vous en prie, dit-elle.

— Je ne veux pas outrepasser ma fonction.

— Crachez le morceau, Bob.

— Je pense que Jill se porterait mieux si elle vivait ici."

Maria grimaça. "Jill à plein temps ?

— Je sais. Mais elle ferait peut-être moins sa Jill si elle se sentait plus en sécurité."

Maria soupira longuement. "Laissez-moi y réfléchir", trancha-t-elle.

Bob changea de chemin pour rentrer, il fit un long détour. Il ne tuait pas le temps, car Bob n'était pas du genre à tuer le temps ; mais il savait qu'une fois rentré chez lui, il ne pourrait plus se passer d'événements inattendus, et il n'était pas encore tout à fait prêt pour cela. Il levait les yeux et regardait par les fenêtres l'intérieur des maisons devant lesquelles il passait, s'interrogeant sur l'existence des gens qui y vivaient. C'était une fin d'après-midi d'automne, l'air était humide, le trottoir aussi, mais il ne pleuvait pas. De la lumière émanait des maisons et de la fumée s'échappait de certaines cheminées. S'agissait-il du long crépuscule que Jill avait évoqué ? Parfois, Bob avait le sentiment d'avoir un puits en lui, un long conduit d'air froid, pavé de briques, avec de l'eau stagnante au fond.

Étant d'une vanité considérable, Linus Webster souffrait de sa condition physique ; et ce d'autant plus que, comme Bob le découvrit, le sentiment qu'il avait de lui-même avait jadis été en accord avec son apparence. Un jour Linus montra à Bob une photographie noir et blanc d'un jeune homme bronzé et beau comme un dieu vêtu d'un maillot de bain qui ne cachait pas grand-chose. La personne sur le cliché était un géant tout en muscles de presque deux mètres et d'une perfection physique quasi surnaturelle. Bob ne comprit pas pourquoi Linus lui montrait ce portrait.

"C'est qui ? demanda-t-il.

— C'est moi."

Bob prit la photo et l'examina de près. "Non, ce n'est pas vous."

Linus sortit une vieille carte d'identité et la tendit à Bob. C'était la même peau impeccable, la même ambitieuse banane gominée et le nom correspondait. Bob comprit alors que ces deux hommes distincts n'en faisaient qu'un – et il ne sut tout simplement pas quoi dire. Linus fixait la photographie, l'air songeur, puis secouant ses épaules voûtées, il dit : "Je m'accouplais, Bob. Je m'accouplais avec l'hostile détermination d'un assassin politique, mais avec amour pour l'acte lui-même, à la manière d'un artisan. Et je pensais que ça durerait toujours, que la vie était ainsi faite, que je forniquerais à volonté avec toutes les partenaires magnifiques que je pouvais désirer.

— Mais que s'est-il passé ? demanda Bob.

— J'aimerais pouvoir vous en dire plus. J'aimerais qu'il y ait des chapitres, des époques, mais non. Un jour, un dimanche, disons, j'étais Paul Newman, et je n'avais qu'à claquer des doigts pour voir rappliquer le monde. Et le lundi matin suivant, les taxis ne s'arrêtaient même plus quand je les hélais. Les garçons d'ascenseur me disaient de prendre l'escalier. Les Parques se sont liguées contre moi. Je suis resté beau quelque temps, mais si on n'arrose pas une fleur, elle est sûre de mourir. Quand les gens ont cessé de s'intéresser à moi, ma chair s'est flétrie, et vite. Quelque chose s'est éteint dans mon cerveau.

— Votre cerveau vous semblait différent ?

— Les règles avaient changé durant mon sommeil. Je ne faisais plus partie du club.

— On vous a peut-être lancé un sort ?

— Ce n'est pas drôle, rétorqua-t-il, soudain sombre. Je crois effectivement qu'on m'a lancé un sort. Je veux dire, je crois que c'est mon histoire, mon gros titre pour ainsi dire.

— Qui vous a lancé un sort ?

— Allez savoir ? Je ne m'attardais jamais longtemps, romantiquement parlant. Et cela créait des problèmes, et pas seulement avec les femmes, aussi avec leurs mères, leurs pères, leurs oncles, leurs petits amis, leurs maris, et cetera, et cetera. À chaque rendez-vous, j'étais sûr que les problèmes allaient se multiplier. Je me demandais si ça valait la peine.

— Et alors ?

— Probablement pas. Mais j'ai continué, malgré tout." Il frissonna. "Vous connaissez le mot *Schadenfreude* ?

— Oui.

— Vous savez ce que ça veut dire ?

— Oui.

— C'est quand les gens se réjouissent de vous voir souffrir.

— Je sais ce que ça veut dire, Linus. *Schaden* peut se traduire par « nocif », ou « malveillant », et *Freude* par « joie ».

— On se calme, l'intello de service. Il y en a beaucoup par ici qui font les malins, qui affirment savoir des choses quand ce n'est pas le cas. Mais peu importe. Avez-vous déjà eu l'impression que les gens se réjouissaient de vous voir souffrir ?"

Bob n'avait jamais éprouvé un tel sentiment, du moins pas vraiment. Cela lui parut soudain regrettable ; n'était-ce pas là le signe qu'il n'avait pas pleinement vécu sa vie ? Linus acquiesça, oui, c'était probablement ça. Il ajouta : "C'est quelque chose de puissant, comme quand on est témoin d'événements météorologiques extrêmes. C'est effrayant mais aussi magnifique d'une certaine manière. Ça obéit à un ordre social naturel. À mon avis, *Schadenfreude* existait avant que l'allemand ou n'importe quelle autre langue existe.

— L'envie est l'un des sept péchés capitaux, remarqua Bob.

— Mais *Schadenfreude*, ce n'est pas simplement l'envie, Bob. C'est l'envie, agrémentée d'une pincée de vengeance. Je trouvais palpitant de voir les gens assumer leurs rôles de pourvoyeurs, de régisseurs de haine. Certains de mes ennemis allaient jusqu'à formuler la chose avec des mots, jusqu'à exprimer clairement l'idée qu'on m'avait trop donné, que ce n'était pas juste à leurs yeux et qu'ils avaient bien l'intention de rééquilibrer les choses.

— Par la violence ?

— Parfois oui. Mais le plus souvent ils usaient de méchancetés mesquines, ou d'une insulte quelconque. Mes ennemis racontaient aussi fréquemment à la femme que j'avais corrompue un horrible mensonge sur mon tempérament. Et encore plus fréquemment : ils lui racontaient une horrible *vérité* sur mon tempérament. Tout ça menait à la même chose. Je me retrouvais de nouveau sur le marché des rapports charnels. Et ça ne traînait pas, je n'avais pas le temps d'éprouver le moindre remords jusqu'au jour où j'ai été purement et simplement banni du marché lui-même."

Linus abreuva Bob de détails sur ses aventures sexuelles, les tendances de certaines partenaires, leurs attributs. Bob ne s'était jamais identifié à la manière grossière avec laquelle les hommes évoquaient les mystères et les engrenages du sexe. Il n'était pas naïf, mais il trouvait humiliant – que ce soit pour celui qui parlait ou celui qui écoutait – de faire de la copulation une compétition sportive. Et il se posait toujours la question : Pourquoi faire ça ? Quand on pouvait très bien ne pas le faire ? Linus se rendit compte que son enthousiasme ne trouvait aucun écho chez Bob, et il se tut. "Je n'ai jamais été porté sur ce genre de conversation, se justifia Bob.

— Un soldat parle des combats.

— Aux autres soldats.

— Vous n'êtes pas un soldat, Bob ? Vous n'avez jamais fait la guerre ?"

Bob répondit : “J’ai fait l’amour à une femme dans ma vie.”

Linus ferma les yeux et s’immobilisa à tel point qu’on eût pu le croire endormi. Au bout d’un moment, il bougea, entrouvrit les yeux et demanda doucement : “C’est quoi le mot en allemand quand on éprouve en même temps pitié, mépris, stupeur et admiration ?”

Assis dans le coin repas de sa cuisine, Bob observait un voisin qui, de l'autre côté de la rue, ratissait les feuilles mortes dans son jardin. Ce dernier était mal rasé, et son visage était rouge, un peu bouffi ; s'il avait peut-être trop bu, il semblait heureux, et Bob réfléchit à cet homme : il devait respirer l'odeur de la terre et des feuilles en décomposition, ses battements de cœur s'accéléraient sûrement tandis qu'il jetait les feuilles dans la poubelle. Bob se dit : *C'est dimanche*. Ce qui lui donna envie d'accomplir à son tour une tâche domestique, ce qui l'amena à passer l'après-midi dans son grenier. Il avait pensé y mettre un peu d'ordre, mais une fois là-haut, face à toute une vie d'archives et de souvenirs, il oublia son but initial et se mit tout simplement à enquêter sur lui-même.

Le long du mur, comme pour soutenir le poids de la toiture, des cartons étaient soigneusement empilés jusqu'au plafond. Toute sa vie, Bob avait eu peur de faire l'objet d'un redressement fiscal, ce qui expliquait pourquoi il avait systématiquement conservé toute facture et autre ticket de caisse, parfois pendant plus de cinquante ans. Ainsi rassemblés, ces papiers relevaient du journal intime – des histoires se dessinant dans l'accumulation d'informations. Par exemple, la relation qu'il avait entretenue avec le tabac : il avait acheté un paquet de cigarettes tous les jours durant sept ans jusqu'à l'âge de vingt-quatre ans, lorsqu'il rencontra Connie, qui avait aussitôt commencé sa campagne antitabac, si bien qu'il en avait acheté de moins en moins : une semaine sans, une semaine avec, un mois sans, un mois avec, et pour finir, après moult tourments suscités par le manque, il avait entièrement laissé tomber les fines tiges diaboliques. Ce besoin de nicotine s'était amenuisé pour finir par disparaître, mais lorsque Connie s'était fait la malle avec le meilleur ami de Bob, Ethan Augustine, Bob avait acheté une cartouche de cigarettes et, sous le choc, en avait fumé trois paquets en trente-six heures, les allumant les unes après les autres, en proie à une colère puérile. Il avait ensuite eu si mal au cœur que sa peau avait pris une teinte verdâtre, sa salive était devenue noirâtre, et il avait jeté les paquets restants à la poubelle. Jamais il n'avait retouché à une cigarette depuis.

Bob trouva le ticket de caisse du cinéma où, le jour de la mort de sa mère, il était allé voir en matinée *Le Pont de la rivière Kwaï*. Le bout de papier lui rappela qu'il sifflotait intérieurement le thème du film en entrant dans la chambre d'hôpital où il avait trouvé son lit vide, sans draps. Il avait appelé une infirmière, qui en avait appelé deux autres, et toutes ensemble elles s'étaient affairées autour de Bob pour le soutenir. Allié au tragique du moment, le thème qui persistait dans son esprit avait provoqué en lui de l'hilarité, et il n'avait pas pu s'empêcher de rire en silence dans son poing fermé, geste que les infirmières avaient pris pour une manifestation de chagrin. Bob avait toussé, dissimulant son visage. Il ne riait pas de la mort de sa mère mais de la mort en général, ou de la vie en général, ou des deux à parts égales. En vérité, la mort de sa mère l'effrayait ; il redoutait ce que serait sa vie seul dans cette maison – précisément la maison dans laquelle il vivait désormais. Cet événement s'était déroulé avant qu'il ne connaisse Connie et Ethan, mais à l'époque il occupait déjà son premier poste à la bibliothèque.

Bob eut alors envie de voir les tickets de caisse du jour de son mariage, le 12 juillet 1959. Il s'attendait à trouver toutes sortes de reçus, mais il n'en dénicha qu'un. Écrit à la main en majuscules tremblotantes, il y était indiqué : SUND X 3 – VAN VAN CHOC. En dessous figurait le chiffre $2.75. Et encore en dessous, en lettres cursives bien droites : *Félicidations + bonne chance !!! (Vous en aurez besoin !!!)* Bob s'efforça en vain de comprendre à quel achat faisait référence ce ticket. Une scène ne tarda pas à se dessiner dans son esprit : lui, Connie et Ethan assis dans une buvette vide, en train de déguster tous trois un milkshake. Dix minutes plus tôt, de l'autre côté de la rue, dans les froides salles marbrées de la mairie, Connie et Bob s'étaient mariés, avec Ethan comme témoin. Après la cérémonie, le trio s'était attardé sur le trottoir, une main en visière au-dessus des yeux pour se protéger du soleil estival. Bob s'était senti entièrement et profondément satisfait. Il contemplait sa toute nouvelle épouse. "Tu es Connie Comet", lui lança-t-il. Elle lui répondit : "C'est vrai, c'est moi." Quand Ethan demanda : "Et maintenant, qu'est-ce qu'on fait ?" Connie avait tendu le bras et pointé son bouquet de fleurs en direction de la buvette de l'autre côté du large boulevard. Bras dessus bras dessous ils s'étaient tous trois engagés sur la chaussée ; une seule voiture arrivait dans leur direction, et elle avait foncé sur eux en klaxonnant. Le trio avait accéléré le pas pour éviter le véhicule, mais ensuite

Connie s'était dégagée et avait fait volte-face pour lancer son bouquet en direction de la vitre ouverte de la voiture passant à toute allure. Mains crispées sur le volant, le chauffeur était un abruti de la vitesse ; le bouquet avait atterri sur ses genoux telle une bombe à retardement, et cela avait été une joie d'entendre les pneus de la berline crisser tandis qu'elle zigzaguait sur la route avant de virer brusquement à droite dans une rue à sens unique et de disparaître.

Le serveur, un vieux monsieur avec un calot en papier juché au sommet de son crâne moucheté de taches, avait opiné du chef en voyant le trio s'installer sur les tabourets en cuir rouge. Il savait pourquoi ils étaient là ; il n'était pas rare que les jeunes mariés viennent le voir après la cérémonie, ajouta-t-il. Connie lui demanda s'il savait qui était le marié et l'homme, après avoir examiné Bob et Ethan, déclara qu'évidemment c'était Ethan. Le petit groupe avait ri, et c'était Bob qui avait ri le plus, dans l'espoir que nul ne remarquerait que l'erreur du serveur l'avait blessé. Ce dernier, gêné, avait tapoté le bras de Bob et dit : "Il dégage quelque chose, c'est tout, mais bien sûr que c'est vous le mari. Bien sûr. Vous avez ce regard qui dit : *Je ne serai plus jamais seul, partageons tout pour toujours*." Il leur avait demandé ce qu'ils voulaient et ils avaient commandé des milkshakes – vanille, vanille, chocolat.

Quarante-six ans plus tôt, une version à peine reconnaissable de Bob s'était emparée de ce bout de papier, et maintenant c'était un vieil homme dans un grenier ; et son cœur ralentit tandis qu'il replaçait le ticket de caisse dans le dossier. Il songea à arrêter ses explorations, mais l'écriture de Connie figurait sur le carton suivant, et il ne put s'empêcher de lire : SALLY ANNE, c'était ainsi que Connie appelait la Salvation Army

– l'Armée du Salut. Il ouvrit le carton et découvrit une pile de vêtements lui ayant appartenu soigneusement pliés. Il prit au sommet de la pile un peignoir, modèle plutôt voyant en viscose doré et rouge, VISCOSE DE SOIE comme il était inscrit sur l'étiquette ; un petit palmier vert ployant sous un vent violent était cousu à côté de ces mots. Bob enfila le peignoir et se rendit compte que les manches avaient été repliées, deux plis par manche, ce qui signifiait que Connie avait été la dernière à le porter. Connie portait souvent les vêtements de Bob dans la maison, et ajustait toujours les manches de cette manière ; ainsi, lorsque Bob remettait telle chemise ou tel pull, il tombait sur ces traces de sa présence. Elle avait également l'habitude d'utiliser en guise de marque-page un de ses cheveux blonds ; elle s'en arrachait parfois un pour le glisser entre les pages d'un livre, qu'elle envisage ou non de revenir à la lecture du livre en question. Et par la suite il arrivait à Bob de tomber dessus. Lorsqu'ils étaient encore ensemble, ces petits détails lui faisaient chaud au cœur ; mais après le départ de Connie avec Ethan Augustine, ils l'emplissaient d'une amertume fulgurante, et il avait le sentiment de s'être fait berner. Maintenant, alors qu'il n'y avait plus depuis des décennies le moindre signe de Connie dans la maison et qu'Ethan était mort depuis belle lurette, ces manches pliées lui semblèrent tout simplement bizarres. Il contempla ses maigres poignets en se rappelant la façon dont il taquinait Connie sur sa manie de replier les manches, lui disant qu'elle avait des bras de tyrannosaure et que c'était incroyable qu'elle parvienne à se moucher toute seule. Bob déplia les manches et continua d'inspecter le contenu du carton. Il y trouva plusieurs pantalons et chemises qui reflétaient assez fidèlement sa garde-robe de 1959-1960. Tous ces vêtements rendirent Bob perplexe parce qu'aucun d'entre eux n'était en mauvais état ou élimé, et ce n'était pas comme si Connie et Bob avaient eu assez d'argent pour être peu soigneux avec leurs vêtements – ils s'en achetaient rarement et s'en débarrassaient uniquement lorsqu'ils étaient sur le point de se désintégrer. Mais Connie avait des avis bien tranchés sur ce que portait Bob ; lorsqu'elle n'aimait guère une de ses chemises, elle lui disait par exemple : "Je n'aime pas cette chemise." Et si elle le revoyait avec, elle disait : "Songeons à supprimer cette chemise de nos vies." Se remémorant tout cela, Bob élabora une théorie : ce carton contenait certainement des vêtements qu'elle avait décidé de jeter, ceux dont elle avait le plus voulu se débarrasser. Pourquoi ce carton n'était-il jamais arrivé à l'Armée du Salut demeurait un mystère auquel il n'avait pas de réponse – leur mariage avait probablement volé en éclats avant qu'elle n'ait pu accomplir cette tâche.

Au fond du carton, Bob découvrit une robe de Connie. C'était une robe d'été à bretelles en coton élimé d'un blanc crème parsemé de taches de couleur délavées par le soleil : rouge, bleu, jaune, vert. Bob se souvenait de la robe, mais ne revoyait pas Connie avec – il s'agissait pour lui d'une relique du passé et non d'un souvenir vivant. Mais il eut envie de la regarder de plus près, et il la sortit du carton pour la descendre du grenier. Il la suspendit ensuite à un cintre qu'il accrocha à un clou au mur nu de la cuisine, avant de s'asseoir dans le coin repas pour observer la robe elle-même et l'émotion qu'elle suscitait en lui. Il fouilla dans sa mémoire et crut se rappeler Connie la portant en plein soleil, dans le jardin à l'arrière de la maison. Ceci ne s'était peut-être pas du tout produit, mais la réalité du souvenir lui sembla plausible, et il continua de se laisser porter, ses pensées à la fois proches et lointaines, lorsqu'il remarqua du coin de l'œil que la robe bougeait, qu'elle ondulait sur son cintre. Il lui fallut quelques secondes pour comprendre ce qui se passait véritablement – il avait suspendu la robe au-dessus de la bouche d'aération –, mais l'espace de ce court instant il fut saisi d'effroi à l'idée d'avoir affaire à une apparition. Après quoi, un sentiment de joie et de soulagement l'inonda et il secoua la tête, quelque peu consterné par lui-même, sans toutefois détourner le regard de la robe qui dansait en se gonflant d'air. C'était Connie qui riait de lui comme elle le faisait lorsqu'ils étaient amoureux, sans méchanceté mais avec bienveillance, attentive à sa personne, à sa profonde et immuable Bobitude. Quel drôle de dimanche, songea-t-il, caressant du bout des doigts les plis marquant les manches de son peignoir. Lorsque la bouche d'aération cessa d'expulser de l'air, la robe, tel un film défilant à l'envers, s'immobilisa.

Après le départ de Connie avec Ethan Augustine, Bob avait pris conscience du vaste péril inhérent à son existence. Que les deux seules personnes qu'il aimât eussent pu faire preuve d'une si parfaite cruauté à son égard constituait une réalité qui dépassait son entendement. Il apprit que lorsque votre cœur est véritablement brisé, vous vous retrouvez plongé dans la plus dense et implacable confusion. Pour commencer, il se mit en arrêt quelques semaines et ne sortit que rarement de chez lui ; il ne mangeait ni ne dormait plus selon des horaires ou un calendrier que l'on eût pu définir comme tels, et son hygiène personnelle commença à laisser sérieusement à désirer. Il songea à mettre un terme à sa vie, pesant le pour et le contre de chaque moyen d'y parvenir, fasciné par l'idée d'un long et paisible sommeil. Connie lui envoya une lettre qu'il jeta sans la lire ; Ethan lui envoya une lettre qu'il brûla. Au bout de six mois, Bob reçut les papiers du divorce par la poste. Il s'assit, les lut, les signa et les renvoya avant de marcher durant cinq heures sans manteau et d'attraper un rhume qui le plongea dans un état physique aussi lamentable que son humeur. Sa fièvre tomba durant sa deuxième nuit d'insomnie, et le lendemain matin il s'arracha du lit pour se diriger vers la salle de bains.

Devant son reflet blafard dans la glace, il décida qu'il ne mourrait pas et qu'il était temps de reprendre sa façon d'être et ses habitudes scrupuleuses. "Très bien, très bien… très bien", déclara-t-il. Onze mois plus tard il apprit qu'Ethan était mort. Assis sur un tabouret dans un café au bout de sa rue où il prenait son petit-déjeuner, le journal étalé devant lui sur le comptoir, il parcourait les nouvelles locales lorsqu'il tomba sur le nom d'Ethan. Avant de lire l'article il comprit que quelque chose de grave s'était produit, et il se leva de son tabouret comme pour se distancier de ce qu'il était sur le point d'apprendre. Il lut l'article debout, mains sur les hanches, les yeux baissés sur le journal :

> Un chauffard tue un piéton et prend la fuite : Ethan Augustine, vingt-six ans, a été renversé par une voiture et tué devant chez lui hier après-midi dans le nord-ouest de Portland. M. Augustine venait de s'installer dans le quartier avec son épouse, Connie Augustine, âgée de vingt-deux ans. Il n'y a pas eu de témoin de l'accident. Toute personne disposant d'informations à ce sujet est priée de s'adresser à la police de Portland.

Bob s'assit, plia le journal et se releva. Il quitta le café, laissant le journal derrière lui, rentra chez lui, prit place sur le canapé du salon et fixa les innombrables particules de poussière flottant autour de lui. Plus tard ce jour-là, alors qu'il traversait sa cuisine, il remarqua par la fenêtre un homme à quatre pattes dans l'allée de son garage. Pensant qu'il était blessé ou faisait un malaise cardiaque, Bob se précipita vers lui. "Ça va ?" demanda-t-il.

L'homme maugréa en se relevant, s'appuyant pour ce faire sur le pare-chocs avant de la Chevrolet de Bob.

"Dans l'ensemble, je dirais que oui, ça va, merci. Vous êtes Bob Comet ?" Il se présenta, il était inspecteur de police ; il sortit un calepin et un stylo et demanda à Bob ce qu'il faisait au moment de la mort d'Ethan Augustine. Bob répondit qu'il travaillait, l'homme nota l'adresse et le numéro de téléphone de la bibliothèque avant de lui demander s'il pouvait emprunter son téléphone et Bob l'accompagna jusqu'à la cuisine où, debout, il écouta l'homme converser dans le combiné. Après quoi ce dernier raccrocha et dit à Bob : "Tout va bien, mon vieux. Je connais le chemin de la sortie." Comme Bob le comprit alors, si l'inspecteur s'était initialement trouvé à quatre pattes dans l'allée de son garage, c'était pour examiner le pare-chocs avant de sa Chevrolet en quête d'indices compromettants.

Durant le restant de la journée et de la soirée, Bob attendit que la multitude d'émotions diverses qu'avait provoquées en lui la mort d'Ethan forment un tout, mais ce ne fut que le lendemain matin que la chose se dessina, et il comprit qu'il éprouvait un certain sentiment de justice. Il ne croyait pas en Dieu ni au destin, au karma ni même à la chance, mais il ne pouvait s'empêcher de voir dans la mort subite d'Ethan une réponse à sa trahison – à savoir celle d'Ethan ; et Bob ne put faire comme s'il souhaitait qu'Ethan fût toujours en vie. Bob savait qu'il y avait de la grâce dans le pardon, et il aspirait à la grâce, mais comment faire autrement ? La crasse qu'on lui avait faite avait anéanti son mode de vie qui à ses yeux était parfait ; les responsables avaient été punis, et il en éprouva une profonde satisfaction. Puis l'euphorie monta en lui ; tandis qu'il se délectait avec abandon du malheur d'Ethan, il se sentit revigoré. Il entreprit de passer ses soirées à faire le ménage, à nettoyer chaque pièce et chaque objet de la maison au-delà de toute nécessité logique, comme s'il cherchait à remettre à neuf la maison et ses équipements : récurant l'intérieur du réservoir de ses toilettes, polissant au Brasso les canalisations sous l'évier de la cuisine. Il songea au bout d'un certain temps qu'il préparait le retour de Connie. Et alors ? Il se laissa aller jusqu'à imaginer la chose, la mit en scène dans sa tête. Selon sa version préférée, ce serait un jour de pluie, il ferait nuit, quelqu'un toquerait à la porte et elle serait là, sur le seuil, trempée. "Oh, Bob." Bob lui ouvrirait la porte, la ferait entrer dans la cuisine, préparerait du café, mais en silence. Moins il prononcerait de mots, mieux cela vaudrait, décida-t-il. Il ne fallait pas lui pardonner trop vite ; il avait tout intérêt à lui faire croire qu'il n'était pas sûr de vouloir qu'elle reprenne sa place dans sa vie. Ces scénarios lui firent passer le temps, mais attendre avec autant d'empressement devint une espèce de torture en soi. Le retour de Connie à la maison semblait prendre plus de temps qu'il ne l'aurait cru. Plus le temps passait, plus cette hypothèse devenait séduisante ; plus Connie mettait de temps pour revenir, plus leurs retrouvailles seraient agréables. Mais en vérité il ne se passa rien. Il se mit à pleuvoir sans discontinuer, mais personne ne frappa à la porte. Le printemps arriva, et les plantes vivaces que Connie avait plantées sortirent de terre dans leurs platebandes, mais le téléphone ne sonna pas. Bob passa un long et très affligeant été assis dans son canapé à attendre en vain une lettre. Il n'eut plus jamais de nouvelles de Connie. Mais cette prise de conscience que tout était bel et bien fini était obscurcie par une altérité inconnue, et il se traîna tant bien que mal les mois qui suivirent à la manière d'un grand blessé. Cependant, pour finir, il se retrouva sur le chemin qu'il empruntait avant même de connaître Connie et Ethan. Il s'était tellement éloigné de cette façon de vivre ; Connie et Ethan l'avaient écarté de son isolement, de son recueillement, de ses pensées. À présent, il reprenait sa marche à travers ce territoire familier et le redécouvrait. Bob se sentait apaisé en lui-même, protégé par des murs de livres et par les histoires des autres. Cela semblait peut-être triste, mais au fond il était heureux, plus heureux que la plupart des gens, enfin d'après ce qu'il en savait. Car l'ennui était la maladie de l'époque, et Bob ne s'ennuyait jamais. Il y avait du travail à faire, mais il aimait travailler. C'était du travail important et il le faisait bien. Lorsqu'il rentrait après sa journée à la bibliothèque, il s'occupait de la maison et de sa personne et bien sûr de ses lectures ; lire était une chose vivante, toujours en mouvement, qui lui échappait, qui grandissait et qui, il le savait, ne prendrait jamais fin, n'était pas censée prendre fin. Au bout du compte, ce fut l'absence de vanité chez Bob et le plaisir naturel qu'il prenait à accomplir de modestes tâches qui lui procurèrent la satisfaction dont il avait besoin pour traverser les quelques décennies que dura sa vie. Il avait été amoureux de Connie, qui l'avait aimé, mais cela n'avait été qu'un heureux hasard ; il avait aimé Ethan Augustine et découvert ce qu'était la véritable amitié, mais cela aussi n'avait été qu'un heureux hasard. La trahison et la perte de ces deux êtres avaient été difficiles à avaler, mais la douleur s'était révélée temporaire. Il en restait quelque chose de résiduel – de l'ordre de l'absence, d'une blessure dont on se souvient – mais qui devint flou, s'estompa, se dissimula dans les recoins de sa maison couleur menthe. De temps à autre il parvenait à oublier ce qui s'était passé, pendant une heure, et parfois pendant un mois. Mais lorsque la mémoire lui revenait, il ne réagissait jamais avec amertume, préférant considérer cela comme une gêne temporaire. La succession des jours aplanissait tout, telle était la miséricordieuse vérité. On avait fait sonner une cloche en la frappant violemment, mais la résonance du geste s'atténuait encore et encore et la cloche ne tarda pas à redevenir froide et muette, intacte.

Chip fugua un matin en février et n'avait toujours pas été retrouvée lorsque Bob arriva à la résidence cet après-midi-là. Il faisait froid, de plus en plus froid, il allait probablement neiger, et le manteau de Chip était suspendu à une patère près de la porte. Comme Bob pénétrait dans son bureau pour la voir, Maria enfilait le sien. Elle lui expliqua ce qui s'était passé et lui demanda de rester par là au cas où Chip reviendrait ou au cas où quelqu'un appellerait pour donner de ses nouvelles. La résidence était vide ; Bob demanda où tout le monde se trouvait et Maria lui répondit : "Les navettes ne roulent pas quand il y a du verglas. Les infirmiers et les aides-soignants sont tous sortis chercher Chip ; les résidents sont terrés dans leurs chambres. Restez près du téléphone, d'accord ? Et jetez un œil par la fenêtre." Elle se dépêcha de partir et Bob s'installa à sa table de travail, fouinant distraitement sans rien trouver d'intéressant. Il entendit la plainte aiguë du fauteuil roulant de Linus et ce dernier surgit soudain dans l'embrasure de la porte.

"Toc toc.

— Qui est là ?

— Qu'est-ce qu'on fout ?

— Comment ça qu'est-ce qu'on fout ?

— Qu'est-ce qu'on fout à glander là comme des fiottes quand on pourrait être dehors avec les autres à chercher Chip ?

— Je suis étonné d'apprendre que ça vous importe.

— Je suis outré d'apprendre que vous êtes étonné.

— Je vous présente mes excuses si je vous ai offensé.

— J'accepte vos excuses."

Bob désigna le bureau. "Maria m'a demandé de rester au cas où Chip reviendrait ou au cas où quelqu'un appellerait à son sujet.

— D'accord, mais allons-y quand même. Regardez-moi ça, putain de merde, il neige."

Il neigeait, comme Bob le remarquait à présent : les flocons nombreux tombaient en diagonale. Bob songea à Chip dehors en jogging rose et se mit à penser comme Linus qu'ils devraient se mobiliser et participer aux recherches. Lorsqu'il en fit part à Linus, ce dernier applaudit, claqua des doigts, fit pivoter et reculer son fauteuil roulant avant de disparaître pour aller rassembler ses affaires dans sa chambre à l'étage. Bob s'équipa pour sortir et attendait dans la pénombre de la Grande Salle que Linus revienne lorsqu'il remarqua que Jill, assise à sa table de jeu, scrutait les pièces d'un puzzle. Jill, à la suite de ce que Bob avait dit à Maria, était récemment devenue une résidente à temps plein. Toutefois, contrairement à sa théorie, cela n'avait que très peu amélioré son état d'esprit naturellement désespéré. Bob se dit qu'elle semblait même encore plus tragique qu'à l'ordinaire, et il lui proposa de les accompagner, Linus et lui. Jetant un coup d'œil par la fenêtre, elle secoua la tête.

"Ça va aller, toute seule ? s'enquit Bob.

— Jusqu'à présent je tiens le coup."

Linus et Bob quittèrent la résidence et commencèrent à descendre prudemment la rampe glissante en zigzag. Ils avaient presque atteint le trottoir lorsque Jill surgit sur le seuil de la porte en criant à Bob : “Attendez-moi ! J'ai changé d'avis ! Je viens avec vous !” Bob brandit un pouce et Jill tourna les talons pour foncer prendre ses affaires dans la résidence. Elle se mut avec une agilité et une rapidité qui surprirent Bob. Dans la mesure où il ne l'avait jamais vue debout jusqu'alors, et étant donné qu'elle se trouvait dans une maison de retraite, il en avait déduit qu'elle ne pouvait pas très bien marcher. “Je ne savais pas que Jill arrivait à marcher”, dit Bob à Linus, qui fit la grimace. Lorsque Jill les rejoignit, Linus, désormais souriant, déclara : “Bob ne savait pas que vous pouviez marcher, Jill.”

Jill s'immobilisa. “Allez vous faire foutre, Bob.

— Hé, protesta Bob.

— Hé rien du tout.” Elle porta à ses cheveux sa main gantée. “Flûte, j'ai oublié mon chapeau. Je reviens tout de suite. Vous m'attendez, les gars, d'accord ?

— Nous vous attendons, acquiesça Bob.

— Mais dépêchez-vous”, lança Linus.

Jill marqua une pause. “D'accord, mais vous m'attendez ?

— Oui, répondit Bob.

— Mais dépêchez-vous”, répéta Linus.

Jill remonta la rampe d'accès jusqu'à la résidence.

Linus dit : “Vous l'avez blessée, Bob. Blessée.

— C'est vous qui l'avez blessée, à parler à tort et à travers.”

Linus prit un air innocent. “Comment j'étais censé savoir qu'il fallait que je me taise ?

— Ça tombait sous le sens.

— Sous le sens de quoi ?

— Du savoir-vivre.”

Jill revint sans chapeau, expliquant que la porte d’entrée était verrouillée. Elle demanda la clé à Bob, mais ni lui ni Linus ne l’avaient en leur possession. Le ciel s’assombrissait alors que la journée touchait à sa fin, la neige continuait de tomber, la température de descendre. Jill demanda : “Qu’est-ce qu’on va faire ?

— La réponse à n’importe quel problème, c’est l’argent, proclama Linus avec assurance. Bon, combien on a ? Personnellement, je n’ai rien.

— Moi non plus, fit Jill.

— J’ai de l’argent, dit Bob.

— Si Bob a de l’oseille, nous aussi on a de l’oseille, Jill. Reste à savoir comment on va dépenser tout ça.”

Jill n’était pas d’humeur à plaisanter. La neige attaquait son visage et s’accumulait, petit pain translucide au sommet de son crâne minuscule. Bob dégagea le petit pain, ôta son bonnet et le mit sur la tête de Jill en lui couvrant les oreilles. Si d’une part il avait le sentiment que c’était la chose courtoise à faire, il espérait par ailleurs que ce geste jouerait en sa faveur, et que Jill lui pardonnerait son faux pas précédent. Elle le remercia, sans effusion mais avec sincérité, et il y vit le signe que la paix s’établirait vraisemblablement entre eux.

Le trio se mit en quête de Chip, Linus en tête, Bob et Jill fermant la marche, côte à côte. Ils avaient à peine parcouru deux pâtés de maisons lorsque Linus désigna un cinéma de l’autre côté de la chaussée en demandant : “Vous voulez pas qu’on se fasse une toile ?

— On cherche Chip, Linus, répliqua Bob.

— Mais ils servent de la pizza, de la bière… du chocolat là-dedans. Et Chip est peut-être là, vous y avez pensé, à ça ? Assise à nous attendre.” Bob ne répondit pas, mais se remit en marche sans mot dire. Linus ajouta : “On a fait une grosse erreur.” Bob garda le silence. Linus fit tourner son fauteuil pour faire face à Bob. “Je n’aurais jamais dû vous écouter !

— C’était votre idée, lui rappela Bob.

— D’accord, admit Linus. Pas besoin de se fâcher.”

De toute façon, ils ne pouvaient pas rester dehors beaucoup plus longtemps par un temps pareil, Bob était d’accord avec lui ; et lorsqu’il proposa de se réfugier dans un bar pour boire un café chaud, Linus se montra enthousiaste. Cependant, Jill secoua la tête. “Le café me donne envie d’aller aux toilettes.

— Mais c’est sympa d’aller aux toilettes”, observa Linus.

Jill ne sut pas quoi répondre à cela.

“Et que diriez-vous d’un chocolat chaud ?” demanda Bob, et Jill répondit que c’était tentant après tout. Bob précisa qu’il connaissait un restaurant à quatre ou cinq pâtés de maisons de là ; Jill déclara : “S’il faut marcher aussi loin, il va me falloir une taffe”, et elle sortit une cigarette de son paquet. Bob remarqua qu’elle fumait des Camel. Bob avait fumé des Camel dans sa jeunesse, et il eut envie de lui en demander une. Il s’en abstint, mais lorsque Linus s’exclama : “Fumons une des cigarettes de Jill, Bob”, il se surprit à accepter aussitôt.

Jill leur tendit des Camel et leur passa son briquet. Serrés les uns contre les autres, ils allumèrent chacun à leur tour leur cigarette, inhalèrent et exhalèrent, savourant l’aventure du jour malgré le mauvais temps. “On dirait qu’on fait l’école buissonnière, pas vrai ?” remarqua Jill. Elle était pour ainsi dire de bonne humeur, ce qui était une première pour Bob et Linus, qui échangèrent des coups d’œil discrets afin de célébrer cet événement hors du commun. La neige parut tomber moins dru tandis que la nicotine s'insinuait dans leurs corps. Linus dit : "C'est ma première cigarette en dix ans." Bob renchérit : "Moi, c'est ma première depuis 1959." Les deux hommes s'abandonnèrent aux souvenirs de l'époque où ils aimaient sans réserve le tabac ; l'efficacité redoutable de la substance était aussi électrisante qu'effrayante.

Alors qu'ils s'approchaient du café, Jill s'anima, évoquant gaiement les nombreux décès dans sa famille. Tout le monde était mort sauf elle, affirma-t-elle. Sa mère et son père, bien sûr ; mais ils n'étaient pas morts de vieillesse, c'était une épouvantable maladie qui les avait emportés. Leur trépas avait été provoqué par ce que Jill appelait des maladies dévoreuses.

"Comment ça, maladies dévoreuses ? demanda Bob.

— Je veux dire que la maladie les a dévorés, répondit-elle.

— Comme la lèpre ? interrogea Linus.

— C'était de la même famille que la lèpre. Je ne me souviens pas du terme médical exact. Quelque chose d'exotique… avec beaucoup de syllabes."

Les sœurs de Jill étaient mortes et ses frères étaient morts et ses tantes et ses oncles étaient morts et ses cousins étaient morts. Son mari était mort, mais quelque chose dans sa voix laissait sous-entendre que cette tragédie n'était pas aussi marquante que les autres. Bob imagina Jill mariée des décennies durant à un tyran violent et alcoolique ; mais lorsqu'il lui demanda si leur union avait été tempétueuse, Jill secoua la tête. "Mon Dieu, non. Clarke n'avait pas une once de colère dans son sang. Il était plutôt du genre moite.

— Du genre quoi ? fit Linus.

— Spongieux.

— Quoi ? s'étonna Bob.

— Pas marrant, répondit-elle, irritée. Mais c'était exprès, ce côté pas marrant.

— Il n'aimait pas se marrer.

— Pas du tout. Seul le sérieux trouvait grâce à ses yeux.

— C'est admirable, en fait.

— Merci, Bob. Je l'admirais. J'aurais juste aimé qu'il m'emmène de temps en temps manger un hamburger." Elle tira une dernière fois sur sa Camel et jeta d'une pichenette le mégot dans la rue. "Quand il est mort, je me suis dit : Bon, je vais enfin m'amuser. Mais en fait, non. Je ne me suis pas amusée. Pas vraiment."

Bob dit qu'il était surpris d'apprendre qu'elle avait envie de s'amuser.

"Évidemment que j'en ai envie. Vous ne voyez pas que j'en rêve ?

— Non. Linus, vous le voyez ?"

Linus répondit : "Non, je ne vois rien. Cela dit, et vous l'aurez peut-être remarqué, je ne m'intéresse pas trop voire pas du tout au point de vue de quiconque sinon le mien."

Ils arrivèrent au café et se réfugièrent dans un box, sur des banquettes en skaï. Savourant la chaleur de la salle, ils décidèrent de manger. Bob voulut prendre un petit-déjeuner complet ; et Jill et Linus l'imitèrent. Peu de temps après, leurs commandes arrivèrent sur la table. Jill saisit une tranche de bacon dans son assiette, la renifla et la brandit en demandant : "Vous trouvez pas que ce bacon a une drôle d'odeur ?" Bob dit qu'il n'avait pas envie de sentir le bacon de quelqu'un d'autre, mais Linus accepta de le faire et Jill lui flanqua la tranche sous le nez. "Ça sent le bacon normal", déclara-t-il, et elle le mangea.

Ils terminèrent leur repas, mais s'attardèrent ; dehors, la neige continuait de tomber. Bob aperçut une silhouette rose passant devant le café, et il se dépêcha de traverser la salle pour jeter un coup d'œil par la porte d'entrée et voir s'il s'agissait de Chip, mais ce n'était pas elle. Lorsqu'il regagna la table, Jill et Linus parlaient de l'alunissage d'*Apollo 11*. "Neil Armstrong, dit Linus, faisait semblant d'improviser, mais il avait appris par cœur ce qu'il allait dire avant même que le vaisseau quitte le sol. Il a toujours prétendu s'être exprimé spontanément, mais tout porte à croire que c'est une agence de publicité engagée par la Nasa qui lui a écrit ces mots.

— C'est peut-être lui qui les a trouvés quand même, argumenta Jill. Il y a peut-être pensé pendant le vol.

— Mais enfin, soupira Linus. Vous avez déjà regardé les yeux de Neil Armstrong ? Ça, c'est du vide interstellaire. On voit l'infini dans sa tête de beau gosse. Cet homme-là était incapable de faire une liste de courses. On aime penser que les astronautes incarnent ce qui se fait de mieux en matière d'être humain mais en vérité ce sont des espèces de mannequins de vitrine, enfin plus que des espèces."

D'une voix profonde, Jill déclama : "Un petit pas pour les hommes.

— C'est *l'homme*, rectifia Linus. « Un petit pas pour *l'homme* ». Sinon, ça n'a aucun sens. Armstrong a certifié qu'il y avait eu des interférences et qu'il a bien dit « l'homme ».

— Vous n'y croyez pas ? demanda Bob.

— J'ai un doute.

— J'ai l'impression que vous avez d'une manière générale une piètre opinion des astronautes.

— Je ne les aime pas beaucoup, c'est vrai.

— Eh bien, fit Jill, je ne crois pas que M. Armstrong se soit si mal débrouillé.

— Vous serez peut-être soulagée d'apprendre, chère camarade taciturne, que votre opinion est la plus répandue."

Bob remarqua : "Je me demande ce que le deuxième homme qui marché sur la lune a dit."

Linus articula "Buzz Aldrin : « Magnifique vue. Magnifique désolation. »

— Qu'en pensez-vous ?

— La première remarque est glaçante dans sa banalité. La seconde évoque au moins les contours d'un être humain, même si ce n'est pas le genre d'être humain avec lequel j'aimerais aller camper, voyez-vous", répliqua Linus.

Ils repartirent en direction de la résidence, suivant ce qui restait dans la neige de leurs traces de pas et de fauteuil roulant. En arrivant, ils apprirent que Chip n'avait toujours pas été retrouvée et que Maria avait craqué et appelé la police. Un agent musclé d'une petite vingtaine d'années l'interrogeait dans son bureau. Bob, Jill et Linus s'attardèrent près de sa porte ; Maria était en difficulté et ils voulaient la protéger d'une manière ou d'une autre. L'agent de police finit par s'éloigner de la table de Maria avant de marquer une pause dans l'embrasure de la porte pour refermer son calepin. "Nous allons faire tout notre possible, bien sûr, déclara-t-il, mais c'est quand même malheureux de se retrouver dans cette situation, vous ne trouvez pas ?" Maria acquiesça, l'air contrit, mais lorsque l'agent se retourna elle brandit dans son dos un long majeur, ce qui émut Linus dans son fauteuil roulant, l'émut presque aux larmes ; par la suite, admiratif, il qualifierait son doigt d'honneur "d'une raideur suprême".

Après le départ de l'agent de police, Maria remarqua que Bob, Jill et Linus étaient rentrés. "Où étiez-vous, Bon Dieu ?" demanda-t-elle à Bob en tirant sur sa manche pour le prendre à part.

"On était partis chercher Chip, lui dit-il.

— Par ce temps ? À cette heure-ci ? Vous ne pouvez pas tout simplement sortir avec un résident sans prévenir personne, Bob. La pression artérielle de Jill est tellement basse qu'elle frôle l'encéphalogramme plat. Et les problèmes de Linus sont si nombreux que je ne saurais même pas par où commencer pour les énumérer. Ils sont fragiles l'un comme l'autre. Ils pourraient tomber raides morts à tout moment.

— On vous entend", s'exclama Linus.

Maria entraîna Bob un peu plus loin. "Bon, c'est quoi ce bordel ?

— D'accord, je suis désolé, souffla-t-il. Vous êtes fâchée après moi ?

— Vous ne voyez pas que je suis fâchée après vous ?

— Vous avez l'air fâché après moi.

— Je *suis* fâchée après vous ! Pendant tout le temps où je donnais à ce petit merdeux des informations sur Chip, je savais qu'il fallait aussi lui dire que vous aviez tous les trois disparu. Mais je… enfin, je ne pouvais pas le faire." Elle s'effleura la joue et parut être sur le point de s'évanouir. Son téléphone sonna et elle chassa Bob d'un geste de la main avant de s'enfermer dans son bureau. Brighty sortit de l'ascenseur et rejoignit les autres. "J'ai fait une sieste toute la sainte journée, claironna-t-elle. Qu'est-ce que j'ai raté ?" Linus était en train de lui raconter tout ce qui s'était passé lorsque Maria sortit de son bureau et annonça que le fils de Chip était en route.

"Chip a un fils ? s'étonna Brighty.

— Oui, répondit Maria, et il est très en colère." Elle regagna son bureau et posa la tête sur sa table de travail. Le groupe se pencha sur les mystères de la biographie de Chip. Ils tentèrent de rassembler les éléments dont ils avaient connaissance et découvrirent qu'ils n'en avaient en réalité pas ; ils ne savaient absolument rien sur elle. "Pas même son nom de famille, précisa Brighty.

— C'est Chip quelque chose", suggéra Jill.

Brighty secoua la tête. "C'est moi qui l'ai appelée comme ça quand elle est arrivée. *Chip*, comme *chipper*, c'est-à-dire avoir la frite, vous voyez ?"

Jill rétorqua : "Mais elle n'a pas du tout la frite.

— Oui, Jill, je sais. Un surnom est fait pour être ironique." Elle se tourna vers Bob et Linus. "Essayez de suivre, les gars."

Bob demanda : "Brighty, c'est un surnom ?"

Celle-ci répondit : "Qui vous a autorisé à poser des questions personnelles ?"

La saga Chip se poursuivit durant la soirée et Bob resta beaucoup plus tard qu'il ne l'avait fait jusqu'alors. Sa présence en vérité n'était pas nécessaire, mais il n'arrivait pas à se détacher de l'atmosphère de veillée qui régnait dans la résidence. Après la tombée de la nuit, la Grande Salle semblait se transformer visuellement ; la lumière des appliques était plus tamisée, les boiseries prenaient une couleur miel et les lieux semblaient recouvrer leur majesté d'antan. Bob et Linus jouèrent aux cartes et Jill, faisant comme s'ils ne pouvaient l'entendre, resta à les observer tout en faisant des réflexions sur leurs plis tel un commentateur de télévision cynique : "C'était bête, ça. Il devient avide." Ils jouaient littéralement pour des cacahuètes, mais à force d'en donner et d'en prendre, le véritable instinct de joueur de Linus se réveilla, et il suggéra à Bob de s'habiller pour aller au supermarché acheter des cartes à gratter.

"Vous allez venir avec moi ? demanda Bob.

— Euh, non.

— Et qui va payer les cartes à gratter ?

— Bah…" fit Linus.

Au fond, Bob voulait bien y aller ; il enfila son manteau et sortit. Dehors, tout était silencieux ; la neige ne tombait plus mais il y en avait une bonne trentaine de centimètres sur le sol, et la lune se levait dans le ciel. Une voiture solitaire passa au loin, et Bob se sentit serein tandis que ses bottes écrasaient la neige intacte. En pénétrant dans le 7-Eleven il reconnut le caissier qu'il avait vu lors de sa dernière visite, et le jeune homme, l'identifiant également aussitôt, bondit de son tabouret et pointa à l'instar d'un coutelas son long bâton de viande séchée vers l'arrière du magasin, où Chip se tenait devant les portes vitrées, agrippée à la poignée, les yeux rivés sur les boissons réfrigérées. Le caissier dit qu'elle était arrivée cinq heures plus tôt, juste après qu'il eut pris son service ; et s'il s'était inquiété de sa présence la première fois, il la soutenait désormais, comme l'on soutient un danseur à un marathon de danse ou une personne qui tente de rester assise le plus longtemps possible au sommet d'un mât de drapeau, avec respect pour le dévouement dont elle faisait preuve dans sa mystérieuse pratique. Bob emprunta le téléphone du caissier et appela la maison de retraite. Il proposa de raccompagner Chip à pied mais Maria le pria instamment de ne pas bouger et d'attendre l'ambulance, et il obtempéra. Il rejoignit Chip, et debout à côté d'elle, lui fit quelques remarques sur le temps qu'il faisait et salua sa ténacité tout en essayant en vain de lui faire boire un peu d'eau minérale. Ses jambes tremblaient de fatigue, et lorsque les secours arrivèrent ils eurent du mal à lui faire lâcher la poignée de la porte vitrée. Ils l'évacuèrent bougonne sur un brancard à roulettes, ses mains agrippant encore le vide devant elle. Après son départ, Bob acheta plusieurs cartes à gratter différentes, vingt en tout, cinq chacun – il ne lui vint pas à l'esprit d'en prendre pour Maria. "Ça va, sinon ?" demanda-t-il au caissier, qui lui répondit d'un geste que couci-couça. Bob avoua qu'il avait oublié de payer son café la dernière fois qu'il était venu plusieurs mois auparavant, et se proposa de le payer à présent ; le caissier leva son bâton de viande séchée au-dessus de la tête de Bob avant de l'adouber avec ménagements, touchant d'abord son épaule droite, puis la gauche. "Au nom de la société 7-Eleven et de toutes ses enseignes de par le monde, je vous absous de votre dette." Bob le remercia et repartit dans la nuit. En arrivant à la résidence, la Grande Salle était plongée dans la pénombre ; seule une lumière émanait du bureau de Maria, où cette dernière était assise face à un homme vêtu d'une veste en toile élimée et d'un jean. L'homme tournait le dos à Bob, qui ne put voir son visage, mais celui de Maria était crispé, et son corps transpirait le regret, les excuses et l'embarras. Linus héla Bob du fond de la Grande Salle et Bob alla s'asseoir près de lui.

"Qu'est-ce que vous faites dans le noir ?

— J'espionne, ça ne se voit pas ?

— Où sont les autres ?

— Partis se coucher.

— Où est Chip ?

— Ils l'ont emmenée à l'hôpital.

— Elle va bien ?

— Égale à elle-même.
— Et c'est le fils ?
— Ouais.
— Est-ce qu'il est en colère ?
— Il est en colère. Vous avez les cartes à gratter ?" Linus avait sorti deux pièces de monnaie, prêt à l'action ; il voulait gratter toutes les cartes avec Bob. Celui-ci leur en distribua dix chacun ; Linus empila soigneusement ses cartes et s'empara de sa pièce. "Prêt ?" demanda-t-il, et comme Bob acquiesçait, ils se lancèrent.

Une sorte de puissance supérieure avait semblé se manifester tout au long de la journée, et les deux hommes vibraient en silence, chacun animé par la potentialité d'une issue heureuse. Mais aucun des deux ne gagna quoi que ce fût, pas un seul dollar, et ils restèrent assis en silence un moment, habités par le sentiment d'échec. Linus déclara : "Quand on joue, on demande ce qu'on vaut à l'univers, et l'univers, de manière terrifiante, nous le dit." Il tapota la table du plat de la main, effleura son grand béret et lança : "Bonne nuit, amigo.
— Bonne nuit", répondit Bob.

Linus s'éloigna en fauteuil roulant. Assis seul dans la pénombre, Bob se tourna vers le bureau de Maria. Le fils de Chip se leva, mit ses gants et son bonnet et secoua la tête en observant Maria qui le regarda en silence, l'air penaud. Bob examina le fils de Chip tandis que celui-ci quittait la résidence. C'était un prolétaire d'une quarantaine d'années, et son beau visage était tendu ; il parlait tout seul, manifestement encore en colère, et comment lui en vouloir. Mais Bob compatit plus au sort de Maria qu'à celui du fils de Chip voire même qu'à celui de Chip. Il la regarda se lever et enfiler son manteau. Lorsqu'elle quitta son bureau, Bob fit grincer sa chaise pour signaler sa présence ; elle sursauta et plissa les yeux. "Bob ? Qu'est-ce que vous faites là ?" Il était minuit passé. Bob lui dit qu'il avait besoin qu'on le raccompagne en voiture jusque chez lui. "Eh bien, pourquoi pas ?" dit Maria comme pour elle-même.

C'était étrange de se trouver dans la voiture de Maria ; l'habitacle était encombré de déchets de fast-food et de gobelets écrasés. Les rues étaient vides et Bob indiquait : "À gauche ici. À gauche encore. À droite ici." La voiture tournait en silence au coin des rues sans vraiment s'arrêter aux stops, et Maria riait en silence ; elle était exténuée, dit-elle. La voiture se gara devant la maison de Bob ; Maria s'extasia : "Comme c'est charmant." Bob perçut sa déception et sa contrariété au sujet de Chip, et il voulut qu'elle sache combien tout le monde à la résidence l'aimait et l'appréciait. Maria comprit intuitivement que quelque chose de maladroitement sincère allait lui tomber dessus et elle dit à Bob qu'elle était trop fatiguée pour encaisser ce genre de choses. "Encore un mot aimable et je vais éclater en sanglots, Bob, je ne plaisante pas." Bob dit qu'il comprenait, il la remercia de l'avoir raccompagné, sortit de voiture et remonta l'allée recouverte de neige jusqu'à sa maison. Il y eut le bruit de ses pas et celui de la voiture de Maria qui s'éloignait. Il y eut le bruit de ses clés tournant dans la serrure et le bruissement de sa respiration. La maison était complètement silencieuse. Il monta à l'étage, se fit couler un bain, s'immergea dans l'eau, puis enfila son pyjama et s'allongea pour dormir, sans toutefois trouver le sommeil. Il mit son peignoir et descendit l'escalier pour aller lire dans le canapé, ce qu'il ne parvint pas non plus à faire. Il partit s'asseoir dans le coin repas de la cuisine et regarda par la fenêtre. Tout était immobile, la neige scintillait au clair de lune, immaculée hormis les traces de pneu de la voiture de Maria et ses propres empreintes de pas. Bob se remémora les événements du jour. Personne ne l'avait félicité d'avoir retrouvé Chip, et il se demanda si quiconque le ferait un jour. *Personne ne vous dira jamais merci*, c'est ce que Maria lui avait dit, il s'en souvenait. Il se rendit compte qu'il ne se serait jamais rendu dans la maison de retraite s'il n'avait pas croisé le chemin de Chip ; et comme il était étrange que leur histoire fasse une boucle et repasse par le 7-Eleven. Bob songea au fils de Chip, à la colère qui marquait son visage, mais aussi à sa beauté, étonné que Chip eût pu mettre au monde un tel spécimen. Il avait eu l'impression de le connaître, songea-t-il, comme s'il s'agissait d'un acteur de cinéma ou d'un politicien d'autrefois. Ou était-ce un visage du passé, celui d'un habitué de la bibliothèque ? Cela tarauda Bob, qui décida d'en avoir le cœur net. La chaudière vrombit au sous-sol et de l'air chaud émanant de la bouche d'aération s'engouffra dans la robe de Connie, que Bob n'avait jamais rangée, et qui se mit à onduler, et quelque chose dans ce spectacle révéla à Bob la réponse à sa question ; et lorsque cette réponse lui parvint, Bob faillit s'envoler l'espace d'un instant, comme si le fil le rattachant au sol avait été sectionné. Le fils de Chip ressemblait à Ethan. Bob plaqua une main sur sa bouche. Il fit intérieurement quelques calculs. Les éléments correspondaient. Il traversa la cuisine pour aller chercher la carte de visite de Maria, qu'il trouva épinglée sur le panneau en liège fixé au mur près du téléphone. L'horloge du four indiquait près de deux heures du matin, mais Bob ne put s'empêcher d'appeler. Il composa le numéro et attendit. La sonnerie retentit à quatre reprises et la boîte vocale se déclencha. Il raccrocha, rappela et Maria décrocha mais ne prononça pas un seul mot. Bob demanda : "C'est quoi le vrai nom de Chip ?" Maria n'était pas complètement réveillée ; elle se croyait encore en train de se débattre dans le cauchemar protéiforme qui la hantait depuis la disparition de cette dernière. D'une voix éteinte, elle articula : "Connie Augustine", avant de raccrocher.

2

1942-1960

Bob découvrit la lecture dans sa jeunesse. C'était la vieille histoire de l'enfant isolé qui trouve du réconfort dans la bibliothèque de l'école pendant que ses petits camarades hurlent leurs joies et leurs angoisses dans la cour de récréation. Et ce fut grâce aux livres que Bob découvrit les bibliothèques, grâce à ces dernières qu'il découvrit les bibliothécaires, et grâce aux bibliothécaires qu'il devint bibliothécaire à son tour. Sa première bibliothécaire s'appelait Mlle Middleton. Elle était douce, presque soumise, et comme elle appréciait Bob, elle était gentille avec lui. De temps à autre elle traversait la salle en silence et posait une orange épluchée sur la table à côté de lui, ou un verre d'eau. Elle ne souriait pas, pas exactement, mais elle adressait parfois à Bob une sorte de rictus en coin empreint de tendresse dans lequel il percevait une preuve de l'affection qu'elle lui portait, et c'en était une effectivement.

Jusqu'à l'orée de l'adolescence, Bob ne lut que des romans d'aventures avec le systématisme obsessionnel du toxicomane, puis il découvrit les thèmes littéraires intemporels que sont le deuil, la mort, les peines de cœur, l'abjecte aliénation. Ce fut en terminale que Bob pensa devenir bibliothécaire, idée née d'une amitié, ou disons d'une affinité élective, avec un certain Sandy Anderson, un autodidacte d'une cinquantaine d'années, secrètement homosexuel qui était bibliothécaire au lycée de Bob. Sandy apprit à connaître Bob et ne tarda pas à comprendre la profondeur de son intérêt pour la littérature ; il commença à lui parler d'œuvres obscures et Bob, heureux de suivre ses conseils, lui sut gré d'avoir choisi de partager avec *lui* sa liste de lecture personnelle.

Un jour Bob demanda : "Comment êtes-vous devenu bibliothécaire ?"

Sandy réfléchit. "Il me semble que j'ai fait des études pour ça, mais c'est peut-être juste un cauchemar que j'ai fait à l'époque et dans lequel je suis resté depuis tout ce temps." Il affichait un air blasé et prenait tout ce qui se trouvait sous le soleil ou la lune à la dérision ; toute déclaration sincère était raillée sans merci. Lorsque Bob évoqua son intérêt pour ce que Sandy appelait la bibliothécologie, ce dernier refusa de répondre directement aux questions sincères du jeune homme. "C'est une belle idée, Bob, mais comme bon nombre de métiers spécialisés, la bibliothécologie ne tient plus la route par les temps qui courent.

— Comment ça ?

— C'est un boulot dont l'utilité a disparu. La vie de l'esprit fondé sur le langage était nécessaire à l'époque de nos aînés, quand le temps s'écoulait aussi lentement que du sirop, mais aujourd'hui tout va trop vite. Il n'y a plus de forgerons, et bientôt il n'y aura plus d'auteurs, ni d'éditeurs, ni de libraires, et l'industrie tout entière sera engloutie dans la mer, comme l'Atlantide ; et les bibliothécologues seront enterrés tout au fond des eaux, sous le sable."

Mais Bob n'abandonna pas et Sandy, comme il dut l'admettre, ne put nier plus longtemps la maladie du désir qui persistait dans le regard de Bob. Il finit par apporter une petite pile de brochures contenant des informations sur les établissements où Bob pourrait obtenir le diplôme nécessaire. Bob les accepta avec une ferveur de matin de Noël tandis que Sandy l'observait, secouant la tête. "Tu me brises le cœur. Tu devrais être en train d'engrosser des filles que tu n'aimes pas.

— Il n'y a que ça qui m'intéresse.

— Tu devrais être dans un gang, Bob. Tu devrais te battre au couteau."

Bob rapporta les dépliants chez lui pour les montrer à sa mère. Celle-ci effleura le premier du bout de l'index en jetant un regard interrogateur à son fils. Bob lui dit : "Je vais devenir bibliothécaire.

— Ah bon ? s'étonna-t-elle.

— Oui.

— Je peux te demander pourquoi ?

— Je ne sais pas. Pourquoi pas ?"

Sa mère fit la moue. "Je trouve que tu es trop jeune pour commencer à te poser *cette question*, pas toi ?" Bob haussa les épaules, et elle ajouta : "Ce que je veux dire par là, c'est qu'une fois qu'on se pose cette question, ce n'est pas facile de s'arrêter. Et ensuite, avant même de savoir comment on en est arrivé là, on est coincé." Elle scruta du coin de l'œil le visage de Bob. "Tu ne préférerais pas faire autre chose de ta vie ?

— Comme quoi ?" interrogea Bob. Il avait trouvé un métier respectable, qui convenait à ses centres d'intérêt et à ses aptitudes, et rien là-dedans ne lui semblait être un pis-aller. Qu'est-ce que sa mère voulait de plus ? Si Sandy Anderson n'aimait apparemment pas ce métier, c'était une question personnelle liée à la déception constante que lui inspirait l'existence ; mais Bob ne comprit jamais pourquoi son choix de carrière n'enthousiasmait pas sa mère.

Il termina le lycée avec de très bonnes notes mais sans un seul ami proche, que ce soit dans l'établissement ou en dehors. Et pourquoi ? Il existe des gens que l'on qualifie de charismatiques, c'est-à-dire qu'ils ont la capacité à susciter la dévotion d'autrui afin de servir leurs intérêts personnels ; à l'inverse, il existe des gens qui sont des éteignoirs, qui ont le pouvoir d'anéantir l'ambiance dans une pièce par leur simple présence. Bob n'était ni l'un ni l'autre, et il ne se situait pas non plus au milieu de ces deux extrêmes. Il se tenait sur le côté, complètement hors course. Dès son plus jeune âge, il avait eu un don pour l'invisibilité ; ses camarades de classe ne le traitaient pas mal, parce qu'ils ne le voyaient pas, et ses professeurs avaient tendance à oublier encore et encore son nom. Il aurait fait un fabuleux braqueur de banques ; qui serait sorti libre de n'importe quelle parade d'identification. Naturellement, il avait connu quelques amitiés mineures et même des élans amoureux durant sa scolarité ; mais rien de tout cela n'avait jamais eu le moindre sens pour Bob. La vérité, c'était que les gens le fatiguaient.

Après le lycée il s'inscrivit directement à Portland State pour étudier les sciences de l'information et des bibliothèques sans prendre la peine de faire une pause durant l'été. Le cursus était censé durer trois ans, mais Bob réussit à obtenir son diplôme en moins de deux années. Il avait échafaudé dans son esprit une existence bien précise, tel un décor de théâtre attendant que le rideau se lève ; et s'il était loin d'être ce qu'on appelle ambitieux, il était fermement déterminé à ce que démarre la vie qu'il s'imaginait et espérait.

Ses années d'études furent banales, mais Bob s'en contenta. Il ne commençait jamais ses cours avant dix heures, et la maison était vide lorsqu'il se levait le matin. Le travail qu'on lui demandait de faire était assommant, souvent au plus haut point. L'un des professeurs de Bob lui expliqua que très peu de choses de ce qu'on lui enseignait lui serviraient par la suite ; et effectivement, presque rien ne revint sur le tapis. Ce même professeur affirma également que si le cursus durait aussi longtemps, c'était pour décourager les flemmards, qui croyaient que la fonction de bibliothécaire était un métier facile ; ce qui était à la fois vrai et faux, comme il le découvrirait.

Bob obtint son diplôme avec une mention très bien, ce qui ne lui apporta rien de concret à ses yeux. Il avait décidé de ne pas participer à la cérémonie de remise des diplômes, mais sa mère et Sandy Anderson insistèrent, si bien qu'il alla se choisir une toge et une toque, et le grand jour arriva. L'événement se déroula sur une scène trop haute dans un amphithéâtre en plein air, par une soirée d'été humide dans les collines au sud-ouest de la ville. La mère de Bob et Sandy se tenaient dans le public ; ils ne s'étaient jamais rencontrés, mais s'entendirent tout de suite très bien, se penchant l'un vers l'autre en riant et en faisant des commentaires. Après la cérémonie, la mère de Bob supplia Sandy de venir dîner avec eux pour fêter ça ; tandis que Sandy montait à l'avant de la Chevrolet, Bob pressentit qu'une catastrophe allait survenir.

Ils se rendirent dans un restaurant de fruits de mer, bien que Bob n'aimât pas les fruits de mer. Sandy et la mère de Bob burent quatre cocktails chacun et ne firent que railler la solitude et le sérieux de Bob. "Je vis depuis tout ce temps avec un bibliothécaire et je ne le savais même pas, lança sa mère. Si seulement quelqu'un m'avait prévenue quand il est né, tout m'aurait paru plus clair. Ces années qu'il a passées assis en silence dans sa chambre !" Lorsque la mère de Bob s'éclipsa aux toilettes, Sandy glissa à Bob une lettre en lui chuchotant qu'il s'agissait d'un cadeau pour son diplôme, mais que Bob ne devrait l'ouvrir qu'une fois seul.

À la moitié du repas, l'humeur était joyeuse, mais le temps qu'arrivent les desserts, une morosité alcoolisée s'était emparée à la fois de la mère de Bob et de Sandy. La première s'était enfoncée dans la banquette, les bras croisés ; le second avait commencé à marmonner des piques dans sa barbe, et son regard ironique à la fois aimable et blasé s'était altéré, flouté, comme si ses pensées étaient devenues fourbes. L'addition arriva, Bob proposa de la régler et à sa grande surprise personne ne s'y opposa. Bob aida sa mère amorphe à se lever et à traverser le restaurant pour gagner la Chevrolet sur le parking. Après l'avoir installée sur la banquette arrière, il se glissa derrière le volant et mit le contact. Sandy se tenait dans la lumière des phares, s'efforçant en vain d'allumer une cigarette avec son briquet. Bob baissa sa vitre et lui demanda ce qu'il fabriquait ; ce à quoi Sandy répondit : "Je connais un endroit parfait pour nous.

— Il faut que je la ramène à la maison.

— Laisse-la cuver. À mon avis ce ne sera pas la première fois qu'elle se réveille seule dans une voiture. Et on a tant de choses à célébrer." Désignant le centre-ville, il demanda : "Tu veux que je nous appelle un taxi ? Je vais nous appeler un taxi. Est-ce que je devrais nous appeler un taxi ?" Bob fit marche arrière et Sandy disparut dans l'obscurité. Sur le chemin du retour, la mère de Bob se réveilla brusquement et demanda : “Pourquoi tu ne m’as rien dit ?

— Dit quoi ?”

Elle se redressa pour regarder par la fenêtre. “Tu croyais que ça me gênerait ? J’ai quand même fait deux ou trois tours de piste, Bob. Enfin, je veux dire, tu n’as pas besoin de me raconter les détails, mais je sais qu’il faut de tout pour faire un monde, et je vous souhaite bonne chance à tous les deux.” L’idée que Bob pût entretenir la moindre relation amoureuse avec Sandy était tellement inconcevable pour lui qu’il lui fallut attendre le lendemain matin pour comprendre ce que sa mère lui avait effectivement dit. Il remit les choses au clair au petit-déjeuner mais sa mère, qui avait une sévère gueule de bois, ne le crut manifestement pas. Entre le moment où elle rencontra Sandy et sa mort, qui survint quinze mois plus tard, elle demanda de temps à autre comment ce dernier se portait. “Il peut venir quand il veut, tu sais. Pourquoi ne l’invites-tu pas à déjeuner ? On s’est tellement marrés à ta remise de diplôme.” La lettre que Sandy avait donnée à Bob se révéla être une déclaration passive-agressive et constamment évasive de ce qu’il appelait *dévotion d’une amitié particulière*, dans laquelle Bob, malgré son manque d’expérience, perçut quelque chose de charnel et amoureux. Bob n’avait aucun préjugé négatif sur l’homosexualité, mais il n’éprouvait pas les mêmes sentiments que Sandy Anderson, et ne savait absolument pas comment répondre à cette missive. Les mois passèrent, et ils n’eurent plus aucun contact. Bob se reprocha cette rupture, son ami lui manquait ; il se demandait ce qu’il lisait. Lorsqu’il décrocha son premier poste de bibliothécaire sous la redoutable houlette de Mlle Ogilvie dans l’annexe nord-ouest de la bibliothèque municipale de Portland, il décida d'annoncer la bonne nouvelle à Sandy, qui l'accueillit avec un enthousiasme sincère. Il invita Bob à dîner chez lui, et Bob fut heureux d'accepter.

Sandy ouvrit la porte en tablier de cuisine, cigarette au bec. "J'ai mis la quiche à refroidir", dit-il. Il fit entrer Bob dans son repaire, mit un disque de Martin Denny et tenta aussitôt de l'embrasser. Bob se dégagea, s'essuya la bouche en expliquant qu'il n'était pas intéressé ; et Sandy parut surpris, presque incrédule. "Tu veux me faire gober que tu n'es pas pédé ? fit-il.

— Non, je ne le suis pas."

Sandy s'assit. "Tu dis ça parce que tu crois que je ne le suis pas vraiment ? Parce que, Bob ? Je suis pédé jusqu'au bout des ongles.

— Oui, je comprends. Mais non, ce n'est pas pour ça que je dis ça.

— Quoi, lâcha Sandy. Depuis le début j'étais sûr que tu l'étais."

Bob eut envie de s'excuser mais il songea que ce n'était pas la chose à faire, que ce n'était pas juste, pas vrai, donc il murmura : "C'est un malentendu, je regrette."

Sandy haussa les épaules, le visage empreint d'une profonde désillusion. Il dit : "Tout ce temps que je t'ai donné."

En apprenant que les multiples attentions que Sandy lui avait prodiguées s'ancraient en fait dans autre chose que de l'amitié, Bob se sentit blessé. Sandy s'en rendit compte et ajouta : "Je suis désolé, Bob. Je sais que je me comporte comme un enfoiré. Mais il faut que tu comprennes ; je m'étais fait toute une histoire. Je croyais que c'était le début de quelque chose, et ce n'est pas le cas ; et ça va mais j'ai besoin d'une minute ou deux pour m'en remettre." Ils passèrent à table pour manger la quiche et Sandy expliqua à Bob comment ce serait de travailler sous les ordres de Mlle Ogilvie. "Ogilvie, c'est une ogresse. Les gens disent que c'est une connasse et à dire la vérité je crois que c'est une connasse, oui. Mais c'est aussi la bibliothécaire *par excellence**. L'annexe nord-ouest est la bibliothèque la mieux gérée, ce qui fait qu'Ogilvie est hyper bien vue de la hiérarchie, ce qui fait qu'elle a toutes les nouveautés et les périodiques, qu'on lui change la moquette tous les cinq ans, qu'on lui refait les peintures et qu'on lui améliore constamment les équipements et tout et tout. En vérité, Bob, tu as peut-être décroché le gros lot, parce que l'ogresse ne rajeunit pas… enfin comme tout le monde. En tout cas, elle ne va pas tarder à partir et celui ou celle qu'elle recommandera pour prendre sa suite héritera certainement du royaume, c'est moi qui te le dis. Tu m'entends ?

— Oui.

— N'importe quel jeune intelligent aurait tendance à s'opposer à elle. Et il aurait raison parce que ses idées sont dépassées et horribles et en toute honnêteté on devrait probablement la mettre au placard ; mais ce serait une erreur de la jouer comme ça si tu veux faire la différence à long terme. Ne fais pas la guerre à une guerrière, voilà. Quand on la mettra au placard, ou qu'on la remerciera pour l'ensemble de sa carrière, tu pourras te glisser dans ses godillots et réorganiser la baraque."

Tandis que l'atmosphère de la soirée se détendait, Sandy devint nostalgique. "Tout ce que j'avais toujours désiré, c'était d'être seul dans une pièce avec des livres. Mais ensuite un truc affreux s'est passé, Bob, j'ai obtenu ce que je voulais.

— Mais c'est ce que je veux moi aussi, remarqua Bob.

— Bah, accroche-toi, mon joli, parce qu'on dirait que tu vas y arriver aussi." Plus tard, lorsque Sandy raccompagna Bob à la porte, Bob lui tendit la main pour lui dire au revoir et Sandy la regarda et s'exclama : "Oh mon Dieu !" Bob ne contacta jamais plus Sandy, et Sandy ne contacta jamais plus Bob, ce dont ce dernier s'accommoda tout compte fait, malgré l'affection quasi admirative qu'il continuerait d'éprouver pour Sandy jusqu'à la fin de ses jours. Si Bob avait aimé sa méchanceté, sa drôlerie, son intelligence et sa misanthropie, il était soulagé de se trouver disons relativement simple comparé à lui.

Durant la vingt-troisième année de Bob, sa mère mourut brusquement et prématurément, lui laissant la maison couleur menthe libre de tout emprunt ou hypothèque, la Chevrolet qui n'avait que deux ans, et un héritage s'élevant à près de vingt mille dollars. Son décès ne l'accabla pas outre mesure mais il se sentit seul : il avait l'impression de ne pas avoir compris qui avait été sa mère et pourquoi elle avait eu un enfant. Elle n'avait pas été mauvaise, mais elle avait semblé déçue, et par extension décevante, du moins pour Bob.

Personne ne s'attend à mourir prématurément de maladie mais sa mère ne fut pas surprise en apprenant qu'elle était condamnée. Elle demanda à Bob de venir dans le salon un matin pour lui parler de deux ou trois choses, comme elle le formula, mais il ne s'agissait en réalité que d'une chose, à savoir qu'elle avait un cancer du cerveau et qu'elle serait bientôt morte, ce qui se révéla exact : elle prit sa retraite en février et en juin elle était décédée. La dernière fois que Bob vit sa mère en vie, elle était sur son lit d'hôpital. Elle avait perdu presque la moitié de son poids initial et semblait préoccupée, comme quelqu'un sur le point de partir en voyage. Mais son état diminué avait quelque chose de grave qui lui allait bien, avait songé Bob. Sa maladie était impressionnante, et elle avait dans le regard un curieux éclat suggérant qu'elle avait percé un mystère. Une infirmière avait passé la tête dans l'embrasure de la porte et dit à Bob : "Cinq minutes." À la manière dont elle avait prononcé ces mots, lentement et d'une voix rauque, et à la manière dont son regard avait croisé celui de Bob, ce dernier avait eu l'impression qu'elle lui disait qu'il était temps de dire adieu à sa mère pour toujours. Et la mère de Bob avait peut-être pensé la même chose car elle avait dit : "Nous n'avons jamais parlé de ton père." Si Bob avait cherché à en savoir plus sur son père par le passé, surtout lorsqu'il était petit garçon, sa mère avait esquivé le sujet chaque fois qu'il l'avait abordé. Mais maintenant qu'il était adulte, et qu'il se trouvait dans cette chambre d'hôpital avec elle, il préférait ne rien savoir du tout. "Tu n'as pas besoin d'en parler si tu ne veux pas, lui dit-il.

— Non, ça ne me gêne pas, répliqua-t-elle.

— D'accord, mais si ce n'est pas une belle histoire, j'aimerais autant ne pas l'entendre.

— C'est une belle histoire. Du moins je n'ai jamais pensé le contraire." Elle garda le silence un long moment, et Bob crut qu'elle avait oublié ce dont elle parlait, mais tout à coup elle se lança : "C'était en pleine Dépression, et je partageais un appartement avec deux copines. Tous les vendredis on sortait et on essayait de trouver le moyen de s'amuser avec un dollar qu'on se partageait à nous trois. Ce soir-là on est entrées dans un bar qui proposait pour cinq *cents* une petite bière et un shot d'alcool. Donc, bon, on a bu quelques verres, et tout allait bien mais une de mes copines a commencé à avoir mal au ventre, donc l'autre a dû la raccompagner à la maison et je me suis retrouvée seule. C'est alors que j'ai remarqué un type au fond de la salle qui me regardait en douce, quand il pensait que je ne faisais pas attention. Mais je faisais attention. Il n'avait rien de spécial, il était plutôt bien habillé, il avait l'air respectable… mais triste. Enfin, c'est l'air qu'il avait, Bob.

— Triste.

— Oui. Comme si quelque chose n'allait pas dans sa vie. Si ça se trouve il était toujours comme ça, mais j'ai eu le sentiment qu'il était particulièrement triste ce soir-là ou cette semaine-là, et j'ai commencé à me demander quel était le problème, et s'il n'y avait pas quelque chose que je pourrais faire pour lui remonter le moral. Donc je me suis levée, j'ai pris ma dernière pièce de dix *cents*, je nous ai commandé une bière et un shot chacun puis avec les verres sur un plateau je me suis approchée de sa table et je lui ai dit : « Bonsoir, je vous offre un verre. Parce que, mon gars, vous avez l'air plus triste qu'un vieux pansement qui flotte dans un bain froid ! »" Se remémorant le moment, la mère de Bob sourit. "Oh, ça je l'ai fait rire. Il avait un beau rire. Et tu sais, parfois ça suffit à te rendre drôle, quand quelqu'un rit à ce que tu lui dis. Enfin c'était mon jour de chance, comme ça arrive parfois, et tout ce que je disais était drôle, à tel point qu'il en tapait la table du plat de la main, et c'est comme ça que ton père et moi on est devenus amis. Il a payé les tournées suivantes, et ensuite il a dit qu'il allait me raccompagner chez moi." La mère de Bob se cacha un instant les yeux avant de reprendre. "Le lendemain matin, nous étions loin d'être au mieux de notre forme mais il n'y avait aucune amertume entre nous, tu vois ce que je veux dire ? Je n'ai jamais été une grande séductrice, mais j'ai quand même eu des aventures et je peux te dire que le lendemain matin, parfois, c'est sacrément gênant, voire même horrible. Parce qu'il y a des sales types malheureux en ce bas monde, Bob, et ils aiment te faire croire qu'ils sont comme ci et quand c'est trop tard ils te montrent qu'en fait ils sont comme ça. Mais ce gars ? Il était le même que la veille : lui-même. Il était juste sympa. Donc on a passé la matinée à parler, je lui ai préparé un petit-déjeuner, on a partagé une cigarette, puis la question de savoir ce qui allait se passer s'est posée. Et à ce moment-là le charme s'est comme rompu. Il s'est levé et il a dit qu'il fallait qu'il y aille… il devait partir, c'est ce qu'il a dit. Et c'était probablement un vœu pieux de ma part mais j'ai eu l'impression qu'il serait bien resté encore un moment, qu'il avait envie qu'on passe plus de temps ensemble.

— Comment il s'appelait ?

— Je ne m'en souviens pas.

— Je lui ressemble ?

— Pas vraiment.

— Pourquoi tu ne l'as plus jamais revu ?

— Je ne sais pas, Bob. Peut-être qu'il était marié, ou fiancé. Il avait peut-être des gosses. Qui sait ?" Elle haussa les épaules. "Mais je voulais que tu saches que l'histoire de ton père et moi, c'est une petite histoire mais ça ne veut pas dire que ce n'est pas une belle histoire. Je ne peux pas prétendre avoir été amoureuse de l'homme, ou même l'avoir connu véritablement, mais je l'ai bien aimé, tu vois ? Et il m'a bien aimée aussi. Et ce n'est pas si mal quand on voit l'enfer que se font vivre les gens parfois." La mère squelettique de Bob, allongée là, lui disait ces choses, le poing serré, le drap d'hôpital remonté jusqu'au menton. L'infirmière revint et dit à Bob qu'il était temps de laisser sa mère se reposer, et il partit.

Il n'y eut aucune décision à prendre par rapport aux obsèques parce que la mère de Bob s'en était chargée jusque dans les moindres détails. Dix ou onze personnes assistèrent à la cérémonie ; Bob en reconnut quelques-unes, des femmes avec lesquelles sa mère avait travaillé, certaines accompagnées de leur mari. Néanmoins aucune d'entre elles ne se présenta. Bob songea que ces gens le considéraient probablement non pas comme le fils de celle qui n'était plus mais comme le fardeau qu'elle avait dû porter toute sa vie – l'infâme enfant illégitime. Un prêtre lut des passages célèbres voire éculés de la Bible ; ce fut comme écouter quelqu'un réciter le serment d'allégeance, cette impression que les mots se forment dans l'air mais que leur sens est inexistant. Dans un douillet cercueil entrouvert laissant apercevoir quelques cheveux et un petit coin sombre de visage, le corps de la mère de Bob assistait à tout cela. Bob avait remarqué la manière dont était présenté le cercueil en pénétrant dans la salle mais il ne s'était d'emblée rien dit à ce sujet. Cependant il se mit à ne pas beaucoup l'apprécier, puis à ne plus l'apprécier du tout. Une dame patronnesse se tenait au bout des travées ; lorsque la présentation du cercueil devint problématique pour Bob, il se leva et s'approcha d'elle. "Bonjour, chuchota-t-il.

— Bonjour à vous", souffla-t-elle.

Bob expliqua qu'il était le fils de la personne décédée et la dame lui étreignit le bras de sa main gantée de blanc. Elle lui demanda s'il était satisfait de la cérémonie et il répondit par l'affirmative en précisant qu'il s'interrogeait toutefois au sujet du cercueil. Pourquoi était-il ainsi présenté ?

"Présenté comment ça, monsieur ?

— Juste entrouvert."

À voix basse la dame déclara : "Le cercueil est comme l'a souhaité la défense."

Inquiet, Bob demanda : "La défense ? C'est-à-dire ?"

Son interlocutrice écarquilla soudain les yeux et rougit jusqu'aux oreilles. "Dieu du ciel, pardonnez-moi ! Pas la défense. La *défunte*." Elle soupira, pour se reprendre. "C'est votre mère qui a choisi que le cercueil soit présenté ainsi.

— Elle a demandé qu'il soit comme ça ? s'étonna Bob.

— Absolument, monsieur. Ce n'est pas si rare, en fait. Le cercueil complètement ouvert ou complètement fermé peut paraître radical, quand on s'imagine, voyez-vous, dedans."

Bob remarqua : "Elle voulait pouvoir jeter un coup d'œil, c'est tout.

— Oui, monsieur, je crois que c'est ça.

— OK, bien, merci."

Bob retourna vers son siège mais s'aperçut que quelqu'un le lui avait pris. Il s'agissait d'un homme replet d'une soixantaine d'années enveloppé d'un nuage nauséabond d'eau de Cologne qui piquait les yeux. Bob s'arrêta devant lui ; l'homme leva les yeux et son regard accablé sembla dire à Bob : laisse-moi tranquille. Bob prit place devant l'homme et continua d'observer la cérémonie.

Deux préposés en chemises blanches assorties s'avancèrent pour sceller le cercueil. L'un était jeune avec une chemise neuve, et l'autre moins jeune avec une chemise moins neuve ; Bob se dit qu'ils se ressemblaient et se demanda s'ils n'étaient pas parents. Ils firent rouler le cercueil pour le sortir et l'emmener dans le cimetière adjacent, les proches de la défunte les suivant lentement le long d'un chemin sinueux jusqu'au sommet d'un promontoire verdoyant. Une tente verte avec quatre rangées de chaises pliantes avait été installée ; Bob s'assit au dernier rang, et l'homme qui puait l'eau de Cologne à côté de lui. Les préposés déposèrent le cercueil rutilant sur une palette métallique au-dessus de la fosse ouverte. L'aîné des préposés parla à l'oreille du cadet avant de descendre la colline en direction de l'église. Le cadet attendit un moment, le nez au vent, puis fit volte-face et commença à faire descendre la mère de Bob dans sa tombe au moyen d'un treuil. Mais le mécanisme du treuil était soit rouillé soit bloqué, de sorte que l'engin se mit à couiner, puis à crisser, pour finalement émettre un bruit strident impossible à ignorer et toutes les personnes présentes grimacèrent, certaines se couvrant même les oreilles. La mère de Bob était à moitié en terre lorsque le vacarme cessa, le treuil refusant d'aller plus loin. Le jeune préposé commença à s'en prendre au treuil et à le secouer dans l'espoir de le débloquer, ce qui dans un lien de cause à effet ébranla le cercueil de manière similaire, et la petite assistance tout entière imagina le corps à l'intérieur valdinguant à tout-va – idée tant troublante qu'indésirable. Bob et l'homme qui puait l'eau de Cologne s'étaient levés, prêts à se précipiter vers le jeune préposé mais l'aîné rappliqua, marchant aussi vite que possible sans toutefois courir. Le visage sévère et tendu, il posa une main sur celle de son cadet pour l'immobiliser. L'aîné des préposés parla derechef à l'oreille de son cadet, et cette fois ce fut ce dernier qui descendit la colline. L'aîné des préposés se tourna alors vers l'assistance et dit, d'une voix à la fois délicate et mélodieuse qui surprit Bob : "Je vous prie de nous pardonner, mesdames et messieurs. Je vous présente nos plus plates excuses pour le dérangement et le retard. C'est encore une fois l'histoire de l'homme contre la machine. Je vous promets que l'homme en sortira vainqueur, mais je vous demande d'être patients, et je vous remercie de votre compréhension." L'aîné des préposés inspecta alors le treuil ; l'homme qui puait l'eau de Cologne et Bob se rassirent.

Les proches de la défunte se turent tous ; ils observèrent le cercueil, ou pas, chacun s'abandonnant à ses pensées. Une bourrasque s'engouffra dans le cimetière vallonné et la tente au-dessus de leurs têtes se gonfla. Le vent tomba et la toile mollit. Mais quelques secondes plus tard, ça souffla de plus belle, et la tente cette fois se souleva du sol comme si une main invisible s'en était emparée. Bob leva les yeux pour suivre sa trajectoire : la tente s'envola dans les airs avant d'atterrir plus loin dans sa position première, après quoi elle vacilla, les poteaux telles les jambes d'un cheval ivre s'efforçant de rester debout, puis s'effondra, à plat, par terre. En regardant autour de lui pour manifester son étonnement à quelqu'un, Bob remarqua que l'homme qui puait l'eau de Cologne pleurait doucement. Il fixait le cercueil, inconsolable, sans se rendre compte que Bob l'observait, ni même que la tente s'était envolée. Là-dessus l'aîné des préposés se précipita pour récupérer la tente, et Bob s'élança à sa suite pour lui prêter main-forte. Tous deux, ils redressèrent la toile et entreprirent de la rapporter, tenant chacun deux poteaux, pour mettre à l'abri, ou plutôt remettre à l'abri, les proches de la défunte qui plissaient désormais les yeux et avaient les cheveux en pagaille. Tandis que Bob replaçait ses poteaux dans leurs trous initiaux, il remarqua que l'homme qui puait l'eau de Cologne avait cessé de pleurer et restait là, les yeux dans le vague, un mouchoir dans la main qu'il tenait de telle sorte qu'on aurait dit un cône de glace fondu. Regagnant sa place, Bob reconnut les initiales brodées en fil doré au coin du mouchoir, et se rendit compte que cet homme n'était autre que George Baker-Bailey, l'employeur de longue date de sa mère, celui des jambons de Noël et des coups de téléphone tardifs. Il irradiait la richesse et l'influence, l'autosatisfaction ou peut-être simplement la satisfaction, et il dut sentir cette fois que Bob l'observait, parce qu'il se tourna vers lui comme il s'asseyait. Bob tendit la main et dit : "Papa ?" et l'homme se ratatina sur son siège, dégoûté par le mot. "Je plaisante. Bonjour, je m'appelle Bob."

Tandis que l'aîné des préposés faisait le tour de la tente pour amarrer solidement les poteaux, son cadet était revenu armé d'un marteau à panne ronde. Il s'approcha du treuil à grands pas, s'immobilisa en écartant les pieds et se mit à taper sans retenue ; et avant que son aîné ne puisse le rejoindre, le treuil se débloqua, le cercueil se libéra et tomba d'un coup jusqu'au fond de la fosse, de laquelle s'éleva une colonne de poussière. Haletant, le cadet des préposés se tourna vers son public, les proches de la défunte, et à voir son visage il considérait manifestement qu'il faisait de son mieux. Il y avait du défi dans son regard, mais aussi une touche de regret. De toute évidence, il était à la fois affligé de malchance et d'idiotie. L'aîné des préposés s'avança, lui ôta le marteau des mains et à son tour se tourna vers la petite assistance. Bob eut fugacement l'envie de voir les deux hommes se prendre la main et brandir leurs bras ainsi joints au-dessus de leurs têtes avant de s'incliner.

M. Baker-Bailey voulut dîner avec Bob. Celui-ci n'en avait pas envie, mais M. Baker-Bailey ne le laissa nullement exprimer ses désirs, et c'est pourquoi ils se donnèrent rendez-vous en ville dans un restaurant de grillades. Lorsque Bob pénétra dans l'établissement, il découvrit que M. Baker-Bailey avait déjà terminé son premier verre et s'apprêtait à entamer le deuxième. Plateau plaqué contre la poitrine, un serveur debout près de la table, légèrement penché en avant, écoutait les instructions de M. Baker-Bailey. "Je veux que vous fassiez attention, je ne veux pas me retrouver avec un verre vide. Je n'ai pas envie d'avoir à demander, vous comprenez ? Parce que j'ai enterré une sainte aujourd'hui, et c'est à vous de m'approvisionner en bourbon jusqu'à ce que je ne puisse plus articuler pour vous dire d'arrêter." Comme Bob s'installait à table, le serveur fit mine de partir mais M. Baker-Bailey le saisit par le bras et ajouta : "Pas si vite, nous sommes prêts à commander." Ils prendraient deux bavettes saignantes, poursuivit-il, deux pommes de terre au four et deux portions de riz pilaf. Le serveur prit note de la commande et s'éloigna. Pour expliquer sa décision, M. Baker-Bailey dit à Bob : "Les bavettes sont la spécialité de cette maison. Ce n'est jamais décevant." Puis il se détendit, se tourna vers la vitrine et regarda les citoyens passer sur le trottoir. Il respirait lentement et posément et Bob pressentit que l'homme allait évoquer la vie et la mort de sa mère. Il dit à Bob : "Quelle journée, pas vrai ?

— Oui, répondit Bob.

— Tu étais content de la cérémonie ?

— Je crois.

— Tu *crois* ? J'aurais espéré un avis plus tranché, vu ce que ça a coûté, bon sang." Les yeux plissés, M. Baker-Bailey regarda le verre d'eau dans la main de Bob. "Il te faut un verre digne de ce nom.

— L'eau me convient.

— Tu te fous de moi ? On ne boit pas d'eau un jour pareil." Il leva la main et claqua des doigts.

Bob protesta : "Ça va aller. Je ne veux pas d'alcool."

La main de M. Baker-Bailey descendit lentement et se posa sur la table. "Pourquoi tu ne bois pas d'alcool ?

— J'en bois, c'est juste que je n'en ai pas envie maintenant.

— Et pourquoi ?

— Je n'ai pas envie d'en sentir les effets."

Il fallut un moment à M. Baker-Bailey pour accepter cette remarque ; il parut trouver que Bob manquait de savoir-vivre. Mais pour finir, il haussa les épaules et déclara : "Bon, tu sais quoi, ce prêtre était top moumoute. Il n'était pas donné, mais je me dis que ça valait la peine. C'était très important pour ta mère d'avoir ce prêtre-là, et je lui avais promis, donc voilà. Ça a coûté ce que ça a coûté, pas la peine de râler sur ça maintenant, non ? Tu savais qu'elle et moi on a travaillé ensemble pendant plus de vingt ans ?

— Oui.

— Vingt ans ! Ça fait un bail, quand même." Il marqua une pause et dit : "C'est marrant, non, que ça nous ait pris si longtemps de nous rencontrer ?

— J'imagine, oui, fit Bob. Même si en fait je vous ai vu une fois, avant.

— Ah ouais ? Et c'était quand ?

— J'avais onze ans et vous dansiez un slow avec ma mère dans notre salon."

Un éclair de panique traversa le visage de M. Baker-Bailey et il vida d'un trait son verre de bourbon. Contemplant les glaçons, il commença à les faire tinter au fond de son verre, puis il leva la tête et cria à la cantonade : "Qu'est-ce que je vous ai dit ?" Le serveur se précipita avec un nouveau verre et battit en retraite en emportant le vide. M. Baker-Bailey lui lança un regard noir. Puis il se tourna vers Bob. "Je suis contrarié. Tu vois ce que je veux dire ?

— Vous êtes contrarié", répéta Bob. Il commençait à se demander comment il allait pouvoir s'éclipser sans trop faire de vagues.

M. Baker-Bailey but une longue gorgée. "Alors, qu'est-ce que tu fais en ce moment ?

— Je viens juste de commencer à travailler dans une bibliothèque.

— C'est bien, bien. C'est un poste sûr." Il brandit un doigt en l'air comme pour évaluer la direction du vent. "Tu peux avoir envie de lire un livre sans savoir si tu veux l'acheter. Eh bien c'est tout simple, tu le ramènes à la maison et tu t'en donnes à cœur joie. Et c'est gratuit en plus. C'est une démarche que je soutiens. Même si ce n'est pas comme ça que tu deviendras riche, mais je suppose que ce n'est pas la question, pas vrai ?

— J'imagine que non.

— Ton truc avec les livres, tu dois le tenir de ta mère, non ?

— Sans doute", répondit Bob, quoiqu'il n'eût jamais vu sa mère lire autre chose que des magazines et des journaux.

M. Baker-Bailey observa de nouveau les passants, parlant à Bob sans le regarder, s'abandonnant avec emphase à l'expression de sa peine : "Ta mère ? C'était mon bras droit, et même plus. Et nous deux ? Rien ne nous arrêtait. On trouvait des solutions à tout. Parce que je la *connaissais*. Je *connaissais* cette femme. Je la connaissais mieux que ma propre épouse !" Il eut un petit rire. "Seigneur, c'était une gamine quand elle a commencé. On était tous les deux des gosses, en fait. Jeunes et cons et on pétait le feu tous azimuts." Il termina son verre et un autre apparut ainsi que leurs deux plats identiques. L'arrivée de la nourriture requinqua M. Baker-Bailey. Heureux, il attaqua sa bavette ; mais quelque chose ne tarda pas à se retourner en lui, une idée désagréable qui gâta sa bonne humeur. "Bref, je crois qu'elle ne s'en est pas si mal tirée avec moi." Bob garda le silence ; M. Baker-Bailey ajouta : "Enfin ce que je veux dire, c'est qu'elle aurait pu plus mal tomber." Bob observa M. Baker-Bailey et quelque chose dans son regard poussa M. Baker-Bailey à lui demander : "Qui lui a acheté cette maison, à ton avis ?

— Je croyais que c'était elle.

— Très bien, mais où aurait-elle trouvé l'argent ?

— Je croyais qu'elle l'avait gagné."

M. Baker-Bailey dévisagea Bob. Ses narines étaient obstruées, et un minuscule sifflement résonnait chaque fois qu'il expirait. "Tu as quelque chose sur le cœur ? fit-il. Vas-y, dis-le. Parce que je suis là, et je suis tout ouïe."

Bob réfléchit un instant, puis secoua la tête. "Je ne peux rien vous dire.
— Pourquoi ?
— Je n'ai pas les mots.
— Pourquoi ?
— Je ne sais pas. C'est juste qu'il n'y a pas de mots pour vous."
M. Baker-Bailey cligna des yeux puis se remit à manger. C'était gênant de le regarder manger, parce que sa tête était de la même couleur que la bavette. Il enfournait de la viande rouge dans sa bouche rouge, et sa tête était rouge, et c'était comme regarder un animal se dévorer lui-même. "C'est de la bonne viande, fit-il la bouche pleine.
— D'accord, dit Bob.
— Pourquoi tu ne manges pas ?
— J'ai la nausée.
— Mange ta bavette, tu te sentiras mieux."
Mais Bob ne pouvait pas manger, et n'essaya même pas. Lorsque M. Baker-Bailey eut terminé, il claqua des doigts pour signifier au serveur de débarrasser les assiettes. Après quoi, il alluma une cigarette et contempla la fumée s'élevant au-dessus de leurs têtes. "Tu sais quoi ?" commença-t-il, et là, perdant tous ses moyens, il se mit à pleurer, et pas de modestes larmes comme à l'enterrement, mais de gros sanglots bruyants. Les clients et les employés du restaurant s'immobilisèrent et les regardèrent, l'air interrogateur ; Bob plia sa serviette qu'il posa sur la table et se leva pour partir. Alors qu'il se dirigeait vers la porte, il passa devant le serveur ; ce dernier s'était arrêté alors qu'il pensait apporter à M. Baker-Bailey un autre bourbon, et maintenant, pétrifié face à l'homme éploré, il se demandait s'il fallait ou non le resservir.

Bob eut un élan de sympathie pour lui ; sa situation n'était pas facile : était-ce judicieux ou non d'apporter un autre verre à un homme en pleurs ? Telle était la question à laquelle le serveur n'avait sans doute jamais eu à répondre.

Jamais il n'y avait eu de bibliothécaire moins encline, moins susceptible de représenter la gloire incommensurable des lettres que Mlle Ogilvie. Elle se moquait éperdument de transmettre la lecture ou de vanter telle école littéraire ou tel auteur, et jamais Bob ne la vit prendre un livre par simple plaisir. À ses yeux, sa tâche était de maintenir le sacro-saint silence qui se devait de régner dans la bibliothèque. "Ce que font les gens avec le silence ne me concerne aucunement, affirma-t-elle à Bob, mais silence ils auront." La voix humaine, lorsque son niveau sonore dépassait le murmure, faisait naître en elle ce que l'on pourrait appeler purement et simplement de la haine ; ainsi, sa bibliothèque était la plus silencieuse de la ville de Portland, et probablement de tout l'Oregon.

Malgré la rigidité de ses principes, Mlle Ogilvie n'était pas déraisonnable, et elle traitait les choses au cas par cas. Les sans-abri, du moins les individus les plus sains d'esprit de cette catégorie, étaient pour la plupart tolérés. Si vous saviez rester silencieux, que vos odeurs corporelles n'étaient pas trop extravagantes et que vous lisiez un livre ou un magazine ou prétendiez le faire de manière suffisamment convaincante, alors oui, vous pouviez rester au sec tout un après-midi pluvieux si vous le désiriez. Les lycéens et les étudiants étaient pleins de vie, ou trop pleins de vie, d'après Mlle Ogilvie ; ils avaient tendance à faire du bruit, mais malgré leur énergie on pouvait facilement les faire taire. Les jeunes enfants étaient le véritable problème, la cible de l'ire de Mlle Ogilvie, et elle leur réservait son plus féroce et éloquent venin. Elle évoquait un monde sans enfants comme d'autres évoquaient un monde sans famine ni maladies. Il fallait tous les parquer sur une île, voilà ce qu'elle pensait, une île très lointaine et cernée d'eaux agitées, glacées et périlleuses et de rochers si tranchants et dentelés que même les goélands ne pourraient s'y poser. Là, les enfants pourraient faire tout le bruit qu'ils voudraient, ou qu'ils auraient besoin de faire ; et là, ils ne gêneraient pas ceux qui avaient entendu assez de bruit et de bavardage pour le restant de leur vie.

Au cours de la première année de Bob sous les ordres de Mlle Ogilvie, celle-ci commença progressivement à lui faire des confidences. Elle lui parla de l'époque où elle était apprentie lorsqu'on l'avait autorisée et même encouragée à frapper les enfants problématiques. Durant la seconde guerre mondiale, avec tant de pères absents, la discipline dans les foyers s'était dégradée. La peur du fouet disparaissant peu à peu de l'esprit des jeunes, ils s'étaient abandonnés à leur instinct animal. Les femmes d'Amérique s'étaient rassemblées pour prendre le problème à bras-le-corps ; elles avaient été de plus en plus nombreuses à penser qu'il fallait rectifier le tir par la force. "La violence, c'était seulement pour les hommes, précisa Mlle Ogilvie. Ils l'assumaient comme un fardeau et pensaient que nous avions bien de la chance de ne pas avoir à en être. Ce qu'ils ne savaient pas, c'était que certaines d'entre nous, et pas qu'un peu, avaient depuis fort longtemps envie de mettre la main à la pâte.

— Vous étiez de celles-là ? demanda Bob.

— Oh, oui. Et passionnément, à ma grande surprise et à celle de mes collègues aussi. J'ignorais l'intensité de mes convictions jusqu'au jour où je me suis mise à crier mes revendications sur une estrade dans la salle de réunion syndicale." Elle se redressa. "Vous savez ce que j'aime le plus dans la vie, Bob ? Le pragmatisme. Un enfant est turbulent. On le tape. L'enfant n'est plus turbulent. Les mathématiques du cœur. Oh, c'était un bel outil. Mais ils nous ont enlevé tant de nos outils, et maintenant nos jeunes sont de plus en plus sauvageons, de plus en plus bons à rien, de plus en plus vulgaires. Ce que je ne comprends pas, c'est pourquoi ça devrait être à nous de leur apprendre les bonnes manières ? Pourquoi ça devrait être à moi ?"

Mlle Ogilvie et Bob n'avaient, esthétiquement ou intellectuellement parlant, aucun point commun, mais Bob, qui n'avait pas oublié le conseil de Sandy Anderson, la soutenait dans sa quête d'absence de bruits, et ne tenta pas de la convaincre d'accepter un environnement moins radical. Elle se trompait, elle était peut-être un peu folle ; mais elle avait aussi, depuis deux ans déjà, dépassé l'âge de la retraite. Elle ne tarderait pas à partir ; et pendant ce temps, Bob apprenait son métier.

Le travail en lui-même n'était jamais difficile, du moins pas pour Bob. Il éprouvait un amour inconditionnel pour des choses comme le papier, les crayons, les crayons écrivant sur le papier, les gommes et les ciseaux, les agrafes, les trombones, l'odeur des livres, et les mots sur les pages des livres. Parfois il pensait aux femmes et aux hommes qui, assis à leurs bureaux, composaient ces œuvres, cherchant à faire mouche mais manquant presque toujours leur cible, tapant cependant dans le mille parfois, et Bob était convaincu qu'une pièce remplie de papier imprimé était une pièce qui n'avait besoin de rien d'autre. Ses collègues n'étaient pas mal aimables, mais leurs visages restaient vagues, et ils n'avaient pas grand-chose à dire. Certains se plaignaient du caractère ennuyeux du métier, et Bob se montrait toujours compréhensif envers eux, même si en vérité ce sentiment lui échappait complètement. Pour lui, ceux qui trouvaient ennuyeux le métier de bibliothécaire avaient tout simplement choisi la mauvaise profession. Il ne les jugeait pas, mais se sentait soulagé de ne pas être comme eux.

Comme il était le dernier arrivé et le moins bien placé dans la hiérarchie, on lui attribua le service du matin, dont personne ne voulait à cause des horaires, mais qui pour Bob représentait le mode de vie idéal. Ainsi tous les matins son réveil sonnait à cinq heures, et il descendait l'escalier en pyjama pour allumer le feu qu'il avait préparé la veille. Une fois le feu pris, Bob remontait à l'étage, se douchait et s'habillait. Il possédait deux costumes, et les portait en alternance, s'autorisant le troisième jour à s'habiller en quelque sorte plus décontracté : chemise blanche sans cravate, pull en V sombre, pantalon noir, chaussettes noires, mocassins noirs. Habillé, le visage frais rasé et rougi par l'après-rasage, Bob regagnait le salon où le feu crépitait, projetant sa lumière tremblotante sur le sol et les murs. Il prenait son petit-déjeuner puis préparait et empaquetait son déjeuner. Si c'était un matin particulièrement froid, il démarrait sa Chevy et, le temps de laver la vaisselle, laissait tourner le moteur dans l'allée.

Enfant et adolescent, Bob avait eu peur de devenir adulte en réaction à une idée que sa mère lui avait insufflée malgré elle, à savoir que la vie et le travail étaient synonymes de tristesse et de compromis. Mais la mère de Bob n'avait jamais compris les plaisirs de l'efficacité, la grâce potentielle que l'on peut connaître en s'acquittant de tâches quotidiennes. Elle cuisinait mais détestait cela. Elle faisait le ménage et avait l'impression de se faire gruger. Bob ne partageait pas ce sentiment ; les actes qu'il accomplissait chaque matin étaient nécessaires et chacun menait au suivant. De sorte qu'il roulait tranquillement à travers les rues vides et mouillées à cause de la pluie pour aller travailler, franchissait la rivière et arrivait sur le parking désert. La bibliothèque était silencieuse tandis qu'il traversait le hall d'accueil moquetté pour gagner son bureau où il allumait sa lampe à l'abat-jour vert et fumait une cigarette en lisant le journal de la bibliothèque. Après quoi, il se préparait pour la journée, actionnait l'éclairage général, déverrouillait les portes ; puis le travail à proprement parler pouvait commencer. Au début de sa carrière, il eut du mal à interagir avec le public, mais sa timidité se dissipa lorsqu'il comprit que les usagers de la bibliothèque ne voyaient pas en lui un être humain mais un outil dont ils pouvaient se servir, un simple maillon du mécanisme de l'établissement.

Mlle Ogilvie comprit que Bob était un bibliothécaire né, et elle le laissa faire à sa guise. Lorsqu'elle lui annonça qu'il allait cesser de travailler le matin pour venir l'après-midi, il lui demanda s'il ne pouvait pas conserver ses horaires initiaux. Elle chercha à savoir pourquoi, et il lui expliqua qu'il préférait, qu'il appréciait les matins silencieux, et Mlle Ogilvie le fixa, surprise d'être encore capable après tout ce temps de ressentir un lien quelconque avec autrui. Sa trajectoire de vie était de plus en plus rigide, et bien plus cruelle que celle de Bob ; mais elle appréciait le fait qu'il fût lui-même, et elle le comprenait, même si sa façon d'être ne reflétait pas tout à fait sa propre expérience personnelle.

Ce fut donc là que Bob Comet atterrit, et il ne le regretta pas. Ce fut dans l'annexe nord-ouest de la bibliothèque municipale de Portland que Bob Comet devint lui-même. Et ce fut là aussi qu'il rencontra Connie et Ethan. Connie d'abord, mais elle ne devint Connie qu'après qu'il eut rencontré Ethan, donc il rencontra d'abord Ethan en quelque sorte.

Si Connie fut la première, ce fut dans l'ombre de son père, une sorte de légende du quartier dans la mesure où il portait une cape qu'il avait confectionnée lui-même et qu'il s'adonnait en public à des diatribes oratoires. Son esprit fourmillait de pensées hostiles et de menaces ciblées qu'il considérait de la plus haute importance, et il était convaincu de la nécessité pour le bien de tous de les faire entendre. Mais l'époque des prises de parole en public était révolue ; ainsi privé de lieu d'expression dédié, il faisait entendre ses opinions dans les rues, les parcs, souvent aux arrêts de bus, mais la plupart du temps dans les bus eux-mêmes, où personne ne pouvait lui échapper. Le contenu de ses laïus était divers, mais ils visaient d'ordinaire les comportements de ses contemporains, en s'attardant tout particulièrement sur l'Église catholique.

Les chauffeurs de bus n'appréciaient guère les discours du père de Connie, et certains l'obligeaient à descendre, mais beaucoup, par complaisance ou par peur, le laissaient haranguer les passagers sans discontinuer. Il y avait un chauffeur qui l'encourageait en lui disant au micro des choses du genre : "Vous pouvez répéter, monsieur ?" et "Vous avez des documents qui prouvent ce que vous avancez ?" et "Il a vraiment l'air convaincu, mesdames messieurs", et "Applaudissez le petit monsieur en sandales plein d'entrain".

Il y avait une silhouette derrière cet individu obstiné, et c'était Connie. Bob ne la remarqua pas d'emblée, car elle aussi était dissimulée sous une cape, la sienne avec une grande capuche obscurcissant non seulement son visage mais ne permettant même pas de savoir si dessous se trouvait un garçon ou une fille. Elle ne parlait ni ne faisait jamais aucun mouvement brusque ; elle suivait son père ou s'asseyait sur une chaise à l'entrée de la bibliothèque pour l'attendre, parfois pendant près d'une heure, droite comme un I, les mains croisées sur les genoux, le regard fixé au sol.

Le père de Connie veillait à bien se tenir à la bibliothèque. Il était toujours revêche, mais sans faire de bruit. Lorsque Bob lui parlait, le père de Connie n'essayait pas de dissimuler son mépris mais ne pestait pas non plus contre Bob comme il l'aurait fait s'ils s'étaient croisés sur un trottoir. Ses centres d'intérêt en matière de lecture se concentraient sur l'histoire de l'Amérique, de la création du pays jusqu'à l'année 1958. C'était devenu un jeu pour les employés les plus jeunes de la bibliothèque d'essayer de percer l'homme à jour ; un matin, au comptoir de prêt, Bob s'enquit : "L'histoire de l'Europe ne vous intéresse pas, monsieur ?" Le père de Connie soupira à l'idée de l'énergie qu'il lui faudrait déployer pour répondre à cette question. Il dit : "L'Europe est dans le passé, elle est morte, donc ça ne m'intéresse pas. L'Amérique est en péril et va sans doute suivre le chemin de l'Europe, mais nous ne sommes pas encore tombés, nous sommes là maintenant et nous devons faire ce que nous pouvons avec le temps qu'il reste.

— Je ne savais pas que l'Europe était si mal en point, remarqua Bob.

— Ouvrez vos yeux. Ouvrez un journal.

— Je n'y manquerai pas, monsieur. Bonne journée."

Le père de Connie tourna les talons, et à sa place se tenait Connie, qui sous sa capuche regardait Bob avec un petit air espiègle disant qu'elle savait que son père était un idiot, qu'elle savait que Bob le savait, et qu'elle était contente qu'ils soient d'accord sur ce point. À partir de ce moment, et chaque fois que Connie revint à la bibliothèque, ils s'étudièrent l'un l'autre, mais modestement, et sans échanger un mot. Plusieurs semaines s'écoulèrent durant lesquelles le père de Connie se comporta bien ; mais Bob et Connie, conscients de la précarité de la situation, savaient tous deux que le père de cette dernière allait à un moment ou un autre perdre les pédales. Sa chute aurait pu intervenir n'importe quand, durant n'importe quelle saison et pour n'importe quelle raison, mais elle se produisit en été, et la présence de deux prêtres n'y fut pas pour rien.

Il n'était pas si rare de voir un prêtre, ou plus souvent deux prêtres ensemble, venir à la bibliothèque. Il y avait un séminaire à quelques kilomètres, à Forest Park, si bien que Bob interagissait régulièrement avec des gens de leur espèce. Leur conversation était extrêmement limitée, ils posaient des questions sans importance et disaient tous ou presque la même chose ; et d'après ce que Bob avait pu constater, ils étaient tous uniformément désireux d'entrer en contact avec le monde extérieur. Jamais ils ne se contentaient d'emprunter simplement leurs livres puis de partir ; il leur fallait toujours parler de tel ou tel auteur, demander des recommandations, passer en revue la météo du jour ou de la veille. Ils lisaient surtout des romans contemporains à succès : des romans policiers sans violence explicite ou des récits de guerre et d'espionnage – bref, tout ouvrage dépourvu d'art, de sexe et de vice et dont l'intrigue se développait rapidement. Bob ne se souciait pas le moins du monde des prêtres et il n'avait aucun avis les concernant. Lorsqu'ils s'adressaient à lui, il détectait chez eux la modestie alambiquée de ceux qui se considèrent comme des représentants de Dieu sur terre. En tant que non-croyant, Bob trouvait cela fatiguant mais il faisait de son mieux pour considérer les prêtres comme des excentriques plutôt que des rustres.

Bob connaissait bien les deux qui vinrent à la bibliothèque le jour où le père de Connie en fut banni. Le premier, un type râblé d'une trentaine d'années, était joufflu et rougeaud, et le second, plus âgé, avait tout du prêtre irlandais typique : il était grand et dégingandé avec des sourcils broussailleux et une épaisse chevelure blanche coiffée vers l'arrière. Ils déambulaient dans les rayonnages, le prêtre à la chevelure blanche désignant tel ou tel livre tandis que le prêtre rougeaud l'écoutait avec une attention d'apparence factice, obséquieuse. Bob s'interrogeait sur leur manège lorsque le père de Connie, sourire carnassier aux lèvres, s'approcha des deux hommes. Connie se tenait derrière son père ; Bob ne parvenait pas à voir son expression sous sa capuche mais à son attitude il comprit qu'elle était inquiète, mal à l'aise. Les mains jointes sur la poitrine, elle s'avança lentement, puis s'arrêta net. Elle avait compris que quelque chose allait se passer, et que cela serait désagréable et qu'il n'y avait rien à faire sinon attendre, observer et la chose commença : alors que le prêtre aux cheveux blancs parcourait la quatrième de couverture d'un livre, le père de Connie lui arracha l'ouvrage des mains. "Mais enfin, s'exclama le prêtre, je lisais ce livre.

— Oui, et vous mettiez vos sales empreintes de doigts partout ! éructa le père de Connie. Vous devriez avoir honte de venir ici avec des mains aussi sales que les vôtres."

Cette sortie surprit le prêtre, à tel point qu'il ne sut que répondre ; l'air incrédule, il se tourna vers son collègue, comme pour l'inviter à prendre sa défense. Le prêtre rougeaud releva le défi et demanda au père de Connie : "Écoutez, de quoi s'agit-il ? Que nous voulez-vous, hein ?"

Le père de Connie se tourna vers lui. "Et vous ! lança-t-il. Vous vous baladez avec votre visage dégoûtant. Comment osez-vous adresser la parole à quelqu'un comme moi avec un visage dans cet état !" Il flanqua une tape sur le nez du prêtre rougeaud. Ce n'était pas un coup véritablement violent, l'homme ne fut pas blessé, mais le contact physique le fit sursauter et reculer d'un pas, brandissant une main pour protéger son visage de toute autre volée potentielle. Satisfait de l'effet produit par son comportement sur ses deux interlocuteurs, le père de Connie se considéra comme vainqueur. "C'est quoi le problème, vous n'avez pas l'eau courante dans l'institut de bouffons où vous vivez ? Ou vous êtes simplement trop flemmards tous les deux pour maintenir un niveau d'hygiène élémentaire ?"

Debout côte à côte à l'accueil, Mlle Ogilvie et Bob avaient assisté à l'ensemble de l'épisode. Bob s'apprêtait à intervenir lorsque Mlle Ogilvie lui saisit l'avant-bras. Elle contourna le comptoir et se dirigea vers le père de Connie avec une étrange lueur torve dans les yeux, comme si elle était en transe. D'un de ses longs doigts, elle toucha l'épaule du père de Connie en demandant : "Puis-je voir votre carte de bibliothèque s'il vous plaît ?" Le père de Connie se détourna des prêtres pour observer Mlle Ogilvie. Cela faisait des mois qu'ils se jaugeaient l'un l'autre, chacun sachant que leur affrontement serait tôt ou tard inévitable, et ils y étaient : ils se fixèrent pendant un moment qui parut effroyablement long à Bob. Ce qui se tramait émotionnellement entre les deux demeura mystérieux ; toutefois, il parut manifeste qu'une espèce de duel psychique était en cours. Pour finir, ce fut Mlle Ogilvie qui triompha : Bob vit la main du père de Connie bouger, comme de manière autonome, pour chercher et tendre la carte de bibliothèque. Mlle Ogilvie saisit cette dernière, la brandit, et avec une glorieuse lenteur la déchira en deux. Fourrant les deux parties dans la poche de son cardigan, elle dit au père de Connie : "Vous avez irrévocablement perdu vos droits d'accès aux bibliothèques publiques de l'Oregon, et ce immédiatement. Si jamais vous remettez un pied ici ou dans n'importe quelle autre bibliothèque de l'État, vous serez arrêté sur-le-champ et poursuivi en justice pour délit d'intrusion. Maintenant, je vous prie d'avancer dans cette direction, s'il vous plaît." Elle désigna la sortie et ouvrit la marche. Le père de Connie ne la suivit pas aussitôt mais resta là à cligner des yeux, s'efforçant de reprendre ses esprits. Les prodigieux pouvoirs destructeurs de Mlle Ogilvie l'avaient temporairement subjugué, mais son propre élan destructeur ne tarda pas à refaire surface. Reconnaissant que son heure de gloire était passée, il se tourna vers les prêtres, se pencha et cracha à leurs pieds. Là-dessus, il quitta la bibliothèque et Connie le suivit en silence. Après leur départ, Bob s'approcha avec un chiffon pour essuyer le crachat ; Mlle Ogilvie lui prit le chiffon des mains, s'agenouilla et nettoya elle-même le sol, son derrière efflanqué s'agitant dans l'air. Bob regarda les prêtres pour voir comment ils réagissaient à cette vision inattendue, mais le prêtre rougeaud massait délicatement son nez pour vérifier son état tandis que le prêtre aux cheveux blancs inspectait discrètement l'état de ses mains.

Une semaine après cet événement, Connie se présenta seule à la bibliothèque. Elle portait sa tenue habituelle, mais la capuche de sa cape était baissée. Ses cheveux blonds et plats lui descendaient jusqu'aux épaules, et elle n'était pas du tout maquillée ; mais Bob crut deviner qu'elle appréciait être visible, être une jeune femme dans le monde, contrairement à la silhouette anonyme que son père voulait qu'elle fût lorsqu'ils étaient ensemble. Elle posa une grande pile de livres sur le comptoir et observa Bob. "Retours" ? s'enquit-il, et elle acquiesça. Il se demandait si elle était autorisée à parler en public, voire à parler tout court, lorsqu'elle dit d'une voix rauque en oscillant d'un pied sur l'autre : "Je ne sais pas si vous me reconnaissez ou pas.

— Je vous reconnais, dit-il. Grâce à la cape.

— Ah, oui, fit-elle en baissant les yeux. Euh, je rapporte les livres de mon père. Mais j'ai aussi une liste d'ouvrages que je suis censée emprunter. Ça va poser un problème ?

— Pourquoi ça en poserait un ?

— À cause de ce qui s'est passé. Les livres sont pour lui, pas pour moi."

Bob déclara : "Ce n'est pas à moi de demander pour qui sont les livres ; et vous n'avez pas besoin de me le préciser. Si vous avez une carte de bibliothèque en règle et pas de pénalités de retard à payer, vous pouvez emprunter tous les livres que vous souhaitez.

— Et si je n'ai pas de carte de bibliothèque ?

— Eh bien, nous allons vous en établir une.

— Et si je n'ai pas de papiers d'identité ?

— Vous n'en avez pas sur vous, vous voulez dire ?

— Non, je n'en ai pas du tout. Les papiers d'identité font partie des choses auxquelles mon père s'oppose."

Bob n'aurait pas songé à faire le moindre commentaire là-dessus si la jeune femme n'avait pas manifestement pris plaisir à évoquer les excentricités de son père ; ainsi, il remarqua : "On dirait que c'est le genre d'homme à être contre beaucoup de choses.

— Oh, oui, et de plus en plus, approuva-t-elle, avant de commencer à les énumérer. La télévision, évidemment, et le cinéma, toute image en mouvement. Mais aussi la radio, l'écriture fictionnelle quelle qu'elle soit. Les automobiles à usage personnel. Tout parfum ou odeur artificiels. Toute musique. Toute pratique sportive amateur. Les lunettes de soleil. Les calendriers, les montres. Les escalators, les ascenseurs. La police, le gouvernement, les médecins, les médicaments.

— Il est pour quoi, alors ?

— La séparation des hommes et des femmes. La stérilisation des criminels. Les transports publics. La peine capitale. La maladie. Le jardinage.

— Il soutient le jardinage ?

— Lui-même ne jardine pas, mais il soutient l'activité, oui ; c'est l'une des rares choses qu'il m'encourage à pratiquer.

— Vous aimez jardiner ?

— C'est très important pour moi.

— Et vous avez un jardin d'ornement ou un jardin potager ?

— Les deux.” Elle aima qu’il posât cette question en particulier. Elle l’examina sans vergogne, et Bob se sentit mis à nu mais il s’efforça autant que faire se peut de demeurer imperturbable.

“Comment peut-on être pour la maladie ? s’étonna-t-il.

— Il croit que c’est la volonté de Dieu.

— Ce n’est pas très gentil.

— Non, mais la gentillesse n’est pas sa tasse de thé. Enfin, il ne va pas jusqu’à croire que quelqu’un qui meurt d’un cancer le mérite. Ce n’est pas aussi simple. Il dit que nombreux sont ceux que le Seigneur rappelle à lui parce qu’Il les veut à Ses côtés.”

Bob et Connie se sourirent. “Et votre père pense que vous allez pouvoir emprunter des livres sans papiers d’identité ?

— Il croit que je ne vais pas y arriver ; mais il était partant pour que j’essaie.

— C’était donc votre idée ?

— Oh, oui. Ses livres d’histoire lui donnent quelque chose à faire. Il s’isole plusieurs heures par jour à lire jusqu’à plus soif. Et pour moi ces heures sont précieuses et nécessaires, franchement je ne sais pas ce que je ferais si je les perdais. Voilà pourquoi je suis là.” Elle réfléchit un instant. “Je ne veux pas vous mettre en porte-à-faux. Je comprends si vous préférez ne pas vous impliquer. Si je vous demande aujourd’hui une carte, c’est parce que j’ai cru déceler de la sympathie chez vous ces derniers mois.”

Bob comprit que sa participation était nécessaire dans l’entreprise de la jeune femme, et il était si content qu’elle eût pensé à lui qu’il lui aurait donné les clés de sa voiture si elle avait voulu la lui emprunter. “Bien sûr que vous pouvez avoir une carte, déclara-t-il.

— Vraiment ? réagit Connie. Vous êtes sûr que ça ne posera pas de problème ?

— Il n'y a pas de raison. Je vous demanderais seulement de ne pas dire que c'est moi qui vous l'ai établie.

— Oh, bien sûr.

— Et je vous conseillerais de venir sans cape la prochaine fois. Même avec la capuche baissée, Mlle Ogilvie pourrait bien faire le lien.

— C'est la femme qui s'en est pris à mon père ?

— Oui.

— Elle est impressionnante. Mon père pense qu'elle est possédée par Satan.

— C'est une théorie populaire, observa Bob. Personnellement, je n'y crois pas." Il sortit les formulaires nécessaires pour établir une carte de bibliothèque et les remplit pour Connie, ce qui lui permit à la fois de passer plus de temps avec elle et de lui poser toutes sortes de questions personnelles. Ainsi il apprit qu'elle s'appelait Connie Coleman.

"Quel âge avez-vous, Connie Coleman ?

— Vingt ans.

— Et moi, vingt-quatre.

— D'accord."

Il lui tendit une carte temporaire qu'elle retourna pour l'examiner. Bob se demanda si l'existence de Connie était aussi réduite que la sienne. Sachant qu'il franchissait une limite, il constata : "Je n'arrive pas à savoir si vous croyez un tant soit peu aux convictions de votre père." Connie fourra la carte dans les plis de sa cape. "Eh bien, dit-elle, je vis dans un environnement anormal. Je suis donc forcément moi-même un peu anormale, non ?

— Sans doute, répondit Bob.

— Et si au fond je n'y crois pas, la vérité vraie, c'est que j'y crois suffisamment pour que ça me mette mal à l'aise de dire que je n'y crois pas." Bob leva la main, comme pour signifier qu'il comprenait et qu'il ne poserait pas d'autres questions. "J'aspire à devenir un être humain complètement normal", poursuivit Connie. "Moi aussi", fit Bob. Pensant qu'il s'agissait là de la conclusion de leur conversation, et souhaitant finir sur une note charitable, il ajouta : "Je suis désolé de ce qui s'est passé avec votre père.

— Ah, ouais, réagit Connie avec légèreté.

— Enfin, je suis désolé que les choses se soient passées comme elles se sont passées.

— Merci, dit-elle. Mais ça se passe toujours comme ça."

Bob lui souhaita une bonne journée et s'écarta timidement tout en la regardant parcourir la liste de livres que son père lui avait écrite. Elle leva les yeux, un peu perdue, pour regarder autour d'elle. Bob revint vers elle et proposa de l'aider à trouver les ouvrages, ce qu'elle accepta. "C'est une drôle de petite liste", prévint-elle. "Je suis l'homme de la situation", répliqua-t-il et ensemble ils parcoururent les rayonnages. Il ne tarda pas à mettre la main sur les livres que le père de Connie voulait, puis il enregistra les emprunts. Après quoi, il l'accompagna vers la sortie où ils s'attardèrent, ne sachant comment se séparer. Connie dit à Bob : "Je ne suis pas fâchée que mon père ait été banni de cette bibliothèque. C'est chouette de sortir et de parler à des gens sans l'avoir sur le dos. Franchement, je n'arrive même pas à dire à quel point ça me fait plaisir. Merci beaucoup.

— Je vous en prie.

— À un de ces jours, peut-être."

Bob désigna l'accueil. "Vous pourrez toujours me trouver là." Une fois Connie partie, Bob se rendit aux toilettes et s'enferma dans une cabine pour revivre sa rencontre avec cette nouvelle personne, cette jeune femme. Il se sentait troublé, étourdi et effrayé. À un moment donné il se demanda s'il était charmant. L'était-il ? Il ne l'avait jamais été auparavant. Ou n'avait-il tout simplement jamais eu la chance de se permettre de l'être ?

Entretemps, Bob avait amorcé une amitié avec Ethan Augustine. L'amitié masculine, à l'instar de l'amour, avait toujours éludé Bob, jusqu'au jour où Ethan avait soudain surgi dans sa vie. Ethan était charmant et gentil, ou plutôt gentil, et il appréciait Bob et Bob ne comprenait pas vraiment pourquoi, mais il jouait le jeu ne serait-ce que pour savoir où cela le mènerait. Le soir du jour où Bob avait parlé pour la première fois avec Connie, il retrouva Ethan pour boire un verre dans un bar à deux pas de la bibliothèque et il entreprit de tout lui raconter dans le détail. Ce faisant, Bob trouva ses propres propos sans substance, comme s'il ne s'était pas passé grand-chose. Mais alors pourquoi ne cessait-il pas même brièvement de penser à Connie ? Et était-il idiot de sa part de croire qu'elle aussi avait apprécié leur rencontre ? "Je me suis peut-être tout imaginé", remarqua Bob. Ethan, qui comprenait comme tout un chacun que l'émotion amoureuse échappait souvent au langage, répliqua : "Mais peut-être qu'elle s'est imaginé des trucs elle aussi." Bob resta sceptique, mais il commença à faire très attention au déroulement de ses journées, à observer la porte de la bibliothèque en se demandant quand cette personne allait réapparaître. Lorsqu'il la revit, elle ne portait pas de cape mais un pull bordeaux et une jupe en tweed avec des collants noirs et des ballerines et lorsque leurs regards se rencontrèrent Bob comprit qu'il était très sérieusement atteint d'un mal antique et terrifiant.

Ce fut lors d'un de ces matins tranquilles à la bibliothèque que Bob appréciait tout particulièrement qu'il rencontra pour la première fois Ethan. Pénétrant dans le parking, Bob découvrit garée en travers de la place qui lui était attribuée une Mercury 1951 en triste état, sans enjoliveurs. Il immobilisa sa Chevy, laissant tourner le moteur, et songea pour la centième fois que c'étaient les autres qui créaient des problèmes dans cette vie. Il se gara sur la place voisine et s'approcha de la Mercury. Un corps était allongé à plat ventre sur la banquette avant, et l'espace d'un instant, Bob crut qu'il s'agissait d'un cadavre. Mais lorsqu'il frappa à la vitre, le corps s'étira, grogna, et c'était Ethan. Celui-ci se redressa, déjà tout sourire, à l'aise dans sa peau, beau quoique débraillé, et regarda Bob. "Salut, lança-t-il en baissant la vitre. Ça va ?

— Vous ne pouvez pas vous garer ici, lui dit Bob.

— Ah bon ?" Ethan regarda le parking vide autour de lui. "Pourquoi pas ?"

Bob désigna le panneau devant la voiture. PARKING RÉSERVÉ AU PERSONNEL DE LA BIBLIOTHÈQUE. Ethan lut le panneau. Il remarqua : "Je me suis garé sur votre emplacement."

Bob ne sut dire si cette personne se moquait de lui, ou pas. “Changez de place, d’accord ?” suggéra-t-il et Ethan entreprit de démarrer : il appuya sur la pédale d’accélérateur et agita le volant dans un sens et dans l’autre. Puis il se pencha pour mettre le contact, mais se figea. “Je viens de me souvenir d’un truc.

— Quoi ?

— Je ne peux pas changer de place. Enfin je pourrais, mais je ne peux pas rentrer chez moi, donc je préférerais vraiment ne pas bouger, parce que je n’ai vraiment nulle part où aller dans l’immédiat.” Ethan pointa du doigt. “Et si je me garais sur un de ces autres emplacements ?

— Pourquoi est-ce que vous ne pouvez pas rentrer chez vous ?

— Eh bien, c’est une longue histoire, mais en deux mots, ça pourrait mettre ma santé en péril.

— Pourquoi ?

— Il faudrait que je vous raconte toute l’histoire pour répondre à cette question.”

Bob jeta un coup d’œil vers la bibliothèque avant de se retourner vers son interlocuteur. “Vous ne pouvez pas me raconter une version courte ?

— Si, je pourrais”, répliqua Ethan avant de s’enfoncer dans son siège.

Il vivait dans un appartement au-dessus de la pharmacie de l’autre côté de la rue, face à la bibliothèque. La veille il était rentré chez lui après être allé au cinéma, et tandis qu’il tournait autour du pâté de maisons en quête d’un endroit où se garer, il avait remarqué que la lumière était allumée chez lui ; or, il se rappelait très clairement l’avoir éteinte. Il s’était arrêté un instant, moteur au ralenti, et n’avait pas tardé à voir un individu qui arpentait sa chambre et qui, comme il le dit à

Bob, voulait le tuer. Pensant laisser passer l'orage, Ethan avait décidé de se garer sur le parking de la bibliothèque, derrière la haie séparant ledit parking du trottoir. De là, expliqua Ethan, il pouvait voir son appartement tout en restant à l'abri des regards. Il avait passé la nuit à surveiller avant de succomber au sommeil au lever du jour.

Bob s'enquit : “Comment savez-vous qu'il est toujours là ?

— La camionnette blanche, là-bas, c'est la sienne, répondit Ethan.

— Pourquoi n'appelez-vous pas la police ?

— C'est une bonne question, mais une question complexe, et la réponse, malheureusement, c'est que l'homme qui veut me tuer est lui-même policier.” Ethan alluma une cigarette et tira dessus l'air absorbé, comme s'il réfléchissait au geste même de fumer. C'est à ce moment-là que Bob eut pour la première fois le pressentiment qu'Ethan et lui allaient devenir amis. Ce fut à la fois saisissant et déroutant en ce sens qu'il ne comprit pas ce qui inspirait cet élan. Quoi qu'il en fût, si initialement il avait été contrarié que son matin parfait ne se déroulât pas comme prévu, il n'en était plus rien. “D'accord, fit Bob. Question suivante : pourquoi cet homme veut-il vous tuer ?

— Ah, ça aussi c'est une histoire.

— Une longue histoire ?

— Non, plutôt courte.” Ethan se débarrassa par la fenêtre de la cendre de sa cigarette. “Puis-je vous demander comment vous vous appelez ?

— Bob.

— Enchanté, Bob. Moi, c'est Ethan.

— Bonjour, Ethan.

— Bonjour. Donc, la vérité sur cet homme qui veut me tuer, c'est qu'il y a une épouse dans l'histoire.

— L'épouse de l'homme.

— L'épouse de l'homme et pas la mienne, c'est exact, Bob. C'est une vieille rengaine et il y a eu des milliers de chansons toutes plus nulles les unes que les autres écrites là-dessus, mais qu'est-ce qu'on peut y faire ? L'épouse et moi-même nous sommes livrés à quelques familiarités. Et j'avais compris que nous garderions ça pour nous. Donc c'est peut-être moi qui ai fait une erreur en croyant que nous étions d'accord là-dessus, ou c'est elle qui a trahi ce dont nous étions convenus. Quoi qu'il en soit, me voici."

Pendant qu'Ethan expliquait sa situation, ils s'étaient mis tous deux à observer la fenêtre de l'appartement, et c'est ainsi qu'ils aperçurent ensemble la silhouette d'un homme surgissant derrière le carreau, un corps à la peau rougeâtre et un visage aux sourcils excessivement broussailleux qui regarda brièvement à droite et à gauche avant de disparaître. "Vous avez vu ? demanda Ethan, fébrile.

— J'ai vu. Il est plutôt grand, non ?

— Il n'est pas petit, répondit Ethan.

— Il ne porte pas de chemise ?

— Il l'a enlevée vers quatre heures du matin."

Bob se balança d'un pied sur l'autre. "Pourquoi il a fait ça ?"

D'un geste las, Ethan fit comprendre à Bob qu'il n'en savait rien. Bob proposa à Ethan d'entrer dans la bibliothèque boire un café. "Je ne veux pas vous attirer des ennuis", dit Ethan, mais il souriait tout en parlant et ouvrait déjà la portière de sa voiture.

Ils pénétrèrent dans la bibliothèque et Bob prépara une cafetière de café tandis qu'Ethan fouinait un peu partout. Les événements de la matinée ne semblaient lui paraître ni curieux ni inquiétants. Bob s'acquitta de ses tâches habituelles avant l'ouverture de l'établissement, Ethan sur les talons. Ce dernier comprit instantanément ce que Bob appréciait dans ce processus. "C'est sympa ici, non ? fit-il. Tranquille comme ça."

Un point de gêne étreignit Bob, comme si un vice secret venait d'être découvert, mais il répondit : "J'aime bien.

— Et je suppose que tu es un obsédé de la lecture ?

— On peut dire ça comme ça.

— Je me dis tout le temps que je vais me mettre à lire, mais la vie m'en empêche.

— Tu vois, pour moi, c'est exactement le contraire", fit Bob. Il trouva sa réplique amusante, mais elle ne suscita aucune réaction chez son interlocuteur. "Et qu'est-ce que tu fais dans la vie ? demanda-t-il à Ethan.

— Pas grand-chose. Mon père me demandait tout le temps : « Comment tu vas gagner ta vie, Ethan ? » Et je lui répondais : « Je ne sais pas, papa. » Et je ne mentais même pas. Je ne le savais pas, et je ne le sais toujours pas.

— Mais tu as un boulot quand même ?

— J'ai eu des tas de boulots, Bob, merci pour ta sollicitude. Mais aucun n'a retenu mon attention bien longtemps. Je vis la lune de miel de ma période de chômage en ce moment.

— Comment ça la lune de miel ?

— Ça vient de commencer, et j'ai plusieurs mois avant de devoir penser à ce qui va arriver ensuite.

— Et qu'est-ce que tu fais de ton temps ?

— Je glandouille, il m'arrive des trucs marrants." Il haussa les épaules. "J'ai vingt-quatre ans et ça ne m'inquiète pas plus que ça.

— J'ai vingt-quatre ans moi aussi, observa Bob.

— On ne dirait pas que tu as vingt-quatre ans.

— Je n'ai pas l'impression d'avoir vingt-quatre ans."

Ethan fit remarquer qu'il serait peut-être coincé là un moment, et il demanda un conseil de lecture pour passer le temps. Bob, souriant intérieurement de sa bonne blague, lui suggéra de lire *Crime et châtiment*.

"Ça parle de quoi ? s'enquit Ethan.

— Précisément de ces deux choses."

Ethan haussa de nouveau les épaules, soupira, s'installa à une table libre et ouvrit le livre à la première page. Bob déverrouilla la porte d'entrée à huit heures trente. Il plut toute la matinée, et il y eut peu de passage. Ethan resta assis avec son Dostoïevski, jetant un coup d'œil de temps à autre par la fenêtre pour voir si la camionnette blanche était encore là, ce qui était toujours le cas. À l'heure du déjeuner ils partagèrent le sandwich de Bob. Bob demanda à Ethan ce qu'il pensait du livre et Ethan répondit : "Ça ne m'a pas intéressé au début, et maintenant je ne peux pas m'arrêter de lire. Mais pourquoi tout le monde a deux noms ?" Après le sandwich ils fumèrent dans la salle de repos. Ethan déclara : "Je pensais à un truc. Et si tu allais frapper à ma porte ?

— Pourquoi je ferais ça ?

— Pour te faire une idée de la situation.

— Et ton idée de la situation n'est pas aussi précise que la mienne ?

— Oui, bien sûr, mais tu pourrais parler à ce type, essayer peut-être de savoir combien de temps il compte rester, tu vois."

Bob se surprit à réfléchir à cette possibilité, mais quelque chose dans l'histoire d'Ethan ainsi que dans la manière dont il abordait toute la situation incita Bob à adopter une attitude similairement désinvolte. Il s'amusait, et c'était suffisamment rare pour qu'il ait envie de continuer. Mais dès lors que Bob sembla prêt à y aller, Ethan ne parut plus aussi convaincu. “Je ne voudrais pas qu’il te tue, s’inquiéta-t-il.

— Il ne veut pas me tuer, *moi*, rétorqua Bob, défendant soudain le projet.

— D’après ce qu’on sait. Mais qu’est-ce que tu feras si le mécanisme s’est déréglé et que maintenant il veut juste tuer pour tuer ?”

D’après Bob, c’était peu probable. Si l’homme souhaitait tuer pour tuer, pourquoi se terrerait-il dans un appartement vide ? Ethan reconnut qu’il avait sûrement raison et souhaita à Bob de revenir vite et sain et sauf. Bob traversa la rue, grimpa l’escalier et frappa à la porte de l’appartement, qui s’ouvrit d’un coup. Là devant lui se tenait un homme d’une quarantaine d’années avec une banane luisante parfaitement sculptée, les yeux vitreux et l’air de celui que sa propre folie amuse. Il avait remis sa chemise mais sans la boutonner ni la rentrer dans son pantalon, ce qui laissait entrevoir un gros ventre lisse, dur et veiné de rouge, comme rempli d’air. Bob eut l’impression que l’homme était fou et effrayant et qu’il aurait du mal à s’en prendre à lui. Il le salua et demanda si Ethan était à la maison ; l’homme lui répondit d’une voix aiguë et facétieuse : “Non, il n’est pas là pour l’instant !

— Savez-vous où il se trouve ? demanda Bob.

— Je ne sais pas, non !

— Vous croyez qu’il va rentrer bientôt ?”

L’homme prit un air solennel. “Eh bien, déclara-t-il, d’après moi, à un moment ou un autre il va bien falloir qu’il rentre, non ?

— Oui, j’imagine”, approuva Bob, jetant un coup d’œil par-dessus l’épaule de son interlocuteur pour examiner l'appartement d'Ethan. Il cherchait le moindre signe de vandalisme ou de destruction lorsqu'il remarqua un petit revolver noir à canon court posé sur la table basse. Bob s'enjoignit intérieurement de ne pas fixer l'arme, mais se rendit compte qu'il ne pouvait pas s'en empêcher. L'homme, suivant le regard de Bob, fixa le pistolet à son tour. Il prit un air ironique et hocha la tête comme pour signifier que tout comme Bob il avait remarqué la présence de l'arme. "Je vous inviterais bien à attendre, ajouta-t-il, mais je ne crois pas que ce soit une bonne idée !

— Naturellement, oui, je comprends, répondit Bob, reculant dans le couloir. J'essaierai un autre jour peut-être.

— Bonne idée", conclut l'homme avant de fermer la porte. Bob descendit l'escalier et regagna la bibliothèque. Ethan s'était rassis à sa table et lisait, très concentré. Comme Bob s'approchait, Ethan corna sa page et leva vers lui un regard interrogateur.

"Ouais, lâcha Bob, je te confirme que tu ferais mieux de ne pas rentrer chez toi pendant un moment."

Ethan grimaça. "Il est en colère ?

— En fait, il a l'air plutôt heureux. Enfin, je veux dire, il est fou à lier." Bob ajouta en chuchotant : "Je crois qu'il y avait un pistolet sur la table basse.

— Tu crois qu'il y en avait un, ou il y en avait un ?

— Ça ressemblait à un pistolet.

— Rien ne ressemble plus à un pistolet qu'un pistolet.

— Je crois que ce que je veux dire, c'est que c'était peut-être un jouet.

— Qui vient avec un pistolet factice dans l'appartement d'un homme qu'il projette de tuer ?

— Je ne sais pas. Personne, j'imagine.

— Personne ne ferait ça, non, acquiesça Ethan. Donc, disons que c'était un pistolet, et un vrai, et que le type a l'intention de me tuer avec.

— Oui, disons ça", admit Bob, avant d'ajouter en souriant : "Il a remis sa chemise. Sans la boutonner et sans la rentrer dans son pantalon, mais quand même… ça va dans le bon sens." Cette précision fut accueillie par un long silence. Bob poursuivit : "Il est peut-être temps de trouver un nouvel appartement."

Ethan secoua la tête. "Hors de question, Bob. J'adore cet appartement. Non, j'attendrai qu'il parte ; et quand ce sera le cas il faudra juste que je fasse profil bas pendant une semaine ou deux. L'amertume de notre ami ne s'étiolera jamais. Mais sa rage passera. Il se dira et il dira à ses copains de beuverie qu'il a cherché à me tuer mais qu'il n'a pas pu me trouver. Ensuite, il se saoulera la gueule et sautera sa femme pendant quarante-cinq secondes ni plus ni moins… pour lui montrer qui est le patron. Et le lendemain midi il se perdra de nouveau dans le cycle de sa vie misérable et je ne serai plus qu'un malheureux souvenir de plus dans son rétroviseur."

Ethan prononça ces mots avec une telle désinvolture que Bob songea qu'il fanfaronnait ; mais avec le temps il apprit qu'Ethan n'éprouvait presque jamais des émotions telles que la peur, la gêne, l'inquiétude, le regret. Bob se remit au travail et Ethan poursuivit sa lecture. Il était trois heures de l'après-midi passées lorsque Ethan remarqua que la camionnette blanche avait disparu. "Et il a éteint la lumière, comme c'est attentionné." Il s'étira avant de demander : "Je peux emprunter ce livre ?

— C'est une bibliothèque ici, répondit Bob, donc oui, tu peux."

Ethan ne possédant pas de carte de bibliothèque, Bob remplit les papiers nécessaires, comme avec Connie, et lui donna une carte temporaire. Ethan remercia Bob pour son aide et se tourna pour partir. Bob demanda : “Et si c’est un piège et qu’il t’attend encore là-bas ?

— Ça m’est égal maintenant, répliqua Ethan. Je rentre chez moi. Si je me fais trucider, dis au monde que je suis mort par amour, ou quelque chose dans le genre.”

Bob regarda Ethan quitter le parking de la bibliothèque à bord de sa Mercury pour traverser la rue et se garer là où se trouvait précédemment la camionnette blanche. Il s’engouffra dans la cage d’escalier, et comme Bob n’entendit aucune détonation, il en conclut qu’Ethan ne s’était pas fait assassiner. Le lendemain après-midi ce dernier rapporta le Dostoïevski. Il avait terminé l’ouvrage après avoir lu tard dans la nuit et toute la matinée. Il dit qu’il voulait un autre livre qui lui fasse exactement le même effet, et est-ce que Bob avait des conseils à lui donner ? Et Bob répondit qu’en effet, il en avait.

Le père de Connie fut surpris que sa fille, après sa première tentative réussie, puisse continuer de lui fournir des livres, mais il redouta également que toute l'entreprise ne fût démasquée. Ainsi il se mit à dévorer les textes à un rythme frénétique ; de sorte que Bob vit de plus en plus souvent le visage complice de Connie franchir la porte de la bibliothèque. Elle prit l'habitude de rassembler d'abord les livres de son père avant de s'attarder à l'accueil devant Bob, perchée avec délicatesse au sommet d'un haut tabouret. Elle avait beaucoup de questions pour Bob, et elle les lui posait, et les réponses de ce dernier lui paraissaient encourageantes : il possédait une maison, il vivait seul, il aimait son travail et ne s'adonnait à aucun des passe-temps repoussants dont raffolaient la plupart des jeunes hommes américains de sa génération. Elle trouvait étrange qu'il n'eût qu'un seul ami, avant d'apprendre que cette amitié était récente. Qu'avait-il fait jusque-là de son temps libre ? Et pourquoi souriait-il si curieusement à l'expression *temps libre* ? Lorsqu'elle l'accusa d'être trop sage, il se défendit en lui racontant l'histoire de l'hôtel Elba, à savoir en deux mots que Bob avait fugué de chez lui à l'âge de onze ans, avait pris en catimini un train puis un autocar avant d'arriver jusqu'à l'océan où il avait réussi à se faire inviter dans un hôtel du littoral. Il était resté là quelques jours, parmi une ribambelle de curiosités humaines qui semblaient dans son souvenir n'avoir existé que dans une pièce de théâtre particulièrement farfelue. Connie eut du mal à croire que la chose se fût effectivement déroulée, mais l'idée que Bob eût fugué lui plut, et elle fut attendrie par l'image de Bob enfant pénétrant dans un monde inconnu en quête d'émotions plus fortes que celles qu'il connaissait chez lui.

Bob avait lui aussi des questions à poser à Connie, auxquelles elle répondit avec simplicité et franchise, ce qui rendit la démarche d'autant plus agréable. La vie de Connie n'avait pas toujours été si singulière, en ce sens que son père n'avait pas toujours été si instable. Elle avait fréquenté l'école publique, par exemple, de la maternelle au lycée. Ce ne fut qu'à la mort de la mère de Connie, qui survint alors que la jeune femme avait dix-sept ans, que son père, jusque-là banlieusard sans histoire, était devenu un zélateur forcené. Des semaines de questionnements polis cédèrent la place à des interrogations plus épineuses, et un jour Bob demanda : "C'est quoi le problème avec ton père exactement ?" La question ne dérangea pas particulièrement Connie, mais il n'était pas si simple d'y répondre, dans la mesure où il s'agissait d'une multitude de phases, de narrations à plusieurs niveaux et de suppositions tous azimuts. En d'autres termes, dit-elle, son problème, c'était la vie. Mais la réponse complète se précisa au fur et à mesure des visites et des conversations.

L'amertume de son père provenait non pas de ce qui lui était arrivé mais de ce qui ne lui était pas arrivé ; et à l'instar de nombreuses personnes malheureuses, il se définissait par ses échecs. Enfant, il avait voulu prendre l'habit, et le moment venu il s'était jeté à corps perdu dans la prêtrise. Toutefois, l'Église considéra qu'il n'avait pas sa place dans ses rangs ; on le découragea dans son entreprise, puis on l'en dissuada sans ambages. Lorsque le père de Connie exigea de savoir avec précision quel était le problème, un représentant de la paroisse lui expliqua que les hommes et les femmes de la communauté n'aimaient pas être en sa présence, ne l'aimaient pas, *lui*, en conséquence il aurait été tout bonnement déraisonnable que l'Église le prépare à entrer dans les ordres, ce qui l'amènerait inévitablement à être en étroit contact avec ladite communauté. "Votre foi est évidente, lui dit le représentant de l'Église. Ce sont vos manières en société, ou plus exactement votre absence de manières qui nous pose problème." Cette déclaration traumatisa profondément le père de Connie, qui ne s'en remit jamais. Même après s'être distancié de l'Église, après s'être marié et avoir eu une fille, une obsession perdura dans son esprit, une soif inextinguible de vengeance qui ne diminua pas le moins du monde au fil du temps.

La mère de Connie se révéla une présence apaisante, elle savait comment déjouer les penchants les plus malsains de son mari ; elle le laissait envoyer des lettres à la presse, mais interdisait tout affrontement physique, et toute manifestation publique de colère. Connie évoquait sa mère avec une certaine admiration mais sans amour. "Qu'elle ait choisi de donner sa vie à un homme comme mon père me prouve qu'être adulte pour elle revenait à faire des compromis, de sorte que je ne l'ai jamais respectée, mais elle était relativement pragmatique, et son influence sur ma propre vie m'a été utile. Avec le recul je me dis que je lui dois beaucoup. Parce que mon enfance a été bien moins périlleuse que ma vie d'aujourd'hui. Après sa mort, plus rien n'a retenu mon père."

La mère de Connie possédait un modeste héritage qui longtemps avait permis à son foyer de s'en sortir ; après sa mort, il apparut par le biais du testament que l'héritage n'était en fin de compte pas si modeste, ce qui eût été une bonne nouvelle si celle-ci n'avait pas été accompagnée d'un sentiment de trahison. Le père de Connie avait complètement ignoré qu'il faisait en vérité partie de la classe moyenne supérieure plutôt que de la classe moyenne inférieure, et il fut scandalisé qu'on lui eût caché une telle chose. Ce sentiment négatif s'additionna à d'autres sentiments négatifs pour devenir un seul et très profond sentiment négatif. Libre désormais de faire ce que bon lui semblait, et avec tout l'argent qu'il lui fallait pour mener un train de vie digne de ce nom, le père de Connie s'abandonna à ses penchants les plus bizarres, et si longtemps réprimés.

Ses exigences envers sa fille émergèrent une par une, et presque avec circonspection. Il abordait tel ou tel sujet comme s'il n'était qu'à moitié convaincu. "Je me demandais si on ne devrait pas faire quelques changements dans les vêtements que tu portes, Connie." Une fois qu'une question avait été mise sur le tapis et que le changement était acté, il faisait comme s'il en avait toujours été ainsi, et que c'était la norme – et s'écarter de la norme était inconcevable, c'était un péché. Petit à petit en dix-huit mois, il était devenu un maniaque inflexible et tyrannique pour lequel quitter la maison revenait à pénétrer sur un champ de bataille. Tant que ça le concernait lui, pourquoi pas, admettait Bob, mais pourquoi Connie devait-elle participer à ces campagnes ? "Bah, c'est difficile de répondre à ça, Bob. Pour faire court, il semble croire que ce faisant il s'assure la Gloire, et il cherche à me sauver en même temps. Je comprends qu'on puisse avoir du mal à le comprendre, mais mon père, à sa façon, m'est très dévoué." Elle s'interrompit. "Tu sais qu'il ne m'a jamais frappée ou quoi que ce soit, pas vrai ?" Bob fut heureux de l'entendre ; parce qu'il ne le savait pas, non, et l'éventualité l'avait taraudé. Connie, percevant qu'il voulait en savoir plus, ajouta : "Et il n'est pas du genre pervers non plus.

— Bien, tant mieux", fit Bob.

Cela faisait deux ans qu'elle avait terminé le lycée mais elle n'avait aucun projet ni aucune envie de poursuivre ses études. Comme Bob, elle ne s'était pas fait de véritables amis durant sa scolarité, mais si lui était passé inaperçu aux yeux de ses camarades, Connie, elle, avait vécu des choses autrement complexes et déstabilisantes. On l'avait classée dans la catégorie Autre, ceux qui l'entouraient trouvant obscure sa façon de s'exprimer et de se comporter. Certains des garçons les plus téméraires avaient tenté de lui faire la cour, mais ils n'avaient récolté que des regards d'une franche ambivalence et de sibyllins refus ; ces mêmes garçons s'accordèrent pour dire que Connie Coleman flanquait la frousse. Ces jeunes hommes – et les jeunes hommes en général – la mettaient mal à l'aise. Ils étaient si entièrement dénués d'empathie que Connie pensait qu'ils n'auraient pas dû avoir le droit de marcher parmi la population, et encore moins la permission de conduire des automobiles dans nos rues et sur nos autoroutes. Quant aux filles, dit-elle, elles expliquaient sa manière d'être en la taxant de pimbêche et de sorcière. "Les deux à la fois, précisa-t-elle à Bob, tu imagines ?" Le mot *pimbêche*, d'après ce que Bob avait pu percevoir de sa personnalité, n'était pas le terme adéquat ; mais son emploi ne le surprenait pas. Connie ne savait pas être réservée, et une confiance telle que celle qui l'habitait, en cette période de la fin des années 1950, n'était pas la bienvenue. Il était convaincu qu'on l'avait écartée socialement parce qu'on lui enviait son assurance. Mais pour Bob, rien chez elle ne portait à croire qu'elle était une sorcière.

Le temps s'écoula à l'accueil, avec Bob et Connie apprenant à tour de rôle les détails de leurs vies respectives. Bob avait le sentiment que leur relation naissante se portait à merveille, et c'était le cas, mais l'étape suivante lui semblait hors de portée. Connie lui avait tendu un nombre incalculable de perches en lui laissant entendre qu'elle aimerait visiter sa maison, des perches qui devinrent bientôt des déclarations : "J'aimerais voir un jour cette fameuse maison.

— Oh bien sûr, évidemment", répondait Bob avant de s'éclipser dans les toilettes pour éponger la sueur perlant sur son front. Connie comprit que Bob perdait pied et qu'il allait falloir qu'elle lui donne un coup de pouce ; elle finit par faire tinter la clochette de l'accueil en proclamant : "Si tu ne m'invites pas chez toi tout de suite, je pars sur-le-champ et ne reviendrai plus jamais, Bob Comet." Bob posa la main sur le petit dôme en laiton pour faire taire la sonnette, et dit que oui, elle était officiellement invitée. Ainsi le dimanche suivant elle feignit d'être malade pour ne pas accompagner son père à leur traditionnelle virée en bus. Une fois ce dernier parti pour la journée, elle s'habilla, cueillit des fleurs dans son jardin, et prit un taxi qui traversa la rivière pour l'emmener jusqu'à la maison de Bob. Elle frappa à la porte, bouquet à la main, et lorsque Bob répondit, lui aussi tenait à la main un bouquet de fleurs. Ils échangèrent leurs bouquets et se dirigèrent vers la cuisine où Connie sortit un vase qu'elle remplit d'eau et dans lequel elle mélangea les deux bouquets. Elle posa le vase sur la table du coin repas, puis partit visiter la maison. Bob lui emboîta le pas en nommant les choses : c'était ici qu'il lisait ; c'était ici aussi qu'il lisait ; c'était ici sa chambre d'enfant ; ici son bureau. Connie déambulait, les mains croisées dans le dos comme si elle visitait un musée. La rampe de corde l'impressionnait, et elle était d'accord : c'était mieux de l'avoir conservée. Lorsqu'ils se retrouvèrent côte à côte dans la chambre de Bob, Connie lança : "Tu crois que je vais sauter dans ton lit, j'imagine, pour qu'on passe l'après-midi à faire l'amour comme des fous, pas vrai ?" Bob devint tellement rouge que Connie pensa qu'il s'étouffait. Il n'avait pas songé à préparer quoi que ce soit à manger, mais il avait fait du café, bien qu'elle eût désiré du thé. "J'achèterai du thé pour la prochaine fois", s'excusa-t-il, ce qui pour lui revenait à lui faire du gringue, évoquant une rencontre ultérieure, comme s'il était entendu qu'ils passeraient de nouveau du temps ensemble. Ils burent leurs cafés dans le jardin à l'arrière de la maison et s'assirent sur un banc couvert de mousse dans un enchevêtrement luxuriant de verdure en tous genres. Le visage de marbre, Connie examina la zone. "Ce jardin est une honte. Est-ce que ta mère s'en occupait quand elle était vivante ?

— Non, ça ne l'intéressait pas le moins du monde.

— Et tu fais comme elle maintenant ?

— Je pense que toute ressemblance entre ma mère et moi n'est que pure coïncidence." La vérité, c'était que Bob n'avait jamais envisagé ne serait-ce qu'une seule fois la possibilité de s'adonner au jardinage.

L'esprit de Bob s'éleva alors et disparut dans les arbres. Connie portait un pull à torsades rouges et un parfum d'eau de rose émanait très délicatement d'elle. Il avait plu, et l'humidité flottait dans l'air, de l'eau s'égouttait quelque part. Connie dit : "Tu ne te rends pas compte de la chance que tu as d'avoir tout cet espace pour toi sans personne sur ton dos.

— Si, je m'en rends compte, se défendit Bob. Tu pourrais habiter ailleurs que chez ton père, non ?

— Oui, bien sûr, je pourrais.

— Pourquoi tu ne le fais pas ?"

Elle réfléchit un instant. "Avant je rêvais d'avoir une carrière. L'idée d'un salaire et de ce que je pourrais acheter avec l'argent. J'allais avoir une voiture violette.

— Quel genre de voiture ?

— Violette, c'est tout. Et je me voyais la conduire pour aller et rentrer du boulot en m'arrêtant peut-être au pressing sur le chemin du retour. Je me voyais dans un appartement quelque part, le soir à boire une bouteille de bière à la table de mon coin cuisine avec un disque tournant sur la platine. C'était à ça que ressemblerait ma vie quand j'aurais quitté mon père. Mais je ne me rendais pas compte je crois de ce que signifiait vraiment un boulot. Je rêvassais seulement de la paie, sans penser au temps et aux efforts qu'il fallait y consacrer pour l'obtenir. Au bout d'un moment j'ai compris que ça signifiait passer quarante ans derrière un bureau à taper à la machine des lettres pour un gros porc, tu vois ce que je veux dire ?

— Oui, répondit Bob en pensant naturellement à sa mère.

— Quand j'étais petite, poursuivit Connie, je voyais ma mère et mon père comme deux entités faisant partie de la même caste. Mais ensuite j'ai vu qu'elle ne vieillissait pas de la même manière que lui. Il dit qu'il travaille pour Dieu. Très bien, mais il ne récure pas les toilettes de Dieu, alors que ma mère récurait les siennes, et maintenant c'est moi. Elle travaillait ; je travaille ; il ne travaille pas. Mais ma mère, elle, s'est littéralement tuée à la tâche ; moi, mon travail ne va pas durer éternellement." Elle avala une gorgée de café avant de confier à Bob un secret. "Une fois, peu de temps avant de mourir, ma mère m'a expliqué que la santé de mon père déconnait.

— Déconnait comment ça ?

— Son cœur en particulier déconne beaucoup, et la situation peut basculer à tout moment. En d'autres termes j'en suis venue à penser que mon métier, c'est cet asservissement à mon père. Je vais peut-être travailler un an encore, ou cinq ans, mais tôt ou tard, et pas trop tard à mon avis, il va partir. Mon père est propriétaire de sa maison et il a de l'argent de ma mère ; j'hériterai de tout quand il sera mort. Ensuite, je pourrai faire ce que je veux et sans mon père à rôder derrière chaque porte pour tout gâcher.

— Qu'est-ce que tu aimerais faire ?

— Des petites choses, Bob. J'aime rester dans ma chambre. Je me promène et je travaille dans le jardin. J'aime coudre et cuisiner. Mais je veux faire aussi tout ce qu'il m'interdit de faire. Lire des livres, aller au cinéma, regarder la télévision, voyager, tu vois ?"

Bob demanda avec autant de désinvolture que possible si elle envisageait ou pas de fonder une famille. Elle donna à Bob un petit coup de coude dans les côtes. "Des enfants ? dit-elle. Je ne sais pas trop.

— Tu n'aimes pas les enfants ?

— Je ne connais pas d'enfants.

— Tu n'aimes peut-être pas l'idée des enfants.

— Non, à dire la vérité, je n'aime pas. C'est un sacré investissement pour une femme, sans aucune garantie de retour." Elle jeta un coup d'œil à sa montre. "Est-ce que je t'ennuie ?

— Tais-toi, répliqua Connie, mais gentiment.

— Tu dois y aller ?

— Dans pas trop longtemps, oui. Mais j'ai envie de continuer de parler. Tu veux bien m'en dire plus sur la bibliothèque ? Maintenant qu'on n'y est plus, j'ai envie d'en savoir davantage."

Bob dit : "C'est une bibliothèque.

— Mais pourquoi tu es là-bas ?

— Je veux être là-bas. J'aime bien.

— Qu'est-ce que tu aimes bien ?

— J'aime comment je me sens quand je suis là-bas. C'est un endroit que je comprends. J'aime que les gens puissent venir et prendre les livres qu'ils veulent gratuitement. Ils les emportent chez eux, ils en prennent soin, et ensuite ils les rapportent pour que d'autres personnes puissent faire la même chose." Bob évoqua les petites joies qu'il éprouvait le matin quand tout était tranquille, son arrivée à la bibliothèque, l'intense silence qui régnait dans la mezzanine recouverte de moquette et le bus illuminé et vide qui de temps à autre roulait sans bruit sur le bitume humide.

Elle dit : "Tu aimes être seul.

— C'est normal d'être seul.

— Ah bon ?

— C'est normal pour moi.

— Tu n'aimes pas les gens ?

— Je ne connais personne.

— Bien vu, dit-elle en le pointant du doigt.

— J'aime *l'idée* des gens, précisa Bob avant d'ajouter : Tu les aimes, toi ?

— En vrai, oui." Elle réfléchit un instant. "Je les aime dans le bus quand ils sont seuls au monde et regardent par la vitre. J'aime quand ils comptent leurs pièces de monnaie dans leur paume au moment où le bus arrive. Je crois que la plupart des gens font du mieux qu'ils peuvent." Elle haussa les épaules et dit qu'elle allait bientôt devoir partir. Elle regarda Bob et Bob eut envie de l'embrasser mais ne sut pas comment s'y prendre. Après avoir attendu un moment elle se leva et retourna dans la maison. Il la suivit. Elle se dirigea vers la porte d'entrée, attrapa son manteau à la patère et l'enfila.

"Et si je te ramenais chez toi en voiture ? proposa Bob.

— Impossible. Mais tu peux me déposer au bout de ma rue, ça te va ?

— C'est tout bon", répondit Bob s'emparant de son manteau. Quelques instants plus tard, Connie debout sur le perron observait le dos de Bob tandis que ce dernier fermait la porte à clé. "Tu es un sacré zinzin, pas vrai Bob ?" dit-elle et Bob se retourna. "La vérité, c'est qu'on est tous les deux zinzins, je crois, Connie."

Comme pour la maison, elle inspecta soigneusement le véhicule de Bob, ouvrant et fermant la boîte à gants, allumant et éteignant la radio, ajustant le son. Elle baissa la vitre et ferma les yeux tandis que la brise lui caressait le visage. "C'est sympa d'être en voiture", observa-t-elle. Ils traversèrent la rivière, dépassèrent la bibliothèque fermée pour la journée. Ils étaient à deux kilomètres environ de la maison de Connie lorsque celle-ci commença à se raidir sur son siège. "Pas la peine d'aller plus loin.

— Pourquoi tu ne me laisses pas t'emmener jusqu'au bout ?" demanda Bob, mais Connie prit un air sévère et rétorqua : “Arrête cette voiture, Bob Comet.” Comme il ne ralentit pas aussitôt, elle saisit le volant pour le contraindre à se garer. La voiture s’immobilisa le long du trottoir ; Bob souriait et Connie décela pour la première fois chez lui de l’espièglerie. Mais elle n’avait pas envie de s’amuser, et elle dit : “Tu veux me revoir, non ?

— Bien sûr que oui.

— OK.

— Et comment.

— OK. Tant mieux. Ça me plaît. Mais il faut que tu comprennes, par rapport à mon père. Ce n’est pas un petit problème de rien du tout et ce n’est pas juste, tu sais, un grincheux. C’est un malade qui délire et qui est divorcé de la réalité. Et s’il apprend que je suis d’une manière ou d’une autre impliquée dans une relation sentimentale, ça va le rendre fou furieux, OK ? Fou furieux, c’est bien ça.”

Bob dit : “Tu n’as jamais pensé qu’il pourrait m’apprécier ?

— Il ne va pas t’apprécier.

— Peut-être pas au début, mais avec le temps il se rendra compte que je suis un bon gars et il m’appréciera malgré lui.

— Il va t’exécrer. Il va souhaiter ta mort.

— Peut-être qu’il s’adoucira avec le temps.

— Non. Bob ? Écoute-moi. Écoute les mots que je dis. Et comprends-les. Tu m’écoutes ?”

Bob regarda sa bouche. “Oui.

— Tant que tu t’intéresseras à moi, il ne changera pas. Il va t’interdire de t’approcher de près ou de loin de lui et de moi et ça ne m’étonnerait pas qu’il tente quelque chose d’extrême, quelque chose de violent.

— D’accord, acquiesça Bob. Mais qu’est-ce qu’on va faire alors ?

— Nous allons faire en sorte que vous ne vous rencontriez jamais, voilà ce qu'on va faire." Connie embrassa Bob sur la joue et sortit de voiture. Une fois sur le trottoir elle se retourna et ajouta : "Je ne sais pas quoi dire de plus. Mais voilà à quoi ressemble notre problème. Il y a des moyens de le contourner, mais pas de le traverser, et je te saurais gré de faire attention à ce que je te dis, d'accord ?

— Entendu.

— Merci de m'avoir raccompagnée.

— Je t'en prie. Quand est-ce que je te revois ?

— Dès que possible, évidemment. Je te ferai signe." Bob la regarda s'éloigner. Lorsqu'elle eût disparu, il brandit un doigt et proclama comme s'adressant à un jury : "La jeune femme elle-même admet qu'elle est impliquée dans une relation de nature sentimentale."

En semaine, Bob et Ethan se retrouvaient souvent au Finer Diner pour déjeuner. La salle du restaurant était curieuse : passé l'entrée, on se retrouvait face à une multitude de tabourets disposés en fer à cheval et fixés dans le lino à carreaux verts et rouges. Il n'y avait aucun box et pas d'autres sièges hormis ces tabourets ; au centre du fer à cheval se trouvait une espèce d'estrade, un îlot, où la serveuse, Sally, s'affairait. La première fois qu'Ethan et Bob pénétrèrent dans l'établissement, ils furent accueillis par une odeur de café brûlé et de chiffon humide, ainsi que par une assemblée d'hommes aux visages gris, le nez plongé dans leurs assiettes pleines de nourriture grasse et qui, telles des bêtes au-dessus de leurs auges, relevèrent la tête. "C'est bon ici ?" lança Ethan. Aucun des hommes ne répondit ; mais Sally se détourna de la caisse enregistreuse pour regarder Ethan dans les yeux. Les mains sur les hanches, elle lui rétorqua : "Bah, chéri, assieds-toi, je vais te montrer."

Sally était un personnage fascinant comme peuvent l'être les serveuses parfois. Elle était du genre à avoir tout vu, et possédait un sex-appeal certain, dû en partie à sa silhouette mais aussi à l'étincelle de vulgarité qui dansait dans ses yeux. Dès l'instant où elle vit Ethan, elle lui accorda toute son attention, ce qui d'ordinaire se manifestait sous la forme de vannes chargées de sous-entendus sexuels. Après qu'il eut commandé un *patty melt* – sorte de grillé à la viande et au fromage fondu –, elle se mit à l'appeler Patty, non pas parce qu'elle ne connaissait pas son véritable prénom – elle le lui avait demandé d'emblée –, mais parce qu'elle souhaitait établir un lien unique avec lui, et un tel sobriquet l'aidait à parvenir à ses fins. Chaque fois que Bob et Ethan entraient dans le restaurant, Sally s'exclamait : "Patty !" quel que soit l'endroit où elle se trouvait dans la salle, et les clients solitaires et sans le sou, avec leurs ulcères, leurs stimulants et leurs rages de dents, se tournaient vers Ethan pour voir sa réaction. Ces hommes auraient tant voulu que Sally les affublât d'un sobriquet, mais Sally était hors de leur portée tout comme Ethan était hors de celle de la jeune femme. Cinq ans plus tôt elle eût pu le conquérir, ne serait-ce que brièvement, mais désormais elle n'avait plus aucune chance. Elle n'était pas amoureuse d'Ethan, elle ne savait quasiment rien de sa vie ni de sa personnalité, mais elle brûlait d'envie qu'un homme comme lui, jeune et viril, fît attention à elle, comme pour rendre hommage au pouvoir de séduction qui fut jadis le sien. Sa propre jeunesse venait à peine de se ternir, semblait-elle lui dire, et l'appeler Patty la replongeait sans doute dans ce temps débridé où sa peau était encore soyeuse. Ethan faisait semblant de ne pas remarquer l'attention que lui portait Sally, il se comportait normalement, sans jamais se montrer inamical mais sans jamais non plus réagir à ses avances, ne serait-ce qu'un tout petit peu, pour ne pas lui envoyer le mauvais signal. "Qui aime bien châtie bien ?" demanda Bob et Ethan effleura du bout du doigt son nez parfait.

Un jour où le restaurant était presque vide, Bob décida de parler à Ethan de Connie, de sexe, et de l'idée de sexe avec Connie ainsi que du fait qu'il n'avait jusqu'alors jamais eu de relations sexuelles. Il avait failli en avoir, une fois, en première, puis une autre fois à la fac, mais comme il n'avait pas ressenti de lien réel avec aucune des deux filles, avoir failli lui avait suffi. Il en était venu à penser qu'il pouvait vivre et vivrait sans relations charnelles ; mais Connie avait surgi dans sa vie, et bien qu'il ne pût en être certain, il avait bien l'impression qu'elle désirait effectivement vivre avec lui quelque chose qui dépassait ce qu'il avait défini comme la norme dans son existence limitée. Elle était venue voir Bob chez lui trois fois maintenant, mais ils ne s'étaient même pas véritablement embrassés. Dans l'esprit de Bob, un rapport sexuel était un acte aussi extrême qu'un assassinat ; comment diantre pourrait-il faire une chose pareille avec Connie ? Une fois qu'ils eurent commandé, Bob expliqua à Ethan sa situation et lui fit part de ses inquiétudes. Celui-ci attendit en silence que Bob eût terminé, puis il demanda : "Ça ne t'est pas venu à l'esprit qu'elle veut peut-être que ce soit toi qui fasses le premier pas ?

— Si, j'y ai pensé, répondit Bob. Mais ça doit me sembler invraisemblable."

Ethan parla de la nécessité d'agir en des termes non pas gratuitement crus mais qui ne tenaient pas compte de la vénération que Bob vouait à Connie. "Je ne connais pas cette fille, évidemment, dit Ethan, mais d'après mon expérience je n'ai jamais rencontré une jeune personne que ce soit un garçon ou une fille qui n'aime pas baiser avec le ou la partenaire de son choix." Lorsque Bob entendit Ethan employer une telle vulgarité en référence à Connie, un éclair de colère le traversa et il dit pour la première fois : “Bon, écoute, je suis amoureux de cette fille.” La déclaration de Bob surprit Ethan ; son expression passa de l'amusement à une soudaine gentillesse puis à une certaine gêne voire timidité. Il dit : “Alors là, c'est autre chose, Bob. Je ne sais vraiment pas grand-chose là-dessus. Je suis peut-être un peu dépassé mais d'après ce que j'ai compris quand même, l'amour et la baise, ça va assez bien ensemble. Cette jeune femme est faite de chair, de sang et d'os, et s'il est possible qu'elle préférerait que personne ne lui fasse l'amour de toute sa vie, il me semble que tu ne lui rends pas service en la plaçant comme tu le fais sur un piédestal quel qu'il soit. Bref, demandons à Sally. Hé, Sally ?”

Sally posait leurs assiettes sur le comptoir. “Oui ?

— On aurait besoin des conseils de quelqu'un d'expérimenté, ça t'embête ?

— Pas du tout.

— Merci. Bien, Sally, je viens d'apprendre que mon copain ici présent est tombé fou amoureux.

— C'est vrai ? Waouh, génial, félicitations. C'est super.” Sally tapota la main de Bob, et son sourire était sincère.

Ethan dit : “Mais attends, il y a un problème. Il est tellement épris qu'il croit que l'élue de son cœur est trop bien pour l'acte lui-même.

— Ah, je vois, remarqua Sally avant de secouer la tête comme si elle avait vu venir la chose. Merde alors.

— Mais qu'est-ce qu'on peut lui conseiller ?” interrogea Ethan.

Sally s'adressa à Bob. “Je vais te le dire une fois et une seule, et c'est à prendre ou à laisser. Mais sache que je te parle en toute honnêteté, et que je ne vous souhaite que du bien, à toi et à ta petite chérie, d'accord ?

— D'accord, acquiesça Bob.
— Tu m'écoutes ?
— Oui."
Sally regarda Bob droit dans les yeux. "Même la colombe la plus pure et la plus blanche a envie de se faire culbuter de temps à autre.
— Tu vois ? fit Ethan.
— J'ai raison ou j'ai raison ? demanda Sally.
— Tu as raison. Elle a raison."
On ne saurait affirmer que Bob prit très au sérieux le conseil qu'il reçut de la part de Sally et Ethan ce jour-là, mais ce n'est peut-être pas une coïncidence si Connie et lui consommèrent leur union dès leur rendez-vous suivant. Le père de Connie avait eu des difficultés respiratoires et avait été admis en observation à l'hôpital pour la nuit, de sorte que Connie avait vingt-quatre heures de libres pour la première fois depuis que Bob l'avait rencontrée. Ils n'avaient pas explicitement décidé qu'elle passerait la nuit chez lui, mais elle arriva chez Bob avec sur l'épaule un sac curieusement grand, ce que Bob ne manqua pas de remarquer tout comme Connie remarqua qu'il l'avait remarqué. Ils mangèrent des spaghettis et burent une bouteille de vin à deux, après quoi ils allèrent se promener dans le quartier. Bob désigna une bouche d'incendie. "J'ai trébuché et je me suis éclaté la tête là-dessus une fois. Il y avait du sang partout." Les lampadaires s'allumèrent tandis qu'ils montaient les marches du perron de la maison ; une fois à l'intérieur, Connie continua tout naturellement de monter l'escalier jusqu'à la chambre de Bob. Il la suivit et après quelques tripotages, ils s'allongèrent pour se livrer à une amicale tradition. L'exercice ne dura pas longtemps. Ensuite, Bob resta allongé là, s'abandonnant à de sottes pensées joyeuses. Il était désormais

un fornicateur, et tout allait pour le mieux soudain. Bob révéla que c'était une chose qu'il n'avait jamais faite auparavant, ce qui manifestement émut Connie. Mais lorsqu'elle s'abstint de faire la même remarque en ce qui la concernait, Bob ne put que se demander pourquoi. Une froideur le saisit ; sachant qu'il ferait mieux de ne pas poser la question, il demanda malgré tout à Connie si elle était vierge, et apprit qu'elle avait fait l'amour à trois autres hommes avant lui. Elle appela ces hommes des *mecs*. Bob trouva le mot tranchant et blessant ; lorsqu'il lui demanda ce qu'elle entendait par là, elle répondit :

"Comment ça qu'est-ce que j'entends par là ?

— Je veux dire, je suppose que c'étaient des garçons de ton école, c'est bien ça ?

— Non, Bob, je t'ai dit, les garçons à mon école étaient trop horribles. Je ne pensais jamais à eux pour ça.

— C'était qui alors ?

— Juste des mecs."

Le corps tout entier de Bob se raidit dans le lit. Ses yeux étaient résolument fermés, et Connie allongée à ses côtés, le menton appuyé dans sa paume, l'observait. "Je ne vais pas t'en parler si tu dois en faire tout un plat.

— Je n'en fais pas tout un plat. Ça ne veut rien dire. J'ai l'impression du contraire, mais je me trompe.

— Ça ne veut rien dire pour moi, fit Connie.

— D'accord, acquiesça Bob. Je comprends." Il n'avait rien à y gagner, il le savait, mais il ne put s'empêcher de lui demander plus de détails. Rien de trop précis, précisa-t-il, juste les grandes lignes ; Connie accepta de lui donner ce qu'il pensait vouloir. "Le mec numéro un, commença-t-elle, c'était un menuisier qui remplaçait une marche dans l'escalier de notre sous-sol. Il avait une petite quarantaine. C'était un mollasson gentil avec un gros ventre et il était divorcé. Si mon père nous a laissés seuls ensemble ça te donne une idée de ce à quoi il ressemblait et de sa prestance. Ce n'était pas Gary Cooper, tu vois ?

— Je vois.

— Ça va ?

— Ça va.

— J'avais décidé depuis plusieurs semaines de le faire dès que j'en aurais l'occasion. Eh bien, l'occasion s'était présentée. Donc j'ai mis du rouge à lèvres et j'ai apporté au mec une tartine grillée. Je l'ai regardé manger et ensuite je lui ai demandé : « Ça vous a plu ? » Il a répondu : « C'était très bon », et je lui ai demandé ensuite s'il me trouvait jolie. Il a mis ses lunettes et il a plissé les yeux. « Bah, oui », qu'il a fait. Je lui ai demandé s'il voulait venir dans ma chambre et il a regardé sa montre." Connie fit un clin d'œil lascif. "Il était sympa, en fait. Je veux dire, ce n'était pas un porc ou quoi, et il était propre, c'était déjà ça. Mais l'acte en lui-même était assez triste. Après, il est resté debout au pied de mon lit, à observer les murs de ma chambre. Il avait un dos énorme et charnu avec des poignées d'amour mais un tout petit cul rouge framboise, comme celui d'un gosse de dix ans qui vient de se prendre une fessée. Il était là, il regardait mon diplôme, mes dessins de poneys et de fées, et il a dit : « Je n'aurais pas dû faire ça. » Il s'est rhabillé, j'ai enfilé mon peignoir et je l'ai raccompagné à la porte. On s'est serré la main et il a répété : « Je n'aurais pas dû faire ça. » Je ne l'ai plus jamais revu. Non pas que j'en avais envie. Mais bref, c'était le mec numéro un.

“Le mec numéro deux, c’était le gérant du supermarché. Il me parlait tout le temps depuis la seconde. Quand j’ai commencé à grandir et que j’ai terminé le lycée, il s’est mis à me draguer tous azimuts. Et j’avais l’impression qu’il avait compris que je l’avais fait, tu vois, avec le menuisier. Il n’en était pas sûr à cent pour cent, mais il l’avait compris instinctivement, et je trouvais ça intéressant. J’ai remarqué qu’il portait une alliance et je lui ai dit : « Vous êtes marié, je vois. » Et il m’a répondu : « Oui, mais à peine, à peine. » Ça m’a fait rire. Et je me suis dit : je l’ai déjà fait une fois, qu’est-ce qui m’empêche de recommencer ? J’espérais, j’imagine, que ce soit plus satisfaisant que la première fois en termes, tu sais, de sensations physiques. Mais c’était exactement pareil qu’avec le menuisier.”

Bob demanda : “Et ça s’est passé où ?

— Avec le mec du supermarché ?

— Oui.

— Au supermarché.

— Où dans le supermarché ?

— Romeo avait un lit de camp dans son bureau. Je l’appelle Romeo parce que c’était son prénom, c’était le prénom qui figurait sur son badge. Et on aurait dit qu’il vivait dans son bureau, donc c’était peut-être la vérité, qu’il était marié mais à peine.”

Bob demanda : “Et le troisième mec ?

— Le troisième mec était flic.”

Bob leva la main. Il en avait entendu assez et ne voulait pas en savoir plus. Il n’avait pas d’excuse sinon son immaturité, mais il se montra irascible ce soir-là, en proie à un sentiment qu’il n’avait presque jamais connu jusqu’alors, la jalousie, mais qui le posséda entièrement. Connie chercha à l’apaiser pendant un moment, avant de s’en lasser, ce qui ne tarda guère, et elle s'endormit. Quand Bob trouva finalement le sommeil lui aussi, il rêva qu'il était cocu, et il se réveilla le torse hors du lit. Connie dormait toujours ; tandis qu'il contemplait son visage, Bob reconnut la mesquinerie de son comportement, et se ressaisit avant de réveiller Connie pour s'excuser. Elle salua son initiative et lui promit qu'il occupait une place toute particulière dans son cœur, puis ils se livrèrent de nouveau à une amicale tradition qui encore une fois fut rapide, mais Bob lui assura qu'il ne tarderait pas à devenir un expert de l'acte amoureux, et Connie lui répondit qu'elle n'en doutait pas et qu'elle le soutenait dans toutes ses tentatives d'amélioration.

Quelques jours plus tard, Bob et Connie prirent le bus ensemble. Sans aucune destination particulière ; ils avaient pris le bus pour prendre le bus, Connie étant désireuse de montrer à Bob ce qu'elle appréciait dans les transports publics. Ce en quoi elle échoua, même si l'échec incombait peut-être à Bob ; quoi qu'il en fût, il ne parvint jamais à trouver le moindre charme dans le fait de prendre le bus, ce qui ne signifie pas pour autant qu'il n'apprécia pas ce moment précis. Ils vivaient désormais pleinement les affinités qu'ils éprouvaient l'un pour l'autre, et leur avenir s'étalait, ouvert, devant eux. C'était un temps de certitudes inébranlables et de grands projets, un royaume se dessinant avec précision, comme sous la lentille d'un télescope, et ils roulaient en silence dans le sud-ouest de la ville main dans la main, regardant rêveusement par la vitre comme le faisaient et le font parfois encore les amants. Bob remarqua un restaurant italien qui s'appelait la pizzeria des Trois Mecs ; il désigna l'enseigne et lança à Connie : "Regarde, ton resto préféré." Connie lut l'enseigne, se tourna vers Bob, et s'apprêta à réagir lorsqu'un homme de l'autre côté de l'allée, un couillon à la peau rougie avec une casquette en tweed et un pardessus London Fog, se pencha et demanda à Connie : "Pardonnez-moi, mademoiselle, j'ai bien entendu ? Vous aimez la pizzeria devant laquelle on vient de passer ?" Bob répondit : "Oh, elle adore cette pizzeria, monsieur. Il faut l'entendre raconter tout ce qu'elle a à dire sur les Trois Mecs." Le couillon fut impressionné ; il hocha promptement la tête avant de lâcher un petit soupir bref et percutant. Il appuya sur le bouton pour demander l'arrêt et se leva pour sortir. "J'habite dans le coin, voyez-vous, expliqua-t-il. Et les bons conseils sont toujours les bienvenus. De citoyen à citoyen, comme dans le royaume animal les oiseaux alertent leurs congénères d'une cime d'arbre à une autre, pour les prévenir de ce qui se passe." L'homme remonta son grand col, serra sa ceinture et descendit du bus. Bob se tourna vers Connie pour partager avec elle l'étonnement que venait de susciter en lui ce moment de poésie inattendue. Elle le fixait encore, ni amicalement ni méchamment, mais froidement. Elle s'était retenue de lui répondre durant l'interruption du couillon, mais là, se libérant, elle lui dit : "Ça fait quatre mecs avec toi, chéri. Quatre mecs et ce n'est que le début."

Un soir, après être resté trop tard dans l'appartement d'Ethan, et après avoir bu beaucoup trop de vin, Bob s'allongea sur le canapé rêche et s'installa pour y passer la nuit. Il dormait depuis quelques heures lorsqu'on frappa à la porte. En caleçon, Ethan traversa la pièce pour aller ouvrir. Il fit entrer une silhouette féminine fortement parfumée et l'emmena jusqu'à sa chambre. Aux bruits qu'émit la visiteuse, leurs échanges allaient bon train, à un degré dépassant l'entendement de Bob ; en d'autres termes, il ne comprenait absolument pas ce qui se tramait dans cette chambre. Il fixa le plafond et attendit que cesse le raffut. Il fuma une cigarette avant d'en allumer une deuxième avec le mégot de la première. Lorsque le duo arriva au terme du bouquet final, le silence parut si soudain et total que ce fut comme un bruit en soi pour Bob. C'est alors que résonna une salve d'applaudissements : quelque part dans le bâtiment, des voisins d'Ethan, probablement habitués à ce genre de bruit émanant de l'appartement, saluaient la performance. Le lendemain matin, Bob avait mal au crâne à cause du vin mais aussi parce qu'il était troublé et envieux. Il prépara du café et s'assit à la table de la cuisine, attendant qu'Ethan et la femme émergent de la chambre, mais Ethan surgit soudain seul par la porte d'entrée, une boîte à gâteaux rose sous le bras. “Bonjour ! lança-t-il.

— Bonjour, fit Bob. Où est ton amie qui donnait de la voix cette nuit et semblait toujours partante ?

— Elle est rentrée chez elle il y a plusieurs heures.” Ethan se servit une tasse de café et s'assit à table, prêt à se soumettre à l'interrogatoire qu'il sentait imminent. “Bon”, commença Bob. Avec ce mot il exprimait beaucoup de choses. Il disait : *Bon, c'est ta vie.* Il disait : *Bon, ça fait ce bruit-là quand tu fais l'amour.* Il disait : *Ça ne fait pas le même bruit quand je fais l'amour moi.* Il disait : *C'est aussi bien que ça en a l'air ?*

“Ouais, répondit Ethan.

— Mais c'est qui ?

— Une femme que je connais.

— Tu l'as rencontrée où ?

— Dans la rue.

— Quoi ?”

Ethan ouvrit la boîte rose et parcourut son contenu. “C'était un jour où je n'avais pas de voiture, et j'étais assis à un arrêt de bus sur Broadway quand elle s'est arrêtée dans une Pontiac neuve pour me demander comment se rendre au Rose Garden. Elle était immatriculée dans l'Oregon, et franchement, je ne crois pas qu'elle avait besoin d'aide. « Très bien, je lui ai répondu. Pourquoi est-ce que vous ne me raccompagneriez pas chez moi puisque vous avez l'air d'avoir tellement de temps libre ? » Je croyais que c'était à ça qu'elle pensait depuis le début. Et je n'ai pas dit ça méchamment, mais elle s'est vexée ou elle a fait semblant de se vexer. Ensuite mon bus est arrivé et je suis monté dedans. J'ai oublié cette fille mais quand je suis descendu à mon arrêt, la Pontiac était encore là. « Excusez-moi, jeune homme », qu'elle a fait.” Ethan se choisit une pâtisserie et mordit dedans, tout en mettant sa main en coupe pour récupérer les miettes.

"Et ensuite, qu'est-ce qui s'est passé ?

— Elle a dit qu'en fait, elle s'était rendu compte qu'elle prenait le même chemin que moi. Je suis monté dans sa voiture et elle m'a ramené chez moi.

— Et ensuite ?"

Ethan haussa puis baissa puis haussa puis baissa les sourcils.

Bob ajouta : "Tout de suite comme ça ?

— Ouais.

— En pleine journée ?

— Ouais.

— Et c'était quand ?

— À la fin de l'hiver dernier.

— Tu la vois souvent ?

— Toutes les deux semaines elle se pointe. Je ne sais jamais quand ; c'est elle qui décide. Je n'ai même pas son numéro de téléphone." Ethan poussa la boîte rose vers Bob mais Bob ne parvenait pas à se concentrer sur autre chose que la conversation en cours.

"Mais c'est qui ? demanda-t-il derechef.

— Je ne peux vraiment pas te dire, Bob. Ça fait partie du truc, tu vois. Je connais son prénom, Pearl, et je sais qu'elle est riche, et qu'elle est mariée, même si elle fait comme si elle ne l'était pas. Elle enlève son alliance avant de venir me voir. OK, très bien. Elle veut faire semblant avec certaines choses, pourquoi pas, ça ne me gêne pas. Elle m'a dit une fois : « Si un jour tu me demandes de l'argent, Ethan, tu ne me reverras plus jamais. » Tu imagines un peu ? Elle veut toujours avoir la main, donc je la laisse croire que c'est le cas. Mais elle ne l'aura jamais, pas vraiment.

— Pourquoi ?

— Parce que je m'en fous complètement, si elle disparaît de ma vie.

— Mais tu l'accueilles à bras ouverts quand elle vient.

— *À bras ouverts* c'est un peu exagéré. Je ne la congédie pas, c'est vrai.

— Je pense qu'elle a dû se sentir accueillie à bras ouverts hier soir", observa Bob.

Ethan s'avança sur sa chaise. Il mordit encore une fois dans son gâteau. "Plus le temps passe, plus je considère mes entrevues avec Pearl et toutes les Pearl du monde comme des entraînements. Parce qu'un jour, mon pote, je tomberai amoureux aussi, comme toi. Et quand ce sera le cas, je dorloterai tellement l'heureuse élue qu'elle me suppliera d'arrêter." Quand Bob dit que ce scénario lui semblait un peu sombre ou cruel, Ethan lui répondit qu'il prenait toute cette histoire beaucoup trop au sérieux. "En réalité, c'est juste un petit service qu'on se rend, elle et moi, comme quand on maintient la porte de l'ascenseur ouverte pour un inconnu." Il tapota la boîte rose. "Ces brioches au caramel sont excellentes, Bob."

Bob fuma sa cigarette en buvant son café, observant son ami et méditant sur les vastes différences de leurs vécus respectifs. Il n'avait pas encore présenté Connie à Ethan, mais c'était seulement maintenant qu'il s'avouait les avoir intentionnellement tenus éloignés l'un de l'autre. Non pas qu'il crût que Connie, qui était fidèle, pût se pâmer malgré elle devant le physique et le charisme d'Ethan ; et Bob ne croyait pas non plus qu'Ethan utiliserait ses atours pour détourner Connie de lui. Sa peur, ou plutôt sa redoutable conviction, c'était que Connie et Ethan, s'ils venaient à se rencontrer, comprendraient qu'ils étaient véritablement faits l'un pour l'autre, beaucoup plus que Connie et Bob ne le seraient jamais. S'il avait l'impression d'être paranoïaque, Bob se disait aussi que cette idée était sensée, potentiellement vraisemblable. Pour la première fois de sa vie, il connaissait à la fois l'amour et l'amitié, et il n'avait absolument rien à faire pour conserver les deux. Une demi-heure plus tard, assis dans sa Chevy dont le moteur tournait au ralenti devant l'appartement d'Ethan, tout le danger de la situation lui sauta soudain aux yeux : il devait à tout prix les empêcher de se rencontrer, songea-t-il. Et il veillerait à ce qu'ils ne se rencontrent pas.

La situation avec le père de Connie évolua. Connie arriva à la bibliothèque une heure après que Bob eut pris son service, le visage gonflé et rougi à force d'avoir pleuré. "Bonjour, j'ai fait une erreur." La veille, elle avait parlé à son père de sa nouvelle relation avec Bob, et il ne l'avait pas bien pris.

Bob dit : "On n'avait pas décidé qu'on ne lui dirait pas ?

— Si, mais ensuite, j'ai changé d'avis parce que je suis bête." Elle se toucha le visage. "Je ressemble à rien ou je ressemble à rien ?

— Tu ressembles un peu à rien."

Elle soupira. "J'essayais de manger mes céréales, mais il n'arrêtait pas de crier, alors je suis partie.

— Je croyais que tu lui avais dit hier soir ?

— Oui, il criait aussi hier. Mais il a fini par aller se coucher et je me suis dit qu'il ne crierait plus sauf que quand il s'est réveillé il a remis ça. Et je ne sais pas trop quoi dire sinon qu'il est fou et que je suis vraiment bête. Je ne sais pas ce qu'on va faire." Elle s'éclipsa aux toilettes pour pleurer encore un peu. Après quoi, Bob et elle s'installèrent dans la salle de repos pour discuter de ce qu'ils allaient faire. Bob comprit qu'ils étaient à un tournant dans leur relation et une audace inédite s'empara de lui ; il lui suggéra qu'au lieu de rentrer chez elle, elle devrait rester chez lui.

"Comment ça, « rester » ? Rester combien de temps ?

— Aussi longtemps que tu veux. Pour toujours.

— Et le testament ?

— Bah, quoi, le testament ?

— Il dit que si je continue à te voir, il va me déshériter. L'argent, la maison, tout.

— Tu crois qu'il le ferait vraiment ?

— Je ne sais pas.

— Bah, en fait, on n'a pas besoin qu'il nous donne quoi que ce soit, ton père, non ? J'ai une maison. J'ai de l'argent."

Connie eut l'air troublé, presque contrarié. "Excuse-moi, qu'est-ce que tu me dis ? demanda-t-elle. Est-ce que tu me demandes en mariage ?

— Tu voudrais que je le fasse ?

— J'imagine, oui.

— Tu imagines.

— Je voudrais bien.

— OK, je te demande en mariage.

— OK, alors demande-moi en mariage.

— Est-ce que tu veux m'épouser ?

— Tu es censé te mettre à genoux pour me demander en mariage."

Bob s'agenouilla sur ses deux genoux. "Est-ce que tu veux m'épouser ?"

Juste avant que Bob ne posât sa question, Mlle Ogilvie était entrée dans la pièce ; et Connie n'eut pas le temps de répondre qu'elle décréta : "Les affaires personnelles, c'est ailleurs, Bob, merci." Elle sortit et Bob se redressa et raccompagna Connie dehors. Celle-ci ne dit rien au sujet du mariage mais accepta que Bob vînt la chercher ce soir-là, pour qu'elle reste chez lui au moins jusqu'à ce que la situation se calme ou s'éclaircisse, et ils peaufinèrent les détails en attendant le bus de Connie.

À minuit moins cinq, Bob gara sa Chevy face à la maison du père de Connie, de l'autre côté de la rue, et coupa le moteur. La lueur du réverbère éclairait le capot de la voiture, coupant en deux le torse de Bob ; il avança sa montre dans la lumière pour suivre la progression de la trotteuse. Hormis les cliquetis du moteur qui refroidissait, le silence régnait. Minuit arriva et Bob scruta la fenêtre de la chambre de Connie à l'étage. Les battements de son cœur s'accélérèrent lorsqu'il vit le battant lentement s'ouvrir ; mais soudain il se coinça et Connie le referma pour essayer de nouveau. Puis il se souleva brusquement en faisant un grand bruit qui fit aboyer les chiens du quartier. Lorsque les aboiements commencèrent à faiblir, la main de Connie émergea de la pénombre, et deux valises se posèrent sur le toit de la véranda ouverte. Bob sortit de sa Chevy et traversa discrètement la chaussée et le jardin pour se rendre là où ils avaient au préalable décidé de se retrouver. Connie avança doucement sur le toit, valises à la main ; elle les lança à Bob avant de s'accroupir et de sauter dans le vide. Sa jupe se souleva et Bob remarqua, car comment aurait-il pu ne pas le remarquer, qu'elle ne portait pas de culotte – détail curieux mais il n'était pas l'heure d'y songer, parce que Connie atterrit sur l'herbe en faisant un roulé-boulé aussi impressionnant qu'inattendu. Bob l'aida à se relever, s'empara de ses valises et ensemble ils se dépêchèrent de gagner la Chevy. S'asseyant à l'avant, Connie se rendit compte qu'elle ne portait pas de culotte. "Je n'ai pas de culotte !" s'exclama-t-elle, et Bob répondit que oui, il l'avait remarqué, et Connie en fut brièvement mortifiée. Elle expliqua qu'elle venait juste de se réveiller et qu'elle s'était habillée si vite qu'elle en avait oublié *le bas*, comme elle le formula. Elle ajouta qu'elle regrettait de s'être ainsi exhibée, si ce qu'elle avait donné à voir avait gêné Bob, et celui-ci répondit qu'il n'avait pas du tout été gêné et qu'il ne le serait jamais, et que par ailleurs il faisait nuit et qu'il s'amusait comme un petit fou. Il était un jeune bibliothécaire vivant une aventure amoureuse et sa petite chérie tombait du ciel sans culotte, et le pot d'échappement de la Chevy vrombissait raisonnablement dans la nuit estivale de l'Oregon. Ils traversèrent la rivière ; les vitres étaient baissées et la fraîcheur émanant de l'eau s'engouffra dans la voiture. Les cheveux de Connie tournoyaient en l'air ; elle affichait ce que l'on pourrait décrire comme une expression amoureuse.

"Je t'épouserai, *monsieur Bob**."

Neuf jours plus tard, le père de Connie tomba raide mort en arrosant la pelouse devant sa maison. Connie avait laissé le numéro de téléphone de Bob à une voisine bienveillante, et celle-ci appela le dimanche après-midi pour annoncer la nouvelle. Allongé sur le canapé à se prélasser, Bob regarda Connie parler au téléphone, debout dans la cuisine ; elle portait un tablier blanc et tenait une longue cuillère en bois à la main. Elle opinait du chef et la cuillère oscillait telle la baguette d'un chef d'orchestre. "Entendu. Oui. Très bien. Merci." Elle reposa le combiné sur son support. "Mon père est mort", déclara-t-elle avant de retourner à sa soupe en train de cuire. Bob la rejoignit dans la cuisine et s'approcha d'elle par-derrière pour lui enlacer la taille, mais elle resta froide et il repartit dans le canapé. Une voix intérieure lui conseilla de la laisser tranquille ; le dîner terminé, Connie expliqua calmement à Bob, après y avoir repensé, que si son père n'avait pas été un homme méchant, il avait été idiot, idiot et malveillant et elle avait décidé qu'elle ne voulait pas entendre parler de sa dépouille, sachant qu'il se serait délecté de la savoir mal à l'aise devant son corps sans vie, et elle refusait de lui donner cette ultime satisfaction. Bob répéta : "Dépouille." Connie précisa : "Je suis censée aller chez le médecin légiste et au funérarium pour signer les papiers. Eh bien, je ne vais pas le faire." Elle se rappelait toutes les petites humiliations qu'elle et sa mère avaient subies au fil des ans à cause de la vanité de son père, et elle ne parvenait pas à digérer ces souvenirs. Sa colère était une réaction saine, et si Bob, n'ayant lui-même que peu d'estime pour l'homme, la comprenait, il n'aimait pas voir l'affabilité naturelle de Connie ternie de cette façon ; il pensait aussi qu'elle regretterait peut-être par la suite son comportement. Lorsque Bob se proposa de s'occuper des démarches, Connie rétorqua : "Tu ne veux pas faire ça", et c'était vrai, il n'en avait pas envie, mais il affirma qu'il pensait néanmoins devoir le faire, à moins qu'elle ne soit vraiment contre et qu'elle lui interdise de s'en mêler. "Je n'ai jamais rien interdit de ma vie, et ce n'est pas maintenant que je vais commencer", répliqua-t-elle.

Bob fut chargé d'identifier le corps chez le médecin légiste avant qu'on ne le transportât au funérarium, et il prit pour ce faire une matinée de congé. Le légiste était un homme aimable et en mauvaise santé ; il mena Bob dans une grande salle carrelée de blanc avec une seule fenêtre laissant filtrer un rayon de soleil qui éclairait un brancard à roulettes sur lequel gisait un corps recouvert d'un drap. S'approchant du corps, le légiste expliqua à Bob qu'il avait pratiqué une autopsie un peu plus tôt dans la matinée. Ce n'était pas habituel pour une mort naturelle, mais il avait dû le faire à la demande expresse du défunt. "Le funérarium avait en sa possession une lettre écrite de la main de M. Coleman, qu'on m'a transmise hier. C'était un peu difficile à suivre, mais en substance le monsieur redoutait d'être empoisonné et il voulait qu'on vérifie après sa mort s'il était bien mort d'empoisonnement ou pas.

— Qui était susceptible de l'empoisonner, selon lui ? s'enquit Bob.

— Eh bien, pour faire court, le Vatican. Pour faire plus long, un groupe de prêtres qui vit près de Forest Park et qui, d'après Coleman, lui en voulait. La lettre montre clairement une instabilité mentale, mais je me suis exécuté, par simple courtoisie.

— Et il a été empoisonné ?

— Non. C'est son cœur le coupable, il n'y avait aucun signe d'intervention extérieure. En revanche, une chose m'a frappé : cet homme avait les poumons et le foie d'un gamin de dix-neuf ans. Aussi propres et brillants que s'il ne s'en était jamais servi." Lorsque Bob évoqua les convictions du père de Connie, le légiste remarqua : "Oui, ça se voyait qu'il n'avait jamais bu une goutte d'alcool ni jamais fumé une cigarette. Les gens se disent que ça vaut la peine de s'en priver, je présume. Personnellement, je ne vois aucun inconvénient à perdre quinze ans." La lettre du père de Connie avait éveillé une curiosité chez le légiste, qui demanda à Bob de manière détournée, presque en s'excusant, quelle était la situation de l'homme au moment de sa mort. Bob expliqua que le père de Connie était malheureux à cause du mariage imminent de sa fille.

"Et c'est vous le futur marié ?

— Absolument."

Le légiste émit un grognement entendu. "Quand on a le cœur brisé comme on dit, le cœur s'arrête ; à cause d'une déception amoureuse ou d'un grand deuil, la mort d'un enfant par exemple. Et si ce phénomène survient de temps à autre, mourir de chagrin est extrêmement rare. Ce qui est beaucoup plus courant, c'est de mourir d'amertume, d'indignation, de dépit. À mon avis cet homme est mort de dépit."

Tout en parlant il tira sur le drap pour découvrir le corps du père de Connie. Son geste eut quelque chose de théâtral et Bob songea à un magicien concluant son numéro.

"C'est bien l'homme que vous connaissiez ?

— C'est lui."

Bob examina d'un peu plus près le défunt, et le légiste remarqua une lueur de curiosité dans ses yeux. Bob expliqua en toute honnêteté qu'il avait trouvé le père de Connie antipathique, avant d'énumérer tous ses défauts et autres comportements délétères. Bob se surprit à s'emporter sur le sujet, mais il s'en rendit compte et sourit au légiste, qui l'écoutait avec un intérêt et un plaisir évidents. Bob ajouta : "Vous devez entendre dans votre métier toutes sortes d'histoires familiales sordides.

— Toutes sortes, oui. Je ne suis pas vraiment censé le dire, mais en vérité c'est un métier fascinant." Il entreprit de recouvrir le père de Connie. D'une voix pensive, il ajouta : "Cela dit, il fallait voir le foie et les poumons de cet homme. Ils avaient l'air à peine sortis de la chaîne de montage, encore dans leur emballage."

Lorsque Bob rentra, la radio était allumée mais Connie n'était pas dans la maison. Il la trouva dans le jardin à l'arrière en train de désherber. Elle portait des vieux vêtements de Bob et elle lui lança : "Tu vas voir, je vais faire de ce terrain vague quelque chose d'unique." Bob s'assit sur la pelouse éparse et l'observa tandis qu'elle s'affairait, attendant qu'elle lui demandât comment s'était déroulée sa visite chez le médecin légiste. Comme elle ne posait aucune question, Bob lui dit qu'il lui parlerait volontiers de la chose si elle le désirait ; mais elle répondit qu'elle s'en fichait complètement. Elle remercia Bob pour son aide et

Bob dit : “Je t’en prie.” Il n’y eut pas de service funéraire et le devenir des cendres demeura un mystère. Six semaines plus tard, un avocat envoya une lettre à Connie expliquant qu’elle ne recevrait rien de la succession de son père. Mais c’était une chose qu’elle savait déjà et qu’elle avait acceptée, de sorte que la lettre n’eut aucune conséquence pour elle. Elle la jeta avec un soin exagéré, presque comique, dans la poubelle sous l’évier de la cuisine. Bob décela sur son visage une légèreté sincère et amusée, et il l’aima très tendrement.

Tenir éloignés l'un de l'autre Ethan et Connie posait un problème parce qu'ils fréquentaient tous deux régulièrement la bibliothèque. Il y eut d'abord les moments où ils furent à deux doigts de se croiser, Connie partant juste avant l'arrivée d'Ethan ou vice-versa. Puis il y eut l'instant angoissant où ils se retrouvèrent simultanément dans la bibliothèque, chacun ignorant la présence de l'autre, et Bob se gardant de dire quoi que ce fût, mais ils n'eurent curieusement aucun contact. Mais un jour, au grand dam de Bob, alors qu'il se tenait derrière l'accueil en toute fin de journée, Connie et Ethan pénétrèrent ensemble dans la bibliothèque, Ethan la tenant par le bras. Ils riaient tous les deux. Ils s'approchèrent et se tinrent devant Bob pour le saluer ; Ethan ne lâcha pas le bras de Connie ; le visage de Connie était rouge de plaisir. Bob se somma intérieurement de jouer le jeu, d'imiter leur joie espiègle, mais sa surprise fut si désagréable et entière qu'il ne put que les dévisager. "Qu'est-ce qui s'est passé ? interrogea-t-il.

— Tu veux lui raconter ? demanda Ethan à Connie.

— Je vais lui raconter.

— Raconte-lui si tu veux lui raconter, dit Ethan.

— Laisse-moi lui raconter." Connie parla à Bob sans quitter Ethan des yeux : "Eh bien, j'étais dans le bus à m'occuper de mes affaires quand je me suis aperçu qu'un homme de l'autre côté du couloir me fixait. Bon, tout le monde aime être regardé de temps à autre mais au bout d'un moment j'en ai eu assez et je lui ai demandé, tu vois, poliment, d'arrêter. Et il s'est arrêté, mais trois secondes et demie environ. Et il a remis ça. Alors j'ai commencé à m'inquiéter un peu, parce que je ne le connaissais pas et il pouvait très bien s'agir d'un pervers, donc j'ai cherché à m'asseoir ailleurs, sauf qu'il n'y avait pas d'autre place libre, et pour finir j'ai sorti mon livre et j'ai lu, ou j'ai fait semblant de lire parce que je me suis dit qu'il verrait que j'étais occupée et pas intéressée, tu vois ? Bref, une minute passe et j'étais vraiment plongée dans ma lecture, et j'avais presque oublié le pervers voyeur de l'autre côté du couloir quand il s'est approché et qu'il a *posé le doigt* sur la page ouverte de mon livre. J'ai levé les yeux et il était penché vers moi, l'air sérieux et il m'a dit…

— Tu racontes mal, interrompit Ethan.

— Ah bon ? Mais pas du tout."

Ethan s'adressa à Bob : "Elle raconte mal.

— Tu n'as qu'à raconter toi, alors, fit Connie.

— D'accord." Ethan réfléchit un instant avant de reprendre le fil. "Alors, écoute Bob, commença-t-il. C'est vrai que je la regardais. Et je m'en excuse. Mais quand je suis monté dans le bus, je l'ai remarquée assise bien droite et comme il faut, et comment ne pas la regarder ? Donc je l'ai regardée comme les garçons et les filles se regardent, normalement quoi, mais il y avait aussi autre chose, il y avait quelque chose de drôle chez elle, une espèce de mystère qui flottait autour d'elle. L'avais-je déjà rencontrée ou vue quelque part ? Il y avait un… *truc* chez elle mais je ne parvenais pas à l'identifier. Ensuite elle a mis sa main dans son sac et elle a sorti un livre. Et j'ai vu que c'était un livre de bibliothèque. Et pas n'importe quel livre de bibliothèque mais *Crime et châtiment*. Et pas n'importe quel exemplaire de *Crime et châtiment* mais précisément celui que j'avais emprunté, avec le titre qui bavait et la tache sur le dos. Et quand j'ai vu ça, le mystère s'est tout de suite éclairci parce que j'ai compris sans l'ombre d'un doute qui elle était.

— Et il s'est penché et il a dit…

— Laisse-moi raconter. C'est ma chute. Je me suis penché et je lui ai dit : « Tu t'appelles Connie et moi c'est Ethan, et je crois qu'il faut qu'on se parle parce qu'on aime tous les deux le même homme et je ne supporte plus de le partager comme ça. »"

Les deux zozos se remirent à rire, et en cet instant Bob eut envie de disparaître, ou qu'Ethan disparaisse, ou Connie, ou tous les trois. Il eut également envie qu'Ethan et Connie cessent d'être si manifestement contents d'être ensemble, et il eut plus que tout envie qu'Ethan ôte sa main du coude de Connie. Le rire de celle-ci faiblit, et elle fixa Bob avec un drôle d'air. "Qu'est-ce qui se passe, chéri ?" demanda-t-elle et Bob répondit que ça allait, que la journée avait été longue, voilà tout.

Ethan et Connie décidèrent que ce serait une bonne idée de sortir dîner tous les trois, et ils attendirent dehors sur le trottoir tandis que Bob fermait la bibliothèque. Il jeta quelques coups d'œil par la fenêtre tout en rangeant les chaises et éteignant les lumières. Connie riait encore, et Ethan et elle se tenaient tout près l'un de l'autre. Bob verrouilla la porte et descendit l'allée en direction du trottoir. Connie lui tournait le dos mais Ethan leva les yeux tandis que Bob s'approchait. Lorsqu'il vit Bob, son sourire s'effaça et son visage s'adoucit, prenant un air inquiet ou affable comme s'il comprenait soudain que Bob souffrait, et pourquoi. Bob eut honte mais il préféra garder ce sentiment pour lui.

Ce fut une marche froide sur un béton dur. Connie se trouvait entre Bob et Ethan, et elle ne prit pas le bras de Bob comme d'habitude mais marcha seule indépendamment de lui. Lorsqu'il n'y tint plus, il lui prit la main, mais elle s'empressa de la libérer et de la mettre dans sa poche. Le temps qu'ils arrivent au restaurant, Ethan avait changé d'attitude. Il était plus posé, presque formel en demandant quels étaient leurs projets pour le mariage et si oui ou non ils partiraient en lune de miel et s'ils auraient des enfants, et combien ? La conversation ne prenant pas, Connie essaya d'inciter Ethan à redevenir lui-même en le taquinant : Depuis combien de temps draguait-il les nanas dans les bus ? Et est-ce qu'il avait du succès ? Est-ce qu'il y avait un code de conduite entre dragueurs ? S'il montait dans le bus par exemple et se rendait compte qu'un autre dragueur était déjà à l'œuvre, descendait-il du bus pour laisser son confrère travailler en toute quiétude ? Lorsque cette approche se révéla elle aussi infructueuse, Connie entreprit de pousser Ethan à charrier Bob, mais Ethan ne fit que louer l'influence de ce dernier, autant de déclarations d'admiration qui pour Bob découlaient d'un sentiment de pitié.

En somme, le repas fut pour Bob une succession de moments émotionnellement pénibles. À la fin, Ethan arracha l'addition des mains du serveur surpris et mit un point d'honneur à la régler bien qu'il fût, comme

Bob le savait, fauché. Après quoi Ethan se dépêcha de partir. Le silence qu'il laissa derrière lui s'apparenta à une misérable créature, et Bob eut du mal à distinguer où prenait fin son sentiment d'insécurité et où commençait l'horreur pure et simple. Connie et lui marchèrent jusqu'à la Chevy garée à la bibliothèque. Et sur le chemin du retour ils parlèrent à peine. Entrant dans la maison, Connie déclara être désolée que son ami ne l'ait pas appréciée. Lorsque Bob lui demanda ce qu'elle entendait par là, elle dit : "D'abord il a été aussi gentil qu'un chiot. Et ensuite au dîner il m'a à peine adressé la parole, sans parler du fait qu'il n'arrivait même pas à me regarder dans les yeux.

— Il était timide, peut-être.

— Avant le dîner il ne l'était pas. Et dans le bus, je n'avais jamais vu un homme aussi peu timide que lui. Et puis pourquoi est-ce que je l'intimiderais ? Tu ne m'as pas dit que c'était un homme à femmes ?

— Je ne vois pas le rapport.

— Je veux juste dire que je suis quelconque.

— Non, ce n'est pas vrai. Mais en quoi ton apparence concerne Ethan ?

— Rien. Je ne sais pas. Je suis désolée.

— Désolée de quoi ?

— Bob, arrête." Elle partit suspendre son manteau à la patère dans le couloir. Immobile, elle fixa le mur. "Je veux que ton ami m'apprécie, OK ? C'est important pour moi qu'on s'entende bien." Bob n'enleva pas son manteau. Il monta à l'étage, s'allongea sur la couette et écouta Connie vaquer à ses habituelles occupations nocturnes : ouvrir et fermer le robinet, et la porte de derrière, éteindre les lumières. Bob n'avait pas mis de mots sur ses inquiétudes, mais vu son comportement il devait être évident que c'était de nouveau la jalousie qui le submergeait. Il se dit que son attitude le rendait peu séduisant, mais quelle que fût la manière dont il appréhendait la situation, il ne parvenait pas à trouver le moyen de faire disparaître cette jalousie. Allongé là, à se tortiller dans son mal-être, il se rendit compte que Connie faisait des bruits de plus en plus prononcés – elle cognait et entrechoquait les choses dans la cuisine avec plus de force que nécessaire. Bob tendit l'oreille : oui, elle exprimait sans nul doute de la colère. Bob se dit qu'elle avait réfléchi à l'origine de l'inquiétude qui le rongeait, et qu'à présent elle se sentait insultée. Ce qui, au lieu de susciter chez Bob remords ou chagrin, ne fit que l'apaiser et faire renaître l'espoir en lui. N'était-ce pas probable après tout que la colère de Connie signifiât qu'elle ne considérait pas comme plausible – voire même possible – la crainte de Bob ? Plus le vacarme s'intensifiait, plus le soulagement de Bob se précisait. Lorsque Connie monta l'escalier, elle marcha d'un pas lourd en marmonnant par-devers elle, et Bob se sentit plus ou moins euphorique. Elle prit une douche hargneuse, enfila son pyjama avec colère, enfonçant furieusement ses pieds dans l'ouverture des jambes ; Après quoi elle s'assit brutalement au bord du lit et fusilla Bob du regard. Ce dernier expliqua calmement qu'il l'aimait tellement que ça l'avait rendu un peu fou ce soir, et qu'il était désolé s'il l'avait offensée ou s'il avait mis à mal leur vie. Il leur fallut un moment pour arriver au point où Connie put lui pardonner, mais plus tard dans la nuit, lorsque Bob lui prit la main, elle ne la retira pas. Le lendemain matin, Bob se lança un avertissement. Il n'avait pas perçu jusque-là l'aspect faillible de leur union ; et désormais il comprenait que ce n'était pas une structure permanente mais quelque chose dont il fallait prendre soin, dont il fallait s'occuper. Il était effrayé de ce qu'il avait fait et de la manière dont il s'était comporté. Il se dit que la seule façon d'aller de l'avant, c'était de croire en ce que Connie et lui avaient créé, et de le protéger.

Là-dessus s'ensuivit une période de quatre ou cinq semaines durant lesquelles Bob n'eut aucune nouvelle d'Ethan ; Bob ne chercha pas non plus à le contacter. Bob fut heureux qu'ils fissent une pause, mais il en fut passablement dérangé aussi dans la mesure où cela sembla confirmer ses craintes. À deux reprises, Connie s'enquit d'Ethan sur un ton désinvolte, mais Bob n'apprécia guère qu'elle se souciât de lui, ne serait-ce qu'un peu. Il se dit qu'il était prêt à renoncer à son amitié avec Ethan si cela signifiait ne plus avoir à se sentir aussi mal qu'avant ; mais en vérité, c'était plus complexe que ça. À certains moments durant cette accalmie, Ethan lui manqua terriblement, et Bob s'imagina avec lui marchant sur le trottoir le soir après avoir bu trois ou quatre verres, devisant avec volubilité, indifférents à tout ce qui ne participait pas aux pensées et aux considérations qu'ils échangeaient, serrés l'un contre l'autre pour parer au froid. Pour le restant de sa vie, chaque fois que Bob songerait à cette relation, ce serait ce scénario qui lui viendrait à l'esprit : tous les deux marchant vite, parlant sans discontinuer et riant, la fumée de cigarette flottant dans leur sillage. Où allaient-ils à ce rythme ? Et de quoi discutaient-ils avec tant d'enthousiasme ?

Depuis le début de leur amitié, Bob s'était demandé qui était Ethan lorsqu'ils n'étaient pas ensemble, mais il n'eut qu'une fois l'occasion d'entrapercevoir Ethan dans son élément. C'était un matin brumeux et il était sept heures quinze. Bob lisait le journal à l'accueil lorsqu'une voiture s'était garée de l'autre côté de la rue, une vieille épave déglinguée pleine de jeunes gens bruyants et railleurs. Ethan était assis à l'arrière, coincé avec les autres ; il avait tenté de sortir du véhicule mais comme il posait le pied sur le trottoir les mains de ses amis l'avaient saisi et obligé à se rasseoir. Ce manège s'était produit encore deux fois avant qu'Ethan ne se libère enfin, le col de son tee-shirt déformé, les cheveux hirsutes. Debout, face à ses camarades, il s'était incliné comme pour saluer son public sous une pluie de détritus. Lorsque la voiture s'était tant bien que mal éloignée, Ethan s'était engouffré dans son immeuble pour monter chez lui. Bob avait tenté de se reconcentrer sur son journal mais les mots imprimés lui échappaient, et il ne faisait que penser au retour glorieusement foutraque d'Ethan.

Quarante-cinq minutes plus tard, Ethan avait pénétré dans la bibliothèque. Douché, changé, coiffé, il avait posément salué Bob avant de faire une critique sobrement positive du dernier livre que celui-ci lui avait recommandé. Il n'avait pas du tout évoqué la nuit qu'il venait de passer ; Ethan voyait en lui quelqu'un de sérieux, avait songé Bob, quelqu'un dont il pourrait apprendre, qui l'aiderait à s'améliorer, mais quelqu'un qui n'avait pas besoin d'entendre tous les détails de sa vie sociale. Ce qui était plutôt flatteur. Mais quelque part, Bob aurait voulu se trouver lui aussi dans cette voiture déglinguée, rentrant chez lui à l'heure où la plupart se réveillent, après avoir passé une nuit entière à joyeusement se repaître de polissonneries en tous genres. Que voyait Ethan en Bob, alors ? Sa banalité même le rendait-il exotique ? Était-il tout simplement un faire-valoir pour Ethan ? Comment ces deux-là étaient-ils devenus amis ? Connie croyait qu'il était important pour quelqu'un d'aussi isolé que Bob de ne pas renoncer à son unique amitié, ce qui était à la fois logique et sensé ; toutefois il ne chercha pas à combler le fossé, et il finit par accepter que le temps où il avait un compagnon de route masculin fût désormais révolu. Cependant, un jour, Ethan revint voir Bob à la bibliothèque. Il portait un costume distingué et un pardessus, il s'était coupé les cheveux, il était bronzé et il semblait déconcerté. À ses côtés se tenait une séduisante et élégante jeune femme qu'Ethan présenta comme sa fiancée, et qui s'appelait Eileen.

Eileen n'avait pas de charme mais elle avait étudié le charme et savait en interpréter une version qui restait convaincante tant que l'on ne l'examinait pas de trop près. Elle n'était pas timide, elle était incapable de l'être, et elle ne semblait pas avoir de sens de l'humour, du moins elle n'était jamais délibérément drôle. Ethan regardait sa fiancée communiquer avec son ami, et l'air déconcerté que Bob avait remarqué sur son visage lorsqu'il était entré dans la bibliothèque perdurait. Il n'était pas malheureux ; il semblait seulement ne pas savoir où il était. Eileen disait à Bob : "Nous sommes venus pour vous inviter à dîner ce soir.

— Pour vous inviter tous les deux, Connie et toi, précisa Ethan.

— C'est pour ça qu'on est venus", renchérit Eileen.

Bob expliqua que Connie et lui avaient déjà prévu de dîner avec leurs voisins ce soir-là, mais qu'Ethan et Eileen pourraient se joindre à eux, et il leur indiqua à quelle heure venir, ajoutant qu'ils n'avaient pas besoin d'apporter quoi que ce soit. Lorsque le couple eut quitté la bibliothèque, Bob téléphona à Connie pour lui annoncer la nouvelle.

"Ah bon, fit Connie, à quoi elle ressemble sa fiancée ? Elle est très belle, j'imagine.

— Oui, approuva Bob.
— Et côté caractère ?
— Elle ne donne pas beaucoup d'indices là-dessus.
— L'eau qui dort, peut-être.
— Ou pas", répliqua Bob. Si cette pique au sujet du caractère d'Eileen fit manifestement plaisir à Connie, Bob se mit à redouter ce dîner et son humeur s'assombrit. Lorsqu'il rentra à la maison, Connie se préparait à l'étage. Fredonnant un air de jazz, elle descendit l'escalier et Bob s'aperçut qu'elle s'était maquillée et qu'elle portait une robe plus élégante que d'habitude avec des chaussures à talons. Il ne put s'empêcher de demander : "Pourquoi tu t'es mise sur ton trente et un ?" Droite comme un I, Connie irradiait la déception. Elle répliqua : "Bob, si tu crois que je ne vais pas me faire belle pour dîner avec ton meilleur ami et sa fiancée, je ne sais pas ce que je peux te dire sinon que tu devrais penser à aller te faire foutre." Ce qui, après tout, était de bonne guerre ; et ces mots firent à Bob l'effet d'une douche froide. Il lui demanda pardon, Connie accepta ses excuses et ils mirent le couvert.

Ethan et Eileen arrivèrent avec une demi-heure d'avance. Bob s'habillait à l'étage lorsqu'il entendit la sonnette ; il descendit et trouva Connie et Eileen debout face à face en train de se présenter tandis qu'Ethan, à l'écart, arborant un nouveau costume sur mesure, fixait Bob le regard vide. Il lui fit signe qu'il avait envie de boire, Bob lui fit signe de le suivre et ils se dirigèrent vers la cuisine où Bob leur servit deux grands verres de whisky. Ethan vida le sien d'un trait et dit : "Merci, j'en avais bien besoin." Il tendit son verre pour que Bob le resserve, celui-ci s'exécuta et Ethan le vida derechef. "Merci, j'en avais bien besoin.
— Qu'est-ce qui se passe ?

— Rien. Non, enfin quelque chose. C'est dur à dire. J'avoue que je suis un peu dérouté, mais c'est tout ce que je peux dire dans l'immédiat. Parlons d'autre chose si tu veux bien.

— D'accord, acquiesça Bob. Pourquoi est-ce que tu es aussi bronzé et combien de costumes tu as maintenant ?

— Je suis allé à Acapulco et j'ai sept costumes.

— Pourquoi es-tu allé à Acapulco et pourquoi as-tu sept costumes ?

— Je travaillais comme serveur dans un hôtel là-bas ; la famille d'Eileen a un tailleur.

— Pourquoi le tailleur de la famille d'Eileen t'a confectionné sept costumes ?

— Je m'étais dit qu'il m'en fallait un, pour le mariage. Mais Eileen m'a assuré que tout homme se doit d'en avoir sept, et j'ai accepté parce que pourquoi pas.

— Qui a payé le tailleur ?

— Le père, je crois.

— Qu'est-ce qu'il fait ?

— Un truc avec les bateaux.

— Du transport maritime ?

— Je ne sais pas, il est dans les bateaux. Peut-être qu'il les construit. Je n'arrive pas à en avoir le cœur net parce que c'est difficile de parler au père d'Eileen. C'est un affreux porcelet.

— Et qu'est-ce qu'il pense de toi ?

— Pas grand-chose, vieux. Mais il dit qu'il n'est pas inquiet pour moi parce qu'il connaît les mecs dans mon genre et qu'on finit toujours mal." Ethan haussa les épaules, comme pour dire : qui vivra verra. Bob reboucha la bouteille de whisky et les deux hommes se mirent en quête de Connie et Eileen qu'ils trouvèrent assises à la table de la salle à manger en train de boire du vin rouge. Eileen disait : “Ethan était notre serveur à l’hôtel. Et il n’arrivait pas vraiment à se souvenir de nos commandes ni à nous les apporter dans les temps mais il s’y prenait parfaitement pour me séduire, au grand jour avec ça et sans la moindre vergogne, pas vrai, Ethan ?

— Tout à fait vrai, répondit Ethan.

— Attendez, fit Connie. J’ai raté un ou deux détails. Comment Ethan s’est retrouvé à travailler dans un hôtel à Acapulco ?”

Ethan leva un doigt. “Un jour au marché un recruteur qui travaillait pour une entreprise hôtelière avec des liens à travers tout le Mexique m’a abordé et m’a proposé un boulot de serveur dans un hôtel là-bas. C’est un travail saisonnier, et le truc c’est que tous les trois mois ils renouvellent leur bataillon de jeunes hommes. Chaque serveur a dix tables à gérer, trois repas par jour, et beaucoup de clients restent plusieurs semaines de suite, donc on finit par connaître assez bien les gens.” Ethan mima un pistolet avec ses doigts et tira sur Eileen. “Je n’ai jamais vraiment accroché avec ce boulot, c’est vrai. Il faut tout le temps faire des courbettes et se dépêcher. On a l’impression qu’un œuf pas assez chaud c’est littéralement la fin du monde.”

Connie demanda à Eileen : “Est-ce que tes parents ont été impressionnés quand ils ont appris que tu envisageais d’épouser un serveur ?

— Oh non, ça a été un sacré scandale, répondit Eileen. Mère m’a flanqué une gifle ! Je te l’ai dit, non, Ethan ? Que Mère m’avait flanqué une gifle ?

— Tu m’en as parlé, oui.

— Et papa a donné un coup de pied dans le chariot à alcools en signe de protestation. Ensuite il a marché sur les éclats de verre et il y avait des petites taches de sang partout sur la véranda. Je t'ai raconté le chariot à alcools, Ethan ? Et les petites taches de sang partout sur la véranda ?" Ethan remplissait le verre encore à moitié plein d'Eileen. Il le lui plaça dans la main et elle but sans même y penser. "Mère a avoué, poursuivit Eileen, que si elle avait été plus jeune, c'est elle qui aurait batifolé dans les cannes à sucre avec Ethan. Je trouve ça adorable en fait, tu ne trouves pas, Ethan ? Elle reconnaît que tu es un spécimen mâle de qualité. Oh, mais papa ne peut pas entendre le nom d'Ethan sans cracher par terre. Maman dit qu'il veut me déshériter mais c'est trop tard, parce que j'ai dépassé l'âge, j'ai déjà touché ma part de l'héritage.

— Et vous savez ce que vous allez faire ? interrogea Connie.

— Autant que faire se peut. On va se marier d'abord. On veut mettre ça derrière nous tout de suite.

— Ce sera un grand mariage ?

— Oh, oui. Ma famille élargie est très nombreuse et ils veulent tous voir de près le bon à rien à qui je me suis donnée. Après le mariage, on va quitter le taudis d'Ethan où on habite en ce moment, aussi incroyable que ça puisse paraître, et se trouver une maison dans le coin. On la fera rénover et décorer pendant qu'on sera en lune de miel, et quand on rentrera on fondera notre famille. Je veux cinq enfants." Ethan la resservit de nouveau. "Oui, j'en ai assez, Ethan, merci." Elle saisit ses cheveux pour les maintenir vers l'arrière et se pencha en avant pour boire le vin sans soulever son verre trop plein. "Il va falloir trouver un métier pour ce fainéant, ajouta-t-elle, mais on ne sait toujours pas ce que ça pourrait être. Est-ce que tu as repensé à ce que tu pourrais faire, Ethan ?

— Non, répondit Ethan.

— Tu ne crois pas que tu devrais y penser ? s'enquit Eileen.

— Je crois que je devrais, oui, probablement", dit Ethan posément. Il se tourna vers Bob. "J'ai faim.

— Vous êtes en avance. Nous attendons les voisins."

Ce n'était que depuis peu que Bob et Connie s'étaient liés avec les curieusement nommés Chance et Chicky Bitsch. C'étaient des habitants de banlieue pavillonnaire par excellence : buveurs invétérés et avides joueurs de bridge et de bowling, ils fumaient des Pall Mall à la chaîne et recevaient tous les soirs ou presque. Chicky s'occupait des boissons et vidait les cendriers, tandis que Chance, posté aux fourneaux, devisait dans un nuage de fumée de cigarette, un œil mi-clos tout en préparant son plat fétiche, un ragoût trop relevé. Chance avait fait la Seconde Guerre mondiale, et s'il n'évoquait que rarement les combats auxquels il avait participé, Bob et Connie avaient l'impression qu'il avait vu là-bas des horreurs sans nom et qu'il se consacrait uniquement désormais à la fête et à la légèreté. Chicky était toute dévouée à Chance, et si elle semblait assez satisfaite de ses choix de vie, elle nourrissait néanmoins quelques regrets, le sentiment d'être passée à côté de certaines choses, comme il arrive souvent à ceux qui choisissent d'embrasser les habitudes matrimoniales. Lorsque les Bitsch finirent par arriver avec un quart d'heure de retard, verres et cigarettes à la main, ils s'excusèrent de leur retard en demandant ce qu'ils avaient raté et si un jour on pourrait leur pardonner leur manque d'éducation et même s'ils méritaient qu'on le leur pardonne. On leur présenta Ethan puis Eileen, qui aussitôt les interrogea sur l'origine de leur nom de famille, *Bitsch* se prononçant exactement comme *bitch*, qui en anglais signifie chienne, salope voire connasse. Chance répondit en s'asseyant : "Mon grand-père s'appelait Heinrich Bitschofberger. Il habitait Dresde et il a émigré aux États-Unis avant la Première Guerre mondiale. À son arrivée à San Francisco, un préposé des douanes obligeant a élagué son nom. Malheureusement, l'identité de ce préposé s'est perdue dans le temps. Je sais que mon père aurait bien aimé lui dire deux mots. En tout cas, le préposé a affirmé à mon grand-père que Bitsch, c'était « un vrai nom d'Américain ».

— Vous croyez que le type a voulu intentionnellement faire de l'humour ? s'enquit Eileen.

— Il croyait qu'il en faisait je crois, oui.

— Avez-vous songé à revenir à votre nom initial ?

— J'y ai songé. Mais au moment d'agir quelque chose en moi s'insurge et je décide de ne rien faire.

— Et pourquoi ?"

Chance prit un instant pour réfléchir à sa réponse. Se tournant vers sa femme, il finit par dire : "Les Bitsch, c'est nous."

Chicky expliqua que s'ils étaient en retard, c'était parce qu'elle était plongée dans la lecture d'un article du magazine *Time* sur les comportements insensés et scandaleux des étudiants d'une université de sciences humaines de la côte est et que cet article avait attisé chez elle le sentiment d'avoir raté quelque chose. "Ces gosses ont tout compris, s'enthousiasma-t-elle. Ils baisent dans les buissons.

— Baiser dans les buissons n'a rien de neuf, répliqua Chance. Le jardin d'Éden, ça te dit quelque chose ?

— Tu ne m'as jamais baisée dans les buissons.

— Je ne savais pas que tu voulais que je le fasse.

— Ce n'est pas le genre de choses qu'une dame devrait avoir à demander. En tout cas, c'était un article très intéressant. Ces étudiants ont bien de la chance, j'ai envie de dire.

— Les sciences humaines et sociales vous intéressent ? s'enquit Eileen.

— Pas du tout. C'est plutôt l'aspect comportemental des étudiants qui m'a interpellée. L'article laissait entendre que c'était un cursus de quatre ans parfaitement orgiaque. Pour ma part, je n'ai jamais connu d'autre homme que Chance.

— Mais on se vaut tous, non ? suggéra Chance.

— Ça m'étonnerait, fit Chicky.

— Est-ce que tu t'es dit que j'étais ce qui se faisait de mieux ?

— Je ne me le suis jamais dit, non." Chicky se tourna vers Connie. "Il faut savoir que j'ai une profonde tendresse pour cet homme. Je l'adore, n'est-ce pas ?

— Évidemment", répondit Connie. Elles s'adressaient des hochements de tête entendus, et Bob commençait à se sentir mal à l'aise car elles avaient l'air de faire des parallèles peu flatteurs.

Chance demanda à Connie : "Bob t'a déjà baisée dans les buissons, ma douce ?

— Jamais, non.

— Quels hommes, nos hommes", s'exclama Chicky.

Eileen déclara "Ethan m'a baisée dans les buissons à Acapulco.

— OK, waouh, lança Chicky en remontant des manches imaginaires. Voilà qui devient intéressant."

Connie remarqua : "Tu avais dit dans les cannes à sucre, je crois.

— C'était dans les cannes à sucre, oui, et dans les buissons aussi."

Chicky leva lentement son verre pour trinquer. "Tout plein de bonnes choses à vous, et une putain de longue vie." Elle se rendit compte alors que son verre était vide, et tendit la main vers celui de Chance, vide aussi : "Bon, j'imagine qu'on devrait passer au vin, Chancey, ça te va ?"

Chance fit la moue ; il dit à Bob : "Si elle veut que je la baise dans les buissons, elle n'a qu'à me le demander. Je ne lis pas dans ses pensées, moi."

Le dîner fut servi et consommé. Tout le monde encensa la cuisine sauf Eileen, qui inspecta longuement et soigneusement son assiette avant de ne manger que la moitié de ce qu'on lui avait servi. Se portant volontaires pour débarrasser, Chance et Chicky empilèrent les assiettes et les emportèrent dans la cuisine. Bob entendit la porte à moustiquaire s'ouvrir et se refermer doucement. Pendant ce temps, Connie observa Eileen. "J'espère que le dîner t'a plu ?" demanda-t-elle. Eileen répondit : "C'était très intéressant, merci. J'avais entendu parler de l'existence du pain de viande, mais c'était la première fois que j'en avais bel et bien dans mon assiette." Connie encaissa le coup, se ressaisit et annonça que le dessert ne tarderait pas à arriver. Elle décida de ce pas de s'atteler à la tâche dans la cuisine et Ethan s'empressa d'aller l'aider, laissant Bob seul avec Eileen qui, portant son verre de vin à sa joue, détourna le regard. Comme pour répondre à quelque chose que Bob aurait dit, elle déclara : "C'est dommage, c'est vrai, qu'il ne soit pas riche en plus.

— Ah ? fit Bob.

— Oui. S'il était riche il serait absolument parfait." Elle but une longue gorgée de vin. "Je n'arrête pas de dire à ma mère, « Mère, une fois marié, il *sera* riche. » Elle me répond : « Pas comme nous. » Et moi je dis : « Exactement comme nous au contraire. Et avec le même argent. » Mais non, elle répète que ce n'est pas la même chose.

— Non, ce n'est pas la même chose, je suppose." Regardant Eileen, Bob songea qu'il pourrait lui dire n'importe quoi, admettre quelque énorme forfait sans que cela lui fasse le moindre effet. "Ça doit être bien, la richesse, remarqua-t-il.

— Oh, ça me plaît beaucoup. Naturellement, ça a ses mauvais côtés, comme tout.

— Oui, approuva Bob. Quel genre de mauvais côtés ?

— Eh bien, quand tu te bats pour quelque chose et que tu l'obtiens, ça t'appartient plus que si on te l'avait tout simplement donné. C'est valable pour les petites comme pour les plus grandes choses.

— Et donc, quand on n'a pas à se battre, ça fait quoi ?

— Ne pas avoir à se battre peut conduire à l'autocomplaisance." Elle prononça ce dernier mot comme s'il était synonyme de la dépravation la plus totale.

"Tu as déjà succombé à l'autocomplaisance ?

— Pas personnellement, non, répondit-elle. Mais je mentirais si je ne reconnaissais pas avoir vu d'autres y céder."

Connie et Ethan revinrent et distribuèrent le dessert, des parts de tarte à la cerise accompagnées d'une bonne portion de glace napolitaine.

"Oh, j'adore la tarte aux cerises, s'extasia Eileen. Elle est faite maison ?"

Connie prit une moue atterrée. "C'est la dame du supermarché qui l'a faite, et que Dieu bénisse ses petites mains fatiguées." Ethan éclata de rire ; Eileen fit mine de ne pas comprendre ce qu'il y avait de drôle.

Ethan et Connie étaient revenus à table contents d'eux et heureux d'être ensemble, comme lors de leur première rencontre, ce jour où ils avaient débarqué ensemble à la bibliothèque. Bob vit Ethan tendre la main pour toucher le bras de Connie. Ce geste, qu'il eut initialement pour ponctuer la conversation, s'éternisa et Bob, croyant sentir que ce contact plaisait à Connie, en fut presque pris de nausée. À peine Ethan et Connie eurent-ils terminé leur dessert qu'ils empilèrent les assiettes, rassemblèrent les couverts et regagnèrent la cuisine, cette fois pour faire la vaisselle. Les yeux vitreux, Eileen les regarda partir. Elle avait trop bu, et trop vite. Voulant dégager les cheveux de son visage, elle renversa son verre, après quoi elle se contenta de contempler le liquide répandu sur la nappe en dentelle. Bob resta là, se demandant à quoi cela ressemblerait d'être marié à cette personne. Ce serait en partie affreux, mais pas totalement, décida-t-il. Il se sentirait seul. Il ne comprenait pas pourquoi Ethan avait choisi de l'épouser, ni pourquoi elle était là chez lui, à dîner. Le rire de Connie retentit dans la cuisine, et Eileen et Bob se tournèrent en direction du son. La porte à moustiquaire s'ouvrit et se referma derechef et Chicky pénétra dans la pièce réajustant sa robe et ôtant de ses cheveux quelques brins d'herbe. "Bon, il m'a baisée dans les buissons", proclama-t-elle en s'asseyant. Chance entra à son tour dans la salle à manger et fumant un cigare.

"C'était comment ?" s'enquit Bob.

D'un geste de la main, Chicky signifia moyen. Chance s'exclama : "Tu rigoles ou quoi ? C'était génial." Les bavardages et les rires dans la cuisine se poursuivirent et Bob se demanda comment il était possible que la vaisselle ne soit pas encore terminée. Eileen, blafarde, dit à Bob : "Je vais m'allonger un instant si ça ne te dérange pas." Elle partit vers le salon ; Bob entendit le canapé gémir. Il resta un moment absorbé dans ses pensées, et lorsqu'il en émergea, il décida qu'il était temps pour ses invités de partir. Il cria à Ethan qu'Eileen était malade.

"Qu'est-ce qu'il dit ? entendit-il Connie lui demander.

— Qu'Eileen est malade.

— Elle ne se sent pas bien ?

— Elle n'est pas au mieux de sa forme.

— Est-ce qu'elle s'est effondrée par terre ?

— Il faut lui donner un cachet ?"

Ils ricanèrent, et Chicky observa Bob avec ce qui ressemblait, se dit ce dernier, à de la pitié. Il s'obligea à sourire pour montrer qu'il n'était pas gêné le moins du monde, qu'il n'y avait rien de gênant ; mais les yeux de Chicky étaient froids et fixes. Connie riait toujours et Bob ne souriait plus et Eileen eut des haut-le-cœur avant de vomir bruyamment le vin et le pain de viande sur la moquette du salon, et tout le monde accourut dans la pièce pour voir, et quand elle eut terminé, il en fut de même pour la soirée.

Les fiançailles avec Eileen ne durèrent pas un mois. Bob l'apprit d'Ethan, qui l'appela au travail et lui annonça : "Je suis à l'hôpital.

— Quelqu'un a été blessé ? demanda Bob.

— Oui, moi. Je le suis encore, en fait. Tu ne veux pas venir me voir ? Il n'y a personne d'amusant avec qui parler ici." Bob prit une longue pause déjeuner, s'arrêtant en chemin pour acheter des fleurs. En arrivant à l'hôpital, il trouva Ethan alité, l'air de s'ennuyer ferme, mais apparemment en bonne santé. Toutefois, lorsqu'il se redressa pour s'asseoir dans son lit, il grimaça, en proie à ce que Bob prit pour une douleur manifeste. Bob s'assit sur une chaise et demanda ce qui s'était passé. "Tout a commencé à Acapulco, répondit Ethan, avec Georgie, la mère d'Eileen."

Georgie, précisa Ethan, c'était Eileen mais avec vingt-cinq ans de plus et durcie par une vie d'abattement et de manque d'amour. Elle pouvait bruncher en vidant à elle toute seule une bouteille de champagne sans avoir le moindre mal à articuler, elle fumait deux paquets de cigarettes par jour, et son passe-temps favori était de s'en prendre le matin à sa fille et le soir à son mari. Georgie avait entrepris de se retrouver seule avec Ethan, chose à laquelle elle était parvenue sans trop de difficulté, car elle portait bien son âge et ses vices, et Ethan n'avait jamais rencontré de femme capable de lui dire avec une telle franchise ce qu'elle attendait de lui. Georgie était une force de la nature, et elle avait du style, et pendant quelque temps, ils s'étaient entendus tous deux à merveille. “Les autres serveurs ont eu vent de mon aventure et m'ont expliqué ce que ma bonne étoile allait m'apporter : tout ce que j'avais à faire, c'était de maintenir le mari à distance et à la fin de la saison j'aurais un pourboire de cent dollars et des bons souvenirs à la pelle. Bien, mais il y avait Eileen qui me regardait pendant que je lui servais du café, et je n'ai pas pu résister. Georgie a appris ce qui se tramait entre nous et a décidé de nous mettre des bâtons dans les roues mais c'était trop tard, le carrosse était parti, et même depuis longtemps.

— Ce que tu es en train de me dire, déclara Bob, c'est que tu as fait l'amour avec la mère de ta fiancée.

— Non, Georgie n'était pas la mère de ma fiancée au moment de notre histoire. S'il y a une faute là-dedans, c'est que je me suis fiancé à la fille d'une femme avec laquelle j'avais eu une aventure.

— Et est-ce que l'histoire avec la mère était terminée quand tu as commencé avec la fille ?

— Ce n'est pas une question très amicale, Bob. Mais oui, d'accord, avant les fiançailles ce n'était pas complètement terminé avec la mère, et oui, c'est devenu délicat et compliqué. J'ai dû partir en courant, et me cacher dans des placards, ce genre de choses. Elles avaient chacune un parfum fort, mais pas le même ; je n'ai jamais pris autant de douches de ma vie. J'ai réussi à cacher à Eileen et à son père ma relation avec Georgie, mais à plusieurs reprises il s'en est fallu d'un cheveu. Le niveau de stress était élevé, et entre les scènes dignes d'un film de cape et d'épée et mon emploi du temps, je ne dormais presque plus. Au moment où les choses commençaient à se dégrader avec Georgie, Eileen et moi on a décidé de se marier. Quand elle l'a dit à ses parents, ils ont fait leurs valises et ils l'ont traînée jusqu'à l'aéroport. Et les choses en seraient restées là sauf qu'ils habitaient Portland. Les parents d'Eileen m'avaient fait virer, tu vois, et il fallait que je rentre chez moi, ce qui fait qu'on s'est retrouvés tous les quatre dans le même avion. Quand on a atterri, Eileen est venue avec moi et on est restés dans mon appartement pendant plusieurs semaines, jusqu'à ce que je finisse par comprendre que je ne pourrais jamais épouser cette personne."

Bob déclara : "Je ne comprenais pas pourquoi vous vouliez vous marier si vite.

— Moi non plus.

— C'était son idée, alors ?

— Techniquement, c'était *mon* idée. Mais en vérité, ce n'était qu'une idée, pour moi.

— Quelque chose dont il fallait parler.

— Débattre.

— Auquel il fallait réfléchir.

— Qu'il fallait mettre dans un coin de sa tête, pour y repenser après. Mais ensuite elle a accepté, avec une telle… violence. Bref, c'est hier que je lui ai enfin avoué qu'il valait mieux qu'on annule tout.

— Et comment elle a réagi ?

— Mal, très mal. Elle a crié, pleuré, elle m'a insulté, elle a cassé des tasses et des assiettes, elle est partie, elle est revenue… elle n'a pas arrêté de revenir. Ce qu'elle m'a reproché, et elle n'a pas entièrement tort, c'est qu'elle s'est déjà avilie en acceptant d'épouser un serveur, ce qui a anéanti son standing. Alors que ce même serveur rompe leurs fiançailles ? C'est la double peine pour elle." Il se tourna dans son lit et afficha de nouveau une grimace de douleur.

Bob dit : "Je ne comprends toujours pas pourquoi tu es à l'hôpital.

— Ah, excuse-moi. Eileen a essayé de me tuer." Il baissa le col de sa blouse d'hôpital révélant une plaie suturée d'une dizaine de centimètres sous la clavicule gauche. "Elle m'a poignardé avec un couteau de cuisine pendant que je dormais. On s'était engueulés tout l'après-midi et le soir je me suis endormi sur le canapé. Quand je me suis réveillé elle était debout devant moi et elle me regardait d'un air bizarre, sa valise à ses pieds. « Où tu vas ? » je lui ai demandé. Et ensuite j'ai vu le couteau planté dans ma poitrine. Attends de voir les radios. Le médecin dit qu'à quelques millimètres près mon cœur y passait."

Bob médita un instant sur ce que venait de lui raconter Ethan, sur le contraste entre l'humeur apparemment joyeuse d'Ethan et la gravité de ce qui lui était arrivé, lorsqu'une infirmière pénétra dans la pièce, l'air interrogateur. "Vous vous tenez bien, j'espère.

— Bonjour Roberta. Oui, je me tiens bien. Regardez, regardez les fleurs.

— Oh, mon Dieu." Elle remarqua la présence de Bob et demanda : "C'est votre ami qui vous a apporté les fleurs ?

— Tout à fait. Qu'est-ce que vous en dites ?

— J'en dis que c'est très gentil. Mettons-les dans l'eau." Roberta trouva un vase qu'elle remplit d'eau. Elle ôta les fleurs de leur emballage, les arrangea dans le vase et posa ce dernier sur la table au pied du lit. "Je vais les laisser là pour que vous puissiez en profiter.

— Merci, Roberta. Profiter des fleurs, c'est très important pour moi."

Roberta arrangea les fleurs. "Je vais mettre du sucre dans l'eau, dit-elle à Bob. Ça les redresse toujours et elles nous disent bonjour." Elle s'éclipsa pour aller chercher du sucre.

"J'en étais où, déjà ? interrogea Ethan.

— Tu étais allongé avec un couteau dans la poitrine.

— J'étais allongé avec un couteau dans la poitrine, répéta Ethan. Et Eileen était partie, donc je me suis dit, OK, c'est la fin. Mais ensuite j'ai attendu et je me sentais bien. J'avais des fourmillements dans les pieds et les mains, mais sinon tout était comme d'habitude. Mais je n'allais pas me retirer ce couteau tout seul, et j'avais vraiment envie d'avoir un avis médical, donc j'ai enfilé mon pantalon et mes chaussons, et je suis descendu torse nu à la cabine téléphonique au coin de la rue. J'ai expliqué ma situation à l'opératrice et je me suis assis dans la cabine, je me suis endormi ou peut-être évanoui, et je me suis réveillé ici. Le couteau avait disparu et ils ne veulent pas me le rendre. Je crois qu'ils l'ont perdu en fait. Mon seul beau couteau.

— Comment tu te sens maintenant ?

— J'ai des courbatures partout et j'ai du mal à respirer mais je ne suis pas mort et je n'ai pas à me marier. Donc, tout bien considéré, ça va.

— Et où est Eileen ?

— Je ne sais pas.

— Elle a été arrêtée ?

— Oh, non. Je ne vais pas porter plainte contre elle.

— Pourquoi ?

— Ce serait indigne d'un gentleman, non ?

— Je ne crois pas qu'il y ait un précédent.

— Comment ça ?

— Je veux dire, je ne crois pas qu'un gentleman se serait retrouvé dans cette situation pour commencer.

— OK, bien vu. Mais ça ne fait que m'amener à une autre chose à laquelle je pensais : allongé là dans ce lit, j'ai réfléchi à la manière dont je me comporte, Bob. Et j'ai bien l'impression que je méritais de me faire poignarder depuis un bon moment."

Bob ne protesta pas, ou ne protesta pas avec véhémence, et il laissa sans écho cette dernière affirmation. Il demanda à Ethan : "Donc à partir de maintenant tu es un autre homme ? Tu vas devenir chaste et honorable ?

— Je ne sais pas vraiment. C'est peut-être tout simplement mon destin. Mais je ne peux pas prétendre que je ne méritais pas de subir cette violence, et j'ai décidé d'accepter mon sort sans me plaindre." Comme pour tout résumer, il ajouta : "Je ne suis pas méchant ; je suis inconséquent. Je ne sais pas si je suis capable de changer ni même si j'en ai envie, mais je réfléchis au genre d'homme que je voudrais être pour la première fois de ma vie, donc c'est déjà ça."

Roberta revint avec du sucre pour les fleurs et elle annonça à Bob qu'il était temps de laisser Ethan se reposer. Ethan répliqua qu'il n'avait pas besoin de repos mais Roberta n'était pas d'accord. Elle dit à Bob : "Vous reviendrez demain.

— Je reviendrai demain, dit Bob à Ethan.

— Avec Connie, fit Ethan.

— Qui est Connie", demanda Roberta mais ni lui ni Bob ne répondirent. Ce dernier les salua de la main et disparut dans le couloir. Le lendemain, il revint avec Connie. Lorsqu'ils pénétrèrent dans la chambre, Ethan était assis dans son lit et parcourait une pile de papiers. "Voilà", lâcha-t-il. Connie s'était inquiétée quand Bob lui avait appris ce qui avait amené Ethan à l'hôpital ; et même si l'état de forme d'Ethan la rassura quelque peu, lorsqu'elle vit la plaie, son inquiétude se réveilla de plus belle, inquiétude qui ne tarda pas à virer à la contrariété, puis à la colère envers Ethan et Bob, qui selon elle traitaient un événement potentiellement fatal comme une simple blague ou broutille. Elle leur demanda ce qu'ils avaient dans le crâne et ils répondirent qu'ils n'en savaient rien. Elle voulait qu'Eileen fût arrêtée et affirma que si Ethan n'appelait pas la police, elle le ferait. Là-dessus, Ethan brandit ses papiers en déclarant : "Même si je voulais porter plainte, ce qui n'est pas le cas, je ne pourrais pas le faire.

— Et pourquoi ? exigea de savoir Connie.

— Je vais t'expliquer, répondit Ethan, mais seulement si tu arrêtes de nous crier dessus."

Elle croisa les bras et garda le silence. Ethan raconta que juste avant l'arrivée de Bob et Connie, le père d'Eileen était venu le voir en compagnie d'un de ses associés, un petit homme sinistre avec un attaché-case. Le père d'Eileen s'était d'abord montré froid envers Ethan, se comportant comme s'il n'avait fait que passer par là et s'était arrêté juste pour dire bonjour. Mais il n'avait pas tardé à exprimer clairement l'objet de sa visite : il voulait savoir à quoi s'attendre en termes de répercussions judiciaires par rapport à sa fille. Pourquoi Ethan n'avait-il pas encore contacté la police ? Ethan avait expliqué – presque à contrecœur, dans la mesure où il n'aimait pas l'idée de donner au père d'Eileen ce qu'il voulait – qu'il n'avait pas envie de traîner Eileen en justice.

"Signeriez-vous un accord en ce sens ? avait demandé le père d'Eileen.

— Je ne vois pas pourquoi je le ferais", avait répondu Ethan.

Le père d'Eileen s'était tourné vers son camarade, qui avait pris une enveloppe dans son attaché-case, qu'il avait tendue au père d'Eileen, qui l'avait tendue à Ethan. Celle-ci contenait un chèque de dix mille dollars établi au nom d'Ethan. Ethan avait fixé les chiffres. Le père d'Eileen avait dit qu'il était bien conscient que sa fille avait eu un écart de conduite. Ethan lui avait répliqué : "Il y a écart et écart.

— Tu as signé ? demanda Connie

— Oui.

— Donc tu es riche, s'exclama Bob.

— Un peu, oui.

— Et maintenant, qu'est-ce que tu vas faire ?

— Je ne sais pas. C'est arrivé il y a un quart d'heure. Je vais faire des projets, j'imagine. Guérir ? Ils me laissent sortir demain matin. Tu peux venir me chercher et me déposer chez moi, Bob ? Ça te fera faire de l'exercice, de m'aider à monter l'escalier.

— Bien sûr", répliqua Bob.

Connie secouait la tête, à la fois amusée et méprisante. "Je vous repose la question : qu'est-ce que vous avez dans le crâne tous les deux ?" Ethan et Bob se regardèrent, interdits. Connie s'expliqua : "Tu viens chez nous et tu y restes jusqu'à ce que tu te sentes mieux, Ethan."

Avec la présence d'Ethan, la maison prit un aspect nouveau, auquel Bob dut s'habituer. Chaque matin pendant que Connie et Ethan dormaient, Bob se levait et se préparait pour aller travailler ; sauf que maintenant il n'allumait plus de feu ni ne se préparait de copieux petits-déjeuners, choses qui selon Connie auraient été susceptibles de déranger Ethan et contrecarrer sa remise en forme. Un soir, Bob tendit la main vers son vieux réveil à cloches et s'aperçut que celles-ci avaient été enveloppées dans du coton.

"Qu'est-ce que tu as fait à mon réveil ? demanda-t-il à Connie.

— Ça réveille Ethan.

— Ça me réveille, moi. C'est ce qu'on lui demande.

— Ça te réveillera quand même, espèce de fou." Et ce fut le cas, mais l'instant de terreur pure que déclenchait en lui la sonnerie des cloches nues lui manqua.

Il se rendit compte qu'il n'aimait pas quitter la maison pour aller travailler, laisser Connie et Ethan seuls pendant aussi longtemps, et il frémissait en franchissant le seuil de la porte, comme s'il traversait un champ magnétique. Ses journées à la bibliothèque devinrent plus longues que d'ordinaire, et lorsqu'il rentrait à la maison, Connie était distraite, soit parce qu'elle s'occupait d'Ethan, soit parce qu'elle lui cuisinait quelque chose, soit parce qu'elle s'appliquait à marcher sur la pointe des pieds car Ethan faisait une sieste. Bob admettait qu'Ethan avait indubitablement eu besoin d'un endroit pour récupérer, et il était heureux de pouvoir rendre ce service à son ami ; mais il avait également le sentiment que son foyer était soumis à un déséquilibre résultant d'une situation qui leur avait été imposée, à lui et Connie. Il était sur le point d'être réellement malheureux lorsque Ethan commença à recouvrer la santé. Connie eut moins besoin de s'occuper de lui, et elle revint à Bob. À l'issue de la première semaine du séjour d'Ethan qui en dura trois, la façon dont Ethan et Connie se comportaient l'un envers l'autre apaisa les petites peurs et jalousies de Bob. En vérité, ils s'appréciaient. Et ils aimaient, ils adoraient tous deux Bob, se montrant toujours si enthousiastes quand il rentrait du travail, et voulant qu'il leur raconte tous les potins de sa journée. Ils riaient ensemble à table – Ethan ne pouvant rire que doucement –, et Bob se dit que rien dans sa relation avec Connie n'avait été entaché.

L'état de santé d'Ethan continua de s'améliorer, et avec ce renouveau l'envie lui vint de dépenser une partie de l'argent que sa blessure lui avait rapporté. Il fit tout d'abord des achats par téléphone et par correspondance, de sorte que chaque jour lorsque Bob rentrait à la maison, Ethan avait quelque chose de nouveau à lui montrer : une montre-bracelet, un peignoir, un pyjama en soie, un nécessaire de rasage – tous les petits accessoires masculins raffinés dont il s'était passé jusqu'alors. Il offrit à Bob de nombreux cadeaux du même genre ; Bob suggéra à Ethan d'acheter également quelque chose à Connie, et Ethan dit timidement qu'il y avait pensé mais que lorsqu'il avait abordé le sujet avec Connie, elle avait refusé d'une manière qui lui avait paru catégorique.

Avant la fin de la deuxième semaine, Ethan se déplaçait librement et passait ses journées à monter et descendre l'escalier, à circuler de la salle de bains à la cuisine en passant par le salon, laissant chaque fois derrière lui du bazar. Bob avait vu l'appartement d'Ethan et savait qu'il était peu soigneux, mais vivre un tel désordre dans sa maison d'ordinaire parfaitement tenue était autre chose. Ethan n'aimait rien autant que prendre un livre sur une étagère, l'emmener dans quelque recoin et le laisser là, sur le sol, ouvert, où il restait jusqu'à ce que Bob le ramasse, l'époussette et le range à son emplacement initial. Lorsque Bob découvrit un livre dehors dans le jardin qui avait passé la nuit sur l'herbe, il alla chercher Ethan dans la cuisine et le fit venir en pyjama jusqu'à la porte de derrière. Il désigna le livre. "Non", proclama-t-il. "Je suis désolé", répliqua Ethan.

Un soir, Bob rentra et trouva Ethan et Connie en train de se chamailler dans le salon. "Ethan essaie de nous donner de l'argent", déclara Connie. Bob avait eu une journée difficile au travail, et il grimpait l'escalier pour aller chercher de l'aspirine dans la salle de bains. "S'il veut nous donner de l'argent, répliqua Bob, qu'il le fasse." Surpris, Connie et Ethan haussèrent les sourcils. Ethan ne leur donna jamais le moindre sou.

À la fin de la troisième semaine, Bob et Connie s'unirent, avec Ethan comme témoin. Les jeunes mariés ne demandèrent pas à ce dernier de partir, mais comme Bob et Connie se retirèrent dans leur chambre durant tout le week-end, il se retrouva livré à lui-même. Le lundi suivant, lorsque Bob revint du travail, Connie était assise seule dans le coin repas à lire un magazine, l'air en colère. "Bonne nouvelle, Bob. Tu peux enlever le coton de ton réveil.

— Il est rentré chez lui ? demanda Bob.

— Absolument."

Bob s'assit en face d'elle. "Ce n'est pas une si mauvaise nouvelle, non ?"

Elle dit : "Bien sûr, il se sent mieux maintenant, et s'il veut partir il n'a qu'à partir. Mais je n'ai pas compris sa façon de faire.

— Quelle façon de faire ?

— Après ton départ ce matin il est descendu tout habillé, valise prête et il a dit qu'il rentrait et merci, beaucoup. C'est précisément comme ça qu'il s'est exprimé, avec la virgule après le merci. Et il est parti."

La soudaineté de son départ la troublait, et elle n'appréciait pas la manière dont il s'y était pris. Lorsque Ethan vint rendre visite à Bob à la bibliothèque le lendemain matin, Bob lui reprocha son manque d'égards. Ethan baissa la tête ; pour se justifier, il affirma qu'il avait soudain eu la bougeotte, que Bob savait sûrement ce que c'était. Bob répondit qu'en fait il n'avait jamais eu la bougeotte, du moins pas dans son souvenir. "Eh bien, répliqua Ethan, crois-moi quand je te dis que quand il faut partir, il faut partir." Bob encouragea Ethan à s'excuser auprès de Connie, et Ethan répondit qu'il le ferait, mais ce ne fut pas le cas. Connie se contenta de hausser les épaules lorsque Bob lui rapporta leur conversation ; elle ajouta que c'était dommage mais les gens vous laissaient souvent tomber, et c'était comme ça. Pour la première fois, Bob ne se sentit pas impressionné par Ethan ; il se demanda s'il n'avait pas enfin fait le tour de cet homme. Par la suite, lorsque son foyer vola en éclats après l'épisode du fil,

Bob songea qu'en vérité ce qui s'était produit, c'était qu'Ethan était tombé amoureux de Connie pendant sa convalescence. Voilà pourquoi il était parti précipitamment, et voilà pourquoi il s'était mis à l'éviter ; à faire comme si elle n'existait pas dans la vie de Bob. Il avait peut-être cru que s'il s'enfuyait vite et restait assez longtemps loin d'elle, il se débarrasserait de ce sentiment maudit, et béni.

Connie décida que ni elle ni Bob ne profitaient de la nature environnante de l'Oregon, et qu'ils devraient faire de la randonnée, devenir des randonneurs, et elle acheta un livre sur le sujet et une paire de chaussures de marche. Bob n'avait nullement envie de renoncer à un samedi de lecture sur le canapé pour ce qu'il croyait être un désir fugace de Connie, mais au nom de la paix dans son ménage, il accepta de faire avec elle le week-end suivant une boucle de huit kilomètres au pied du mont Hood. La veille de la randonnée, Bob déjeuna avec Ethan au Finer Diner. Depuis qu'Ethan était parti de chez Bob, il était devenu pâle, très pâle, comme s'il s'était retiré du monde, ce qui ce jour-là était d'autant plus frappant. Bob lui demanda ce qui se passait et Ethan inspira longuement par le nez. L'impression qu'il avait, répondit-il soupirant, c'était que le courant, pour la première fois de sa vie, était manifestement et irrémédiablement contre lui. Tout ce qu'il faisait était mal venu ; chacune de ses décisions et de ses envies ne l'amenait d'une manière ou d'une autre qu'à se faire rabrouer ou rejeter. Bob ne comprenait toujours pas la véritable raison de la crise existentielle d'Ethan ; il lui dit que les coups de mou faisaient partie de la vie et que le sien ne tarderait pas à se dissiper ; "Tu ne comprends pas, répondit simplement Ethan. Il y a quelque chose qui cloche. Même quand j'ai une bonne nouvelle, elle est mauvaise ces derniers temps.

— Tu as eu une bonne nouvelle ?"

Ethan hésita. "Laisse tomber." Il mélangea résolument son café noir.

"Une mauvaise, alors ?

— Non, Bob." Il posa une main sur le bras de Bob et, l'air contrit, il ajouta : "Excuse-moi de t'en avoir parlé. Tout va bien. Changeons de sujet."

Bob invita Ethan à venir randonner et Ethan déclina, mais lorsque Bob insista il reconnut que cela l'aiderait peut-être de sortir de la ville, sortir de chez lui, loin des miasmes de lui-même. "Mais Connie ne sera peut-être pas d'accord pour que je vienne, déclara-t-il.

— Bien sûr qu'elle sera d'accord.

— Tu crois qu'elle sera d'accord ?

— Pourquoi ne le serait-elle pas ?" Bob dit à Ethan qu'ils passeraient le chercher à neuf heures le lendemain matin. À huit heures, Bob s'était planté près du coude de Connie, qui préparait leur petit-déjeuner, et s'attardait. "Tu as quelque chose à me demander, Bob, c'est gros comme une maison", dit-elle et il admit que c'était vrai. Il lui fit part de son idée d'emmener Ethan au mont Hood. Le visage de Connie demeura impassible ; pour finir, elle dit : "Est-ce qu'on peut ne pas le faire ?

— On n'est pas obligés. Mais je crois que ça lui ferait du bien.

— Pourquoi ? Qu'est-ce qu'il a ?

— Je ne sais pas, et il ne le sait pas non plus. Mais il n'a pas la forme, ces derniers temps."

Le visage toujours de marbre, Connie continua de remuer le porridge dans la casserole. "Je voulais que ce soit juste nous.

— Juste nous, c'est comme d'habitude", fit Bob. Il n'avait pas voulu se plaindre ni dire autre chose que la vérité, mais Connie se raidit avant de concéder : d'accord, Ethan pouvait venir si c'était ce que Bob voulait et s'il trouvait cela judicieux. Lorsque la Chevy se gara devant l'appartement d'Ethan, celui-ci attendait sur le trottoir, debout, sans bonnet, dans la bruine, les yeux dans le vide, débraillé, trempé, l'air perdu. "La vache, on dirait un clodo", dit Connie. Ethan grimpa dans la Chevy comme s'il s'engouffrait dans un taxi. Il s'installa à l'arrière, regarda par la vitre, sans dire un mot ni même répondre au bonjour de Bob. Connie se tourna sur son siège et se mit à taquiner Ethan, lui pinçant le nez, lui enfonçant un doigt dans le ventre, comme si c'était un bébé. "Arrête, croassa Ethan.

— Peut-être, lança Connie à Bob, peut-être qu'en fin de compte, le couteau de cuisine a entaillé son cœur, et que maintenant il est tout plat et caoutchouteux comme un ballon percé." Elle prit le visage d'Ethan dans une main et serra délicatement. "N'est-ce pas là le visage d'un homme qui a un ballon percé en guise de cœur ?"

Bob ne comprit pas d'où venait la méchanceté de Connie, et cela le mit mal à l'aise tandis qu'ils s'éloignaient de Portland en direction de la montagne. Ils roulèrent trois quarts d'heure sur une route sinueuse à deux voies. Le ciel s'éclaircit et le soleil illumina la chaussée, de laquelle s'éleva de la vapeur. Connie chaussa une paire de lunettes de soleil, tourna le bouton de la radio et s'arrêta finalement sur un vieux morceau de jazz. Elle claqua des doigts et de la langue, en rythme ; lorsque la réception se perdit elle passa à une station d'information. Ils arrivèrent près d'un restaurant isolé et Connie suggéra à Bob de s'arrêter pour aller y remplir un thermos de café. Cela avait été la mission de Bob d'emporter le thermos dans la Chevy mais il avait oublié de le remplir avant leur départ. "Maintenant, lui dit Connie, tu peux remonter le temps et réparer ton erreur, Bob. C'est pas de la chance, ça ?" Bob se gara et traversa le parking avec le thermos vide. Il pénétra dans le restaurant et la serveuse lui dit que le café était en train de passer et qu'il serait prêt dans cinq minutes, de sorte que Bob s'assit dans un box et attendit. Regardant en direction de la Chevy, il vit Ethan assis droit comme un I sur la banquette arrière en train de parler à Connie comme s'il la réprimandait. Connie s'était glissée derrière le volant sur lequel ses mains étaient posées et elle regardait droit devant elle, lunettes de soleil toujours sur le nez, visage impassible. Ethan se pencha et toucha l'épaule de Connie. Connie se dégagea et se tourna pour lui faire face en lui parlant de toute évidence durement, avec férocité. Quand elle eut fini, elle pivota de nouveau vers le volant, et Ethan s'affaissa sur la banquette, l'air abattu. Tous deux se turent. Quelques minutes plus tard, tandis que Bob traversait le parking avec le thermos plein, ils s'ignoraient toujours en silence. Lorsque Bob monta en voiture, et avant qu'il pût demander ce qui se passait, Connie décréta : "Ethan essaie de gâcher cette journée, Bob. Mais on ne va pas le laisser faire, pas vrai ?"

Bob demanda à Ethan : "Pourquoi est-ce que tu essaies de gâcher cette journée ?

— Je ne sais pas pourquoi, répondit l'intéressé.

— Tu remarqueras qu'il ne nie pas qu'il essaie de la gâcher, intervint Connie.

— J'ai remarqué, oui, fit Bob avant de demander à Ethan : Tu ne le nies pas ?

— Non. Parce que j'essaie de la gâcher." Ethan prit le thermos, le déboucha et se versa une tasse de café.

Connie ajusta le rétroviseur. "Bon, déclara-t-elle, s'il a l'intention de gâcher la journée, il n'a qu'à descendre et rentrer chez lui ou continuer à pied sur la route au milieu de la circulation, peu importe."

Bob se tourna vers Ethan et fit une moue faussement interloquée. Il aurait voulu désamorcer la situation, démêler ce qui n'allait pas même s'il ne savait pas de quoi il s'agissait, mais Ethan était préoccupé par ses propres amertumes mystérieuses et refusa de jouer le jeu. Il avala une gorgée de café, grimaça à cause du liquide brûlant et éventa sa langue avant de la remettre dans sa bouche. "Tu sais quoi, Bob ? Elle a raison. Et je regrette. Je vais arrêter. J'arrête." Après quoi il arrêta effectivement. Le temps d'arriver au point de départ de la randonnée, il s'était redressé sur la banquette et se comportait normalement, ou plus normalement que précédemment.

La journée était devenue belle : fraîche mais pas froide, humide mais sans pluie, et la lumière éclatante du soleil filtrait à travers les branches d'arbres tandis que le trio marchait sur le chemin en direction de la rivière rugissante. Ethan ouvrait la voie et avançait d'un bon pas avec Connie à sa suite et Bob à la suite de Connie. De temps à autre, Ethan se retournait pour les regarder, le visage empreint d'une joie simple et entière. Bob se demanda ce qui l'avait rendu si maussade auparavant et comment il avait pu se débarrasser aussi vite de cette morosité. En le voyant, Connie leva les yeux au ciel, mais avec bonne humeur ; elle l'appréciait de nouveau.

Le débit de la rivière était fort et les eaux bouillonnantes. Ils durent élever la voix pour s'entendre. Connie consulta la carte dans son guide de randonnée et pointa un doigt vers le nord en amont de la rivière. Il y avait une passerelle, affirma-t-elle, qui leur permettrait d'accéder à un sentier sur l'autre rive. Mais lorsqu'ils arrivèrent là où la passerelle devait se trouver, ils s'aperçurent qu'elle était endommagée et presque entièrement détruite ; les planches avaient disparu et la corde qui servait de main courante pendait, effilochée, emmêlée et malmenée par les eaux gonflées et translucides. Le passage était infranchissable, et ils poursuivirent plus au nord en quête d'une autre voie.

Ils finirent par trouver un sapin tombé en travers du torrent. Le tronc était assez gros pour soutenir leur poids, mais il était penché et recouvert de mousse glissante. Ils se concertèrent et décidèrent qu'au nom de la débrouillardise, ce tronc ferait office de pont – mais qui serait le premier à traverser ? Ethan proposa que cet honneur revienne à Bob ; Bob répliqua que cet honneur revenait clairement à Ethan ; Connie trancha en disant qu'elle irait la première, et là-dessus Ethan et Bob se précipitèrent tous deux pour être le premier à se lancer. Bob arriva avant Ethan et grimpa sur le large tronc d'arbre déraciné. Après quoi il baissa les yeux vers sa femme et son ami qui l'observaient, Ethan l'encourageant et Connie dissimulant à moitié son visage, effrayée de ce qui pourrait advenir.

Bob entreprit de se stabiliser. Il réfléchit à la manière la plus sûre de traverser ; il respira, s'obligea à se calmer puis avança pas à pas, bras écartés tel un funambule. Il ne se débrouilla pas si mal tant qu'il y eut de la terre de part et d'autre du tronc, mais lorsqu'il se retrouva au-dessus des eaux il perdit en assurance, son regard irrésistiblement attiré par la rivière coulant à toute allure sous lui. Se penchant pour s'accroupir, il trébucha sur une plaque de mousse et ses pieds se dérobèrent sous lui ; il atterrit violemment sur le dos avant de glisser sur toute la longueur du tronc à une telle vitesse qu'il n'eut même pas le temps de jurer ni de crier. Par chance et presque miraculeusement il ne tomba pas dans la rivière mais fut propulsé sur l'autre rive, où il fit deux roulés-boulés avant de s'arrêter dans un enchevêtrement de branches. Lorsqu'il se releva et se tourna, Connie et Ethan bondissaient en criant et tapant dans leurs mains, mais il ne parvenait pas à les entendre. Il leur fit signe de la main et remarqua qu'il saignait ; et aussi que son postérieur était endolori. Mais il n'avait rien de cassé, il n'était pas grièvement blessé. Ayant trompé la malchance, il se sentit gagné par une espèce d'euphorie.

Cependant, au regard de ce que Bob venait de vivre, il était manifestement trop dangereux pour Connie ou Ethan d'entreprendre la traversée, et pour Bob de faire le chemin inverse. Ainsi, que faire ? Sur l'autre rive, Connie et Ethan parlaient de la même chose. Ethan expliqua à Bob avec force gestes de la main qu'il fallait continuer vers le nord pour chercher un moyen plus sûr de traverser la rivière. Bob n'aima guère cette idée, mais ne trouva pas d'alternative, car il n'y en avait pas, et le groupe ainsi séparé se mit en marche.

Peu à peu l'euphorie de Bob s'estompa et sa douleur s'accentua. Il avait mal au derrière, et sa main l'élançait, même si elle ne saignait plus. Avançant d'un pas lourd, il observait Ethan et Connie discuter gaiement. Connie marchait devant ; chaque fois qu'elle appelait

Ethan il se précipitait vers elle pour l'entendre avant de lui crier sa réponse et elle opinait du chef et il opinait du chef et ils poursuivaient ainsi insouciants, en tout cas sans s'inquiéter le moins du monde de Bob, d'après ce que ce dernier pouvait voir. Il remarqua que le sentier qu'ils suivaient les éloignait de l'eau et les entraînait plus avant dans le bois. Tout en discutant, ils finirent par disparaître dans les arbres, sans se préoccuper de ne plus voir Bob. Celui-ci accéléra le rythme, pressé de les rattraper ; mais durant de longues minutes il ne put voir Connie et Ethan, et même si ce n'était la faute de personne, il eut le sentiment d'être cruellement traité – que le destin était cruel avec lui.

Un bon kilomètre plus loin, la rivière faisait un coude vers l'est ; au sortir de ce coude, Bob aperçut une petite passerelle au loin avec Connie et Ethan qui attendaient de l'autre côté, toujours plongés dans leur conversation. Il traversa la passerelle et les rejoignit ; ils regardèrent Bob, impassibles, comme s'il n'y avait pas de problème. Ils l'accueillirent tel un explorateur de retour des confins du monde, le taquinant mais pas méchamment ; toutefois un sentiment d'exclusion tourmentait Bob, de sorte qu'il ne savait pas trop comment se comporter. Connie inspecta sa main mais il la dégagea en disant que ça allait ; elle lui demanda s'il boitait et il lui rétorqua que non. C'est alors qu'il prit conscience que quelque chose de dangereux avançait dans sa direction et qu'il n'en réchapperait pas, peu importait ce qu'il pourrait s'évertuer à faire ou à inventer pour l'éviter.

Connie et Ethan dirent à Bob qu'ils en avaient assez de marcher et qu'ils voulaient retourner à la voiture. Bob répondit que cela lui allait et c'était le cas, mais alors qu'ils s'apprêtaient à rebrousser chemin Connie prit Bob par l'épaule pour le positionner en tête du groupe. Pourquoi avait-elle fait ça ? Bob marcha, l'esprit inquiet, et il se promit qu'il ne se retournerait pas, pas même une fois, mais lorsqu'il le fit, Connie elle-même s'était retournée pour regarder Ethan. Ils ne parlaient pas ; elle le regardait, c'est tout, et Ethan la regardait, les yeux souriants et Bob comprit que Connie devait lui sourire elle aussi. Bob fit volte-face pour regarder droit devant lui. "Tu boites, Bob", lui lança Connie. Ils s'éloignèrent de la rivière. Le bruit des eaux s'amenuisa et celui de la circulation sur la route devint perceptible. Ils arrivèrent à la voiture et montèrent à bord ; le silence qui s'installa entre eux releva pour Bob du cauchemar. Il traversa un moment difficile où il crut crier ou craquer complètement, puis il mit le contact et la radio diffusant les nouvelles le sauva : une fade voix masculine transmettant tranquillement des informations raisonnables sur le monde des humains.

Dans les jours qui suivirent la randonnée, lorsque Bob entrait dans une pièce, il trouvait Connie debout devant une fenêtre, perdue dans quelque rêve ou pensée. Il lui demandait alors ce qu'elle faisait, et elle lui embrassait la joue avant de s'éloigner doucement pour se planter devant une autre fenêtre. Cette phase dura une semaine. Puis vint une autre phase, d'une semaine également, de mauvaise humeur. Bob eut le sentiment qu'elle n'était pas en colère contre lui mais contre le monde. En vérité, elle gâta Bob ; elle lui prépara tous ses plats favoris et elle initia des rapports sexuels agressifs durant lesquels elle exigea de savoir ce qui lui plaisait – était-ce ci ou ça ou quoi ? Bob ne savait pas trop ce qui se tramait mais se demanda s'il ne traversait pas un chapitre de la vie matrimoniale dont on ne parlait jamais.

Ethan ne passait plus chez Bob et Connie même s'il continuait de se rendre à la bibliothèque comme d'habitude et de déjeuner en semaine avec Bob au Finer Diner. Mais il était de nouveau distant, encore plus ; il affirmait qu'il ne savait pas ce qui le taraudait. Il ne mangeait jamais ; il ne faisait que boire café sur café.

"Tu ne manges plus, remarqua Bob.

— Non, dit Ethan.

— Tu devrais manger quelque chose. De la nourriture.

— OK.” Mais quand Sally vint prendre leur commande, Ethan ne demanda que du café. Il précisa à Bob : “Je ne dors pas, je n’arrive pas à dormir.

— Tu devrais dormir”, conseilla Bob.

Ethan marmonna et se frotta le visage avec les mains. Il semblait agité, voire en colère ; au bout d’un long silence, il lança à Bob : “Dis quelque chose.” Il y avait une note accusatrice dans sa voix, ce qui surprit et troubla Bob ; c’était comme si Ethan croyait que Bob lui cachait une vérité cruciale. Bob ne savait pas exactement ce dont Ethan avait besoin, mais il décida de lui raconter ce qu’il avait entendu deux enfants se dire à la bibliothèque le matin même, un garçon et une fille, sept ou huit ans, qui étaient assis côte à côte dans la section enfants. Alors que Bob passait par là, le garçon avait proclamé que quelque chose, quelque événement qu’il venait d’évoquer, s’était vraiment passé pour de vrai – la fille ayant apparemment douté de la véracité de son récit. Le visage du garçon était grave, son ton sincère. “Mais je te jure, c’est ce qui s’est passé, disait-il. Je te le jure devant Dieu.” Et la fille, sans quitter son livre des yeux et sans élever la voix, avait répliqué : “Dieu n’a rien à voir là-dedans.”

En réaction à cette anecdote, Ethan rit bruyamment, spontanément et bizarrement ; les autres clients du restaurant furent tous surpris et Sally s’approcha : “Bon sang, Patty, tu nous dis ce qui te fait rire à ce point, ou tu vas garder ça pour toi ?

— Je vais garder ça pour moi”, répondit Ethan. Il raccompagna Bob à la bibliothèque ; lorsque Bob le salua d’un geste, Ethan se contenta de le dévisager. Il semblait avoir tellement faim, songea Bob. “Mange”, répéta-t-il, et Ethan d'une main lui signifia qu'il le ferait.

Entretemps à la maison, Connie avait entamé une troisième phase, une phase de bonheur, mais différent de celui qui l'habitait lorsqu'elle rêvassait en regardant par la fenêtre. C'était quelque chose de plus riche, de l'ordre de la satisfaction profonde, d'une confiance absolue. Elle avait cessé de cuisiner pour Bob ou d'essayer de le séduire ; elle se contentait de s'occuper de lui à la manière d'une auxiliaire de vie, comme s'il souffrait d'un mal non pas fatal mais peu enviable.

Ces jours et ces phases constituèrent autant d'indices pour Bob. Ces indices mis bout à bout firent naître en lui un sentiment d'erreur, et de nouveau il rechigna à franchir le seuil de sa porte en partant travailler le matin, comme si la maison elle-même lui susurrait : *reste*.

Un jour, un mercredi après qu'Ethan eut posé un lapin à Bob pour le déjeuner, Bob rentra à la maison plus tôt que d'habitude. Sans prévenir Connie. Lorsqu'il se gara dans l'allée du garage, il se rendit compte que la porte d'entrée était entrouverte, et il se demanda ce que cela pouvait bien signifier et pourquoi cela suscitait en lui un sentiment de peur. Il pénétra dans la maison et passa d'une pièce à l'autre, lentement, sans faire de bruit. Il écouta, mais il n'y avait pas de bruit. Il pénétra dans le salon et vit par la porte de derrière ouverte Connie assise sur un banc dans le jardin, droite comme un I, les yeux vers le ciel, comme béate. Elle ne souriait pas, mais une joie pure irradiait de son port et de son expression ; on aurait dit une exaltée habitée par une ferveur religieuse. Bob s'approcha et s'assit près d'elle sur le banc. Il remarqua qu'elle pinçait et caressait un épais fil rouge noué avec une double boucle autour de son poignet. Elle dit "Bonjour" en continuant de regarder ailleurs. Elle était maquillée, parfumée. Elle se tourna vers Bob.

"Ça va ? s'enquit-il.

— Oui.

— Tu as l'air bizarre.

— Je ne suis pas bizarre." Elle posa son visage contre la poitrine de Bob. "Ton cœur bat si vite." S'écartant pour examiner Bob, elle redevint elle-même l'espace d'un instant. Bob le remarqua à son regard, à sa manière de l'observer, inquiète mais aussi amusée – Connie.

"Qu'est-ce qui se passe ?" demanda-t-elle.

Bob répondit qu'il n'y avait rien de spécial mais qu'elle lui manquait, après quoi il l'embrassa et elle l'embrassa aussi mais s'empressa de s'écarter de lui. Elle se leva, lui demanda s'il avait faim et il répondit que non. Elle annonça qu'elle allait faire une soupe pour le dîner, et il acquiesça. Elle l'aida à se relever et l'accompagna jusqu'au salon. Elle l'invita à s'asseoir sur le canapé, lui glissa un livre entre les mains et lui apporta une bière dans une bouteille marron rondelette. Elle retourna dans la cuisine, mais au lieu de lire ou de boire la bière, Bob visualisa aux sons qu'il entendait ce que Connie était en train de faire : elle posa sur le comptoir la planche à découper ; elle sortit un couteau du bloc ; elle coupa un oignon. Bob voyait ses mouvements aussi distinctement dans son esprit que s'il s'était tenu à côté d'elle.

"C'est quoi ce fil à ton poignet ?" lança-t-il.

Elle cessa de couper l'oignon. "Un fil.

— Mais qui te l'a attaché ?

— Je me le suis attaché moi-même", lui répondit-elle, précisément avec ces mots-là. Bob ne dit rien de plus sur le sujet. Ils se parlèrent à peine durant le reste de l'après-midi ou à table pendant le dîner. Après le repas, ils nettoyèrent ensemble la cuisine, mais ce fut comme si chacun ignorait l'autre. Ils montèrent à l'étage ; Bob se déshabilla puis s'habilla pour la nuit avant de se mettre au lit et Connie s'enferma dans la salle de bains et se fit couler un bain. Lorsqu'elle en émergea, elle portait son pyjama et le fil à son poignet avait disparu. Elle se glissa dans le lit aux côtés de Bob et ils restèrent allongés là dans le noir. Au bout d'un moment, Bob entendit au son de sa respiration que Connie s'était endormie. Bob resta éveillé longtemps mais finit par sombrer aussi, sans le vouloir, presque malgré lui et sans s'en rendre compte. Il se réveilla un peu avant cinq heures, se leva discrètement pour se rendre dans la salle de bains, ferma la porte et alluma la lumière.

Il fouilla dans la poubelle mais le fil n'était pas là. Il eût voulu qu'il y fût ; c'était important pour lui et il fut déçu de ne pas l'y trouver. Mais où était-il ? Connie conservait une coquille d'ormeau dans l'armoire à pharmacie, où elle rangeait ses bagues et ses boucles d'oreilles ; le fil soigneusement enroulé trônait sur les bijoux, dans le coquillage. Bob le saisit, ferma la cuvette des toilettes et s'assit. Il étala le fil bien droit sur la tablette puis positionna juste au-dessus sa main gauche poing fermé, le fil au niveau du poignet. Après quoi, de la main droite il essaya de le nouer avec une double boucle ; mais le fil était abîmé, il s'effilochait aux extrémités, et Bob ne fit que l'emmêler. Il le démêla et essaya derechef mais se rendit compte qu'il ne parvenait même pas à faire une simple boucle.

Il fit une troisième et une quatrième tentative, puis une cinquième, mais ne tarda pas à comprendre qu'il pourrait essayer une centaine de fois sans parvenir à faire un nœud soigné avec deux belles grosses boucles comme celui qui initialement attachait le fil au poignet de Connie. Il n'y arriverait jamais et Connie non plus. Il se leva, et percevant son reflet dans le miroir à la périphérie de son champ de vision mais sans véritablement se voir, il observa le fil avant de s'en emparer, de sortir de la salle de bains et d'aller s'asseoir au bord du lit. Connie remua, cligna des yeux et le regarda, les paupières à moitié closes. Lorsqu'elle aperçut le fil dans sa main, elle se redressa, comme mue par une force invisible, et écarquilla les yeux, fixant le fil d'un air maladif. Bob lui dit : "Je ne vois pas comment tu as pu faire une double boucle toute seule avec ce fil. Tu veux bien me montrer ?" Il s'était exprimé calmement et sans hostilité et elle hocha doucement la tête, oui, très bien, bien sûr, avant de prendre le fil de la main de Bob et d'essayer de se le nouer au poignet. Lorsque le nœud se défit, elle essaya de nouveau puis une troisième fois. Lorsque le nœud se délia une quatrième fois, elle leva la tête vers Bob et le regarda, incrédule, comme si elle ne comprenait pas tout à fait ce qu'ils étaient en train de faire, comment ils s'étaient retrouvés tous deux à cette obscure croisée des chemins. L'orée du jour pointait distinctement à travers les rideaux masquant la fenêtre ; la chambre s'éclairait faiblement. Connie tira sur le fil, l'enroula encore une fois autour de son poignet comme pour réessayer mais elle se mit à pleurer, et Bob la regarda, il la regarda rouler le fil en boule dans sa main et porter son poing fermé à son visage pour le dissimuler, tremblant, pleurant de plus belle, mais en silence.

Bob ne comprenait toujours pas entièrement, il ne s'autorisait pas à comprendre pleinement ce qui était arrivé à sa vie, lorsque le réveil sonna brusquement ; le bruit emplit la pièce et le terrifia, si bien qu'il se rua sur la table de chevet pour l'éteindre. Après quoi il recula, s'éloigna de Connie, recula jusqu'à sortir de la pièce. Arrivé à l'escalier, il marqua une pause, le réveil faisant tic-tac dans sa main, et là, oui, il comprit ce qui s'était passé, la sonnerie du réveil l'avait atteint en plein cœur et lui avait révélé la vérité, et ce fut ainsi que tout partit à vau-l'eau pour Bob Comet ; voilà en quoi consista l'épisode du fil.

3

1945

À l'âge de onze ans et demi, Bob Comet fugua. Son départ ne fut pas purement accidentel ; il jouait à fuguer depuis des mois. Mais il était peu probable qu'il fût véritablement passé à l'acte s'il n'y avait pas eu l'incident avec M. Baker-Bailey, incident qui l'avait révulsé au plus profond de son âme et lui avait donné l'occasion de fuir quelque chose en particulier plutôt qu'un vague mal-être général.

Au début, il avait eu envie de partir à cause de toutes les choses habituelles. En réponse aux récits de romans d'aventures qu'il lisait, il s'était fabriqué son propre récit dans lequel il était malheureux et selon lequel sa mère ne l'aimait pas et selon lequel encore il n'avait pas d'amis en ce bas monde. Voilà ce qu'il se disait, et c'était vrai, mais seulement en partie. Sa mère l'aimait ; c'était juste qu'elle ne le comprenait pas. Il aurait pu avoir des amis s'il l'avait voulu, mais parce qu'il se sentait différent de ses pairs, il avait l'impression que toute camaraderie était impossible. En revanche, il était effectivement malheureux. Il avait élaboré cette histoire d'envie de fuguer en hommage à ce qu'il considérait alors comme son tragique destin.

Bob ne ratait jamais une journée d'école, et il faisait le travail qu'on lui demandait, mais il ne croyait pas du tout que ce travail fût important. De temps à autre, des choses marrantes ou intéressantes se produisaient à l'école, dans la mesure où les enfants sont souvent à la fois marrants et intéressants, mais tout aussi souvent, voire plus souvent, se disait Bob, ils n'étaient ni l'un ni l'autre. Durant la semaine, il pensait au week-end et avait hâte d'y être : les samedis, il se levait de bonne heure, se préparait un petit-déjeuner, prenait le sac à dos qu'il avait préparé pour fuguer (un caleçon et des chaussettes propres, un pyjama, un roman, une brosse à dents, un peigne et la totalité de ses économies, à savoir vingt et un dollars), descendait la colline et traversait le Broadway Bridge jusqu'à Union Station. ALLEZ-Y EN TRAIN annonçait le panneau lumineux, et Bob s'était dit que c'était une excellente idée. Il aimait s'asseoir sur les longs bancs en bois dans le hall principal pour observer l'agitation ambiante, les histoires des voyageurs se déroulant autour de lui, les allées et venues des soldats, les séparations larmoyantes de proches, les retrouvailles romantiques. Il aimait la manière dont les trains pénétraient au ralenti dans la gare, sifflant et crachotant comme quelqu'un se glissant dans un bain chaud. Il aimait les cliquetis et les clapotements des chiffres et des lettres sur les tableaux des arrivées et des départs. Il n'y avait pas de ville en particulier où il eût voulu partir, ni Bakersfield en Californie ni Greenville dans le Mississippi, ni Abilene au Texas, ni Gallup au Nouveau-Mexique, mais il aimait le nom de ces endroits, et c'était exaltant de penser que ces destinations existaient bel et bien, que des gens montant à bord des trains ne tarderaient pas à respirer l'air de là-bas.

Après quelques week-ends passés à rôder dans le hall principal, Bob s'enhardit et commença à inspecter l'intérieur des trains stationnés en gare. C'était agréable de se mêler au flux de voyageurs, de descendre un couloir, se faufilant entre les hommes et les femmes qui rangeaient leurs bagages dans les compartiments en hauteur prévus à cet effet ou s'installaient sur leurs sièges. "Excusez-moi, se plaisait-il à dire. Excusez-moi, s'il vous plaît." Lorsqu'il arrivait en queue de train ou entendait *tout le monde à bord* résonner sur le quai, il sortait du convoi et regagnait les longs bancs de bois ou bien repartait tranquillement en direction du pont pour rentrer chez lui et se réveiller le lendemain matin afin de revivre toute l'expérience depuis le début.

Un vendredi après-midi de mai, rentrant à la maison après l'école, Bob trouva sa mère en train d'arpenter le salon, fumant et buvant un cocktail. Elle était très maquillée, elle avait des bigoudis dans les cheveux, et une robe flambant neuve était étalée sur le dossier du canapé. Elle expliqua à Bob qu'elle avait organisé ce qu'elle appela un *dîner mondain* ce soir-là et qu'il irait dormir chez une de ses collègues de travail qui habitait de l'autre côté de la ville. "Elle a un garçon de ton âge environ. Il s'appelle Rory, et il a l'air chouette comme gamin. Je suis sûre que vous allez bien vous entendre et beaucoup vous amuser." Bob n'avait jusque-là jamais dormi ailleurs que chez lui, et sentit vigoureusement qu'il n'en avait aucune envie ; il supplia donc sa mère et tenta de négocier avec elle : il resterait caché dans sa chambre toute la soirée ; il ne ferait pas un bruit, et personne au dîner mondain ne saurait qu'il était là. Mais sa mère refusa catégoriquement. Elle lui ordonna de préparer ses affaires et Bob se dépêcha d'aller chercher dans sa chambre son sac à dos déjà prêt pour fuguer, avant de sortir de la maison pour s'installer dans la voiture et attendre. Lorsque sa mère sortit à son tour, elle avait enveloppé ses bigoudis dans une écharpe rose pâle et elle parlait toute seule en agitant ses clés de voiture au bout de son index verni de rouge. Sur le chemin, elle s'efforça d'égayer Bob en se remémorant les nuits passées jadis chez ses copines : leurs jeux, leurs fous rires, leurs tentatives de rester éveillées toute la nuit sans jamais y parvenir. "Mais toi et Rory vous tiendrez peut-être le coup, hein ? Vous verrez peut-être le soleil se lever." Sa mère semblait pressée, distraite, elle consultait constamment sa montre, fumait cigarette sur cigarette en se débarrassant nerveusement des cendres par la fenêtre. Bob resta assis en silence, prisonnier en route pour la potence. "Arrête de m'en vouloir, lui dit sa mère.

— Je ne t'en veux pas.

— Si.

— Je ne le fais pas exprès."

D'une voix agacée, elle déclara : "Je veux. Que tu. T'amuses. Pour une fois dans ta vie. Tu me comprends ?" Bientôt elle se gara le long du trottoir devant une petite maison avec une pelouse mal entretenue et une pile de bois de chantier gondolé dans l'allée du garage. "Je n'ai pas le temps de rentrer, claironna-t-elle, mais ils t'attendent. Donc vas-y et frappe, d'accord ?" Bob prit son sac et se dirigea vers la maison. Sa mère klaxonna en démarrant, ce qui attira l'attention de sa collègue, qui ouvrit la porte et regarda la voiture s'éloigner à toute allure. "Waouh, fit-elle, j'imagine que ta mère est pressée.

— Apparemment.

— Alors comme ça, c'est toi, Bob ?

— Oui.

— Enchantée, Bob. Je suis la maman de Rory et tiens, regarde, voilà Rory." Rory s'avança pour se poster aux côtés de sa mère. Il avait deux ou trois ans de plus que Bob, le visage joufflu, l'air indifférent. Il tenait sous le bras un ballon de basket, et lorsque sa mère décréta : "Dis bonjour à Bob, Rory", Rory n'en fit rien.

"Bonjour, dit Bob.

— Bob voudrait peut-être jouer au basket avec toi ?" suggéra la mère de Rory.

Rory demanda à Bob : "Tu veux ?

— Oui", mentit Bob. Il laissa son sac sur la véranda et contourna la maison avec Rory pour se positionner sous l'arceau sans filet d'un panier de basket fixé à la façade du garage. Les garçons ne parlèrent pas beaucoup, mais tous deux se prêtèrent de bonne grâce à cette interaction forcée ; malheureusement, Bob n'avait pratiquement aucune expérience ni capacité athlétique et ne parvint pas une seule fois à lancer la balle dans le panier. Bob trouva sa prestation comique, Rory beaucoup moins – il se mit à maudire l'ineptie de Bob, secouant la tête et se lamentant entre ses dents. Il ne tarda pas à décréter qu'il en avait assez et il prit le ballon et rentra dans la maison sans inviter Bob à le suivre. Bob ne sut pas trop quoi faire. Il traîna un moment aux abords du garage puis inspecta la pile de bois dans l'allée avant de s'asseoir sur la pelouse pour regarder passer les voitures. Le soleil se couchait et le sol était humide, si bien que le fond du pantalon de Bob se mouilla. Il entendit la porte d'entrée s'ouvrir ; la mère de Rory lança : "Bob ? Qu'est-ce que tu fais ?" "Je suis assis", répondit Bob sans se retourner. "Tu devrais rentrer manger quelque chose, suggéra la mère de Rory. Je vous ai installés toi et Rory dans le salon. Rory écoute *Fibber McGee and Molly*." Bob se leva et suivit la mère de Rory. Assis dans un canapé vert du salon lambrissé de bois, celui-ci mangeait, une assiette posée sur les genoux, et une autre trônait sur un plateau pour Bob. La mère de Rory demanda à Bob ce qu'il voulait boire. "Du lait, s'il vous plaît", répondit Bob, et la mère de Rory lui toucha la tête en disant qu'elle revenait tout de suite. Bob s'assit, examina son assiette et entama la purée. *Fibber McGee and Molly* céda la place à une réclame incitant avec enthousiasme les auditeurs à acheter des obligations de guerre ; Rory se tourna vers Bob et dit : "Mon père est trop vieux pour faire la guerre." Il prononça cette phrase comme si la chose le gênait depuis un moment, comme s'il avait eu besoin de se soulager d'un poids.

"OK, fit Bob.

— Il y serait allé s'il avait été plus jeune. Il voulait y aller."

Bob prit une bouchée de purée.

Rory ajouta : "J'imagine que ton père y a été, hein ?

— Non. Je ne sais pas. Je ne crois pas.

— Comment ça, tu ne sais pas ? Il y a été ou pas ?

— Je ne sais pas", répéta Bob.

La mère de Bob était revenue, un verre de lait à la main. Elle le posa sur le plateau de Bob et dit d'une voix calme : "Rory, tu peux venir avec moi une seconde, s'il te plaît ?

— On écoute la radio, m'man.

— Juste une seconde, Rory."

Rory sortit avec sa mère et revint seul. Il se comporta différemment avec Bob ; non pas plus amicalement, mais il se montra plus curieux, le regardant en douce chaque fois qu'il se détournait. Bob comprit que la mère de Rory lui avait expliqué que Bob n'avait pas de père. Ce n'était pas le fait que Rory le sût qui gêna Bob, c'était la grotesque fascination que cela suscitait en lui et qu'il n'avait pas la délicatesse de dissimuler. Rory comprit au moins qu'il ferait mieux de ne pas formuler les pensées qui lui venaient à l'esprit. À partir de là, il ne dit quasiment plus rien à Bob.

Après *Fibber McGee and Molly* ils écoutèrent les sketches sans finesse de Bob Hope censés divertir les troupes, puis les actualités : *les forces allemandes au Danemark ont capitulé devant les Alliés.* La mère de Rory surgit, le sac à dos de Bob à la main et dit d'un ton enjoué : "Il est l'heure de se préparer à aller au lit, les garçons, d'accord ?" Comme Bob passait devant elle, elle lui toucha de nouveau la tête, et il grimaça intérieurement ; il savait que c'était par pitié qu'elle faisait ce geste. Les garçons se rendirent dans la chambre de Rory, passèrent chacun leur tour aux toilettes, se brossèrent les dents et enfilèrent leur pyjama. Bob s'allongea par terre dans le noir dans un sac de couchage ; il n'était pas fatigué, et au bout d'un moment, lorsqu'il entendit le souffle régulier de Rory, il se rhabilla par-dessus son pyjama, prit son sac et quitta la pièce. Il descendit l'escalier et se dirigea sans bruit vers la porte d'entrée ; passant devant la cuisine, il se tourna et vit le père de Rory plié en deux en train d'inspecter l'intérieur du réfrigérateur. Il portait un maillot de corps blanc rentré dans un bas de pyjama remonté jusqu'au nombril, et il était flasque et pâle. Lorsqu'il remarqua Bob, il se redressa et déclara : "Ça doit être toi, le gosse dont on m'a parlé qui dort chez nous ce soir." Bob répondit par l'affirmative et le père de Rory demanda : "Bah, qu'est-ce que tu fais ?

— Je rentre chez moi."

L'homme consulta sa montre, puis regarda de nouveau Bob.

Bob dit : “Ça va. Ça va aller. Au revoir. Merci.

— Ne me remercie pas, répliqua le père de Rory se penchant derechef devant le réfrigérateur. Je n’ai rien fait.”

Ce fut une marche de plusieurs kilomètres dans une nuit douce et sans vent, et Bob se sentit soulagé de s’être débarrassé des sentiments qu’avait provoqués en lui le fait de devoir aller dormir chez une collègue de sa mère. Il marcha lentement à travers diverses banlieues et autres zones urbaines. Jamais il ne s’était retrouvé dehors si tard, et il ne trouva pas du tout la nuit effrayante ; au contraire, le vide nocturne lui parut facile et sécurisant. S’il ne savait pas véritablement où il se trouvait, il n’était pas non plus perdu ; il savait plus ou moins quelle direction prendre pour rentrer chez lui, et il se servit des ponts pour se repérer. Après avoir traversé la rivière sur le Morrison Bridge, il grimpa la colline menant à la maison couleur menthe.

Il était minuit passé lorsque Bob arriva dans son quartier. Sa maison était la seule à être encore éclairée, et une Packard noire était stationnée dans l’allée du garage, neuve et rutilante sous la lueur du réverbère. Bob entendit de la musique émanant de la maison ; il traversa discrètement la pelouse jusqu’à la fenêtre de la cuisine, et sur la pointe des pieds regarda à travers le carreau. Au bout du couloir qui partait de la cuisine, il apercevait une partie du salon où il distingua le large dos d’un homme sans veste dont les manches de la chemise étaient remontées. Seules les mains de sa mère étaient posées sur les épaules de l’homme, ses ongles rouges agrippés à lui tandis qu’ils dansaient tous deux lentement. Lorsque la musique cessa, leurs corps s’étreignirent dans un élan passionnel, et Bob se tourna et s'éloigna de chez lui pour gagner le parc au bout de la rue. Le parc était vide et Bob s'assit avant de s'allonger sur un banc pour regarder le ciel, ne sachant que faire d'autre. Ce qu'il éprouvait était quelque chose de plus profond, de plus riche que la simple nausée : c'était une nausée de l'âme. Mais les nuages dans la clarté de la lune offraient un mystérieux spectacle de formes et d'humeurs flegmatiques, qui berça et changea les idées à Bob, et l'incitèrent bien malgré lui à s'endormir. Lorsqu'il se réveilla il était sept heures passées et il se leva, s'étira et rentra chez lui. Il y avait une flaque d'huile dans l'allée du garage mais la Packard avait disparu. Bob entra dans la maison et trouva sa mère debout dans la cuisine en train de fixer l'évier débordant d'assiettes sales et de casseroles graisseuses. Une odeur d'huile brûlée et de mégots de cigarette flottait dans l'air ; une main agrippée à son kimono pour le maintenir fermé jusqu'en haut, la mère de Bob n'avait pas l'air bien. Lorsqu'elle l'entendit approcher, elle se tourna, telle une mannequin sur un podium, pour le regarder. Son regard demeura impassible ; d'une voix rauque elle déclara : "Tiens, voilà M. Popularité." Elle ne trouva pas curieux qu'il revînt si tôt ni qu'il fût rentré seul. Elle expliqua qu'elle ne se sentait pas bien, qu'elle avait besoin de repos et de silence et elle s'éclipsa pour monter dans sa chambre en quête de l'un comme de l'autre. Bob s'assit un moment à table dans le coin repas, regardant – mais dans l'autre sens – par la même fenêtre que la veille. Il décida de fuguer vraiment, ce jour-là, en cet instant, et il quitta la maison, redescendit la colline et traversa la rivière jusqu'à Union Station, son pyjama dépassant de l'ourlet retroussé de son jean.

La facilité avec laquelle il était possible de fuguer surprit Bob. Il prit place dans un compartiment de troisième classe modérément occupé, et un quart d'heure plus tard le train s'ébranla et quitta la gare. Au bout de cinq minutes, Bob ne reconnaissait déjà plus le paysage : des champs mornes, plats et rocailleux sillonnés de lignes à haute tension avec en toile de fond des collines boisées. Le convoi roulait en direction de ces collines, vers Astoria à l'ouest où le fleuve Columbia se jetait dans le Pacifique. Lorsque Bob se rendit compte qu'un contrôleur vérifiait les billets au bout de la voiture, il se leva et s'éloigna à l'opposé. Il traversa les seconde classe, le wagon-restaurant ainsi que le wagon panoramique et arriva dans la voiture de première classe. Il passa devant un compartiment à la poignée duquel était suspendu un panneau RÉSERVÉ ; mais par l'entrebâillement du rideau, il s'aperçut que le compartiment était vide et il y entra, ferma soigneusement le rideau, s'assit et attendit. Lorsqu'il entendit le contrôleur passer son chemin en lançant à la cantonade : "Vos billets, vos billets s'il vous plaît", il se détendit quelque peu, heureux d'être seul dans ses nouveaux quartiers confortables et élégants. Il observa le paysage, qui devenait de plus en plus beau : collines verdoyantes et vallonnées, églises d'un blanc éclatant au milieu des prairies, fermes laitières, silos à grain et aubettes aux carrefours des routes de campagne. Lorsque le train entra dans la gare de Vernonia, Bob jeta un coup d'œil par la vitre pour voir ce qui se passait sur le quai. Il s'avéra qu'une histoire se déroulait juste sous son nez.

Au cœur de l'histoire se trouvaient deux femmes d'un certain âge en jupe et manteau de tweed, chacune arborant un chapeau orné de longues plumes courbées. Avec leurs larges poitrines et leurs mentons effacés, elles ressemblaient à des pigeons. Elles étaient accompagnées de deux petits chiens aux yeux brillants, noirs avec l'extrémité des pattes blanche, qui avaient l'air d'être de la même portée. Tous deux blottis dans les bras de leur maîtresse respective, ils semblaient se consacrer entièrement à l'observation des faits et gestes de ces dernières. Chacune s'adressait à un porteur, avec force gestes de sa main libre, donnant ses instructions ou exprimant ses desiderata, manifestement sans aucune hésitation ou timidité.

L'objet de la discussion en cours se résumait aux bagages des deux femmes, qui étaient imposants et déroutants à voir. Chaque effet était confectionné dans la même toile épaisse et bleu marine mais ils étaient tous de taille différente. L'un était aussi long et étroit qu'une civière ; un autre grand et haut telle une boîte aux lettres sur pied. Certains étaient souples, d'autres rigides, toile tendue sur des panneaux et fixée avec des coins en cuir maintenus par des rivets en laiton. Le contenu de ces bagages devait avoir une fonction spécifique, mais laquelle ? Bob n'en avait aucune idée.

Les porteurs étaient des hommes âgés dont l'attitude évoquait une dure vie de labeur. Ils écoutaient ; sans sourire. Soudain, un sac juché sur l'îlot de bagages glissa puis tomba par terre ; et en atterrissant il s'éventra et, contre toute attente, des perruques s'éparpillèrent sur le quai. Certaines étaient des perruques victoriennes poudrées, blanches et hautes avec de longues mèches bouclées, et les femmes, inquiètes de ce déversement, posèrent les chiens par terre et se précipitèrent pour ramasser les perruques et inspecter chaque mèche en quête de taches ou autres dégâts. Les chiens les suivirent, passant d'une patte sur l'autre, le sol étant trop froid à leur goût.

Une fois les femmes rassurées quant à l'état des perruques, elles les rangèrent dans le sac et reprirent leurs chiens dans leurs bras avant de revenir à leur position initiale aux côtés des porteurs, qui avaient choisi de ne pas s'impliquer dans l'affaire des perruques, préférant rester simples observateurs. Les femmes se remirent à parlementer et gesticuler, décrivant par le menu leurs attentes en ce qui concernait leurs bagages. À ce stade, les porteurs semblaient être émotionnellement au-delà de l'amusement et de la déception, sorte d'état désertique où ils n'avaient rien d'autre à faire que compter les minutes qui passaient. Les femmes donnèrent un pourboire aux porteurs avant de s'éloigner sur le quai et de disparaître ; après leur départ, chacun des porteurs sortit un sifflet argenté, et dos à dos ils soufflèrent énergiquement dans leur petit instrument, ce qui produisit une note aiguë et retentissante. Deux jeunes porteurs à peine plus âgés que Bob ne tardèrent pas à rejoindre en courant leurs aînés, qui leur montrèrent l'amoncellement de bagages, puis le train, avant de s'éloigner en direction de la cantine de la gare. Les jeunes porteurs se regardèrent, puis regardèrent les bagages, et se regardèrent de nouveau avant de s'atteler à la tâche et de charger le tout dans le train.

Les femmes et leurs chiens pénétrèrent dans le compartiment et Bob se poussa dans un coin dans l'espoir de se faire tout petit. Elles ne le remarquèrent pas aussitôt, occupées qu'elles étaient à s'installer, ôtant leurs gants en cuir, dénouant leur foulard, se débarrassant de leur chapeau. Elles n'étaient ni maquillées ni poudrées ; bien faites, elles semblaient dynamiques et avaient une réelle présence.

Tandis qu'elles prenaient leurs marques, les chiens commencèrent à inspecter Bob, s'approchant de lui de concert, épaule contre épaule comme dans le même harnais, le reniflant avant de reculer, de lever la tête, de fixer Bob dans les yeux et de tirer leurs conclusions. Face à la passivité ou la bonté qu'ils perçurent chez lui, ils en déduisirent qu'il ne pourrait jamais être un ennemi, de sorte qu'ils s'allongèrent à ses côtés, l'un sur l'autre, pour se reposer. La femme la plus proche de Bob, remarquant le comportement des chiens, se rendit compte par la même occasion de la présence de Bob. Elle plissa les yeux et dit : "June.

— Oui, Ida, que se passe-t-il ? s'enquit l'autre femme.

— Que se passe-t-il, oui, c'est ce que j'aimerais savoir." La femme prénommée Ida désignait Bob d'une main, tapotant ses poches de l'autre.

La seconde femme, June, se tourna vers Bob et s'exclama : "Oh mon Dieu, c'est un garçon."

Ida avait mis la main sur ses lunettes et les avait chaussées. Cessant de plisser les yeux, elle confirma : "Effectivement, c'est un garçon. J'ai cru un instant que c'était un coussin ou une chute de tissu." Elle se tourna vers June et demanda : "Eh bien, que fait-il ici ?

— La même chose que nous, j'imagine, chère Ida.

— Mais pourquoi ici, alors que nous avons réservé, et à un prix exorbitant alors que nous devrions exclure tout luxe dans l'état actuel de nos vies, ce compartiment à notre usage personnel ?

— Pourquoi faut-il que tu me poses des questions auxquelles je n'ai pas de réponse ?

— C'est que j'ai envie de savoir des choses, rétorqua Ida.

— Nous en avons tous envie, et chacun de nous est déçu, et nous mourrons tous sans savoir à quoi nous en tenir." June soupira. "J'aurais aimé qu'il s'annonce. Je me sens un peu nue, à dire la vérité. J'espère que nous n'avons pas évoqué d'anciens scandales ni n'en avons créé de nouveaux."

Ida leva les yeux pour regarder en arrière, se remémorer leurs propos. "Non, conclut-elle.

— Dans ce cas, acceptons de ne pas être seules, comme nous l'espérions. La bonne nouvelle, c'est qu'apparemment le garçon est muet, et peut-être sourd par-dessus le marché, donc nous n'aurons aucun mal à faire comme si nous étions seules, faute de pouvoir vivre pleinement la réalité de notre solitude."

Là-dessus, les femmes poursuivirent leur installation et le temps s'écoula en silence. Le train roulait désormais en pente à travers une forêt dense. Bob sortit un livre de son sac et se mit à lire. Au bout d'un petit moment, il vit du coin de l'œil June tapoter le bras d'Ida en le désignant du menton. Doucement, mais pas au point d'éviter que Bob ne l'entende, elle souffla : "Il étudie.

— Comment ?

— Il lit, Ida." June dit à Bob : "Petit", et Bob quitta son livre des yeux. Elle lui fit signe qu'elle aimerait y jeter un coup d'œil, et il le lui tendit. Elle en inspecta le dos et le parcourut rapidement. Elle dit à Ida : "C'est l'une de ces histoires où un homme seul souffre considérablement dans un impitoyable environnement sauvage, et si un ou deux méchants loups périssent entretemps, tant mieux." June rendit le livre à Bob, qui le prit mais sans se replonger dans sa lecture, espérant que June continuerait de lui parler, chose qu'elle fit. "J'attends, expliqua-t-elle sur le ton de la confidence, l'arrivée d'un de tes parents, mais on dirait que cela ne va pas se produire.

— Non, madame.

— Mais tu ne voyages pas seul, n'est-ce pas ?

— Si.

— Quel âge as-tu ?

— Onze ans et demi.

— Où est ta famille ?

— Je n'ai que ma mère.

— Où est-elle ?

— Elle travaille.

— Et que fait-elle ?

— Elle est secrétaire à Portland.

— Et tu es là, pas du tout à Portland, et sans elle.

— Oui."

June réfléchit. Puis elle demanda : "Serais-tu en train de faire une fugue, mon enfant ?

— Oui."

Un sourire se dessina sur le visage de June. Ce sourire fut surprenant, dans la mesure où, s'il exprimait une joie naturelle, il déformait son visage ; et elle avait les dents tachées et de travers. En vérité, on l'eût dit prise de douleur ; mais non, ce qu'elle venait d'apprendre la ravissait, et elle s'extasia : "Oh, c'est bien ce que je me disais. Ida, ce n'est pas ce que tu te disais ? Qu'il fuguait ?

— Je ne me suis pas dit qu'il fuguait, répondit Ida. Mais je ne me suis pas dit non plus qu'il ne fuguait *pas*.

— Eh bien, moi je trouve ça très romantique", déclara June. Le sourire s'était estompé mais les plis qu'il avait imprimés à sa peau perduraient. "Mais où vas-tu comme ça ? demanda-t-elle à Bob qui haussa les épaules, n'ayant aucune destination en tête.

— Il va peut-être continuer de fuguer jusqu'à ce que ses jambes ne puissent plus le porter, suggéra Ida. Tout est dans le mouvement. Si j'étais toi, mon garçon, j'irais en Floride. Le climat là-bas permet de vivre en extérieur.

— Ne limitons pas ses possibilités, protesta June. Si ça se trouve, sa situation sera beaucoup plus confortable. Il choisira peut-être un passe-temps paisible, il rencontrera un bienfaiteur affectueux qui l'installera dans un poste digne de ce nom. Peut-être même un poste dans le clergé.

— Il pourrait devenir sonneur de cloches.

— Il pourrait très bien devenir riche en devenant sonneur de cloches, c'est vrai. Tu sais, poursuivit June à l'attention de Bob, j'ai toujours voulu fuguer quand j'étais petite fille, mais je n'en ai jamais eu le courage." Puis : "Tu ne voulais pas fuguer, toi aussi, Ida ? Histoire de dire au monde ses quatre vérités ?"

Ida répondit : "Ce que je voulais, c'était sauter dans la rivière avec les poches pleines de pierres.

— Ah oui, ça", fit June comme si elle se rappelait un premier amour. Elle dit à Bob : "Je remarque que tu es seul dans ton aventure. Mais pourquoi ? Tu ne préférerais pas avoir un de tes copains de classe avec toi ?"

Au lieu de répondre, Bob détourna le regard et fixa le plafond, comme si quelque chose d'intéressant s'y produisait ou était sur le point de se produire.

"Oui, je comprends", le rassura June.

Ida dit : "Je me suis toujours demandé ce que ça ferait de fracasser l'une de ces grandes vitrines en verre parées de lettres dorées disposées en arc de cercle. Chez le boucher, chez le libraire, dans une salle de billards, peu m'importait, c'était l'idée de fracasser qui me plaisait.

— Et avec quoi l'aurais-tu fracassée ? s'enquit June.

— Une brique, naturellement." Ida fit mine de tenir une brique à la main. "Elle aurait décrit une trajectoire convexe avant d'atterrir pile au milieu de la vitrine, qui se serait effondrée sur elle-même et le fracas scintillant des éclats de verre aurait satisfait mon plus profond besoin de destruction, et pour toujours, il me semble."

June, du coin de la bouche, confia à Bob : "Ida non plus n'avait pas d'amis à l'école."

Ida déclara : "June en revanche avait toujours une flopée d'amis et d'acolytes autour d'elle. Mais ils ont tous fini par te trahir, n'est-ce pas ?

— C'est vrai, oui. Mais ensuite, après l'ultime trahison, je me suis dit que jamais plus je ne m'y laisserais prendre. Et je me suis juré de ne plus compter sur personne.

— Sauf qu'après, vois-tu, elle a rencontré quelqu'un, précisa Ida.

— Oui, oui, et maintenant il faut voir où j'en suis. Dans l'eau jusqu'au cou, mon garçon. Je mène une vie d'incertitude et de vagabondage, sans parler du reste." June agita un doigt en direction de son amie en disant à Bob : "Il faut faire attention aux gens qu'on rencontre. Mais à quel point peut-on faire attention ? Chaque fois qu'on sort de chez soi, on est livré aux tentations du destin. Les gens s'unissent de manière inattendue tous les jours de la semaine, qu'ils le veuillent ou non. C'est comme une maladie qu'on attrape dans l'air." June marqua une pause. Puis sobrement, elle ajouta : "Ça peut perturber tes plans, c'est tout ce que j'ai à dire."

Ida demeura silencieuse quelques instants. "Excuse-moi, mais de quels plans parles-tu ?

— Tu n'étais pas au courant, répondit June avant d'adresser un clin d'œil à Bob.

— De toute évidence, et c'est encore le cas, répliqua Ida. Tu vas me dire de quoi il s'agissait, maintenant ?

— Oh, Ida, soupira June.

— Dis-moi quels plans j'ai perturbés. J'aimerais bien le savoir. Et je pourrais peut-être, le cas échéant, te dédommager pour tous les dégâts que j'ai occasionnés dans ta vie."

June dit à Bob : "Je crois que nous sommes mal embarqués.

— Ah, c'est ce que tu penses, se vexa Ida. C'est ça qui s'est passé selon toi ?" Ses joues s'étaient empourprées et elle commençait à respirer de manière quelque peu saccadée.

June s'excusa sur le ton plus ou moins sincère de celle qui n'en est pas à sa première avanie, et Bob eut l'impression qu'il n'était pas rare pour Ida de se sentir insultée ou méprisée par June ; et également que June avait peut-être moins d'égards envers les sentiments d'Ida qu'elle n'en avait eus par le passé. Quoi qu'il en fût, Ida était désormais en proie à un cafard profond, et June, dans l'espoir d'éviter toute calamité émotionnelle eut une idée. Elle toucha la main de Bob pour l'alerter : "Je crois que nous devrions demander aux garçons ce qu'ils envisagent comme solution." Elle se tourna vers les chiens, toujours roulés en boule sur la banquette à côté de Bob. "Les garçons, poursuivit-elle et les chiens ouvrirent leurs yeux. J'ai un conseil à vous demander. Pourriez-vous m'accorder un peu de temps ?" Les chiens levèrent la tête. "Notre chère Ida et moi-même sommes encore dans une impasse. Nous sommes toutes deux très fatiguées, et il y a de l'incertitude concernant notre confort actuel et à venir ; la lassitude nous tient et j'ai bien l'impression qu'elle nous a plongées dans la mauvaise humeur. À votre avis, comment pourrions-nous sortir de là et passer à autre chose ? Que pourrions-nous faire pour changer les idées à Ida avant qu'il ne soit trop tard et que nous y perdions la journée ?" Tout en parlant, June sortit de la poche de son manteau un petit instrument. Il était composé d'une table d'harmonie en bois, rebondie, sur laquelle étaient fixées de fines lames métalliques. Elle posa l'instrument sur son genou et se mit à jouer une petite valse sonore et vibrionnante. Lorsque les chiens reconnurent le morceau que jouait June, ils se levèrent d'abord sur leurs quatre pattes, avant de se dresser sur leurs pattes arrière. Posant leurs pattes avant sur les épaules de leur partenaire, ils se mirent à danser comme dans une salle de bal. June jouait avec facilité, faisant sortir de ses doigts lestes la mélodie tout en fredonnant une autre voix ; le spectacle améliorant l'humeur d'Ida, celle-ci observa les chiens avec une indulgence laissant entendre qu'elle ne tarderait pas à passer l'éponge. Quant à Bob, aucun mot ne lui vint à l'esprit pour réagir à la valse canine. Le train continua de s'enfoncer dans la forêt immobile et antique. Bob ne voyait pas encore l'océan, mais l'imminence de celui-ci flottait dans l'air.

Le train arriva à Astoria, son terminus, et les femmes se levèrent pour rassembler leurs affaires. Les regardant partir, Bob découvrit en lui une envie, à savoir celle de les suivre et d'observer leurs faits et gestes, et il décida de répondre à cette envie mais sans les en avertir, si toutefois la chose était possible. Il se leva et prit son sac à dos, faisant comme s'il n'avait pas du tout l'intention de suivre quiconque. Alors que les femmes s'apprêtaient à partir, June se tourna vers lui l'air interrogateur mais il n'y eut aucune question, ou du moins elle choisit de ne pas la formuler. "Eh bien, bonne chance, jeune homme", fut ce qu'elle décida de dire et Bob inclina la tête ; ils quittèrent tous le compartiment et s'engagèrent en file indienne dans l'étroit passage menant vers la sortie, les deux chiens observant Bob par-dessus les épaules de leurs maîtresses.

Ils descendirent tous les cinq sur le quai bondé et Bob se dissimula dans la foule, s'attardant à bonne distance tandis que les femmes supervisaient le transfert de leurs bagages, que des porteurs emportèrent dans la soute d'un autocar stationné moteur au ralenti sur le rond-point devant la gare. Une fois les femmes dans l'autocar, et tandis que le chauffeur s'affairait à fermer et sécuriser les soutes à bagages, Bob se glissa discrètement à bord et se mit en quête d'une place. Il n'y en avait point sinon à l'arrière de l'autocar où se trouvaient les femmes et leurs chiens. Ce fut Ida qui remarqua l'arrivée de Bob, June étant occupée à regarder par la fenêtre. "Il est de retour, dit-elle.

— Qui ?

— Ton projet du train. L'enfant trouvé."

June regarda Bob et un sourire lui déforma de nouveau le visage. "Monsieur Téméraire, lança-t-elle.

— Salut, fit Bob.

— Parlons peu parlons bien, intervint Ida. Tu vas où comme ça ?"

Bob se garda de répondre ; Ida poursuivit : "Tu as peut-être dans l'idée d'aller où nous allons."

Bob dit : "Bah…

— Bah rien du tout." Ida se tourna vers June. "Je vais signaler au chauffeur la situation de cet enfant et lui demander que la police soit prévenue et nous attende à notre arrivée à Mansfield."

June rétorqua : "Ida, espèce de toquée. Ce garçon peut bien aller où bon lui semble. Il ne gêne personne, ma foi.

— Il me gêne, moi.

— Tu te gênes toi-même. C'est bien ça ton problème. Laisse-moi m'en occuper, merci." June désigna le siège de l'autre côté de l'allée centrale et dit à Bob : "Prends tes aises, je t'en prie."

Bob obtempéra tandis qu'Ida continuait de se plaindre et de fulminer à mi-voix. Ceci dura un certain temps, si bien que June finit par tendre la main et couvrir la bouche d'Ida, après quoi Ida, stupéfaite, écarquilla les yeux ; mais lorsque June ôta sa main, Ida avait cessé de parler. Elle se blottit contre la fenêtre et ferma les paupières. Dans un sifflement d'air comprimé, le car s'était ébranlé, et roulait désormais.

Ils se dirigeaient vers le sud sur une sinueuse route à deux voies avec sur leur droite l'océan et le soleil au-dessus de l'horizon. June franchit l'allée et fit signe à Bob de se pousser afin qu'elle pût s'asseoir à ses côtés. Elle sortit une Baby Ruth de la poche de son manteau, ouvrant l'emballage avec soin afin de faire le moins de bruit possible. Tendant la barre chocolatée à Bob, elle l'interrogea du regard ; ce dernier en prit un morceau, qu'il mangea lentement tandis que June, opinant du chef pour indiquer qu'elle en appréciait le goût, finissait le reste. Après quoi, elle jeta l'emballage par terre et du bout de sa bottine en cuir le poussa sous le siège devant eux.

"Bien, maintenant, fit-elle, comment t'appelles-tu ?

— Bob.

— Et ton nom de famille ?

— Comet."

Elle dévisagea Bob comme si une blague lui échappait. "Tu peux me l'épeler ?" dit-elle et Bob obtempéra, après quoi elle lança un coup d'œil à Ida, mais Ida dormait, tout comme les chiens. À voix basse, June ajouta : "Dis-moi la vérité, Bob, tu nous suis, n'est-ce pas ?"

Bob haussa les épaules.

"Mais pourquoi ?"

Bob haussa de nouveau les épaules.

"Bon, en fait je m'en fiche complètement. En vérité, je trouve ça quelque peu flatteur. Mais j'espère que tu ne crois pas qu'on va s'occuper de toi ?"

Bob haussa les épaules pour la troisième fois, et là-dessus June posa une main sur l'une d'elles. "Bob, hausser les épaules est un outil utile, et séduisant dans son genre ; mais ce n'est qu'une flèche parmi d'autres dans ton carquois et il ne faut pas en abuser, sinon ça donne l'impression qu'on n'a rien dans le crâne, tu vois ce que je veux dire ?"

Ida marmonna quelque chose d'inintelligible dans son sommeil. June poursuivit : "J'espère sincèrement que tu pardonneras à mon amie. Ça n'a rien de personnel, c'est juste qu'elle souffre d'un mal incurable : elle a un sale caractère. Elle puise de la force dans l'hostilité et de la joie dans la force. Mais quoi qu'il en soit, et comme je le disais, tu aurais tort de penser que nous sommes en mesure de t'aider. Si tu veux savoir la vérité vraie, Ida et moi nous pouvons à peine subvenir à nos propres besoins." Le visage de June devint impassible, et elle attendit. "Tu as peut-être envie de *me* poser quelques questions ? s'aventura-t-elle.

— Quoi comme questions ?

— Oh, tu sais. Qui nous sommes, où nous allons, pourquoi nous y allons, pourquoi nous avons vingt-trois bagages tous différents les uns des autres, pourquoi mes poches sont pleines d'instruments de musique, comment se fait-il que nos chiens dansent la valse.

— Oui, approuva Bob, car il désirait effectivement savoir ces choses.

— Eh bien, fit-elle. Je vais te le dire, puisque la curiosité te démange autant." Sa voix baissa encore d'un ton et elle regarda autour d'elle comme pour être certaine qu'aucun de leurs voisins ne les écoutait. "Ida et moi sommes des *saltimbanques*, Bob."

Bob ne savait pas trop ce que le mot signifiait, mais à la manière dont June l'avait prononcé, il crut y déceler quelque chose de honteux, de sorte qu'il rougit jusqu'aux oreilles. "Oui, continua-t-elle, pointant un doigt sur les joues rouges de Bob. C'est choquant, je sais. Mais n'embellissons pas le tableau. Nous sommes deux malheureuses saltimbanques en quête d'une salle aussi petite soit-elle où nous pourrions nous adonner à ce penchant maudit sans provoquer trop de désagrément. Certes, nous espérons éviter l'emprisonnement. Il nous arrive parfois d'être rémunérées en pièces sonnantes et trébuchantes en échange de nos services rendus ; mais c'est une vie difficile, et c'est peu de le dire. Nos deux familles nous ont reniées, naturellement. Et il y a belle lurette que nous avons été bannies de la bonne société. Mais ce n'est pas comme si nous avions eu le choix ; on naît saltimbanque, on ne le devient pas, et personne ne peut nier les besoins de son propre esprit, de sa propre chair, n'est-ce pas ?" Elle détourna les yeux et regarda par-dessus la tête de Bob. "Je ne le prendrai pas mal si tu préfères changer de place, Bob. Je m'en voudrais de faire honte à la famille Comet." Mais Bob ne broncha pas, et June lui étreignit le bras en disant : "Je savais que tu resterais. Ça se voit comme le nez au milieu de la figure que tu es un bon garçon.

— Vous êtes actrices", déclara Bob.

June proclama : "Nous sommes artistes dramatiques. Nous sommes aussi dramaturges, productrices, metteuses en scène, décoratrices, machinistes, accessoiristes, dresseuses de chiens et chiens nous-mêmes. Ce n'est pas par ambition si nous sommes tout ça en même temps, c'est parce que nous travaillons seules. Oui, mon petit fugueur, voilà ce que nous sommes vraiment." Bob lui demanda si elles voyageaient pour aller se produire quelque part, et le visage de June s'illumina. Elle se pencha par-dessus le vide du couloir et pressa du bout de l'index le ventre d'Ida. L'œil droit de celle-ci s'ouvrit très lentement. "Bob Comet *m'interroge*, lui dit June.

— C’est qui Bob Comet ?

— L’enfant trouvé, Ida. Il s’appelle Bob Comet, et j’ai bien du mal à répondre à toutes ses questions.

— Laisse-moi dormir”, riposta Ida avant de refermer son œil.

June se tourna vers Bob. “Ma ronchonne compagne de route et moi-même nous rendons dans une ville appelée Mansfield où nous allons jouer pour la première fois notre dernière création, qui consiste en une série de vignettes plus ou moins liées les unes aux autres. Tu sais ce que c’est, une vignette ?

— Non.

— C’est une histoire qui est trop petite pour s’appeler histoire, donc on l’appelle vignette. En prétendant avoir délibérément voulu qu’elle soit petite, pour éviter la honte qui va de pair avec la culpabilité. Tu sais ce que veut dire culpabilité ?

— Non.

— C’est le prix à payer. Ce spectacle n’est pas notre meilleur. Il n’est pas mauvais, mais il n’a pas le pouvoir de nos créations passées. Ce pouvoir, qui à l’époque nous venait sans effort, comme la chose la plus naturelle du monde, s’amenuise désormais, et il n’existe aucune vitamine ni aucun médicament d’après ce que je sais pour remédier à cette perte de vitesse. Le temps tourne, Bob Comet, les grains de sable s’écoulent dans le sablier, et ne laisse personne te dire le contraire.” Elle claqua des doigts. “Il y a un hôtel à Mansfield qui avant la guerre a accueilli bon nombre de nos créations, et nous jouissions à l’époque d’un certain succès local qui, s’il était inattendu, n’avait rien de négligeable. C’était pendant le boom de l’exploitation forestière de la fin des années 1930, quand les barons de l’industrie, leurs contremaîtres et leurs maîtresses étaient en quête d'un semblant de culture le vendredi ou samedi soir. J'avais l'impression à l'époque qu'ils ne comprenaient pas ce qu'on leur montrait, mais nous avons toujours assuré le spectacle, avec un accompagnement musical en plus, ce qui suffit à bien des gens. Bref, le public nous appréciait. Les spectateurs savaient quand applaudir, et ils dépensaient de l'argent en achetant des bouteilles de vin, ce qui n'était pas pour déplaire à l'hôtelier. Mais ensuite l'heure de gloire des barons de l'industrie, de leurs contremaîtres et de leurs maîtresses est passée, et l'hôtelier nous a invitées de moins en moins. C'était il y a plusieurs années, et là, contre toute attente, il vient de nous contacter en parlant de redynamisation. Pourquoi pas, et j'étais contente d'avoir des nouvelles de cet homme, je ne peux pas dire le contraire, mais je crois bien qu'on est en route pour Flopville. Tu connais Flopville ?

— Je crois.

— Eh bien, nous y sommes presque." Le soleil était descendu à l'horizon et le bus faisait de grands virages le long du littoral ondoyant. "Tu es trop jeune pour connaître la mélancolie qu'il y a à revenir dans un endroit où l'on a jadis prospéré. Tout ce que je peux dire, c'est que ce n'est pas aussi terrible qu'on pourrait le croire. Mais là, tu vois, Bob, je fais une distinction entre mélancolie et tristesse. Tu vois la différence ?

— Non.

— La mélancolie, c'est prendre conscience avec nostalgie que le temps est un voleur, et cela s'ancre dans les souvenirs d'amour et de succès passés. Avec la tristesse, il y a encore moins d'espoir. La tristesse, c'est comprendre qu'on n'aura jamais ce qu'on désire, voire ce qu'on mérite, et cela s'ancre dans, ou est peut-être encouragé par, pardonne-moi, la pulsion de mort."

Ida frissonna et remua. “Comment peut-on espérer dormir quand ça vous bavasse dans les oreilles comme ça ? ronchonna-t-elle.

— Ça vit et ça respire, dit June à Bob. Ça marche parmi nous.”

Ida se réveilla soudain complètement et se redressa sur son siège. Elle regarda autour d’elle comme si elle avait oublié où elle s’était endormie. Elle éructa : “Où est mon Baby Ruth ? Je le veux.” Et June, grimaçant, inspira et répondit à son amie : “Comme je l’expliquais à l’instant au jeune Bob ici présent : nous sommes prêtes à affronter la mélancolie, mais nous devons aussi et simultanément nous préparer, selon toute vraisemblance, à la tristesse.”

L'autocar quitta la route pour s'arrêter sur une bande de terre séparant la chaussée de l'océan. Le chauffeur coupa le moteur et le vent arrivant de la mer fit frémir l'autocar ; Bob entendit le son régulier du ressac qui faisait rouler les galets sur le rivage. June regardait sur sa gauche, côté terre. "Le voilà", proclama-t-elle.

L'hôtel Elba était construit dans un style victorien, avec un toit en bardeaux ronds, une promenade en bois couverte courant le long de la façade et une tour conique s'élevant côté sud. La tour était de guingois ; sa girouette s'inclinait avec déférence ou pour accueillir timidement les visiteurs ; en réalité, la tour comme tout le reste s'enfonçait dans le sol. Bob trouva l'établissement charmant mais presque affamé en quelque sorte. Il avait dû être majestueux jadis.

"Mansfield", s'exclama le chauffeur.

De sa place dans le bus, Bob pouvait voir toute la bourgade : deux routes se croisant en forme de T, la route principale et une voie plus modeste se dirigeant vers l'est et s'enfonçant dans la forêt obscure. Le soleil ne s'était pas encore couché, mais les magasins sur le grand axe étaient fermés, peut-être pour toujours. Plus loin sur la route, Bob vit un cinéma et un restaurant, tous deux apparemment ouverts, mais sans âme qui vive susceptible d'y pénétrer. June fixa ce sombre spectacle sans mot dire. Une lumière s'alluma au-dessus de la tête du chauffeur, et il nota quelque chose sur un calepin suspendu près de son tableau de bord.

"Mansfield", répéta-t-il.

Il ouvrit les portes et une rafale de vent s'engouffra à l'intérieur, dérangeant chacun des passagers l'un après l'autre, et contrariant les chiens, qui grognèrent en réaction à cette force invisible. Les plumes sur les chapeaux d'Ida et de June s'agitèrent tandis qu'elles rassemblaient leurs affaires. Le chauffeur descendit de l'autocar et se dirigea vers les soutes pour s'occuper des bagages. Un bruit sourd retentit dehors et Ida, tendant le cou pour regarder par la vitre, s'exclama : "Il va casser la guillotine, l'imbécile !" Prises de panique, Ida et June se précipitèrent dans le couloir, les chiens sur les talons, et Bob à la suite des chiens. La question de sa présence parmi elles n'avait pas encore véritablement été abordée, mais il décida de rester jusqu'à ce qu'on lui dise clairement de partir. Il sortit en catimini de l'autocar et regarda de loin le chauffeur décharger les bagages tandis que les femmes attiraient son attention sur la fragilité de tel ou tel effet, tout en lui signifiant au fur et à mesure les nombreuses erreurs qu'il commettait. Les bagages furent entassés en une haute pile, et Bob se réfugia derrière.

Le chauffeur s'attarda, se tamponnant le visage avec un mouchoir et regardant les femmes dans l'expectative. Peut-être les prenait-il pour d'excentriques fortunées, et espérait-il se voir gratifier d'un généreux pourboire. Mais le temps passa en silence et les femmes n'offrirent pas au chauffeur la moindre piécette ni même le moindre mot, si bien qu'il rangea son mouchoir et retourna dans le car où il s'affala sur son siège, défait et amer. Il ne tarda pas à se redresser, comme inspiré ; tournant la clé de contact, il appuya sur l'accélérateur en engageant et désengageant la première tout en maintenant la pédale de frein enfoncée, ce qui fit pétarader le moteur, et un volumineux nuage noir de gaz d'échappement enveloppa les deux femmes qui toussèrent et crachèrent en agitant leurs mains pour chasser la fumée. Le chauffeur klaxonna et s'engagea sur la chaussée ; June, nettoyant la crasse sur son visage avec un mouchoir, dit : "Il faut rendre à César ce qui est à César, Ida. L'homme connaît sa machine." Ida demeura immobile, bouillonnant sur place, et elle ne put ou ne voulut parler. Entretemps, un homme avec un seul bras sortit, l'air jovial, de l'hôtel Elba et traversa la grande route pour saluer June et Ida. "Bonsoir mes bonnes dames ! s'écria-t-il.

— Monsieur More, réagit June, inspectant son mouchoir. Alors quoi de neuf ?

— Eh bien, je vaquais à mes affaires à la réception quand j'ai levé les yeux et vous ai vues toutes deux disparaître dans un nuage de gaz d'échappement. Vous imaginez ma surprise.

— Je l'imagine, répondit June. Et je suppose même qu'elle ressemblait beaucoup à notre propre surprise, si ce n'est qu'elle était moins désagréable.

— Effectivement", reconnut M. More. D'un mouvement du menton il désigna l'endroit où l'autocar se trouvait quelques instants plus tôt. "On aurait dit qu'il le faisait exprès. C'était votre impression aussi ?

— Absolument.

— Et que s'est-il passé pour que le chauffeur en vienne à un tel désir de vengeance ? J'espère de tout cœur que vous n'avez pas perdu votre don pour l'amitié ?

— Pas complètement, non. Mais je dois avouer qu'il est devenu moins fiable. Ou peut-être est-ce parce qu'il y a de moins en moins de gens avec lesquels nous avons envie d'être amis. Votre propre talent en matière d'observation perspicace est toujours manifeste.

— J'ai réussi à le conserver. Je continue de me dire qu'il me sera peut-être soudain utile, qui sait. C'est une arme contre tout le reste, n'est-ce pas ?" Il brandit une épée invisible et, fendant l'air, prit un air guerrier. Après quoi l'épée s'évanouit et, de nouveau avenant, il demanda : "Que diriez-vous d'un bon bol de soupe ?

— Peut-être pas sur la route", répondit June.

M. More se tourna vers Ida. "Bonjour, Ida." Comme Ida ne répondait pas, M. More ajouta : "Ida ne parle pas du tout, c'est ça ?

— Elle a eu une longue journée, justifia June.

— Elle a été longue pour nous tous.

— La nôtre fut démesurément longue, monsieur More."

M. More dit : "Rassurez-vous, ma bonne Ida, la journée est bientôt terminée." Mais Ida demeura muette. "Pensez-vous qu'elle reparlera à temps pour les répétitions ? s'enquit M. More.

— Elle reparlera avant, j'en mets ma main au feu." June se mit à nettoyer le visage d'Ida avec son mouchoir.

"Je n'arrive pas à me souvenir quelle est l'opinion d'Ida sur la soupe ?

— Notre opinion sur la soupe, c'est que nous aimons ça, monsieur More, mais pas au point de vouloir en discuter autant. Et, le fait de vous avoir déjà entendu évoquer à deux reprises le sujet avant même que nous ne soyons entrées dans l'hôtel n'augure rien de bon quant à notre succès ici.

— Mais pourquoi donc ?

— Parce que je vous connais, monsieur More. Si vous vantez avec autant d'entrain une entrée, c'est que tout porte à croire qu'il n'y a pas grand-chose après." Elle désigna l'hôtel. "Pourquoi aucune affiche n'annonce notre spectacle sur votre devanture ?"

M. More piétina sur place, et une certaine inquiétude envahit son visage. "Eh bien, voyez-vous, j'ai quelque chose à vous dire à ce sujet, June.

— Allez-vous nous avouer que vous n'avez pas fait imprimer les affiches ?

— Je répète : J'ai quelque chose à vous dire. Et si vous me laissiez le dire ?"

Ida s'éclaircit la gorge et cracha sur la chaussée. Elle accomplit ces deux actions afin d'attirer l'attention du groupe, et elle y réussit. Ida déclara : "De toute évidence vous n'avez pas fait imprimer les affiches, monsieur More. En conséquence, il n'y aura que très peu de public aux spectacles qui sont censés commencer dans quatre jours. Vous n'avez donc pas respecté les termes de notre contrat, dont j'ai un exemplaire sur moi. Voulez-vous que je vous le montre ? Voulez-vous que j'attire votre attention sur la clause concernant l'indemnité de rupture de contrat ? Vous êtes peut-être en train de nous dire que nos dates sont annulées. Eh bien, sachez que ce serait une profonde déception pour nous. Nous, quatre êtres vivants, nous quatre créatures qui avons trimé dans nos chambres exiguës depuis plusieurs mois maintenant, des mois que nous avons passés à bricoler, à préparer, à inventer, à détruire, à reconstruire, malgré la maladie et le manque de chauffage et des toilettes communes dans un état déplorable, et sans aucun défraiement de votre part, nos propres économies fondant comme neige au soleil, monsieur More. *Que le spectacle continue*, comme dit le dicton ; quel beau dicton – en théorie. Et nous *sommes* de bons soldats, pas vrai June ?

— Nous sommes de bons soldats.

— N'oublions pas nos épouvantables débuts, quand nous arpentions les planches en nous débrouillant avec les moyens du bord, quand nous courions et sautions et chantions pour quelques piécettes qu'on nous jetait et qui parfois rebondissaient sur nos visages, car c'était là que les spectateurs voulaient les voir atterrir, monsieur More, des pennies après lesquels nous courions en plein milieu d'une chanson, de peur qu'ils ne tombassent de la scène et retournassent aux mains des abrutis, des hommes imbéciles dans la fosse devant nous, qui nous beuglaient dessus, leurs bouches pareilles à des trous infâmes libérant des relents de pourriture dans l'air que nous devions respirer, des hommes qui nous encourageaient en nous injuriant. Est-ce que j'invente, June ?

— Absolument pas.

— Est-ce que j'invente ?

— Tu dis la vérité.

— Nous étions jeunes filles, monsieur More. Nous n'étions même pas encore des femmes, et c'est en nous avilissant ainsi que nous sommes entrées dans le monde des arts, et ça a duré des années, des années avant que nous exigions d'être mieux traitées, que nous l'exigions du monde, de notre public et de nous-mêmes, et nous avons rompu avec le passé et lancé notre véritable œuvre, l'œuvre qui nous survivra, l'œuvre dont nous sommes les auteures, qui nous a gratifiées d'une renommée modeste mais méritée et qui existe encore malgré la guerre des hommes et l'angoisse des hommes et la vulgarité sociétale et culturelle grandissante des hommes, et l'influence du cinématographe, mon Dieu je vous en supplie ne me lancez pas sur le sujet. Et nous voici aujourd'hui, nous avons fait notre travail et nous arrivons chez vous après un long voyage avec un nouveau spectacle, une création entièrement nouvelle avec de nouveaux costumes et de nouveaux décors que nous avons conçus et fabriqués nous-mêmes, et je parle au nom de nous quatre ainsi qu'au nom des muses quand je dis que c'est un travail digne de ce nom. Et maintenant, quoi, monsieur More ? Que nous offrez-vous pour notre dur labeur ? Vous nous offrez de la soupe ? Ai-je bien entendu ?"

Tout au long de la tirade d'Ida, M. More, mortifié, était resté prostré. Mais à présent qu'Ida s'était tue, il se redressa et respira, plutôt fringant avec sa manche vide soigneusement repliée et attachée avec une rutilante épingle à nourrice argentée. "Bonjour, Ida, dit-il. Je vous offre de la soupe, oui, et mon offre tient toujours. Je l'ai préparée moi-même en pensant qu'elle vous réconforterait. Il va sans dire, même si je vais le dire, que faire la soupe avec un seul bras n'est pas chose aisée. Je vous le précise non pas pour me plaindre mais pour que vous ayez une vision complète de la situation. Au-delà de la soupe, dont nous avons assez parlé je suis bien d'accord, je peux vous offrir le gîte et le couvert durant la totalité de votre séjour. Si vous ne souhaitez pas vous produire, vous pourrez toujours considérer ce séjour comme des vacances gratuites à la mer. Si vous décidez de vous produire, et j'espère de tout cœur que ce sera le cas et que vous y parviendrez, vous pourrez disposer des recettes que généreront vos spectacles, je n'en prendrai pas le moindre sou. Je ne peux pas vous garantir que ces recettes seront considérables, et en vérité il n'y en aura peut-être pas. Cette ville était à l'agonie depuis des années et vient récemment de succomber. Oui, la ville est morte. En disant ces mots je crois voir une question se dessiner dans vos yeux, à savoir : si la ville est morte, alors pourquoi nous a-t-il invitées à venir ici ?" Les femmes hochaient toutes deux la tête, Ida avec insistance. "Je vais vous expliquer, poursuivit M. More. Je vous ai invitées à la suite d'un conseil municipal où le retour des entreprises d'exploitation forestière a été annoncé. Les responsables des entreprises elles-mêmes, présents ce soir-là, étaient enthousiastes ; ils parcouraient des plans avec des pointeurs télescopiques, distribuaient à tout-va des cartes de visite gaufrées et des crayons à pompons, et j'ai cru à leurs boniments. Là a été mon erreur, je l'avoue. On m'a raconté un gros bobard, auquel j'ai cru. Enfin, auquel j'ai voulu croire ; il y a un pouvoir d'attraction très puissant là-dedans. En réalité je crois encore que tous ces beaux projets étaient vrais ce soir-là. Je suis persuadé que les entreprises elles-mêmes croyaient qu'elles allaient revenir chez nous. Mais quelque chose s'est passé, ou ne s'est pas passé, et si les entreprises d'exploitation forestière continuent de faire commerce le long de la côte à la fois au nord et au sud, Mansfield est oublié encore et encore. Leurs secrétaires ont cessé de répondre à mes appels et à mes courriers, je ne comprends pas pourquoi et je ne le comprendrai probablement jamais."

Une fille de seize ans sortit de l'hôtel en poussant un vieux diable rouillé. Son visage était pâle, ses cheveux gras, et elle semblait malheureuse, peut-être en colère, tandis qu'elle manœuvrait maladroitement le diable pour descendre l'escalier peint en bleu. La symphonie de crissements, de frottements et de claquements alerta M. More ; son visage s'illumina en la voyant, et tandis qu'elle passait devant lui, il dit en la désignant : “Ma petite-nièce, Alice. Elle n’était pas avec nous quand nous nous sommes vus la dernière fois. Alice aussi a hâte de voir le spectacle. Alice, n’est-ce pas que tu as hâte de voir le spectacle ?

— Oh, très hâte”, fit Alice d’une voix blanche qui exprimait tout sauf la hâte de voir le spectacle. Elle arriva au pied de la montagne de bagages, qu’elle commença à charger sur son diable. Elle ne tarda pas à découvrir Bob qui, caché, redoutait ce moment. Décidant d’accélérer le processus, il se redressa, Alice cria et tous les autres se tournèrent vers lui. M. More s’exclama : “Eh bien ça alors, qui l’eût cru ? Un garçon caché.

— C’est Bob ! dit June.

— Vous le connaissez ?

— Oui, c’est Bob. Bonjour Bob. Je pensais à toi pendant la… diatribe d’Ida.”

Bob fit un petit signe de la main à June.

“Je me disais, poursuivit June à l’attention de M. More : « Oh non, où est Bob ? »

— Et maintenant vous l’avez retrouvé, n’est-ce pas merveilleux ? répliqua M. More. Mais que fait-il plié en deux comme ça ?

— C’est un personnage désespéré en cavale, monsieur More, nous ne pouvons que spéculer sur ses motivations.

— Il m’a tout l’air d’un garçon normal, remarqua M. More. Bonjour, bonjour.

— Bonjour, dit Bob.

— Tu aimes la soupe, Bob ?

— Quel genre de soupe ?” s’enquit Bob, et M. More, June et même Ida, mais pas Alice, rirent de cette innocente demande, et Bob ne comprit pas pourquoi mais fut heureux de leur offrir à tous un moment de complicité amusée.

M. More voulut montrer à tout le monde les gravillons blancs spécialement commandés et fraîchement disposés autour de l'hôtel, de sorte que le groupe se mit mollement en branle pour faire le tour de la propriété. Pendant qu'ils marchaient, M. More expliqua : "J'ai fait mettre ces graviers à peu près quand je vous ai écrit ce mot optimiste pour vous inviter à revenir. Si je regrette maintenant le prix qu'ils m'ont coûté, j'aime malgré tout les entendre crisser sous mes pieds. Vous ne trouvez pas que ça fait un peu décor de théâtre ? On dirait comme des douves, non ?" Reprenant le fil de la conversation précédente, il se tourna vers June et déclara : "En ce qui concerne les affiches. Permettez-moi d'ajouter une chose et qu'on n'en parle plus : non, il n'y en a pas. Mais je suis une victime dans cette histoire, et voici ce qui s'est passé : l'imprimeur s'est pendu le lendemain de ma commande. Qu'est-ce que vous dites de ça ? Il s'appelait Thomas Conroy, et je le connaissais depuis 1905. Nous étions ensemble dans la petite école élémentaire d'Astoria. Une fois, nous avons reçu des coups de bâton pour avoir imité les meuglements des vaches pendant la messe, et là il décide de faire ça. Il a mis un mot dans la vitrine de son magasin, et je l'ai lu de mes propres yeux. C'était très sobre ; ça résumait bien à mon sens le comment du pourquoi.

— Il a explicitement dit pourquoi il s'était pendu ? s'enquit Ida.

— Oui.

— Et pourquoi ?

— La fatigue.

— C'est tout ?

— Disons, une intense fatigue.

— Il aurait dû prendre un peu de vacances, suggéra June.

— Oui, et j'aurais préféré qu'il le fasse, si seulement ça lui avait permis d'honorer ma commande. C'était un imprimeur talentueux, et il n'y a personne dans le coin pour le remplacer." M. More marqua une pause. "Vous savez quoi, maintenant que j'y pense, ce n'était pas un gamin joyeux.

— Du genre jamais content ? interrogea Ida.

— Je ne sais pas si c'est une chose qu'il cultivait, mais l'amertume ne l'a jamais quitté, et apparemment cette année elle l'a submergé.

— Vous a-t-il semblé désespéré quand vous avez passé votre commande ?

— Il était comme d'habitude, pas particulièrement heureux. Mais aller jusqu'à dire qu'il était désespéré ? Non. Il m'a demandé cinq dollars d'acompte, ce qu'il n'avait jamais fait auparavant, et que je lui ai donné, en liquide, et qui sait pourquoi il m'a demandé ça, mais maintenant je ne puis m'empêcher de m'interroger : savait-il déjà ce qu'il ferait dix-huit heures plus tard ? Et si oui, pourquoi a-t-il accepté ma commande, sans parler de mon argent, que je peux à peine me permettre de dépenser et que je ne récupérerai jamais ? Dans le post-scriptum de son message il exprimait le souhait que celui-ci fût publié intégralement dans notre journal local, et j'ai moi-même attiré l'attention du rédacteur en chef sur ce point, mais il a refusé de le faire, atteint comme il l'est du catholicisme le plus galopant."

Ayant fait le tour de l'hôtel, et dans la mesure où la nuit tombait et que le vent venant de l'océan s'intensifiait, June proposa de rentrer se mettre à l'abri. M. More accepta ; grimpant avec agilité l'escalier bleu, il se tourna vers le groupe et, profitant de sa position en surplomb, fit un petit discours avant de faire entrer ses convives : "Chères amies, proclama-t-il, je vois bien que vous êtes déçues par la situation, et je comprends cette déception, sentiment que je connais fort bien ; cependant, votre présence me redynamise, et je ferai tout ce qui est en mon pouvoir pour assurer votre succès. J'ai refait le plancher de la scène et recâblé les projecteurs pour pouvoir varier l'éclairage, et le rideau a été nettoyé, raccommodé et reteint. Au-delà de ça, je suis tout simplement euphorique à l'idée d'en savoir plus sur cette nouvelle création. Je me tiens entièrement à votre disposition ; et si ma capacité d'action est limitée, sachez que je suis tout dévoué à votre art." Ces mots firent plaisir à June, mais elle n'était pas complètement prête à enterrer la hache de guerre, de sorte qu'elle dissimula autant qu'elle le put sa satisfaction. La vérité, c'est qu'elle appréciait M. More à un degré peu commun pour elle. "Merci, c'est parfait, lui dit-elle. Nous pourrons parler du spectacle après cette soupe tant vantée. Allez-vous nous demander tout de suite un rôle dans la production, ou allez-vous attendre ?

— Oh, tout de suite", répondit M. More avec assurance avant d'ouvrir d'un petit coup de pied la porte de l'hôtel et d'inviter chacun à entrer un par un.

Lorsque Bob passa devant M. More, ce dernier expliqua : "J'essaie toujours de participer à leurs spectacles, et elles me recalent systématiquement. C'est une de nos petites traditions. Mais du temps où j'avais mes deux bras, la vie sur scène ne m'était pas inconnue."

Il emboîta le pas à Bob, et le groupe s'arrêta dans un jardin d'hiver – précédant le hall à proprement parler – débordant de plantes tropicales incroyablement luxuriantes. La température et l'humidité étant réglées pour répondre aux besoins de la végétation, celle-ci se portait bien dans cet environnement, et même plus que bien. En vérité, les plantes avaient envahi tout l'espace ; certaines étaient des monstres de plus de deux mètres de hauteur avec des feuilles qui grimpaient jusqu'au plafond et le parcouraient. Si Bob fut impressionné par l'atmosphère, Ida et June le furent beaucoup moins. Debout l'une à côté de l'autre, elles observaient tranquillement le spectacle tandis que M. More étudiait leur attitude dans l'espoir de savoir ce qu'elles en pensaient.

"Qu'est-il arrivé au jardin d'hiver ? demanda enfin Ida.

— Tout ça est le fait de M. Whitsell.

— Et qui est M. Whitsell ?

— C'est M. Whitsell. Notre seul résident permanent. Il a travaillé toute sa vie dans les assurances dans le Dakota du Nord, de l'âge de dix-huit ans jusqu'à sa retraite à soixante-cinq ans ; c'est alors qu'il a décidé de prendre l'autocar pour se rendre dans l'Ouest afin de longer l'océan Pacifique. Mais le voyage en autocar ne lui a pas réussi, et un matin il a débarqué ici et j'ai vu dans ses yeux qu'il avait besoin d'aide. J'ai eu pitié de cette âme usée par la route et je lui ai proposé une de nos meilleures chambres à un prix raisonnable. C'était il y a quelques années, et il est encore là. D'après ce que j'ai compris, le monde des assurances n'était pas pour lui déplaire, et je crois qu'il savait s'y prendre, mais il a toujours eu dans un coin de la tête la conviction d'avoir une seconde vocation, restée en sommeil, à savoir l'horticulture en serre. Il m'en a touché un mot au printemps dernier, et dans la mesure où j'ai une certaine affection pour l'homme, j'ai entrepris de lui fournir un espace dans lequel mener à bien son ambition. Le jardin d'hiver m'a toujours semblé à la traîne. C'est un lieu à part, mais qui sert à *quoi* ?"

June prit la parole : "Je ne suis pas d'accord, monsieur More. Je trouvais cet espace absolument charmant." S'adressant à Bob, elle ajouta : "Avant, il y avait des chaises longues ici et au crépuscule, Ida, les garçons et moi nous y installions pour reposer nos corps éprouvés et observer la mort du jour.

— Parfois nous l'encouragions même à trépasser, admit Ida.

— Les couchers de soleil étaient spectaculaires, et nous mettaient du baume au cœur après le déluge d'insultes que nous récoltions au cours de la journée, dit June. Maintenant on peut à peine voir l'horizon." La nature critique qu'avait prise la conversation déplaisait à M. More, qui se mit à ouvrir et fermer la bouche tel un poisson fraîchement sorti de l'eau. June posa une main sur son épaule. "Détendez-vous. La transformation de cette pièce ne me laisse pas indifférente ; mais le changement est radical, et il fait une chaleur de bête ici, vous ne trouvez pas ?"

M. More ne précisa pas s'il était d'accord ou pas avec cette dernière remarque ; il reconnut seulement qu'il était temps de sortir du jardin d'hiver, et il invita le groupe à franchir une porte-fenêtre brinquebalante aux carreaux couverts de buée pour gagner le hall. Bob ne suivit pas le mouvement, mais s'attarda car quelque chose au fond du jardin d'hiver avait attiré son attention, et il eut envie de rester.

Un homme se cachait dans la végétation – se cachait, mais regardait Bob. Oui, il y avait un homme là-bas, c'était sûr, et il se cachait. Bob lança : "Bonjour ?" et l'homme émergea de la végétation. Petit et âgé, avec des cheveux blancs soigneusement coiffés, il portait un pantalon repassé, une chemise amidonnée dont il avait retroussé les manches, une cravate en tricot dans des tons verts éclatants et un plastron d'un blanc immaculé. D'une main il tenait un petit arrosoir en fer-blanc et de l'autre une pelle argentée. Il n'existait sans doute pas de jardinier plus propre sur lui. Bob en déduisit qu'il s'agissait de M. Whitsell et, songeant que les propos désinvoltes d'Ida et June au sujet du jardin d'hiver avaient peut-être blessé l'homme, il dit : "J'aime les plantes." L'homme plaqua sa pelle contre son cœur et s'inclina avant de retourner se cacher parmi les feuilles préhistoriques. Ne sachant que dire ou que faire d'autre face au comportement de cette personne, Bob s'éclipsa et referma la porte derrière lui.

Le hall était lambrissé de bois sombre et faiblement éclairé par des lampes à abat-jour. Il n'y avait aucun signe ni de M. More, ni d'Ida, ni de June, ni des chiens, mais derrière le comptoir de la réception se trouvait une petite porte entrouverte par laquelle Bob crut entendre des voix. Il se glissa sous le comptoir et s'approcha. Lorsqu'il entendit la voix de June, il s'enhardit et franchit le seuil de la petite porte, avançant sur un tapis de couloir élimé en direction du bruit grandissant d'une conversation en cours. Il pénétra dans la salle à manger de M. More où il trouva l'homme,

June et Ida attablés devant des bols de soupe fumante. Ida mangeait avec application tandis que June écoutait ou prétendait écouter une histoire que M. More lui racontait ou lui interprétait. Lorsqu'elle vit Bob, son visage s'illumina et elle désigna la chaise vide à côté d'elle puis le bol de soupe qu'on avait servi à Bob. Celui-ci reconnut l'arôme du bouillon de bœuf et il avait très faim ; il alla s'asseoir pour manger et écouter ces adultes qui parlaient et parlaient.

La soupe fut consommée, et vint le temps de la contemplation silencieuse, comme cela arrive souvent à la fin d'un repas satisfaisant, silence que finit par interrompre M. More en interrogeant June au sujet de Bob : "Bon, eh bien maintenant, quid du fugitif ?

— Comment ça ? dit June.

— Qu'allons-nous faire de lui ? Vous pensez, j'imagine, que nous devrions l'accueillir.

— Je suggère effectivement que nous l'accueillions, oui.

— Vous vous portez garante de lui.

— Je m'en porte garante.

— Et quid du shérif ? C'est une question qui pourrait l'intéresser, à mon avis.

— Le shérif peut aller se faire voir.

— Facile à dire quand il n'est pas là.

— Je le dirai haut et fort sur les marches de la mairie.

— Facile à dire quand il n'y a pas de mairie.

— Eh bien, fit June, vous m'avez demandé ce que j'en pensais, et maintenant vous savez à quoi vous en tenir. Je suis convaincue que Bob est un jeune homme bien sous tous rapports, et je vote pour qu'on le prenne sous notre aile."

M. More réfléchit un instant, puis dit : "Je suis sur le point d'accepter qu'on le prenne sous notre aile, mais à une condition : si le garçon se fait attraper et que le fait de l'avoir pris sous mon aile revient me hanter sous la forme du shérif se présentant sur le pas de ma porte, je veux pouvoir dire que je croyais qu'il avait dix-sept ans et que j'ignorais complètement qu'il était hors-la-loi."

June déclara : "Vous direz ce que vous voudrez, monsieur More.

— Oui, mais vous et Ida devrez confirmer que j'ai été induit en erreur.

— Entendu, répliqua June. Ça te va, Bob ?

— Oui, approuva Bob.

— Dis à M. More que tu as dix-sept ans, s'il te plaît."

Bob s'adressa à M. More : "J'ai dix-sept ans.

— Vous voyez ? fit June à M. More. Maintenant vous n'aurez même pas besoin de mentir."

M. More demanda : "Et Ida ? Vous êtes d'accord avec tout ça ?"

Ida ne dit pas oui mais ne répondit pas non plus par la négative, ce qui pour elle revenait à répondre par l'affirmative. M. More se tourna vers June : "Qui va payer la chambre du fugitif ?"

June se tourna vers Bob. "Tu as de l'argent, Bob ?

— Oui.

— C'est quatre dollars la nuit", précisa M. More.

Bob sortit ses billets du fond de sa chaussette et en compta quatre. Il tendit les billets ramollis à M. More, qui demanda à Bob de laisser l'argent sur la table. "Histoire de laisser le temps aux billets de respirer", expliqua-t-il à June. Il se leva et quitta la pièce avant de revenir avec deux clés. "Bob, tu seras au premier étage, à côté de M. Whitsell, qui à mon avis sera ravi d'avoir de la compagnie et qui ne tardera pas à venir se présenter. Mes bonnes dames, vous serez dans la tour, comme vous préfériez l'être jadis.

— Oui, merci monsieur More." June prit la clé et l'examina l'air interrogateur. "Puis-je vous poser une question sur la tour ? Ou du moins puis-je faire une observation à ce sujet ?

— Oui, de quoi s'agit-il ?

— Il est vrai que par le passé nous y avons vécu de merveilleux moments. Mais c'était il y a des années et… la tour a l'air maintenant d'être sur le point de s'effondrer d'un instant à l'autre, monsieur More. Et si j'ai bien conscience que la mort nous guette tous et que c'est précisément cette perspective qui nous rend tous égaux et qui donne une saveur particulièrement tragique et poétique à notre existence, je ne sais pas si je suis prête à disparaître maintenant, sans compter que je n'ai guère envie de périr dans un état de terreur."

M. More écouta, l'air affable, mais ne dit rien pour rassurer June.

"La tour va-t-elle tenir le coup, monsieur More ? demanda-t-elle.

— Je crois, oui.

— En êtes-vous convaincu ?

— Je serais extrêmement surpris si elle venait à s'effondrer cette semaine.

— Oh, vraiment.

— Vraiment.

— Mais pour être clair, vous admettez qu'elle va s'effondrer à un moment ou un autre.

— Oh, oui, sans aucun doute, comme le bâtiment tout entier. Mais malgré tout je pense que la tour est ce qui vous convient le mieux dans la mesure où c'est notre chambre la plus grande et la plus élégamment meublée. Vous pouvez toujours choisir n'importe quelle autre chambre libre de l'hôtel, mais à mon avis, vous pourriez inspecter chaque recoin de l'établissement et vous arriveriez à la même conclusion.

— Ce que vous nous dites, c'est que nous devrions tout simplement croiser les doigts.

— Je ne pense pas que vous ayez besoin de les croiser, June, mais si cela peut vous réconforter, je vous en prie, faites donc, et croisez-les aussi fermement que vous le désirez."

Le groupe se sépara et chacun gagna ses quartiers respectifs. Bob monta au premier étage ; tandis qu'il avançait dans le couloir, le sol s'inclinait de plus en plus, de sorte qu'il se sentit marcher plus vite. Sa chambre, la dernière sur la droite, était quelconque, froide, sombre et même un peu délabrée ; néanmoins elle impressionna grandement Bob, car c'était une chambre et c'était la sienne, du moins temporairement. Il resta debout un moment, en hommage au fait d'avoir un endroit à lui, avant d'inspecter de plus près son environnement, ouvrant et fermant chaque tiroir et chaque placard dans l'espoir de trouver quelque chose mais en vain, pas même une bible. Après quoi il étala en ligne sur le couvre-lit les dix-sept billets d'un dollar qu'il lui restait ; il avait donc devant lui trois ou quatre jours avant de devoir faire face à une quelconque crise. Somme toute, il avait le sentiment d'être un jeune homme distingué, un jeune homme du monde. Mais la fille prénommée Alice frappa soudain à la porte et pénétra dans la pièce. Elle s'immobilisa ; sa silhouette se dessinait dans la lumière émanant du couloir. Elle plissa les yeux et dit : "Qu'est-ce que tu fais dans le noir, monsieur Sournois ? Ne t'avise pas de sortir de nulle part pour me faire peur encore une fois.” Elle alluma la lumière et s’avança vers Bob. Apercevant l’argent, elle croisa les bras et déclara : “Diable qu’il fait froid ici. Pourquoi tu ne mets pas le chauffage ?” Elle s’agenouilla pour allumer le radiateur, puis s’assit sur le lit au milieu des billets qui, se hérissant bizarrement, dépassèrent de son derrière. Elle se mit à rouler une cigarette et poursuivit : “Bon, pour faire court, tu restes dans le froid et le noir à compter tes cinq dollars, c’est ça ?

— Dix-sept dollars, rectifia Bob.

— Ho ho”, railla Alice. Elle alluma sa cigarette tordue et chassa la fumée d’un geste de la main. Bob remarqua qu’elle avait mis du rouge à lèvres et une barrette ornée de perles dans ses cheveux pour les maintenir vers l’arrière. Comme pour réagir à ce que Bob venait de voir, elle dit : “Je n’ai pas beaucoup de temps pour te parler, parce que Tommy et moi on va au cinéma.

— C’est qui, Tommy ?

— Tommy, c’est le gars qui dit qu’on pourra être un couple si je m’assois avec lui au balcon du cinéma. C’est un piège à mon avis, mais je crois que je vais le faire quand même. Qu’est-ce que tu en dis ?

— Pourquoi pas”, dit Bob.

Alice tira sur sa cigarette, tête renversée en arrière dans la lumière crue de l’ampoule nue suspendue au plafond. Après quoi elle regarda Bob de haut en bas et déclara : “Mon oncle m’a dit d’être gentille avec toi.

— OK”, fit Bob.

Alice secoua la tête. “Je me demande pourquoi il m’a dit ça. Tu as un problème ou quoi ?

— Je ne sais pas, répondit Bob.

— Tu ne sais pas si tu as un problème ? s’étonna-t-elle.

— Je n'ai pas de problème.

— Bon, je vais te dire, monsieur Sournois. Je serai gentille avec toi si tu veux que je sois gentille avec toi. Mais il faut que tu le dises pour que je sache à quoi m'en tenir, d'accord ?

— D'accord, acquiesça Bob.

— Dis-le.

— Sois gentille avec moi."

Alice se leva et embrassa délicatement Bob sur la joue avant de quitter la pièce. Bob effleura l'endroit qu'elle venait d'embrasser puis jeta un coup d'œil à son reflet dans le miroir, satisfait et impressionné de voir une légère trace de rouge à lèvres sur sa peau.

Bob ramassa son argent et le cacha dans sa chaussure. Il portait encore son pyjama sous ses vêtements de ville ; il ôta ses vêtements, éteignit la lumière et se hissa dans le lit. Sur la table de chevet se trouvait un transistor, et il écouta quelques minutes les actualités sur la guerre ; lorsqu'il en eut assez, il éteignit la radio et essaya de dormir, mais c'était la pleine lune et sa clarté filtrait par la fenêtre telle la lumière d'un réverbère. Bob se leva pour baisser les stores. Regardant par le carreau, il aperçut Alice debout devant le cinéma en face de l'hôtel. Elle était seule et paraissait petite dans la lueur du fronton. Elle scruta la route une fois, et encore une fois. Puis tourna les talons, acheta un billet et entra seule dans le bâtiment.

Le lendemain matin, Bob fut réveillé par un coup sur sa porte, et c'était de nouveau Alice. Ce n'était plus la jeune femme enjouée de la veille au soir mais la maussade employée de l'hôtel qui l'avait trouvé dissimulé derrière la montagne de bagages. "Tu veux prendre le petit-déjeuner ? C'est cinquante *cents.*" Elle plaça une main sous son menton comme pour cracher dans sa paume. "C'est porridge et café. Nous n'avons plus de crème."

Bob n'aimait pas le porridge, et le café ne lui était d'aucune utilité. "Je peux avoir des œufs ?

— Non, parce qu'il n'y en a pas. Si tu veux des œufs, tu devrais aller au restaurant. C'est là où tes *intéressantes amies* sont allées.

— Quand ?

— À l'instant."

Bob répondit qu'il irait au restaurant et Alice s'éclipsa. Il se dépêcha de s'habiller et quitta la chambre. M. Whitsell était assis sur une chaise au bout du couloir, en chaussettes, mains sur les genoux, ses chaussures placées à côté de ses pieds. Il était occupé à observer la lumière filtrant par la fenêtre, mais se ressaisit en voyant Bob. "Bonjour ! Tu sors ? Pour quoi faire ?" Bob répondit qu'il allait au restaurant et

M. Whitsell demanda : “Tu n’es pas amateur de porridge ? Eh bien, de toi à moi, entre résidents du premier étage, je n’aime pas beaucoup ça moi non plus. On mange plutôt bien ici, mais c’est toujours pareil. En fait, je ne suis pas allé une seule fois au restaurant depuis que je suis dans cet hôtel. Tu sais pourquoi ? Je vais te dire pourquoi : parce que j’ai peur. J’ai peur des gens ! Qui dit mieux ?” Il leva les yeux au ciel, las de lui-même, puis sortit une pièce de dix *cents* de la poche de son veston et demanda : “Aurais-tu l’amabilité de m’acheter le journal et un cigare à cinq *cents* ? Tu trouveras tout ça au restaurant.” Bob accepta la mission et prit la pièce avant de dévaler l’escalier, passer devant la réception, traverser le jardin d’hiver et se retrouver dans la lumière éclatante du matin, paisible et sans nuages. L’océan qui en plein jour s’imposait à tous les regards le surprit et lui sembla accueillant, indolent, infini. Il le contempla un moment puis se mit en marche sur le bas-côté en direction du restaurant. June et Ida étaient assises dans un box derrière la devanture, chacune un chien sur les genoux, et June fit signe à Bob de les rejoindre. “Je me demandais s’il fallait qu’on te réveille ou pas, déclara-t-elle. Ida pensait que non. Tu as bien dormi ? Ta chambre te plaît ? M. More n’est pas l’hôtelier le plus efficace du monde, mais il a de l’esprit, et ce n’est pas rien, après tout.”

Ida dit : “Raconte-lui ton rêve, June.

— Vraiment ? fit June. Non, je ne crois pas.”

Ida s’adressa à Bob : “Elle a rêvé que tu te faisais attaquer par des vagabonds.”

June fit une grimace à Ida. “Tu sais, Bob, dit-elle, je te soutiens complètement dans ta démarche. Mais je suis mal à l’aise à l’idée qu’un garçon aussi jeune que toi soit seul dans le monde. Parce que le monde parfois peut se révéler compliqué."

Ida renchérit : "On entend toujours parler de vagabonds qui s'en prennent aux enfants.

— Ida, Ida, protesta June.

— Quoi donc ? On en entend parler. Être averti c'est être armé."

June tapota le bras de Bob. "Personne ne va s'en prendre à toi, Bob.

— Mais si c'est le cas, intervint Ida, ne dis pas qu'on ne t'a pas prévenu.

— Bref, c'était un rêve gênant, et je n'ai pas pu dormir pendant un long moment après, et maintenant Ida m'en veut parce que je n'ai fait que parler de toi et que je l'ai empêchée de dormir.

— Et pendant des heures en plus, se plaignit Ida.

— Nous étions en train de nous demander s'il n'y aurait pas une place pour toi avec nous. Tu vois. Un travail, Bob.

— Ce serait temporaire, précisa Ida.

— Mais un poste plutôt important d'une certaine façon, expliqua June.

— Mais qui n'est pas payé, affirma Ida.

— Voyons, il faut quand même lui donner quelque chose.

— Je m'étais dit qu'il aurait le gîte et le couvert.

— Et comment ce garçon pourra-t-il acheter ses billes et ses osselets ? Voilà ce que je propose : nous assurons son gîte et son couvert et nous proposons à ce garçon plein d'ambition un dollar par jour pour commencer.

— C'est très bien, June, mais qui nous paiera pour le payer ?

— Cent *pennies*, Ida. Je crois qu'on peut y arriver. Bon, Bob, qu'est-ce que tu en penses ?

— Oui, dit Bob.

— Oui, tu vas travailler pour nous ?

— Oui.

— Et Ida ?

— Quoi ?

— Est-ce que cet arrangement te va et est-ce que tu es d'accord pour dire avec moi que Bob n'est pas qu'un bon à rien qui ne fait que passer parmi nous, mais qu'il fait partie de la bande maintenant ?"

Ida adressa à Bob un long regard. "En vérité, je suis d'accord, finit-elle par admettre. Tu es engagé si tu le souhaites, jeune homme. Et que Dieu te vienne en aide."

Là-dessus June et Bob se serrèrent la main et Ida tapa sa tasse de café vide contre la table pour commémorer ou célébrer l'engagement de Bob. La serveuse, une jeune femme à l'air enthousiaste, s'approcha et dit : "Oui ?

— Oui quoi, ma chère ? rétorqua June.

— Vous ne tapiez pas sur la table parce que vous aviez besoin de moi ?

— Non. Nous tapions, c'est tout.

— Ah, fit la serveuse.

— Histoire de ponctuer un événement, intervint Ida.

— Bon d'accord", conclut la serveuse avant de s'éloigner.

Ida dit à Bob : "Ce scénario nous amène à une autre question : sais-tu jouer de la caisse claire ?

— Non.

— Sais-tu jouer d'un instrument quel qu'il soit ?"

Bob secoua la tête.

June poursuivit : "Je ne devrais peut-être pas te demander si oui ou non tu sais jouer de ci ou de ça mais plutôt si tu serais disposé à apprendre à faire telle ou telle chose."

Ida demanda : “Serais-tu disposé à apprendre à mettre du rouge à lèvres à un chien quand le chien en question ne veut pas porter de rouge à lèvres ?

— Oui”, répondit Bob.

Ida heurta derechef sa tasse sur la table. Cette fois, c’était pour attirer l’attention de la serveuse, mais cette dernière, ayant si récemment appris que ce bruit ne lui était pas destiné, mit un certain temps à arriver. Cependant le bruit se poursuivant, elle s’approcha enfin et Ida expliqua que oui, le bruit cette fois visait à la faire venir.

“Cette façon de taper sur la table, c’est nouveau pour moi”, expliqua la serveuse.

June déclara : “Communiquer avec des percussions précède l’écriture de plusieurs milliers d’années.

— Si vous le dites.” La serveuse approcha son crayon de son calepin, prête à prendre la commande. Les yeux plissés, June examinait la carte ; elle demanda : “C’est quoi l’*effilé de bœuf ?*

— C’est difficile à dire, répondit la serveuse.

— Vous voulez bien essayer ? s’enquit June.

— D’accord, bon, fit la serveuse. C’est du bœuf, voyez ? De la viande rouge.”

June joignit ses mains en forme de clocher.

“Qu’on fait bouillir, poursuivit la serveuse, qu’on émince puis qu’on fait frire dans l’huile, qu’on sale et à laquelle on ajoute du ketchup, je crois, avant de le passer au gril. Et voilà.

— On a de l’*effilé de bœuf.*

— Tout à fait, approuva la serveuse. C’est ce que vous voulez ?

— Non.” S’adressant à la tablée, June précisa : “Ce mot, *effilé*, me fait penser à de la viande où il reste des poils.”

La serveuse précisa : “Il n’y a pas de poils dans nos viandes.

— Voici une phrase qui inspire confiance, intervint Ida. Vous devriez l’imprimer sur des boîtes d’allumettes.”

June continuait d’examiner la carte. “Je vais prendre… l’assiette du bûcheron.

— Du bûcheron ou du petit bûcheron ?

— Du bûcheron.”

Bob commanda également l’assiette du bûcheron. Posément, Ida demanda du fromage blanc et une tasse de café ; June brandit une main et décréta : “Non, Ida. Tu ne vas pas commander que ça. Tu vas commander plus. Et oui, tu n’as pas le choix.” Elle se tourna vers Bob : “Elle se prive au petit-déjeuner en pensant faire la maligne. Mais ensuite, vers onze heures elle devient monstrueuse parce qu’elle a l’estomac vide.” June rassembla les cartes et les tendit à la serveuse. “Mon amie aussi va prendre une assiette du bûcheron, merci.

— Du petit bûcheron, rectifia Ida, et la serveuse s’éloigna. Peu de temps après, leurs plats arrivèrent et ils mangèrent de bon appétit. June demanda à Bob s’il ne voudrait pas faire un petit somme après tout ce sirop, et Bob répondit que non.

— Tu veux t’atteler tout de suite à la tâche, alors ?

— Oui.

— Très bien, voilà ce que je me disais. Ida et moi, nous allons nous retirer à l’hôtel pour organiser notre journée de répétitions. Les garçons ne figurent pas dans toutes les scènes, et comme nous l’avons appris à nos dépens, les garçons sont susceptibles de nous déranger quand ils sont inactifs, surtout quand on installe un décor. Donc, pendant qu’on installera le décor, tu feras un tour en ville avec eux, d’accord ? Entendu ?”

L'addition arriva et June posa sur la table de l'argent pour la régler, après quoi elle tendit un dollar à Bob. Lorsque la serveuse revint avec la monnaie, Bob mit sur la nappe sa pièce de dix *cents* et demanda un journal et un cigare. Là-dessus, la serveuse regarda June qui regarda Ida qui, se tournant vers Bob, déclara : "Des billes et des osselets, plutôt."

Ensuite, June, Ida et Bob s'attardèrent devant le restaurant avec les chiens désormais en laisse. June dit à Bob qu'ils s'appelaient Buddy et Pal avant d'ajouter : "J'espère que tu comprends combien Ida et moi avons besoin de ces animaux. Ce ne sont pas de simples animaux de compagnie. Ils sont toute notre vie, au-delà de la relation qui nous unit toutes les deux, de la relation que nous avons avec nous-mêmes et avec notre travail.

— Enfin, c'est une seule et même chose, intervint Ida. Mais cette chose ne peut exister sans leur participation.

— Oui", acquiesça June. Elle demanda à Bob : "Tu vas faire bien attention ?" Et Bob répondit par l'affirmative, et June dit à Ida : "Bob comprend."

Bob prit les laisses en main et les femmes s'éloignèrent vers l'océan et l'hôtel. Lorsqu'elles disparurent au coin de la rue, les chiens levèrent leurs yeux vers Bob. Ils n'étaient pas inquiets ; peut-être étaient-ils curieux de ce qui allait se passer maintenant. Bob agita les laisses pour inciter les chiens à se mettre en marche et ils traversèrent tous trois la chaussée avant de s'immobiliser devant la vitrine de l'imprimeur mort. Le mot d'adieu était encore accroché sur la porte, sombre document que Bob lut jusqu'au bout. Son contenu lui parut raisonnable par rapport au fait que son auteur s'était pendu quelques heures après l'avoir rédigé. *Chers amis de ma communauté*, ainsi commençait-il.

S'ensuivait une espèce de curriculum vitæ : où il était né, où il avait étudié, quelle église il avait fréquentée, et comment il s'était retrouvé à travailler dans son milieu. Il écrivait : *J'ai trouvé beaucoup de réponses et de réconforts dans ma profession, mais pas toutes les réponses ni tous les réconforts. Je n'ai en particulier pas trouvé la réponse à la question du pourquoi, et lorsqu'un homme ne peut répondre à cette question, il lui est impossible de trouver durablement du réconfort.*

À côté de l'imprimeur se trouvait le cinéma, fermé désormais, le guichet près de l'entrée vide et sombre. Ensuite venait le bureau de poste. C'était un bureau de poste exigu avec, assis derrière un comptoir, un seul et unique employé affichant l'air sombre d'un homme se demandant comment les choses en étaient arrivées là. Un client en sortait au moment où Bob passait, de sorte qu'ils se percutèrent. L'homme posa une main sur l'épaule de Bob et lui dit : "Fais attention, fiston." L'individu était d'une carrure si imposante qu'il fit écran au soleil, et Bob, levant les yeux, se rendit compte qu'il portait une arme à la ceinture et un insigne : il s'agissait du shérif. Baissant la tête pour dissimuler la culpabilité de fugueur que trahissait son regard, Bob entraîna les chiens et s'engouffra avec eux dans l'épicerie située juste à côté de la poste. Bob redoutait que le shérif ne devinât d'une façon ou d'une autre son statut de hors-la-loi, ne le suivît dans l'épicerie et ne l'appréhendât ; mais la voiture de patrouille noir et blanc démarra lentement et gagna la route principale pour partir vers le sud. Bob se détendit alors et entreprit d'examiner l'intérieur de l'épicerie. C'était le genre d'endroit qui cherchait à répondre à tous les besoins possibles des citoyens locaux : viande de chevreuil fraîche, câbles de démarrage, tissus au mètre, appâts pour la pêche

– tout cela était proposé à la vente. Les rayons étaient pleins à craquer, les marchandises entassées.

Derrière le comptoir était installé un jeune homme d'une vingtaine d'années à l'air maussade. Il avait les cheveux gominés et portait un tee-shirt blanc avec les manches roulées presque jusqu'aux épaules dans le but d'exhiber la musculature sculptée de ses bras. Il lisait un magazine posé devant lui, le parcourant des yeux de gauche à droite. L'un des chiens grogna en le voyant et le jeune homme leva la tête. "Fais sortir d'ici ces clébards." Il désigna la porte avant de se replonger dans sa lecture.

Bob partit s'asseoir sur le banc devant l'épicerie pour prendre un bain de soleil, écouter l'océan et sentir la brise soufflant à la surface des eaux. Les chiens, contaminés par l'attitude méditative de Bob, se roulèrent en boule sur le trottoir. Observant la façade sud de l'hôtel de l'autre côté de la route, Bob remarqua Alice arpentant lentement sa chambre. Il la voyait par intermittence se parler à elle-même en fumant sa cigarette et en faisant de petits gestes avec ses mains, comme pour expliquer quelque chose. Elle ne semblait pas malheureuse ; mais que faisait-elle exactement ? Bob se leva et traversa la route avec les chiens. Il ramassa un gravillon blanc qu'il jeta contre le carreau. Alice ouvrit le battant et se pencha, les coudes appuyés sur le rebord de la fenêtre. Elle tira sur sa cigarette et lança : "Bah quoi ?

— Qu'est-ce que tu fais dans ma chambre ?

— Mon boulot.

— Mais tu n'arrêtes pas d'aller et venir."

Elle jeta sa cigarette, qui s'envola au-dessus de la tête de Bob pour atterrir sur le bitume derrière lui. "Écoute monsieur Sournois, dit-elle, on ne se met pas comme ça de but en blanc à récurer un sol. Il faut se chauffer avant, tu vois ?”

La fenêtre à côté de celle de Bob s’ouvrit, et M. Whitsell apparut. Il plissait les yeux dans l’éclat du soleil et salua vaguement d’une main pâle. “Tu m’as oublié, jeune homme ? demanda-t-il. Tu as oublié ce qu’il me fallait ?” Bob répondit que non et tapota la poche de son manteau pour montrer qu’il avait sur lui le journal et le cigare. M. Whitsell demanda : “Et quand comptes-tu me livrer tout ça ? Les nouvelles ne seront plus très fraîches quand elles me parviendront, j’en ai bien peur.” Il se pencha pour regarder Alice, qui s’était penchée elle aussi pour le regarder. “J’aime mon journal quand il est encore chaud, tout juste sorti de la presse, ajouta-t-il avant de se retourner vers Bob. Et si nous nous donnions rendez-vous dans le jardin d’hiver ?

— D’accord, répondit Bob.

— Maintenant ?

— Oui.”

Comme Bob ne bougeait pas, M. Whitsell resta un instant interdit. “Maintenant maintenant ?

— Oui.”

M. Whitsell recula, ferma sa fenêtre et tira les rideaux. Bob se tourna vers Alice qui, plus droite qu’auparavant, semblait accablée et fixait quelque chose derrière Bob. Celui-ci fit volte-face et vit le jeune homme en tee-shirt adossé nonchalamment au mur de briques de l’épicerie qui fumait tout en la regardant. Ils respiraient tous deux bouche entrouverte, en se dévisageant avec ce qui ressemblait pour Bob à de l’hostilité, mais qui comme il le comprit par la suite, relevait plus du simple désir charnel. Quel que soit ce qui se tramait entre ces deux-là, Bob comprit qu’il n’avait aucune place dans l’équation, et il s’éloigna sur les graviers avec les chiens pour gagner l'entrée de l'hôtel et gravir les cinq marches bleues. M. Whitsell l'attendait dans le jardin d'hiver, les yeux étincelants, le souffle court d'être descendu du premier étage. Il s'empara du journal et du cigare et partit vers le fond où il disparut dans la végétation luxuriante. Bob ne tarda pas à entendre de petits craquements réguliers de parquet et songea que M. Whitsell avait probablement dissimulé une chaise à bascule là-derrière.

Les répétitions se tinrent dans l'auditorium, du moins l'ainsi nommé, qui n'était en réalité que la salle à manger de l'hôtel sans les tables et dont les chaises avaient été disposées en rang devant une scène bâtie contre le mur du fond. Bob fit entrer les chiens en silence dans la salle et s'installa au dernier rang pour espionner June et Ida et en savoir plus sur les représentations à venir.

Une rampe de projecteurs éclairait d'une lumière chaude et dorée la scène et la toile de fond qui représentait une place dans une ville du XVIIIe siècle. Une guillotine grandeur nature était placée au centre, et Ida était attachée sur l'échafaud, le visage maquillé et les cheveux hirsutes pour ressembler à un homme sale et désespéré, un prisonnier sur le point d'être exécuté. Avec une cagoule et un gilet en cuir noir et des gants assortis lui remontant jusqu'aux coudes, June campait le bourreau. Bob écouta attentivement leurs propos, observant de près leurs faits et gestes ; il finit par comprendre qu'elles ne répétaient pas mais s'étaient interrompues en pleine répétition pour se disputer. Ida, la plus en colère, s'exclama : "Comment je suis censée interpréter la réalité émotionnelle d'un criminel si je ne sais même pas quel crime il a commis ?

— Je te répète que tu y penses trop, dit June glissant la main sous sa cagoule en cuir pour se gratter le menton. Peu importe le crime. En réalité, Ida, et d'une certaine manière, c'est même ça qui compte. Je ne crois pas que ton personnage soit un criminel endurci mais plutôt quelqu'un sur le point de se faire décapiter alors qu'il n'a commis qu'une infraction quelconque.

— Mais quelle infraction ?

— Ça n'a pas d'importance.

— Si.

— Non, parce qu'on ne devrait jamais se faire décapiter pour avoir commis une simple infraction. La fonction de cette scène, c'est de monter ce que coûte à un homme son erreur dans une période violente.

— C'est tout aussi violent maintenant.

— Oui, mais d'une manière nouvelle.

— Ça n'en est pas moins violent, June.

— Très bien, oui, je ne dis pas que je ne suis pas d'accord avec toi. Mais c'est hors sujet, tout comme le crime que pourrait avoir commis cet homme."

Ida déclara : "Tu ne sais pas quel crime il a commis, pas vrai ?

— En fait, non. Je n'ai pas précisé le crime parce que c'est superflu.

— Est-ce que je peux le préciser, moi ?

— Non.

— Je vais peut-être le décider dans ma tête et ne rien te dire.

— Ida, il est beaucoup trop tard pour que tu succombes à ta folie."

Ida agita son doigt pour signifier que rien ne la détournerait de sa conviction profonde : "En m'empêchant de procéder ainsi, tu diminues intentionnellement la qualité de notre travail.

— D'accord ! s'exclama June, et elle donna des coups de poing dans le vide avec ses mains gantées. Je vais te dire de quel crime il s'agit. Mais tu dois me promettre que tu ne succomberas pas. Tu as déjà un pied dedans. Tu sais que j'ai raison, et j'exige que tu me promettes que tu n'y céderas pas complètement."

Ida déclara pudiquement : "Je te le promets.

— Parce que je vois la folie monter en toi, et j'insiste, tu dois la stopper immédiatement.

— Oui, oui, fit Ida. Qu'est-ce que j'ai commis comme crime ?

— Laisse-moi réfléchir." June arpenta la scène dans sa tenue de cuir crissant. "Tu n'as pas payé l'impôt sur la terre depuis plusieurs saisons."

Ida fit une moue songeuse. "Non, pas ça."

June répliqua : "Tu as giflé un officier de justice dans une taverne.

— Ah, fit Ida. J'étais saoul ?

— Assez saoul, oui.

— Mais, protesta Ida, je ne suis pas un ivrogne.

— Non, tu as eu une mauvaise nouvelle, quelqu'un est mort donc tu es allé à la taverne noyer ton chagrin.

— Mon fils est mort.

— Mort noyé, précisa June.

— Il s'est noyé à l'embarcadère et c'était mon seul et unique garçon."

En entendant ce dernier mot, Buddy se mit à appeler en grognant, et Pal l'imita. June et Ida s'interrompirent pour scruter la salle sombre. June mit sa main gantée en visière au-dessus de ses yeux. "C'est toi, Bob ? Tu es avec les bébés ?

— Oui, cria Bob.

— Comment ça s'est passé, Bob ? Est-ce que nos camarades sont en vie ? Ils n'ont pas eu peur ? Ils se sont bien comportés ? Est-ce que tout le monde a apprécié la compagnie de tout le monde ?

— Oui", cria Bob.

Les deux chiens gémissaient en tirant sur leurs laisses, et June déclara : "Tu peux les lâcher, Bob". Bob obtempéra et les chiens s'élancèrent, Pal en tête. Celui-ci fonça vers la scène, sur laquelle il sauta d'un bond avant de rebondir pour atterrir dans les bras de June tandis que Buddy montait quatre à quatre les marches sur le côté de l'estrade pour se précipiter vers Ida et lui lécher le visage. Ida, incapable de l'en empêcher, agita ses mains menottées et hurla à pleins poumons qu'il allait bousiller tout son maquillage.

La guillotine fut roulée dans les coulisses, et June et les chiens allèrent répéter en privé dans la tour tandis que Bob et Ida s'installèrent face à face dans des chaises sur scène, et Ida entreprit d'apprendre à Bob à jouer de la caisse claire. Son regard devint presque effrayant tant il était sérieux lorsqu'elle lui montra comment faire un roulement de caisse claire, qu'elle appela un roulement pressé. Le tambour était posé sur ses genoux, et elle faisait vibrer sur la peau les baguettes qu'elle tenait curieusement avant de les ramener vers elle, encore et encore, de manière régulière, machinale. Ida maîtrisait tellement ce rendu que cela ne sonnait pas comme une succession de coups simples mais plutôt comme un son plein et complet : dense, soutenu, tendu. Ce faisant, elle fixait Bob et sans s'interrompre elle expliqua : "Les baguettes sont relâchées dans mes mains. Je ne cogne pas ; je ne tape pas. J'exerce une pression continue tout en ramenant les baguettes qui vibrent sur la peau du tambour. Je presse, je roule, je presse, je roule." Les baguettes n'étaient plus que des traînées floues dans l'air. "C'est quoi, ce son ? demanda-t-elle tout en poursuivant son geste. Qu'est-ce qu'il nous dit ?"

Bob répondit : "De faire attention.

— Quoi d'autre ?

— Que quelque chose va arriver."

Ida cessa brusquement. Elle parut satisfaite, ou moins contrariée que d'habitude. "Dans n'importe quelle langue, Bob, dans n'importe quelle ville sur terre, c'est ce qu'un roulement pressé veut dire, oui. C'est un signal important et un moment critique de la dernière scène de notre création. Je voudrais que tu emportes la caisse claire dans ta chambre et que tu t'entraînes à partir de ce que je viens de te montrer. Nous avons un roulement pressé enregistré que nous pouvons utiliser à la rigueur, mais nous préférons toujours la véritable activité humaine. Tu comprends ce que je te dis ?

— Je ne sais pas.

— Je suis en train de te dire que si tu arrives à maîtriser suffisamment ce rendu, tu pourras te joindre à nous."

Elle passa la caisse claire et les baguettes à Bob, qui posa le tout sur ses genoux, pour apprendre à connaître leur forme, leur texture, leur poids. June revint avec les chiens et, le visage défait, annonça à Ida : "C'était une bonne idée, et j'espère que tu sais que je l'apprécie, mais je ne crois tout simplement pas qu'il soit possible d'apprendre à un chien à défiler au pas de l'oie, et j'en suis désolée."

Bob fut libéré de ses obligations pour le restant de la journée, et il emporta la caisse claire et les baguettes dans sa chambre et s'assit avec sur son lit. Se rappelant qu'Ida lui avait recommandé de ne pas serrer les baguettes, il comprit qu'il cherchait un effet rebondissant ; c'était la gravité à l'œuvre, le percussionniste collaborant à la loi de la nature. Il ne tarda pas à obtenir un roulement régulier de la main droite, mais pas de la main gauche. Une heure passa sans qu'il ne s'en rendît compte lorsqu'on frappa à la porte et que M. Whitsell apparut. Ce dernier évoqua d'abord le temps qu'il faisait cet après-midi-là mais ne tarda pas à admettre que le bruit de tambour que Bob faisait le rendait nerveux. "Et un peu en colère, précisa-t-il. Ce son m'énerve et me met en colère aussi, et je suis heureux que tu t'améliores, mais je t'en prie, aie pitié d'un vieil homme à l'humeur fragile et exigeante, tu veux bien ?" Bob descendit l'escalier avec la caisse claire et les baguettes puis traversa la route jusqu'au rivage ; là il s'assit et répéta. C'était agréable de travailler près des rugissements réguliers de l'océan. Il pouvait s'entendre jouer sans que le bruit ne dérangeât personne. De temps à autre il cessait et il sentait des picotements dans ses mains et ses avant-bras mais lorsqu'il recommençait les picotements disparaissaient, ou se dissimulaient ailleurs, absorbés par son geste tout comme le son de la caisse claire était englouti par l'océan.

Bob et Ida et June et les chiens se rendirent au restaurant pour dîner mais l'établissement était fermé. Il y avait un mot tapé à la machine sur la porte d'entrée : *Le restaurant est fermé parce que le cuisinier s'est fait la malle. Nous ne savons pas où. Et vous ? La direction.* Comme il n'y avait nulle part d'autre où aller, le groupe regagna l'hôtel ; lorsque M. More les vit entrer en traînant les pieds et lorsqu'il apprit qu'ils n'avaient pas mangé, il suggéra gaiement un dîner improvisé dans ses quartiers et ceux d'Alice. Ida protesta, elle aurait préféré manger dans sa chambre mais M. More, ne la comprenant pas ou prétendant ne pas la comprendre, annonça qu'il ne voulait rien entendre et il sonna Alice pour lui demander de préparer le vin et aller ensuite chercher M. Whitsell pour l'inviter à se joindre aux festivités. "Amicalement mais fermement", lui cria-t-il tandis qu'elle montait l'escalier d'un pas lourd.

Tel un berger son troupeau, M. More entraîna le groupe dans la salle à manger, encourageant Ida et June à se servir du vin qui s'aérait dans des bouteilles ouvertes, après quoi il s'éclipsa dans la cuisine où il entrechoqua des casseroles, fit couler de l'eau, fredonna, se félicita et s'admonesta. Alice revint sans M. Whitsell et commença à dresser la table. Bob l'observa tandis qu'elle posait devant lui sa serviette et ses couverts ; elle lui flanqua un coup de hanche et lui tira l'oreille, familiarités qui n'échappèrent pas à Ida et June, qui toutes deux se mirent à siffloter quelques gammes mélodieuses en réaction au nouveau lien qu'Alice et lui avaient manifestement noué. M. More cria de la cuisine : "Qu'a dit M. Whitsell, Alice ?

— Il a dit de dire qu'il n'était pas sûr. Il a dit de dire qu'il voulait y réfléchir."

Ayant apparemment réfléchi, M. Whitsell ne tarda pas à arriver, fraîchement parfumé, son petit visage rond et doux affichant un air ravi. Il fit le tour de la table, saluant chaque convive en s'inclinant et en lui touchant l'épaule. S'asseyant, il s'exclama : "Je ne l'ai pas vue venir, celle-là !

— J'espère qu'on ne vous a pas dérangé ? s'enquit June.

— Dérangé ? Ma bonne dame, comment résister à une telle invitation ? J'étais en train de me préparer pour la nuit quand la jeune Alice est venue frapper. Vous parlez d'une surprise ! Une invitation à dîner ? Si vous insistez, eh bien j'accepte !" Il déplia sa serviette qu'il posa sur ses genoux. "Mais de quoi allons-nous parler ? Je ne sais jamais comment entamer une conversation, ou comment la finir, à dire la vérité.

— Parlons de choses faciles et insignifiantes, suggéra June.

— Ou taisons-nous, proposa Ida.

— Comme les moines, c'est ça ? dit M. Whitsell. Eh bien, c'est votre soirée, je ferai ce qu'on me dit."

M. More arriva bientôt avec un saladier fumant de spaghettis et une miche de pain. Il n'y avait plus de beurre à mettre dans les pâtes, et le pain était rassis depuis plusieurs jours, mais le repas fit l'affaire et fut dévoré. Bob était en train de digérer lorsqu'il remarqua une affiche encadrée sur le mur au-dessus de la table sur laquelle figurait un portrait en pied de M. More, et à l'endroit de son bras manquant figurait une phrase : MORE, C'EST FORT ! En bas de l'affiche, dans une police plus sobre, Bob lut : SOUTENEZ-MOI AUX ÉLECTIONS MUNICIPALES ! VOTEZ LESLIE MORE ! Ayant remarqué l'intérêt de Bob, M. More s'était tourné sur sa chaise et désignait l'affiche avec sa fourchette. "Oui, Bob, j'ai tenté ma chance en politique autrefois. Je ne regrette pas le temps et l'argent que j'y ai consacrés, mais ça m'a servi de leçon, et comment. On parle de corruption ? Je croyais connaître mes voisins. Eh bien je me trompais sur toute la ligne."

Alice de sa voix monocorde, intervint : "Il a obtenu neuf voix.

— C'est ce qu'ils ont voulu nous faire croire, dit M. More.

— Neuf voix, répéta Alice.

— C'était une folie de A à Z et de fond en comble. Il fallait voir l'homme contre lequel j'ai perdu, mon Dieu. Il n'avait pas la moindre dignité humaine ni même la moindre dignité animale ; il était sans vergogne, sans aucun scrupule, ni aucune manière, et il a gagné haut la main."

June souriait dans sa paume ; et Ida non plus ne semblait pas indifférente. "Comment expliquez-vous votre défaite, monsieur More ? s'enquit-elle.

— Voilà où le bât blesse, Ida. C'est une question que je n'arrive pas à me poser moi-même ; je dois l'aborder de manière détournée, avec délicatesse. Il est possible que la notion même d'engagement politique soit une quête futile, mais j'ai toujours eu le sentiment, je ne sais pas, que j'étais destiné à quelque chose de plus ambitieux que l'hôtellerie.

— Que reprochez-vous au métier d'hôtelier ? s'enquit M. Whitsell.

— Rien en soi. Mais ne suis-je pas capable de faire quelque chose de plus exigeant, de plus stimulant ?

— Votre histoire n'est pas si rare, intervint June. Pratiquement tous les gens qu'on croise se demandent pourquoi ils ne se sont pas complètement réalisés.

— Mais je ne parle pas de banale déception, June.

— Je crois que si, peut-être."

M. Whitsell dit à M. More. "J'ai voté pour vous."

M. More posa sa fourchette. "Je me demandais, dit-il. Je l'espérais. Mais dites-moi la vérité, avez-vous voté pour moi par devoir et parce que vous admiriez mon programme ?

— Par devoir."

À voir son expression, ce n'était pas la réponse que M. More aurait voulu entendre. "Peut-être, déclara-t-il, peut-être l'avez-vous fait par devoir tout en admirant mon programme.

— Je ne sais pas du tout en quoi consistait votre programme, avoua M. Whitsell.

— N'avez-vous pas lu les documents que j'avais laissés dans votre chambre ?

— Honte à moi, mais non, je ne les ai pas lus. Je suis sûr que c'était fort intéressant. J'aurais voté pour vous deux fois si j'avais pu.

— Il aurait eu dix voix dans ce cas-là", remarqua Alice.

Ida observait M. Whitsell depuis un moment, et de but en blanc elle lui demanda : "Monsieur Whitsell, je peux vous poser une question ?

— Oh, oui, je vous en prie, je suis tout ouïe, répondit-il avant de se redresser sur sa chaise pour se préparer à être interrogé sur un sujet qu'il ignorait.

— Je suis curieuse de savoir pourquoi vous vivez ici à l'hôtel depuis si longtemps.

— Franchement, je ne sais pas. Pourquoi pas ?

— Vous n'avez pas d'autres projets ?

— Non.

— Vous aviez peut-être d'autres projets en arrivant ici que vous avez perdu de vue ensuite ?"

Il réfléchit un instant. "Je ne crois pas, non, fit-il.

— Donc vous ne faisiez que passer et vous avez échoué ici ?

— Eh bien, je n'aime guère votre façon de le formuler, mais oui, je vais jouer le jeu et dire la vérité, parce qu'en fait, c'est exactement ce qui est arrivé. Je passais, et je me suis arrêté, et ensuite je n'ai pas pu partir ; ainsi j'ai échoué ici comme un détritus, et au bord de la mer par-dessus le marché. C'était cocasse. J'avais pris ma retraite et quitté le Dakota du Nord comme je l'avais prévu pour voyager à travers les Amériques. J'étais très optimiste au début de mon périple, mais en arrivant en Oregon, cela faisait déjà cinq semaines que j'étais sur la route et j'avais depuis un bon moment compris qu'en vérité, je détestais presque tout de ma vie à bord de ces taudis roulants. Malgré les promesses des publicités, je n'engrangeais aucune « expérience » ni ne « voyais du pays ». J'étais coincé dans un état de parfaite médiocrité et m'en échapper était la seule option. Mais pour aller où ? Je n'avais ni ami ni aucune relation en dehors du Dakota, et je n'avais aucune envie de retourner chez moi. Les jours passaient et je regardais par la vitre sale de l'autocar tel un prisonnier examinant la paroi de sa cellule en quête d'une faille à exploiter pour pouvoir s'enfuir. Et au mois d'août, quand l'autocar s'est arrêté ici un après-midi, je suis sorti pour étirer mon dos qui me faisait un mal de chien. Et quand j'ai levé les yeux, j'ai vu M. More debout sur le perron de son hôtel, et il m'a salué de la main, et j'ai fait de même. « Vous avez des chambres de libres ? » lui ai-je demandé. Et voici ce qu'il m'a répondu : « Des chambres, ce n'est pas ce qui manque, donc oui, tout à fait. » Je lui ai demandé le prix et il m'a dit que c'était tellement peu cher que je n'allais pas y croire. Là-dessus il a traversé la route et nous nous sommes présentés. Il m'a demandé comment je me portais et je lui ai expliqué en deux mots que je n'étais pas très satisfait. Il m'a demandé s'il pouvait aller chercher ma sacoche dans la soute à bagages et j'ai acquiescé, il s'est exécuté et voilà comment tout a commencé. Ça fait, quoi, trois ans maintenant ? Quatre ? Et je n'ai toujours pas l'intention de partir d'ici, sauf dans un cercueil. Je trouve l'hôtel absolument charmant. J'ai l'impression d'attendre quelque chose parfois, et c'est un peu oppressant, mais cela n'a rien à voir avec le lieu, c'est plutôt lié à ce moment de mon existence en particulier. La fin, voyez-vous." Comme pour se parler à lui-même, il ajouta : "Non, je ne veux pas quitter l'hôtel, et j'espère que je n'aurai jamais à le faire."

Il finit son verre de vin et se leva, évoquant une fatigue due à cette invitation à dîner qui l'avait surpris mais très agréablement. Il remercia les convives pour leur amicale compagnie et prit congé. Après son départ, Alice demanda si elle pouvait elle aussi partir, car elle avait prévu comme elle l'expliqua, d'aller voir un film avec un ami. M. More dit que c'était important pour une jeune femme d'honorer ses rendez-vous mais il se demandait si elle se reposait suffisamment ces derniers temps. Alice répliqua que les jeunes gens n'avaient pratiquement pas besoin de repos pour tenir le coup, et elle cita un médecin qu'elle avait entendu à la radio et qui affirmait qu'un manque de sommeil modéré était en réalité régénérateur. M. More rétorqua qu'il n'y croyait pas une seconde, mais qu'il admirait la vivacité d'esprit d'Alice et celle-ci le remercia, avant de s'éclipser. Ida demanda à M. More s'il serait possible d'avoir du café, dans la mesure où June et elle prévoyaient de répéter jusque tard dans la nuit et M. More leva un doigt avant de se rendre dans la cuisine, d'où il ne tarda pas à revenir avec du café et des tasses sur un plateau. Il remplit une tasse puis une autre, sous les yeux de June et Ida qui le couvaient du regard.

Ida demanda : "Comment avez-vous perdu votre bras, monsieur More ?

— Je l'ai perdu à la Première Guerre mondiale, Ida, répondit-il en lui tendant son café. Mais vous le saviez, non ?

— J'ai dû le savoir, mais je n'en suis pas moins surprise. Ça doit être quelque chose, de perdre un bras.

— Quelque chose, oui", acquiesça M. More.

June dit : "Puis-je vous demander si c'était votre bon bras ?

— En tout cas, ce n'était pas mon mauvais bras. Je crois qu'en vérité, quand on vous enlève un bras, on ne peut s'empêcher de se dire que c'était un bras à nul autre pareil."

Ida demanda : "Où l'ont-ils mis d'après vous ?

— Je ne sais pas. Dans une fosse quelque part. Mais ce n'est pas comme si j'avais voulu le récupérer. Qu'est-ce que j'aurais fait avec ? Je l'aurais emmailloté comme un bébé ? Porté comme une étole ?” Il prit un air à la fois suspicieux et amusé. “J’espère que cette conversation n’est pas en train d’emprunter un chemin pacifiste ?”

Ida recula dans sa chaise. “Moi, pacifiste ? Franchement, monsieur More, comment pouvez-vous dire une chose pareille ? Surtout quand je pense à la violence que je porte en moi.”

M. More secoua la tête et déclara : “Je crains que vous ne soyez en train de faire la maligne avec moi, ma chère Ida.

— Pour être maligne, je le suis”, répliqua-t-elle.

June s’enquit : “Que pensez-vous de cette inquiétude actuelle, monsieur More ?

— De quelle inquiétude parlez-vous ?

— De la Seconde Guerre mondiale.”

M. More dit : “Je pense que se tenir sous l’ombre froide du drapeau de n’importe quelle nation est bien hasardeux, voilà ce que je pense.” Il empila les assiettes sales. “Maintenant vous devriez prendre vos cafés et aller répéter.

— Vous ne voulez pas qu’on vous aide à débarrasser ? interrogea Ida.

— Non.

— Vous êtes sûr ? fit June. Ça ne nous dérange pas du tout.

— Non, non. Vous avez du travail, et à dire la vérité, je suis dans une période de ma vie où j’apprécie faire la vaisselle, tout seul. Ce qui est étrange quand je pense à quel point je détestais le faire auparavant ; mais depuis peu, j’ai le sentiment que c’est du temps passé à bon escient. Qu’est-ce que ça veut dire ?” Bob était presque endormi sur sa chaise ; M. More lui pressa doucement le pied sous la table et poursuivit : “Un jour,

Bob, quand tu seras un spécimen âgé comme moi et que tu te mettras à aimer plier le linge ou tondre la pelouse, souviens-toi de ton ami depuis longtemps disparu Leslie More qui te disait d'accepter tous les petits bonheurs, quels qu'ils soient.

— OK, souffla Bob.

— Parce que seul un imbécile dédaigne le bonheur ; le sage l'accepte comme il vient, s'il vient.

— OK."

Le lendemain, Bob retourna sur la plage pour répéter son roulement pressé. La première était prévue dans trente-six heures, et Bob était déterminé à s'efforcer de maîtriser le roulement sans y penser. Au bout d'une heure et demie il s'interrompit, contemplant la mer et s'abandonnant aux pensées qui vous viennent lorsque vous contemplez la mer. Il crut entendre son nom porté par le vent et se tournant il se rendit compte qu'Ida, à la fenêtre de la tour penchée, le visage d'un vert purée d'épinards, lui faisait signe de monter. Bob brandit la caisse claire au-dessus de sa tête et elle opina du chef pour lui signifier de venir avec.

Il traversa la chaussée et grimpa jusqu'à la chambre dans la tour. Ida ouvrit la porte. Les dents noircies, elle était habillée des pieds à la tête en sorcière, avec des guenilles et un chapeau pointu, un faux nez, un faux menton. Elle dit : "Bonjour, Bob. Entre, je t'en prie." Bob pénétra dans la pièce jonchée de vêtements, de costumes, d'accessoires et de bannières. Les chiens exploraient ces décombres ; eux aussi déguisés en sorcières. Assise sur un lit défait, téléphone à la main, June était à moitié habillée en sorcière : si elle ne portait pas de guenilles, elle était affublée d'un chapeau pointu et avait le même maquillage vert qu'Ida mais sans faux nez ni faux menton. “Comment ça va la vie pour toi sur cette bonne vieille planète Terre, Bob ? s’enquit-elle mais avant que Bob ne puisse répondre elle dit dans le combiné : Opératrice ? Oui, bonjour. Pourriez-vous me dire le nom du journal local ?” Elle attendit. “Il y en a deux”, souffla-t-elle à l’attention d’Ida, occupée à faire des grimaces dans un miroir fixé au mur. June demanda à l’opératrice : “Lequel des deux est le meilleur ? Oh, vous savez, le plus important, le mieux, le plus puissant. Celui qui est le plus lu, en fait. D’accord, très bien. Pourriez-vous s’il vous plaît me mettre en relation avec quelqu’un là-bas ? Je vous remercie infiniment.” Elle observa Ida perdue dans ses interactions avec son reflet. “Ida s’est ensorcelée elle-même, dit-elle à Bob avant de reprendre sa conversation téléphonique. Oui, bonjour, j’aimerais parler avec le journaliste qui s’occupe des arts dans votre région. Oh, les arts du mouvement. Les arts de la parole. Les arts du chant, plus ou moins, parfois. Nous possédons aussi des chiens qui peuvent faire toutes sortes de choses épatantes. Exactement, on met tout dans la même marmite et on croise les doigts.” June regardait Bob debout devant elle, la caisse claire dans les mains ; couvrant le combiné, elle chuchota : “Ida, reviens à toi.” Ida détourna les yeux du miroir et fit : “Quoi ?” June désigna Bob, puis dans le combiné dit : “Les deux hommes me vont parfaitement. Mais puis-je vous demander un service, de femme à femme ? Pourriez-vous me passer le moins salopard des deux ?” June brandit le combiné : la femme à l’autre bout du fil riait si fort qu’on l’entendait dans toute la pièce. Ida entraîna Bob dans la salle de bains et ferma la porte derrière eux.

“Tu as répété ?

— Oui.

— Tu me montres ?”

Elle baissa le couvercle de la cuvette des toilettes et fit signe à Bob de s’asseoir dessus. Il obtempéra et, posant la caisse claire sur ses genoux, prit les baguettes dans ses mains. Lorsque Ida inclina la tête, Bob se pencha et commença à jouer. Après avoir récemment passé autant d’heures et de minutes à taper sur la caisse claire, le geste lui parut familier tout en semblant lui échapper, comme s’il cherchait à recréer quelque chose s’étant déjà produit. Cette confusion temporelle mit à mal sa coordination, et le roulement pressé vola en éclats. “Arrête”, ordonna Ida. Bob cessa et la regarda. “Recommence.” Il s’exécuta. Il se concentrait de toutes ses forces ; Ida brandit une main et Bob arrêta de jouer. Elle lui dit : “Je vois que tu as du mal.” “Merci”, répondit Bob et Ida secoua la tête. “Je ne suis pas en train de te faire un compliment. Ce que je veux, c’est penser seulement au son de la caisse claire et pas à la vérité émotionnelle de celui qui joue. Tu comprends ? Tes problèmes ne sont pas mes problèmes. Garde-les pour toi, cache-les. Respire et réessaie.” Bob essaya de nouveau et joua bien, mais du coin de l’œil il se rendit compte qu’Ida ne l’écoutait pas vraiment ; elle penchait la tête vers la porte fermée et au bout d’un moment elle brandit une main en s’exclamant encore une fois : “Arrête.” Bob obéit. “Tu m’as appelée ?” lança-t-elle à travers le battant.

June répondit : “Oui, plusieurs fois.

— D’accord, qu’est-ce qui se passe ?

— Je soulignais juste à quel point jouer de la caisse claire était vraiment tombé à pic.”

Ida regarda Bob, l’air las. Elle dit : “Ça a ruiné ta conversation, ou c’est quoi le problème ?

— Ça n'a pas aidé, c'est le moins qu'on puisse dire." June s'interrompit un instant. "Tu veux savoir comment ma campagne pour rameuter les médias s'est passée ?

— Oui.

— Ça s'est bien passé malgré la caisse claire de Bob. Non pas que ce soit la faute de Bob. Bob, ce n'est pas de ta faute. C'est la faute d'Ida.

— OK", cria Bob.

Un silence, puis June dit : "Je crois que je vais imprimer les prospectus maintenant.

— Oui, d'accord, merci pour toutes ces informations." Ida secoua la tête et se reconcentra sur la caisse claire. "Ce que je cherche, dit-elle à Bob, c'est dix secondes de roulement *mezzo forte*. Respire deux fois, profondément, et réessaie." Bob respira et respira et joua à Ida un roulement solide et continu de vingt secondes. Elle leva la main, et Bob cessa. "C'était très bien, déclara-t-elle. Tu crois que tu peux faire ça avec un public ? Tu ne seras pas sur scène, tu seras en coulisses, mais un public, c'est très *là*, tu vois, ça peut inhiber. Je ne crois pas qu'on aura beaucoup de spectateurs, mais souvent moins ils sont nombreux plus leur présence se fait sentir, plus ils sont *là*. C'est précisément cette tension qui manque au cinéma, et voilà pourquoi je déteste ce médium avec une telle passion, avec une telle, une telle…"

Dans la pièce voisine retentirent deux sons l'un après l'autre : d'abord un bruit à la fois sec et grinçant de métal frottant contre du métal ; ensuite les aboiements des chiens que Bob n'avait jamais entendus se manifester ainsi auparavant, mais qui en l'occurrence aboyaient tous deux bruyamment et furieusement en réaction au crissement métallique. Ida et Bob sortirent de la salle de bains et trouvèrent June actionnant la manivelle d'une petite presse posée sur une commode. Des prospectus bleus fendaient l'air tandis que les chiens affublés de leurs petits chapeaux noirs et pointus bondissaient, aboyaient, s'agitaient à tout-va sous la pluie de papier. Par-dessus le vacarme métallique de la presse et les aboiements, June cria à Bob : "C'est la seule chose qui les met hors d'eux comme ça." Bob ramassa un prospectus par terre :

POUR QUELQUES DATES SEULEMENT !

Le RETOUR TRIOMPHAL des COMÉDIENNES CHEVRONNÉES TANT AIMÉES DU PUBLIC

JUNE & IDA et leurs CHIENS SAVANTS, PAL & BUDDY

ILS VOUS DIVERTIRONT AVEC UNE VERVE SANS PAREILLE et DISSÉQUERONT AVEC UNE IMPROBABLE JUSTESSE notre SITUATION COMPLEXE

JUNE & IDA INTERPRÈTENT ce MOMENT PRÉCAIRE avec LÉGÈRETÉ, CONCISION, SÉRIEUX ET CETERA !

Ida prit le prospectus des mains de Bob et le parcourut. "C'est bien fait", admit-elle, et June actionnant de plus belle la manivelle continua de faire pleuvoir les prospectus et bondir bruyamment les chiens tandis que, s'échappant d'un faux chaudron, un filet de fausse fumée traversait la pièce en direction de la fenêtre ouverte. Sur la route longeant l'océan, comme le remarqua Bob, un convoi de véhicules de la garde nationale roulait en direction du sud.

Bob prit son dollar quotidien et les prospectus ; il avait reçu l'ordre de se promener en ville et de les distribuer à qui de droit en faisant en sorte, malgré ce qu'Ida nommait les limites de sa personnalité réservée, de donner l'envie aux gens de venir voir le spectacle. On lui avait demandé d'emmener les chiens avec lui mais de les déshabiller et les brosser avant de partir ; il avait suggéré que leurs costumes pourraient piquer la curiosité du public, ce qui était, avaient reconnu Ida et June, vrai et avisé, et Buddy et Pal restèrent costumés pour aller se promener. Lorsque Bob sortit sur le perron de l'hôtel il vit passer sur la route un second convoi roulant dans la même direction que le premier ; chacun des camions bâchés était plein de gardes nationaux aux visages fermés, fusils calés entre les jambes. Une cinquantaine de citoyens était amassée sur les bas-côtés et regardait passer la caravane en saluant les soldats de la main.

Le shérif se tenait près de sa voiture de patrouille garée devant l'épicerie en face de l'hôtel. Le convoi passé, il klaxonna avant de déclarer dans un micro relié à un haut-parleur fixé sur le toit de son véhicule : "Je voudrais dire quelques mots, s'il vous plaît." Les hommes et les femmes s'approchèrent. Suivant le mouvement, Bob se fondit dans la foule. Chacun discutait avec son voisin, et le shérif ôta son chapeau et l'agita au-dessus de sa tête. Lorsque l'assistance se tut, le shérif remit son chapeau et poursuivit dans son micro :

"Mesdames et messieurs, bien le bonjour. Comme vous l'aurez sans doute compris, ça chauffe à Bay City, et vous feriez mieux d'éviter le secteur tant que les choses ne se sont pas calmées là-bas. Je ne sais pas combien de temps ça va prendre, mais la situation semble se compliquer ce soir, et vous feriez mieux de rester tranquilles chez vous jusqu'à nouvel ordre, comme on dit. Je ne crois pas que nous soyons nombreux à vouloir mettre de l'huile sur le feu ; ce à quoi je pense, ce que j'espère éviter, ce que je vous demande, chers voisins, c'est de ne pas céder à la curiosité et de ne pas aller voir ce qui se passe là-bas. Vous croyez que vous pouvez faire ça pour moi ?"

Une voix lança : "Mais qu'est-ce qui se passe exactement, shérif ?"

Le shérif répondit : "Plusieurs choses se trament depuis un moment. Il y a deux campements de bûcherons dans les collines qui surplombent Bay City, une centaine d'hommes par campement, et ils sont les uns sur les autres là-bas pour ainsi dire, et il n'y a pas de policier sur place pour les garder dans le droit chemin. Bay City n'offre que très peu de divertissements en matière de vie nocturne. Les gars n'ont nulle part où aller pour se défouler, et depuis quelque temps ils se comportent bizarrement. Bon, ça a commencé par des canulars. Un campement contre l'autre, rien de bien méchant. Mais au fil des mois les blagues sont devenues moins drôles, et comme vous l'avez peut-être entendu, il y a eu hier dans l'un des campements un incident avec un engin de chantier qui fait plus qu'un peu penser à du sabotage. Résultat : la mort d'un homme est à déplorer, et un autre est gravement blessé au dos. Ces deux gars ont ou avaient épouses et enfants, et un certain nombre de bûcherons ont du mal à digérer cette affaire. Il se trouve qu'il y a aussi toute une embrouille avec les contrats des bûcherons et les titres de propriété, c'est-à-dire qui a le droit d'abattre les grands sapins derrière le domaine des Gustafson. Ça concerne plutôt les décideurs dans les bureaux que les hommes sur le terrain, mais d'après ce que je sais, les négociations ont été plutôt âpres et ce genre de venin a tendance à gagner la base, si vous voyez ce que je veux dire. Bon. C'est ce soir à mon avis que tout va se jouer, dans un sens ou dans un autre. En tout cas, selon nos informations, un affrontement se prépare dans le centre-ville."

Une autre voix : "Quelqu'un à la radio a dit qu'il y allait avoir une émeute, shérif."

Le shérif répondit : "Ouais, j'ai entendu ça, moi aussi. Et ça ne m'étonnerait pas que ce soit vrai. Mais le contraire ne m'étonnerait pas non plus. À l'heure où je vous parle, ils ont huit ou neuf camions pleins de soldats en train d'astiquer leurs fusils à Bay City. Si les bûcherons cherchent les emmerdes, ils vont être servis.

— Qu'est-ce que vous en pensez, shérif ?

— Qu'est-ce que j'en pense de quoi, Ted ?

— Qu'est-ce qui va se passer ?

— Franchement, vieux, je ne sais pas. Ma boule de cristal est HS. Ce que j'espère, c'est que les bûcherons arrêteront d'avoir envie de s'entretuer quand ils verront tous ces soldats les tenir en joue. Mais les choses évoluent si vite et depuis si longtemps dans ces campements que tout peut arriver, à mon avis. Peut-être qu'ils vont décider de tenter le tout pour le tout. Parfois, un homme a besoin de foutre le feu aux poudres. Du moins, c'est ce que la vie m'a appris.

— Vous allez à Bay City ce soir, shérif ?

— Oui, Charlie, je me mets en route maintenant.

— Z'avez besoin d'un coup de main ?

— Toutes les femmes secouent soudain la tête, s'exclama le shérif, déclenchant dans l'assistance une modeste vague de rires et d'applaudissements. Quelles femmes avisées. Non, merci, ça va aller ce soir, je n'ai pas besoin d'aide. Restez chez vous et je vais m'occuper du reste, d'accord ? Laissez-moi faire le boulot pour lequel vous me payez. À mon avis, la radio va bien couvrir les événements, et si une émeute éclate comme certains le prévoient, vous verrez sûrement quelque chose de vos fenêtres." La foule acclama le shérif, et il salua l'assistance d'un geste de la main avant de reprendre précipitamment le micro. "Oh, encore une chose : arrêtez d'appeler chez moi ! Vous poussez Mme le shérif à boire."

Le shérif monta en voiture mais fut retenu pas un certain nombre d'hommes désireux d'évoquer plus avant la situation à Bay City. Le reste de la foule s'attarda non loin, chacun y allant de sa théorie et de ses inquiétudes ; Bob profita de l'affluence pour distribuer ses prospectus. Pal et Buddy firent sensation, et tous les prospectus de Bob disparurent en quelques minutes. Une fois la foule dispersée, Bob fit le tour de la petite ville. Il remarqua que le restaurant avait rouvert, la serveuse bavardant avec plusieurs hommes accoudés au comptoir. Lorsque Bob regagna l'hôtel, il retrouva June et Ida dans l'auditorium, en train d'installer un nouveau décor. Ida était sur scène avec le chaudron, June debout dans l'allée du milieu. Elles avaient toutes deux renfilé leurs tenues habituelles. “Gauche”, proclama June ; et Ida déplaça le chaudron sur sa gauche. “Ma gauche”, fit June ; Ida soupira et rectifia la position du chaudron. “Encore, ajouta June, et Ida déplaça le chaudron un peu plus à gauche du point de vue de June. C’est bon. Fais un repère.” Ida s’agenouilla alors pour dessiner à la craie le contour du chaudron et June se tourna vers Bob qui approchait. “Et voici notre ambassadeur. Hé, où sont les prospectus ?

— Je les ai distribués.

— Pas tous, quand même”, fit-elle, et Bob lui parla de la foule et de ce que le shérif avait dit à propos de Bay City. M. More arriva avec du café et des sandwiches en forme de triangle sur un plateau. “À table, annonça-t-il, à table.

— Vous étiez au courant des échauffourées plus bas sur la côte ? s’enquit June.

— Oui.

— Eh bien, qu’en pensez-vous ?

— C’est une bonne chose que je n’habite pas plus bas sur la côte, voilà ce que je pense.

— Mon Dieu, que va-t-il se passer maintenant ?” s’inquiéta June.

Ida quitta la scène pour les rejoindre. “C’est quoi le problème ?

— Il va y avoir une émeute dans la ville voisine, expliqua M. More.

— Maintenant ?

— Ce soir.”

Ida s’empara d’un sandwich. “Regardons le bon côté des choses, déclara-t-elle. S’il y a une émeute ce soir, demain ce sera fini et les gens seront sans doute très calmes, puisqu’ils auront assouvi leur soif de sang.”

June toucha le coude de Bob. “Nous avons souvent eu affaire à la violence. Dans un campement minier de l’Ohio par exemple, ils nous ont lancé des pierres. Ida croit encore qu’ils cherchaient à nous tuer.

— Et c’est vrai, insista Ida, mordant dans son sandwich et mâchant lentement, l’air méfiant.

— Parce qu’ils n’aimaient pas la pièce ? s’aventura M. More.

— C’est ce qu’on s’est dit”, répondit June.

M. More s’avança pour poser le plateau au bord de la scène. “Je vais le laisser là et vous n’aurez qu’à vous servir quand vous aurez envie.” Lorsqu’il eut quitté l’auditorium, Ida balança son sandwich par-dessus son épaule, dans l’obscurité de la salle. “Mousse de foie, lança-t-elle à June.

— Il n’aurait pas dû.

— Il n’aurait vraiment pas dû.

— Le restaurant a rouvert, intervint Bob, et June et Ida se regardèrent.

— Il est trop tôt pour faire une pause, s’exclama June.

— Mais j’ai faim, rétorqua Ida.

— Mais il est trop tôt.

— Mais : j’ai faim.

— Eh bien, moi aussi si tu veux savoir la vérité. Et toi, Bob ? Tu as faim comment ?

— Très faim, répondit Bob.

— C’est réglé, conclut June. Prends ton manteau, Ida, et le mien, et partons manger.”

Ils pénétrèrent bientôt dans le restaurant et saluèrent leur amie serveuse.

“Oh, bonjour, leur lança-t-elle.

— Alors, vous avez retrouvé votre cuisinier ? interrogea June.

— En tout cas, il est rentré.

— Et il était où ?

— Franchement, je suis tellement contrariée que je n'arrive même pas à en parler. Vous n'avez qu'à lui poser la question vous-même." Elle désigna l'ouverture rectangulaire aménagée dans la cloison par laquelle le cuisiner recevait les commandes et passait les plats en actionnant sa sonnette argentée. June s'approcha et dit : "Excusez-moi ?" Le visage du cuisinier apparut. Les yeux rougis, l'homme semblait bouffi mais pas mécontent ; June demanda : "Où étiez-vous monsieur, pour que tout le monde soit si remonté contre vous.

— Eh bien, je suis parti boire deux ou trois verres.

— Et c'était chouette ?

— Oui, très chouette.

— Et comment vous êtes-vous senti après ?

— Oh, dégoûté, avoua-t-il. Mais je me suis bien amusé, et ça compte après tout.

— Vous êtes heureux d'être de retour ?"

D'un geste le cuisinier répondit oui et non.

"Vous êtes très fatigué ?

— Ma bonne dame, je suis mort." Il jeta un coup d'œil à Pal, blotti dans les bras de June. "Hé, regardez-moi ce petit chapeau.

— Quand vous vous mettrez à effiler le bœuf vous retrouverez peut-être un peu d'énergie", suggéra June.

Le cuisinier secoua la tête. "Non, personne ne voulait de ce plat, donc je l'ai retiré de la carte." Il se pencha par le passe-plat et désigna un dessin au stylo plume punaisé au mur. Il s'agissait d'un cimetière et sur chaque tombe figurait le nom d'un plat qui avait été rayé de la carte :

Ci-gît la Farandole de viande

À la mémoire de l'Omelette au veau

Reposez en paix Bâtonnets de poulet
Effilé de bœuf bien-aimé

Tout en bas de la feuille figuraient d'une écriture appliquée les mots :

À jamais dans nos souvenirs.

Toujours penché par le passe-plat, le cuisinier observait le dessin, sourire béat aux lèvres. "Je trouvais que n'était pas si mal de le préparer comme ça, dit-il.

— De l'effiler ? demanda June. À quel niveau ?

— Ça avait bon goût. Mais c'était bien aussi de le travailler de cette manière, vous voyez. Tout compte fait, c'était le plat que je préférais cuisiner."

Ida demanda : "Quel est celui que vous aimez le moins cuisiner ?"

L'homme considéra la question. "Je ne devrais probablement pas en parler avec la clientèle.

— Mais pourquoi ?

— Eh bien, réfléchissez. Si vous savez ce que je n'aime pas préparer et que vous le commandez, nous sommes en quelque sorte dans une situation inextricable parce que soit vous ne prenez pas ce que vous voulez car vous ne le commandez pas pour me faire plaisir ; soit vous le commandez quand même, et pour moi ça veut dire que je ne vaux rien à vos yeux puisque vous ne respectez pas mes sentiments."

June dit : "Vous êtes plutôt émotif comme cuisinier, pas vrai ?"

Avec sincérité et sérieux il répondit : "Dans un restaurant, le cuisinier est très vulnérable." D'une voix plus forte il ajouta à l'intention de la clientèle : "Vous croyez que je n'entends pas ce que vous dites sur mes plats ? J'entends tout !" Les yeux brillants d'espièglerie, il assena un coup de spatule sur sa cloche argentée. Cependant, il n'y avait que quelques clients éparpillés dans la salle et aucun d'entre eux ne lui prêta attention.

La serveuse s'approcha pour transmettre une commande et encourager June et les autres à s'asseoir. La petite troupe s'achemina vers ce qu'elle considérait désormais comme son box. Plus tard, alors que chacun terminait son assiette, une jeep militaire se gara devant le restaurant et un officier de la police militaire pénétra dans la salle. La serveuse ayant disparu, le policier lança à la cantonade : "Vous avez beaucoup de café ici ?

— Un putain de thermos plein ! cria le cuisinier depuis sa cuisine.

— Je prends tout, et le thermos avec."

Le visage du cuisinier surgit dans le passe-plat. "Le thermos n'est pas à vendre.

— Oncle Sam a besoin de ce café, rétorqua le policier militaire en brandissant une liasse de billets.

— Je veux bien donner à Oncle Sam tout le café que j'ai jusqu'à la dernière goutte, mais il va falloir qu'il se dégotte son propre thermos, parce que j'ai besoin du mien et tout le temps."

Le militaire tergiversa encore un peu mais finit par partir avec un thermos plein de café. C'était son thermos, et il était déçu de ne pas avoir obtenu tout ce qu'il voulait. Ida songea que l'homme avait peut-être échafaudé dans sa tête un scénario selon lequel il serait arrivé à Bay City avant l'émeute avec un thermos plein de café chaud et fortifiant pour ses camarades, et que ces derniers l'acclameraient pour cette idée ingénieuse. Le cuisinier beugla de sa cuisine : "Vous avez remarqué l'effet de l'uniforme sur la confiance en soi d'un jeune homme ?

— Oui", répondirent de concert June et Ida.

Après le repas, les deux femmes, Bob et les chiens retournèrent à l'hôtel où ils trouvèrent M. More et M. Whitsell à la réception en train d'écouter à la radio ce qui se passait à Bay City. L'émeute n'avait pas encore officiellement éclaté, mais les choses se mettaient lentement en place à la faveur du crépuscule cédant la place à la nuit. Un journaliste, d'une voix presque indifférente, commentait en direct : "D'après ce qui se passe sous mes yeux, il n'y a pas de camps distincts. Tous les bûcherons se ressemblent énormément, et il est impossible de déterminer de quel côté les uns et les autres se placent. Ils vont et viennent en groupes dans la rue principale de Bay City, et se bagarrent un peu au hasard des rencontres ; mais ces rixes sont vite réprimées par la garde nationale qui travaille de concert avec des membres des forces de l'ordre locales venus prêter main-forte." Désignant la radio du doigt, M. More chuchota : "C'est notre shérif !"

M. Whitsell secouait la tête et avait l'air si affligé que M. More dut lui demander ce qu'il avait. Il répondit : "Je me sentirais beaucoup plus en sécurité si le shérif était ici pour nous protéger. Pourquoi doit-il tant s'éloigner de chez nous ? Bay City n'a donc pas de shérif pour s'occuper de ses propres ouailles ?

— Si, bien sûr, dit M. More. Le shérif a dû se sentir obligé professionnellement d'y aller. Pour lui, aider un voisin est aussi important qu'empêcher un braquage de banque.

— Et pendant qu'il est là-bas à jouer les héros serviables, on en est où, nous ? Nous sommes vulnérables aux prédations du premier truand venu. N'importe qui pourrait entrer ici et nous occire tous dans nos lits sans avoir à répondre de ses actes, puisque aucune figure d'autorité n'est là pour prévenir sa folie meurtrière.

— Le côté invraisemblable de cette supposition ne vous rassure-t-il pas quelque peu ? s'enquit M. More.

— Certainement pas !" rétorqua M. Whitsell avec une surprenante amertume.

Alice émergea de la petite porte derrière la réception, enfilant un cardigan et lissant ses cheveux. M. More lui demanda de réchauffer du lait pour M. Whitsell mais elle refusa en arguant qu'elle était désolée mais qu'elle ne pouvait pas, qu'elle était déjà en retard.

"Tu ne vas quand même *revoir* ce film ? s'étonna-t-il.

— Si.

— Mais combien de fois peux-tu voir la même histoire ?

— Autant de fois qu'il le faut." Elle se glissa sous le comptoir et se fraya un chemin dans le groupe, pressant au passage un doigt dans le ventre de Bob.

M. More alla réchauffer du lait pour M. Whitsell, qui se tenait tristement à l'écart des autres. Ida, June et les chiens gagnèrent l'auditorium pour répéter. Bob se retira dans sa chambre, se déshabilla, enfila son pyjama et, assis au bord de son lit, écouta à la radio les événements de Bay City qui, avec la tombée de la nuit, avaient dégénéré en émeute à proprement parler : "Le bazar est en feu, annonça le journaliste. Personne ne s'en occupe, c'est juste… en feu. Entretemps, de l'autre côté de la rue, plusieurs hommes essaient de retourner une jeep. Ils ont le visage très rouge et ils crient beaucoup, déterminés qu'ils sont à réussir leur coup. Et maintenant un autre groupe tente d'incendier la poste. Pourquoi ? Et que font les pompiers ? Ah, attendez, les hommes du premier groupe ont réussi à coucher la jeep sur le flanc et ils sont très contents d'eux. Oui, ça se félicite à tout-va… Mon Dieu quel spectacle." Là-dessus des sirènes retentirent, et des cris en arrière-plan. "Les gardes nationaux se positionnent en ligne au bout de Bay Road. L'affrontement avec les bûcherons est inévitable." Le journaliste alpagua les gardes nationaux passant devant lui mais ceux-ci l'ignorèrent ou le rabrouèrent. Bob entendit quelqu'un dire : "La ville est à feu et à sang et ce con veut recueillir mes impressions." Le journaliste encaissa la remarque sans sourciller. "La tension est palpable ce soir", se contenta-t-il de déclarer.

Le reportage se poursuivit. Bob descendit de son lit pour aller à la fenêtre. Alice, les bras croisés pour se tenir chaud, était debout devant le cinéma et scrutait la route. Au-dessus du fronton en direction du sud, Bob distinguait de minuscules feux tremblotants à Bay City. Il observait l'épicentre de la violence de loin, à l'abri en écoutant à la radio le son de la violence elle-même. Alice paraissait malheureuse, recroquevillée sur elle-même ; Bob s'apprêtait à ouvrir la fenêtre pour l'inviter à venir écouter l'émeute dans sa chambre lorsqu'elle se redressa et fit un signe de la main, et Bob vit arriver le jeune homme de l'épicerie, Tommy. Alors que ce dernier approchait, Alice tourna les talons et se précipita au guichet pour acheter leurs billets. Pénétrant dans la salle, Tommy prit nonchalamment Alice par l'épaule et celle-ci s'agrippa à sa taille. Bob ne put voir s'ils montaient ou non au balcon, mais tous deux affichaient l'air de ceux qui se dirigent vers le balcon.

Ce triste épisode affecta Bob, et il se sentit abattu. Pour la première fois depuis son départ, il songea à sa maison à Portland, en particulier à l'univers de sa chambre. Il éteignit la radio, les lumières, et s'allongea dans son lit. Il mit longtemps à s'endormir et lorsqu'il se réveilla il était sept heures du matin. La fenêtre était encore entrouverte, le ventre du rideau se gonflait devant lui, et un véritable vacarme retentissait dehors.

Un véritable vacarme retentissait dehors. Des éclats de voix, des cris, des klaxons à n'en plus finir ; Bob se dit que l'émeute s'était propagée jusque-là et il resta au lit à se demander comment réagir. Puis il se demanda pourquoi les voix ne semblaient pas plus en colère. Il se leva et, s'approchant de la fenêtre, s'empara du rideau gonflé par la brise et l'écarta.

Les rues étaient pleines de monde. Des voitures étaient à l'arrêt sur la route, les bas-côtés envahis ; il n'y avait pas de foyer central ni de limite à toute cette activité, et aucun signe de violence nulle part. On aurait dit une fourmilière éventrée, révélant à l'intérieur le branle-bas de combat, un chaos étourdissant, chacun allant d'un endroit à un autre, croisant un ami ou se frayant un chemin tant bien que mal pour retrouver les siens, les enlacer, se réjouir. Bob s'habilla, descendit au rez-de-chaussée, traversa le hall de l'hôtel et se posta au sommet de l'escalier bleu pour observer le spectacle. M. More le rejoignit. "Alors ça y est ?" lui demanda-t-il avant de dévaler les quelques marches pour rejoindre la foule. Bob le regarda saluer telle et telle personne et serrer des mains en opinant du chef tandis que la multitude l'avalait. Bob descendit à son tour les marches bleues ; il fut aussitôt entraîné, brinquebalé de-ci de-là et il aurait eu peur si les gens ne s'étaient pas comportés comme ils le faisaient. Certains lui tapotaient la tête, le secouaient par les épaules ; une femme au visage rouge et aux dents grises, en larmes, l'étreignit et lui embrassa le front. Un jeune homme se pavanait en soufflant dans une trompette ; il baissa le pavillon vers le visage de Bob et fit résonner une note d'une tremblante drôlerie, et Bob sentit l'haleine fétide de l'inconnu. C'était comme si tout le monde connaissait tout le monde, mais que les uns et les autres ne s'étaient pas vus depuis longtemps et étaient ravis de ces retrouvailles. Bob passa devant des hommes agglutinés en cercle autour d'une camionnette. Ils écoutaient les actualités à la radio du véhicule ; un homme à l'accent britannique lisait un communiqué officiel. Bob comprit en écoutant que la guerre était terminée. Les hommes autour de la camionnette brandirent les mains au ciel et crièrent leur joie.

Bob voulait être avec Ida et June et il sauta pour tenter de les apercevoir. Un soldat passant près de lui demanda : "Tu cherches tes parents ?" et il le souleva pour qu'il puisse balayer la foule du regard. Bob regarda et regarda mais ne put voir ses amies. Au bout d'un moment le soldat se désintéressa de son sort et le posa par terre avant de s'éloigner. Le courant dans la foule changea brusquement de direction et Bob dériva pour finir par se retrouver au bord de la route.

La voiture de patrouille du shérif était garée le long de la façade sud de l'hôtel, et le shérif était assis sur le pare-chocs arrière. Le visage cireux, il se massait les tempes et plissait les yeux dans la lueur du soleil. Lorsqu'il vit Bob il pointa un doigt vers lui. "Hé, gamin, viens ici une seconde, tu veux ?" Bob s'approcha, et le shérif lui dit : “Tu veux savoir ce qui s’est passé ? J’ai compris un truc sur toi.” Il sortit un bout de papier de sa poche, le déplia et le tendit à Bob. C’était un avis de recherche ; Bob resta là à regarder la reproduction floue de sa photo de classe. Le shérif poursuivit : “On a reçu ça hier matin. Je me suis souvenu d’avoir vu ton visage l’autre jour devant la poste. J’aurais dû venir te chercher plus tôt mais on a eu fort à faire ici et j’ai eu l’esprit ailleurs.” Le shérif sortit un flacon d’aspirine de sa poche de chemise, prit une poignée de cachets, les goba et les mâcha, grimaçant à cause du goût. Après quoi il se pinça l’arête du nez en balayant la foule du regard et ajouta : “Il a fallu que ce soit aujourd’hui.” Il se tourna vers Bob. “Bon, qu’est-ce qu’on va faire de toi ?” Bob haussa les épaules et le shérif poursuivit : “Je ferais peut-être bien de signaler que je t’ai trouvé. Attends une seconde, gamin, tu veux bien ?” Il se pencha dans sa voiture et prit son émetteur-récepteur. “Allô centrale ? Centrale, vous me recevez ?

— Ici centrale. Ça va la tête, shérif ?

— Bah à votre avis ?

— C’est dommage qu’ils n’aient pas pu attendre une journée de plus pour mettre un terme à la guerre.

— Ça, vous pouvez le dire. Et les cinglés de bûcherons ? Dans quel état ils sont ce matin ?

— À peu près comme vous, à mon avis. Ils la ramènent beaucoup moins qu’hier soir en tout cas. Mais bon, on reçoit beaucoup d’appels à propos des rassemblements en ville.

— Je suis sur place en ce moment même.

— Et ça va ?

— Oui, il y a des gens qui se lâchent, mais c’est joyeux, et pour l’instant, il n’y a rien à signaler.

— Tant mieux.

— La chance tourne. Ce qui me ramène à nos moutons. La raison de mon appel. J'ai trouvé le gamin de Portland. Comet.

— Vraiment ? Il est où ?

— Il est là, avec moi.

— Il va bien ?

— Apparemment. Ça va, gamin ?" Bob hocha la tête et le shérif dit : "Il va bien.

— Ça sort d'où ce nom, Comet ?

— Je ne sais pas. Fiston, ça sort d'où, ton nom ?"

Bob haussa les épaules.

"Le gamin n'en sait rien. Il n'est pas du genre curieux. Bon, faudrait appeler la police de Portland pour leur annoncer la bonne nouvelle.

— Je m'en occupe, shérif. Quand est-ce qu'il sera de retour là-bas à votre avis, il va falloir que je leur dise.

— Eh bien, faites-leur comprendre que c'est à eux de se débrouiller pour le ramener au bercail. Ils enverront peut-être ses parents le chercher, ou la police de Portland mettra un agent sur le coup. Ah non, mais attendez une minute.

— Qu'est-ce qu'il y a ?

— Où est-ce qu'on va le garder en attendant ?

— Mettez-le en cellule de dégrisement.

— Avec les dingos ?

— Ils ne sont plus si dingos, comme je disais.

— Oui, mais quand même, je ne le sens pas." Le shérif regardait Bob. Il ajouta dans son émetteur-récepteur : "Je crois que je vais ramener le gamin moi-même.

— Vous allez conduire jusqu'à Portland ?

— Bah, pourquoi pas. Ça fait un moment que je dois rendre visite à ma belle-mère, de toute façon. Autant faire d'une pierre deux coups. Ça ne me fera pas de mal, et au passage je renforcerai peut-être mon estime de moi-même.

— Je leur dis que vous arrivez quand, du coup ?

— Bientôt. Juste le temps que les aspirines fassent leur effet. Réveillez mon jeune adjoint impétueux, va falloir le secouer un peu, je crois, et envoyez-le ici pour me remplacer. S'il proteste, rappelez-lui que c'était *son* idée de boire un dernier verre.

— Entendu, shérif.

— Et dites-lui que c'était mon idée de lui rappeler que c'était son idée.

— Oui, shérif.

— Ça va peut-être chauffer un peu ce soir, mais je serai de retour d'ici là.

— D'accord. Autre chose ?

— Rien qui me vient comme ça. À bientôt.

— Au revoir, shérif."

Le shérif remit l'émetteur-récepteur sur son socle et demanda à Bob : "Tu as un sac quelque part, fiston ? Un long bâton avec un baluchon au bout ?" Bob désigna l'hôtel et le shérif dit : "D'accord, vas-y. Je t'attends ici. Mais ne lambine pas, hein ?" Bob acquiesça et s'apprêta à s'en aller. "Hé, attends, lança le shérif, et Bob fit volte-face. Je veux juste te dire que si tu fugues encore une fois, tu vas me faire passer pour un couillon, tout le monde va se moquer de moi, et ça ne va pas trop me plaire ; et je n'ai pas envie de t'en vouloir à cause de ça, parce que t'as l'air d'un bon gars." Bob affirma qu'il ne fuguerait pas, et il disait la vérité, si bien que le shérif le crut. Il dit à Bob : "Tu n'as pas de souci à te faire en vérité. Enfin je ne sais pas vraiment comment tu seras accueilli à la maison, mais d'un point de vue juridique, tu n'as pas beaucoup de souci à te faire. Tu as très, très peu de souci à te faire, d'accord ?

— D'accord.

— Bon, va chercher tes affaires maintenant. Je ne bouge pas."

Bob repartit en direction de l'hôtel. Le trompettiste avait trouvé un violoniste et un guitariste et les musiciens essayaient de s'accorder pour jouer un morceau digne de la fin d'une guerre, mais ils ne parvenaient pas à se mettre d'accord sur quelque chose, ou il n'y avait rien qu'ils sussent jouer tous les trois. Le hall était vide ; Bob actionna la sonnette mais personne ne répondit. Il se rendit dans sa chambre, ramassa son pyjama et sa brosse à dents. La caisse claire et les baguettes gisaient par terre ; Bob s'en empara, prit son sac et quitta la pièce. Il frappa à la porte de M. Whitsell, mais personne ne répondit. La porte n'était pas verrouillée et il l'ouvrit : la chambre était vide. Ensuite, il grimpa l'escalier de la tour et frappa chez Ida et June. Buddy et Pal gémirent, mais personne ne répondit ; Bob tenta d'ouvrir mais la porte était verrouillée. Il laissa la caisse claire dans le couloir et se dirigea vers le hall. Il actionna de nouveau la sonnette et encore une fois, il n'y eut pas de réponse. L'auditorium était vide. Le jardin d'hiver était vide.

Une fois de plus, Bob se posta au sommet de l'escalier bleu de l'hôtel. Il y avait de plus en plus de monde, des voitures étaient garées le long de la route sur près d'un kilomètre, et les hommes et les femmes se ruaient vers les festivités. Sur le trottoir de l'autre côté de la chaussée, Bob vit Alice et Tommy courir le long des vitrines, s'éloignant de la foule. Mains entrelacées, ils fuyaient la cohue en quête d'un coin tranquille, et lorsqu'ils disparurent au détour d'un magasin, Alice semblait si heureuse, ses cheveux gras flottant sur ses épaules. Le trio de musiciens avait opté pour un air au tempo soutenu, que Bob ne connaissait pas. Ils jouaient mal mais le cœur y était. La voiture du shérif était toujours garée au loin. Ce dernier était allongé de tout son long sur la banquette avant, portière ouverte, ses bottes suspendues dans le vide au-dessus des gravillons blancs.

Bob se dirigea vers la voiture de patrouille. Il ouvrit la portière et s'assit sur la banquette arrière ; le shérif se redressa et dit : "Non, fiston, monte devant." Bob ressortit et s'installa devant tandis que le shérif reprenait ses esprits. Il mit le moteur, qu'il fit un peu vrombir. "OK, maintenant regarde", dit-il à Bob avant de désigner une rangée de boutons sur le tableau de bord. "Tu vois celui-là ?" Il appuya sur un bouton et la sirène du véhicule retentit, si fort que Bob en sursauta sur son siège. Le shérif rappuya sur le bouton, et la sirène se tut. "Quand je te fais ce signe, dit-il en désignant Bob du doigt, je veux que tu appuies sur ce bouton, exactement comme je viens de le faire. Tu allumes et tu éteins, mais vite. Compris ?" Bob acquiesça. Le shérif marqua une pause puis fit signe à Bob, et celui-ci appuya sur le bouton avant d'aussitôt rappuyer dessus. "OK, bien… parfait." Le shérif appuya sur un autre bouton pour activer le haut-parleur, et il s'adressa à la foule. "Mesdames et messieurs ?" La foule se tut, les têtes se tournèrent vers la voiture de patrouille. "Vous êtes tous en état d'arrestation", déclara le shérif, et la foule hua. "OK, je plaisante. Mais s'il vous plaît, laissez-nous passer. Moi et mon adjoint, il faut qu'on fasse demi-tour pour rejoindre la voie rapide." Il fit signe à Bob d'appuyer sur le bouton, Bob s'exécuta et la voiture de patrouille commença lentement à avancer dans la foule.

Le shérif transpirait, et pourtant il ne faisait pas chaud. Il jeta un coup d'œil à Bob et lui donna un petit coup de coude. “Baisse ta vitre, fiston s’il te plaît”, fit-il. Bob obtempéra et le shérif respira l’air marin à plusieurs reprises par le nez. “Ça va aller. Merci.” Il regarda Bob derechef. “Alors, tu as tenu combien de jours ? lui demanda-t-il. Ça fait combien de temps que tu es parti ?

— Quatre jours.”

Le shérif dodelina de la tête. “Ce n’est pas si long, j’imagine. Mais en vérité, la plupart des gamins ne tiennent même pas une nuit entière, donc on dirait que tu t’en es plutôt bien tiré. Sans compter qu’en termes de distance parcourue, tu as assuré. Comment tu as fait pour arriver jusqu’ici ? Du stop ?” Le shérif brandit un pouce.

“J’ai pris un train et un autocar”, répondit Bob.

Le shérif siffla. “Pas mal. Très bien joué.” Les pneus de la voiture de patrouille crissaient sur le gravier. Le shérif poursuivit : “En règle générale et pour autant que je sache, c’est le gamin qui ne fugue pas dont il faut s’inquiéter. J’ai fait comme toi quand j’avais ton âge.” Il fit signe à Bob et Bob actionna la sirène. Les badauds se collaient à la voiture, et certains mettaient du temps à s’écarter, si bien que le pare-chocs du véhicule les poussait un peu. Un homme et une femme dansaient en petits cercles. Comme la voiture de patrouille les frôlait, l’homme se pencha et demanda par la vitre ouverte. “C’était comment, cette émeute, shérif ?

— Pas terrible. Ces gars n’avaient pas le moindre éclair d’intelligence. C’étaient surtout des pochetrons au vin méchant, en fait. Ils ont réussi à faire quelques dégâts, j’avoue, mais au bout du compte, ils m’ont fait une bien piètre impression.” L’homme le salua de la main et s’éloigna avec sa partenaire. “Il y en a un, dit le shérif à Bob, je l'ai embarqué dans ma voiture pour le mettre au frais et il m'a proposé cent dollars pour le déposer à son campement. Il m'a assuré qu'il avait le fric sur lui, qu'il me le donnerait volontiers et qu'il ne dirait rien à personne. Je lui ai demandé : « Et tous tes potes ? » Il m'a répondu : « Bah quoi mes potes ? » Et j'ai dit : « Tu ne vas quand même pas les laisser payer les pots cassés pendant que tu te tires au plumard ? » Et cet oiseau m'a répondu ; en regardant par la fenêtre, il m'a répondu : « Chacun fait comme il veut en ce bas monde, peu importe ce qu'on en dit. » J'ai réfléchi à cette phrase un instant, et je lui ai répondu : « Mon petit monsieur, tu sais ce que c'est, ton problème ? C'est que tu as un *point de vue morbide*. »" Le shérif secoua la tête, cracha par la vitre ouverte, fit signe à Bob et Bob actionna la sirène. Un groupe de soldats bruyants se mit à taper sur le capot de la voiture, et le shérif leur lança dans le haut-parleur : "Ne tapez pas l'automobile du shérif." Puis à l'attention de Bob il ajouta : "Tu ne parles pas beaucoup, fiston, pas vrai ?"

Bob fit non de la tête.

Le shérif poursuivit : "Tu veux savoir combien de jours j'ai fugué, moi ? Le nombre de jours qu'il y a entre alors et maintenant. Voilà combien de jours. Parce que je ne suis jamais rentré chez moi. Qu'est-ce que t'en dis ?"

Bob haussa les épaules. Il aimait bien le shérif.

"Tu crois qu'ils me gardent encore une place, à table ?

— Peut-être.

— Peut-être pas, fit le shérif. Mais, et toi ? Tu crois que tes parents seront contents de te voir, ou fâchés ou quoi ?

— Contents, j'imagine.

— Ils ne seront pas fâchés ?

— Peut-être un peu fâchés."

Le shérif lança un coup d'œil à Bob. "Si je te pose la question. C'est que s'il y a vraiment quelque chose qui ne tourne pas rond chez toi, tu n'as pas besoin de rentrer. Tu comprends ce que je te dis ?

— Ouais.

— Tu peux me parler si tu veux ; voilà où je veux en venir.

— Tout va bien chez moi.

— Tu es sûr ?

— Oui."

Le shérif dit : "D'accord. C'est bon. C'est bien. Mais n'hésite pas si tu penses à quelque chose qui cloche, OK ?"

Ils avaient presque atteint la voie rapide et Bob observait la foule lorsqu'il aperçut June et Ida assez loin sur la droite. Il ne les vit que brièvement, mais il les regarda si intensément que l'image se fixa telle une photographie dans sa mémoire : elles se faisaient face, et Ida, les joues rouges et humides de larmes, semblait peinée tandis que June la contemplait l'air aimant, lui caressant les cheveux et tapotant son visage avec un mouchoir en lui disant des choses manifestement aimables. Bob sentit intérieurement qu'il se rapprochait d'elles, mais la voiture de patrouille s'engageait sur la voie rapide laissant derrière elle la foule et accélérant le long de la côte en direction du nord. Bob se retourna et s'agenouilla sur son siège pour regarder par la lunette arrière la foule et la ville devenir de plus en plus petite. La dernière chose qu'il vit de Mansfield fut la girouette se dressant de guingois sur la tour penchée ; lorsqu'elle disparut, il se rassit face à la route.

Quelque chose dans ce moment avait rendu son cœur triste. Il aurait aimé dire au revoir à June et Ida, mais l'idée de se séparer officiellement d'elles l'intimidait aussi, la situation aurait peut-être été trop difficile à supporter pour lui. Mais le sentiment perdura, et Bob ne sut pas quoi en faire. Il fixa le bas-côté, la chaussée défilant, floue. Haut dans le ciel, le soleil tapait sur le pare-brise, et le shérif, plissant les yeux, tendit la main vers la boîte à gants. "Lunettes de soleil, fiston, lunettes, lunettes de soleil."

4

2006

Après avoir appris que Chip et Connie étaient la même personne, Bob raccrocha, s'assit à la table du coin repas et regarda par la fenêtre en se demandant ce qu'il allait faire. Que pouvait-il faire ? Il n'y avait rien à faire. Il prit un antihistaminique et dormit jusqu'à midi. Dehors, le soleil brillait et la neige fondait. Il téléphona à Maria à la maison de retraite, s'attendant à ce qu'elle lui reproche de l'avoir appelée si tard la veille, mais soit elle ne s'en rappelait pas soit elle n'avait pas fait le lien avec lui. Elle évoqua sa grande fatigue et lui apprit sans qu'il n'eût à poser la moindre question, que Chip était revenue de l'hôpital ; et qu'avec le fils de Chip, elle cherchait à trouver pour celle-ci un établissement plus adapté à son état. "Il est plus aimable maintenant qu'il s'est calmé. Il m'a apporté un muffin ramollo ce matin en gage de paix." Elle demanda à Bob pourquoi il appelait et il improvisa une réponse, à savoir qu'il lui fallait s'occuper d'une affaire personnelle, ce qui l'empêcherait de venir à la résidence un certain temps. Maria fut surprise. Elle dit : "*Affaire personnelle*, ce sont les mots qu'utilisent les bénévoles quand ils veulent arrêter mais n'ont pas le cran de me le dire en face.

— Je n'arrête pas.

— Qu'est-ce qui se passe alors ? Vous êtes malade ?

— Non.

— OK, mais vous l'êtes ou pas ?

— Je ne suis pas malade et je n'arrête pas", promit Bob. Et effectivement, il n'arrêtait pas. Mais il ne pouvait pas revoir Chip sachant qu'elle était Connie, et il avait pris la décision d'éviter la maison de retraite jusqu'à ce qu'elle en fût partie. Cela relevait peut-être d'un manque de courage, ou bien s'agissait-il d'un défi humain qu'il n'avait pas la force de relever ; quoi qu'il en fût, la tâche dépassait tellement ce qu'il se sentait capable de faire, qu'il y renonça sans le moindre remords. Bob ne croyait pas que Connie comprît qui il était – que sa présence pût la réconforter. S'asseoir à ses côtés maintenant ne changerait rien pour elle mais serait pour lui source d'une trop grande souffrance, et il en conclut qu'il avait assez souffert. Maria dit à Bob que c'était son droit en tant que citoyen libre de se draper de mystère, mais qu'elle espérait qu'il réglerait vite ce qui le préoccupait et qu'il reviendrait bientôt.

"Vous allez me garder ma place, alors ? s'enquit Bob.

— Bah, oui. Prenez soin de vous, c'est tout, et faites-nous signe quand vous voudrez la récupérer."

Ainsi Bob n'eut plus de contact avec la résidence séniors Gambell-Reed, et ses journées devinrent mornes et ternes. Il n'aima pas être séparé de ses amis, et ce qu'il avait appris au sujet de Connie déclencha en lui une pénétrante tristesse qui sans être destructrice ni dangereuse, ralentit terriblement le temps et vida le monde de ses sons et de ses couleurs. Depuis quelques années, Bob s'était rendu compte que ses capacités mentales et physiques s'amoindrissaient lentement, mais ce fut durant cette période loin de la maison de retraite que la situation se dégrada véritablement.

Il oubliait des choses, laissait brûler des casseroles sur la gazinière, et il lui arrivait de ne plus savoir où il allait ni pourquoi. Son corps aussi se montrait peu coopératif ; ses membres s'affaiblissaient, il s'endormait sans se rendre compte qu'il était fatigué puis se réveillait désorienté et encore las. Il comptait de plus en plus sur la rampe de corde pour monter l'escalier jusqu'à sa chambre, se hissant une main après l'autre tel un alpiniste. Un soir il s'endormit sur le canapé du salon et ne se réveilla qu'à quatre heures du matin. Il garda les yeux ouverts et respira un moment, allongé dans la pénombre. Il se leva, traversa la pièce et entama l'ascension de l'escalier. Lorsqu'il arriva sur la dernière marche, l'anneau en laiton se décrocha du mur. Il y eut un terrible instant où il vacilla, suspendu dans le vide, corde à la main, puis la loi de la gravité reprit ses droits et l'envoya valdinguer en bas de l'escalier comme une pierre au fond d'un puits. Lorsqu'il retrouva ses esprits, il était allongé sur le dos ; la douleur au niveau de son bassin anéantissait toute pensée, et le martèlement sourd et violent dans sa poitrine brutalisait son cœur. Au bout d'un moment, la douleur diminua, cédant la place à l'engourdissement ; il parvint à penser à autre chose qu'à son inconfort. Il songea : *Je crois que je me suis cassé le fémur*, et c'était le cas. Puis : *Comment vais-je m'en sortir ?* Une hébétude le gagna, puis il se sentit guilleret et il gloussa, mais cela lui fit mal, de sorte qu'il cessa. Il eut envie de dormir, très envie de dormir, mais il redoutait de céder au sommeil de crainte qu'il ne s'agît de la mort déguisée en innocente fatigue. Mais il ne put lutter contre, il sombra et ne mourut pas. Il se réveilla à neuf heures et demie ; quelqu'un frappait à sa porte. Un jeune homme en gilet jaune pénétra dans la maison en lançant à la cantonade : “Y a quelqu’un ? Y a quelqu’un ?

— Je suis là.”

Le jeune homme se précipita et s’agenouilla près de Bob. “Ça va, monsieur ? s’enquit-il.

— Non. Et vous ?” Bob suggéra au jeune homme d’appeler les secours et celui-ci sortit son téléphone et s’exécuta, expliquant tant bien que mal la situation à la personne à l’autre bout du fil. “Je ne sais pas ce qui s’est passé, mais il est blessé, ça c’est sûr.

— Je suis tombé dans l’escalier, glissa Bob en désignant les marches.

— Il est tombé dans l’escalier”, répéta le jeune homme. Il demanda à Bob son nom et son adresse, Bob répondit et le jeune homme transmit ces informations à l’opératrice. Puis il écouta, avant de s’adresser de nouveau à Bob : “Ils veulent savoir par rapport à votre douleur, monsieur Comet.

— Bah, quoi ?

— À quel point vous avez mal ?

— Ça va, ça vient, mais quand c’est là, c’est bien là.”

Le jeune homme dit : “Je crois qu’il a très mal.”

Bob tenait toujours à la main la corde qui s’était détachée du mur. Le jeune homme la remarqua et se mit à parler à voix basse dans le combiné : “Ouais, il a une corde à la main.” Il alla dans la cuisine, continuant de parler doucement au téléphone ; Bob s’efforça d’écouter et de comprendre ce qu’il disait, sans y parvenir. Il remarqua que le plafond dans la cage d’escalier se craquelait et il se promit de s’en occuper plus tard. Au bout d’un moment, le jeune revint. “Ils seront là dans cinq minutes.

— Merci, fit Bob. Sans vous je ne sais pas ce que je serais devenu.

— Pas de quoi.

— Vous n'avez pas besoin de rester, si vous avez du travail à faire.

— C'est quoi, cinq minutes ?

— Je ne suis pas suicidaire, précisa Bob.

— Moi non plus", répliqua le jeune homme. Il alla chercher une chaise et ils attendirent ensemble. Bob lui demanda ce qui l'avait amené chez lui, et le jeune homme expliqua : "Je vends des fenêtres. Ou j'essaie d'en vendre. En fait, je n'en vends vraiment pas beaucoup. Quand j'ai commencé dans cette boîte, ils m'ont cité des employés modèles qui avaient vendu tellement de fenêtres qu'ils s'étaient fait des commissions de dingue. Mais aucun de ces employés n'est plus dans la société, et je commence à me demander s'ils ont vraiment existé.

— Et les fenêtres ? Elles sont belles ?

— Je ne devrais pas vous le dire, mais elles sont défectueuses. Soit elles ont été endommagées par le transport, soit ce sont des modèles d'exposition. On les achète pas cher et on les refourgue pas cher, et c'est comme ça qu'on accroche les gens. C'est sur l'installation qu'on fait notre beurre. Enfin, que la société fait son beurre."

Bob oublia qu'il était blessé et voulut bouger. Ce fut comme si une stalactite s'enfonçait dans son estomac ; il fronça les sourcils et un grognement sourd résonna au fond de sa gorge. Le jeune homme demanda : "Ça va ?" Bob secoua la tête : non. "J'ai mal", souffla-t-il. La douleur passée, il ajouta : "Et si vous me faisiez votre boniment ?

— Vous croyez que c'est le moment ? fit le jeune homme souriant.

— Ça nous aiderait à passer le temps, suggéra Bob.

— OK, sauf que ce n'est plus tellement les vendeurs qui parlent maintenant. On fait parler les gens.

— Comment ça ?

— Sans vouloir vous offenser, à votre époque, vendre c'était monologuer. Mais maintenant les gens veulent participer. Donc, on pose au client des questions qui comme par hasard l'incitent à aller là où on veut qu'il aille.

— C'est-à-dire ?

— Jusqu'à acheter notre produit." Le jeune homme s'interrompit. "Vous voulez vraiment que je vous fasse mon numéro ? C'est vraiment pas terrible. Plutôt faux cul, voyez ce que je veux dire ?"

Bob dit : "Je vous écoute", et le jeune homme, se redressant, prenant un air honnête et sincère, se transforma en vendeur. D'une voix plus aiguë il se lança : "Monsieur Comet, vous avez une maison magnifique. Puis-je vous demander depuis combien de temps vous vivez ici ?

— Depuis toujours, en fait. C'était la maison de ma mère, avant.

— Carrément ? C'est génial. Quelle chance !" Il balayait du regard l'intérieur de la maison, opinant du chef, impressionné. "Et vous savez quoi ? Ça se voit tout de suite que c'est une maison bien construite. Bien construite mais aussi bien tenue… et c'est crucial. Parce que posséder une maison comme celle-ci, c'est une responsabilité, pas vrai ? On n'est pas simplement propriétaire quand on a une maison pareille, on en est le gardien en quelque sorte. Vous êtes d'accord avec moi là-dessus, monsieur Comet ?

— Oui", répondit Bob ; mais il n'écoutait pas attentivement. Quelque chose bougeait, se déplaçait en lui, quelque chose qui se métamorphosait en autre chose, quelque chose sur le point de se produire, et il eut peur en sentant cette chose s'approcher.

Le jeune homme demanda : "Monsieur Comet, avez-vous déjà entendu dire que les fenêtres sont les yeux d'une maison ?"

Bob répondit : "J'ai entendu dire que les yeux sont les fenêtres de l'âme.

— Oui, c'est une très jolie formule. Et c'est vrai en plus. Mais je ne suis pas venu pour parler de ça." Il secoua la tête. "Je suis venu pour vous parler, eh bien, pour vous parler des yeux de votre *maison*. Et monsieur Comet ?

— Oui, fit Bob.

— Êtes-vous satisfait... des yeux de votre maison ?"

La chose que Bob pressentait arriva : une vague, comme si chaque globule de son sang s'était mis à aller non pas dans une direction mais à le quitter tout bonnement. Il eut la certitude d'être en train de mourir, et s'exclama : "Ah ! Ah !" et le jeune homme glissa la main dans l'encolure de son gilet jaune pour en sortir un petit crucifix argenté suspendu au bout d'une chaîne. Il s'agenouilla près de Bob et se mit silencieusement et avec ferveur à prier. Mais Bob ne mourut pas ; il avait eu une crise, et la crise passait. Il demanda pardon au jeune homme qui, se rasseyant sur sa chaise, lui dit : "Ne vous excusez pas." Les secours arrivèrent et un urgentiste entra sans frapper, un homme efflanqué mangeant un sandwich qu'il posa délicatement sur la rampe en bas de l'escalier avant de se pencher vers Bob. Bob regarda le visage mastiquant de l'urgentiste. "Dites-moi que vous n'allez pas me toucher et me demander si ça fait mal, d'accord ?" lui demanda-t-il.

L'urgentiste déglutit. "C'était précisément ce que j'allais faire.

— Je vous en prie, ne le faites pas. Ça fait mal. Je crois que je me suis cassé le fémur.”

L'urgentiste désigna les pieds de Bob. “Essayez de bouger vos orteils, s'il vous plaît.

— Mais ça va me faire mal.

— C'est bien, la douleur. Ça veut dire que ce n'est pas trop grave. Avec une blessure comme la vôtre, c'est quand on ne sent rien qu'il faut s'inquiéter.

— D'accord. Mais je bougerai mes orteils une autre fois.

— Sauf si vous en êtes incapable”, répliqua l'urgentiste. Il se redressa, s'empara de son sandwich et quitta la maison. Il revint sans sandwich mais avec un autre urgentiste, un homme à l'air austère poussant un brancard. Les deux hommes baissèrent le brancard au niveau du sol, juste à côté de Bob. L'urgentiste austère déclara : “OK, monsieur ? On va vous emmener à l'hôpital pour passer des radios, et ils vont s'occuper de vous, mais d'abord il faut qu'on vous transfère sur ce brancard, d'accord ? Vous allez nous aider ?

— Attendez”, fit Bob.

Ils n'attendirent pas ; ils le soulevèrent par les jambes et les épaules et le posèrent sur le brancard. Ils agirent avec délicatesse, mais une douleur atroce transperça Bob, qui fit un bruit qui le surprit, un bruit animal, archaïque, et le jeune homme au gilet jaune cacha son visage dans ses mains.

“Vous ne pouvez pas lui donner quelque chose contre la douleur ? lança-t-il à l'austère urgentiste.

— Ils lui donneront quelque chose à l'hôpital.

— Mais c'est maintenant qu'il en a besoin, vous voyez bien.”

L'urgentiste austère examina le jeune de haut en bas. “Vous êtes de la famille de ce monsieur ?

— Non, c'est moi qui l'ai trouvé par terre.
— Mais pourquoi êtes-vous là ?
— Je suis là parce que je vends des fenêtres.
— Vous vendez des fenêtres à qui ?
— À quiconque en a besoin."

L'urgentiste austère décida d'ignorer le jeune homme au gilet jaune et attacha Bob – haletant tandis que la douleur s'estompait – sur le brancard. Les deux hommes emmenèrent Bob jusqu'à l'ambulance garée le long du trottoir. Ils s'affairèrent dans le véhicule pour pouvoir y hisser le brancard ; pendant ce temps, le jeune homme au gilet jaune était réapparu et tendait sa carte de visite. Bob, les bras immobilisés, suggéra : "Mettez-la dans ma bouche." Gêné par le bruit qu'il avait fait, il cherchait à se montrer sous un jour plus léger, mais le jeune homme ne comprit pas son humour. "Et si je la glissais dans votre poche de chemise ?" dit-il avant de s'exécuter. Les urgentistes chargèrent Bob dans l'ambulance. "Bonne chance, monsieur Comet", s'exclama le jeune homme au gilet jaune et il dit au revoir de la main tandis que l'ambulance s'éloignait.

On emmena Bob à l'hôpital où on lui administra une injection massive de Demerol, la première d'une longue série. La fracture de son fémur était nette, l'os parfaitement cassé en deux, et la radio était tellement belle que les tous les médecins, les infirmiers et les aides-soignants vinrent y jeter un coup d'œil, siffler d'admiration en frissonnant. Personne ne pouvait prétendre que la blessure n'était pas importante, et pourtant il n'y avait pas de séquelles au niveau de la colonne vertébrale, et les médecins comptaient sur un rétablissement total. On lui plâtra tout le bassin – on aurait dit une énorme couche de pierre – avec un tube sortant devant et un autre derrière. On l'installa dans une chambre lumineuse avec deux télécommandes, l'une pour son lit et l'autre pour la télévision. Une infirmière entra et lui expliqua le fonctionnement du goutte-à-goutte. "Vous voyez ce bouton ? Chaque fois que vous avez mal, ou si vous vous ennuyez, appuyez dessus.

— Et après qu'est-ce qui se passe ?

— Bah, vous décollez. Vous voulez un chocolat chaud ?"

Avec le bouton en guise de compagnon de route, Bob s'installa dans sa temporaire existence hospitalière. Après avoir rejeté la télévision durant des décennies, il se mit non seulement à la regarder mais à la regarder avec enthousiasme. Toute sa vie il avait cru que le monde réel était celui des livres ; c'était là qu'étaient représentées les dispositions les plus nobles du genre humain. Et cela avait dû être vrai à un moment donné de l'histoire, mais à présent il comprenait que l'espèce avait évolué et que ce pot-pourri grinçant, vil et banal des pires désirs et autres comportements les plus lâches et veules du genre humain était le plus fidèle reflet de notre époque. Il s'agissait d'un excès constant de son et d'images qui cloua Bob dans son lit tel un chat devant une lumière stroboscopique. Un matin où il était dans les vapes, il tomba sur la carte de visite que le jeune homme au gilet jaune lui avait donnée. Il était inscrit en bas de la carte : *Questions ? Commentaires ? Réclamations ?* Ces mots étaient suivis d'un numéro gratuit, et il demanda à son infirmière de le composer pour lui. Une voix féminine répondit, et Bob d'une voix pâteuse se mit à chanter les louanges du jeune homme qui avait été si gentil et l'avait tant aidé. Au bout d'un moment la femme lui coupa la parole.

"Monsieur ? Quelle est votre réclamation ?

— Je n'ai pas de réclamation. J'appelle pour féliciter votre société. Parce que vous avez engagé quelqu'un de remarquable. J'aimerais pouvoir me souvenir de son nom. En fait, je ne crois pas qu'il m'ait dit comment il s'appelait. Et si je vous le décrivais ?

— Vous êtes client chez nous ?

— Potentiellement oui.

— Eh bien, ce n'est pas le service commercial ici. Vous voulez que je vous transfère ?

— Pas vraiment.

— Dans ce cas je vous souhaite une bonne journée, monsieur.

— Oh, bonne journée à vous", fit Bob avant de tendre le combiné à l'infirmière, heureux d'avoir donné ce qu'il croyait être un coup de pouce au jeune homme. Quelques heures plus tard, se réveillant d'une sieste, Bob se rendit compte que Linus Webster allait et venait au pied de son lit dans son fauteuil roulant électronique. Le lit était surélevé au maximum, et Bob ne voyait que le béret et les yeux injectés de sang. Linus contourna le lit et s'approcha de Bob. "Comment vous vous sentez, mon vieux ?

— De quoi j'ai l'air ?

— Vous avez l'air plutôt mal en point, Bob. Mais bon, moi aussi, et je me sens hyper bien. Donc : comment vous vous sentez ?

— Parfois bien, parfois moins bien. Comment va la bande ?

— Oh, comme d'hab. Ils sont vieux. Bizarres. Maria vous a écrit une lettre." Il brandit une enveloppe et la posa sur la table de chevet. Remarquant le goutte-à-goutte, il écarquilla les yeux. "Ils vous ont mis un goutte-à-goutte ? Y a quoi dedans ?

— Du Demerol.

— Du Demerol ? Pas mal." Il n'était pas impressionné.

Bob lui dit : "Je n'ai pas à me plaindre du Demerol.

— Bien sûr. Enfin, ça fait le boulot. Vous voulez que j'appuie sur le bouton pour vous ?" Avant que Bob puisse répondre par la négative, Linus appuya plusieurs fois sur le bouton avec son énorme pouce rouge. "Avoir un goutte-à-goutte d'opioïdes à disposition, Bob, c'est un don du ciel, et il faut que vous en profitiez pleinement. Vous vous retrouverez bien assez tôt dans la froidure merdique de ce monde merdique, croyez-moi, je sais de quoi je parle."

Bob était heureux de voir Linus, et pas seulement à cause des antalgiques. Ils papotèrent gaiement pendant trois quarts d'heure avant que Linus ne commençât à s'agiter en se rendant compte que son programme télévisé favori, un feuilleton intitulé *Les Californiens du Sud*, n'allait pas tarder à commencer. "Ça ne vous embête pas si je le regarde ici, vieux ? Je n'arriverai jamais à rentrer à temps." Encore une fois, Linus n'attendit pas la réponse, mais il sortit de quoi grignoter de sa sacoche en toile et posa le tout sur une petite tablette qu'il avait sortie de l'accoudoir de son fauteuil et dépliée. Le feuilleton commença, tout comme les commentaires de Linus : "Vous voyez ce type, Bob ? Bob ? C'est le duc. Il est maçon en fait, il vient du vieux monde, de l'Italie, mais il s'est inventé toute cette histoire de lignée royale et tout le monde l'a cru au début, mais maintenant ils commencent à se poser des questions, et sa femme surtout ; en tout cas elle est… la voilà, vous la voyez ? Avec un œil qui dit merde à l'autre ? Elle est en train de tomber amoureuse d'un *autre* maçon, un con fier de lui qui travaille dans leur petite villa et qui, c'est dingue, est joué par le même acteur que le duc, sauf qu'il est plus bronzé, qu'il a une fausse queue de cheval et un très mauvais accent italien. J'ai hâte de savoir comment ils vont relier les deux maçons. Mais bon, la roue est en train de tourner pour le duc, ça c'est sûr, c'est sûr."

À moitié submergé par les effets des opioïdes, Bob suivit tant bien que mal les images. Il somnola un moment ; lorsqu'il se réveilla, l'infirmière se tenait devant Linus, les bras croisés. "Vous n'êtes *pas* patient ici, monsieur. Vous m'avez regardée dans les yeux et vous m'avez menti.

— C'est vrai, j'avoue.

— Eh bien, je regrette, mais vous devez partir.

— OK, mais donnez-moi encore un quart d'heure. Regardez, le juge Hartman va enfin admettre qu'il a assassiné son je-m'en-foutiste de demi-frère maître chanteur.

— Faut-il que j'appelle la sécurité ?

— Regardez-moi, madame. Qu'est-ce qu'un vigile pourra bien me faire que je ne me suis pas déjà infligé ? Je vous demande un tout petit quart d'heure."

L'infirmière céda et autorisa Linus à finir de regarder son feuilleton. Debout à côté de lui, elle suivit les dernières scènes, et chaque fois qu'apparaissait à l'écran un nouveau personnage, elle demandait : "C'est un gentil, lui, ou un méchant ?" Ensuite, Linus replia sa tablette, la rangea dans l'accoudoir et se dirigea en fauteuil roulant vers la porte. Effleurant le rebord de son béret, il lança : "Lisez la lettre, Bob. Dites-nous ce que vous en pensez.

— Ce que j'en pense de quoi ?" fit Bob. Mais Linus avait disparu.

Il ouvrit l'enveloppe et lut la lettre. Maria regrettait ce qui lui était arrivé, mais elle était également heureuse que sa blessure ne fût pas plus grave. Il leur manquait beaucoup, affirmait-elle ; pas seulement à elle mais quasiment à tout le monde dans la résidence.

En fait, Bob, j'ai une idée en tête depuis que j'ai appris pour votre chute. J'en ai parlé aux résidents, et leur enthousiasme m'incite à vous dire que si jamais vous souhaitez vous joindre à nous, vous joindre à nous en tant que résident à plein temps, vous serez plus que le bienvenu. Vous y réfléchirez, n'est-ce pas ? J'ai trouvé une solution alternative pour Chip, mais sa nouvelle chambre ne sera disponible que dans deux mois, vous avez donc le temps de réfléchir à ma proposition. Quoi qu'il en soit, j'attendrai de savoir ce que vous avez décidé avant d'attribuer la chambre à quelqu'un d'autre, d'accord ? J'espère que vous ne prendrez pas mal cette offre, que je vous fais en toute sincérité.

Vôtre,
Maria

Bob sortit de l'hôpital et passa trois mois au lit chez lui à attendre que son fémur se ressoude. Une infirmière vint quotidiennement le voir, ou plus exactement, une parmi une multitude d'infirmières. Il les trouva toutes enjouées et efficaces mais aucune ne s'occupa de lui assez fréquemment pour qu'il pût se lier d'amitié avec elle. Bob commença à s'ennuyer, puis à beaucoup s'ennuyer avant de succomber au cafard. Un jour Maria lui rendit visite, et il aurait voulu bondir de joie en la voyant. Elle apporta des fleurs, lui raconta des potins, et l'interrogea sans détour sur ses projets. Avait-il réfléchi à sa proposition ? En fait, oui ; et peu après la visite de Maria, une fois qu'il fût libéré de son plâtre, il mit sa maison en vente, vendit sa voiture et la majorité de ses biens et emménagea dans l'ancienne chambre de Connie à la résidence séniors Gambell-Reed.

La pièce était exiguë et mal isolée mais ne contenait plus rien qui fût susceptible de lui rappeler Connie. Bob garnit les murs de livres – avec les meilleurs ouvrages de sa collection –, installa une commode, une table de chevet, son fauteuil de lecture préféré, et une lampe au pied de son lit. Et il étrenna ses nouveaux quartiers ainsi meublés. La chambre de Linus se trouvait en face de la sienne, et celle de Jill à côté de celle de Linus. Tous deux lui rendaient régulièrement visite, peut-être trop régulièrement, pour se plaindre ou lui demander conseil ou lui raconter des histoires ou lui emprunter de petites sommes d'argent qui, comme Bob le comprit par la suite, ne lui seraient jamais remboursées. La période télévision qu'il avait connue à l'hôpital était depuis longtemps révolue, et Bob s'était remis à la lecture ; il découvrit qu'il pouvait lire pendant trois, voire quatre heures d'affilée, s'interrompant seulement pour manger ou pour somnoler ou pour regarder le monde par la fenêtre, les gens passant sur le trottoir ignorant la présence du visage pâle et curieux derrière le carreau au-dessus de leurs têtes. Il eut soixante-douze ans et les résidents organisèrent une fête pour son anniversaire. Ils chantèrent, le chouchoutèrent, et Maria lui avait commandé un gâteau d'anniversaire en forme de livre avec au centre le titre : *Le Livre de Bob*. Son fémur s'était magnifiquement ressoudé, affirmaient les médecins, et pourtant une fatigue nouvelle, profonde et pesante accablait désormais Bob. Il continuait de rêver de l'hôtel Elba, rêves dans lesquels il vivait dans la tour penchée, ou se tenait debout sur l'escalier bleu, parcourant des yeux une foule floue en quête de June et Ida ; et toujours les mêmes molécules chimiques inondant son cerveau, ce sentiment de tomber amoureux, et il se réveillait follement épris, mais de personne en particulier, sans jamais voir l'image d'un visage auquel relier ce sentiment. Dans ses rêves de l'hôtel Elba, il était seul. Il n'y avait personne avec lui ; les lieux, vides, résonnaient de l'écho des pas de ceux qui avaient l'habitude de les traverser et qui venaient de partir.

Il rêvait moins fréquemment mais de manière tout aussi précise de la bibliothèque. Durant sa vie professionnelle, Bob avait connu des périodes où l'étroitesse de son existence l'avait chagriné, mais il comprenait maintenant à quel point il avait eu de la chance d'avoir fait ce métier. Durant près de cinquante ans il avait rendu service à sa communauté, en avait fait partie intégrante ; il avait vu les gens du quartier aller et venir, grandir, vieillir et mourir. Il en avait connu certains aussi, n'est-ce pas ? C'était réconfortant pour lui de rêver de la bibliothèque. Dans son rêve préféré, il était seul, c'était tôt le matin, il se préparait pour sa journée de travail, tout était paisible, immobile, et ses chaussures ne faisaient aucun bruit lorsqu'il marchait sur le sol moquetté, un bus vide passant presque en silence sur la chaussée humide.

Maria venait parfois voir Bob dans sa chambre, s'asseyant dans le fauteuil inclinable au pied de son lit tandis que Bob tapotait sa couverture en quête de ses lunettes de lecture. D'autres fois, lorsqu'elle sentait qu'il se laissait aller, elle envoyait une infirmière ou Linus lui dire qu'elle voulait lui parler dans son bureau, et si Bob se plaisait à faire comme si ces convocations le dérangeaient, il se levait bien vite, s'habillait, se débarbouillait et prenait l'ascenseur brinquebalant à deux places pour descendre le long de la colonne vertébrale de la vieille bâtisse jusqu'au rez-de-chaussée, où il traversait la grande salle et allait frapper à la porte du bureau de Maria. Elle voulait vérifier comment il allait, entendre les derniers potins, y prendre part, voire même les alimenter. Une fois, elle confia à Bob qu'elle aimait répandre dans la résidence des histoires fausses pour voir les effets qu'elles produiraient. Ni méchantes ni calomnieuses, ces histoires servaient à réveiller celui ou celle qui les entendait et à provoquer une réaction. Selon la théorie de Maria, s'indigner de temps à autre faisait autant de bien que faire de l'exercice.

"Jill s'inquiète, elle pense que vous êtes déprimé.

— Je ne suis pas du tout déprimé.

— Vous n'avez pas l'air déprimé. Je crois que c'est Jill qui est déprimée.

— Je crois que Jill incarne la dépression." Quand Bob faisait rire Maria, il se sentait fier. Maria ne pouvait pas parler ainsi aux autres, et Bob se disait qu'il était à part, chose qu'il appréciait. Somme toute, il était heureux à la résidence, sauf qu'il continuait de penser intensément à Connie. Il avait envie de savoir où elle se trouvait et comment elle se portait, l'idée étant que s'il savait un tant soit peu à quoi s'en tenir, cela le soulagerait et lui permettrait de clore ce chapitre de sa vie. Mais aucun des résidents ou des infirmières ne savait rien au sujet de Connie, et Bob pensait qu'il serait inélégant d'interroger Maria. Mais sa curiosité finit par triompher de sa pudeur et il prit officiellement rendez-vous avec Maria pour lui raconter l'histoire de son mariage, presque en entier. Maria fut abasourdie. Elle avait déjà une confiance et une affection totales pour Bob ; ainsi, à la fin du récit de ce dernier et pour répondre à ses questions, elle lui tendit le dossier de Connie. Non seulement cela allait à l'encontre du règlement, mais c'était illégal ; Maria lui demanda de l'emporter dans sa chambre pour en parcourir le contenu en toute discrétion.

Voici ce que Bob apprit :

Après la mort d'Ethan, Connie avait fait des remplacements en tant qu'institutrice puis était devenue enseignante d'arts plastiques à plein temps en élémentaire, et ensuite directrice d'école. À cinquante ans, elle avait démissionné et travaillé dans une crèche dans le sud-est de Portland où elle était restée quinze ans, jusqu'à sa retraite.

Bob apprit que son état catatonique ne résultait pas d'une démence, comme il l'avait supposé, mais avait été provoqué par un traumatisme crânien qu'elle avait subi après avoir glissé sur le trottoir devant chez elle. Apparemment, elle avait été en parfaite santé jusqu'à cette blessure, mais à la suite du choc, un caillot s'était formé dans son cerveau entraînant un AVC qui avait considérablement amoindri ses capacités. Elle avait passé deux ans à la résidence Gambell-Reed avant d'être transférée dans un établissement sur la côte de l'État de Washington.

Bob découvrit que Connie avait habité tout ce temps à environ huit kilomètres de chez lui. Ce qui le replongea dans les années qui avaient suivi la mort d'Ethan, années durant lesquelles il s'était souvent demandé quand il la reverrait. Certains matins à l'époque, alors qu'il se rasait ou faisait son lit, il pressentait que Connie n'était pas loin, qu'elle ne tarderait pas à franchir le seuil de la bibliothèque pour venir le voir, et il se remémora combien il était distrait ces jours-là, durant tout son service, levant les yeux chaque fois que quelqu'un entrait dans la bibliothèque. Lorsqu'il avait compris qu'elle ne viendrait pas le voir à son travail, s'était ensuivie une période d'une dizaine d'années où il s'était convaincu que le destin interviendrait en sa faveur. Il la croiserait au supermarché, sur le parking, quelque part. Il repérerait son expression froide dans la foule et elle se sentirait regardée et se tournerait vers lui et lorsqu'elle le verrait, la froideur disparaîtrait de son visage et elle redeviendrait celle qu'elle avait été jadis, rayonnante, quand elle le regardait en franchissant le seuil de la bibliothèque, et qu'elle l'aimait.

Bob sut gré à Maria de lui avoir donné accès au dossier de Connie, mais les informations qu'il contenait le blessèrent. Peu importait si la notion d'injustice était puérile ; ce qu'ils avaient vécu était injuste, et rien ne pouvait y remédier. Il rendit le dossier à Maria et la remercia. Elle comprit à son regard qu'il n'avait pas envie d'évoquer de ce qu'il y avait appris. La plupart de ses patients avaient connu au cours de leurs existences des périodes trop douloureuses pour pouvoir en parler, et jamais elle ne tentait d'en savoir plus ; elle respectait les limites de chacun. Maria comprenait que vieillir, du moins pour nombre d'entre nous, signifiait en partie admettre à quel point nos histoires ne pouvaient qu'être imparfaites. Le passage du temps nous fait ployer, il nous ratatine, et pour finir il nous enterre.

Se réveillant d'une sieste un après-midi, Bob trouva Maria assise au bord de son lit, l'air soucieux, comme s'il était arrivé quelque chose. "Quoi ?" interrogea-t-il. "Le fils de Chip est en bas, Bob, répondit-elle. Le fils de Connie. J'espère que vous ne m'en voudrez pas, mais j'ai pensé que vous aimeriez le savoir."

Bob se redressa. "Qu'est-ce qu'il fait là ?

— Il est venu sans prévenir récupérer le dossier de sa mère. Je lui ai dit que le dossier était archivé en dehors de l'établissement, et maintenant il attend qu'on le lui apporte." Elle était fière de son subterfuge, mais Bob ne comprit pas sa motivation et lui demanda pourquoi elle lui avait dit une chose pareille. "J'ai pensé que vous voudriez descendre le saluer, justifia-t-elle.

— Pourquoi ? Il ne sait même pas qui je suis.

— Vous pourriez le lui dire.

— Et s'il n'a pas envie de le savoir.

— Alors, il vous le dira. C'est un homme très avenant, Bob. Et je sais que je me mêle de ce qui ne me regarde pas, mais le rencontrer vous sera peut-être utile. Écoutez, si vous ne descendez pas, je saurai que ça ne vous intéresse pas. En attendant, je vais le retenir aussi longtemps que possible, d'accord ?"

Elle tapota le bras de Bob et sortit. Bob se leva et arpenta sa chambre en réfléchissant. Il ne voulait pas descendre, mais il n'était pas pour autant convaincu que ce ne fût pas la chose à faire. Lorsqu'il comprit que ce serait sans doute la seule et unique fois dans ce qui lui restait à vivre qu'il pourrait avoir un lien direct avec Connie, il se surprit à s'emparer de ses chaussures, à enfiler une veste, à se peigner, et à se brosser les dents. Après coup, il sortit les quelques photos de Connie qu'il lui restait, et les mit dans une enveloppe qu'il glissa dans la poche de sa veste avant de filer vers l'ascenseur.

Il pénétra dans la Grande Salle où il trouva le fils de Connie assis seul à la longue table, consultant son téléphone. Il portait la même veste en toile élimée que la fois où il l'avait vu précédemment, et il avait un doigt bandé ; on aurait dit un ouvrier ou un artisan en pause déjeuner. Bob s'immobilisa de l'autre côté de la table. Lorsque le fils de Connie leva les yeux, Bob s'inclina légèrement et demanda s'il pouvait s'asseoir. Le fils de Connie acquiesça vaguement et retourna à son téléphone. Bob s'installa. "Vous ressemblez à votre père", remarqua-t-il. Le fils de Connie n'eut aucune réaction ; il textotait. Bob ajouta, un peu plus fort : "Votre père et moi étions amis, voyez-vous. Ethan. Si je puis me permettre, c'est un peu grâce à moi si votre père et votre mère se sont rencontrés."

Le fils de Connie leva les yeux derechef. "Mes parents se sont rencontrés dans un bus.

— Oui, mais ils venaient tous les deux me voir à la bibliothèque. Donc, en un sens ils se sont rencontrés grâce à moi." Au son du mot *bibliothèque*, le regard du fils de Connie s'aiguisa. En vérité, il prit un air quelque peu effrayé, il posa son téléphone sur la table, se redressa et dit : "Oh mon Dieu, vous êtes Bob Comet."

Le fils de Connie s'appelait Sam, et il fut surpris, impressionné et un peu contrarié que Bob se présentât soudain, aussi tardivement dans sa vie et dans cet endroit en particulier. Bob aussi fut surpris, et impressionné, sans toutefois être contrarié, sinon un tout petit peu. Sam voulut savoir ce que Bob faisait là ; Bob voulut savoir comment il était possible que Sam connût son nom et son histoire. Ils avaient à peine commencé à se formuler ces questions que Maria arriva avec le dossier de Connie, s'attardant aussi longtemps que possible pour assister à l'entrevue et de manière générale prendre la température. Mais sa présence était inhibitrice, et Sam proposa à Bob d'aller faire un tour dehors. Bob fit une contreproposition, suggérant d'aller au restaurant voisin, ce qu'ils firent, et ils s'installèrent dans un box et commandèrent chacun un café et une part de tarte. La serveuse connaissait Bob de vue, car Linus, Jill et lui avaient pris l'habitude de se rendre dans cet établissement deux à trois fois par semaine.

"On est tout beau aujourd'hui ! s'exclama-t-elle. Vous allez au bal ?

— Absolument. Et je me disais que vous pourriez m'y accompagner.

— Voyons d'abord ce que vous me laisserez comme pourboire. Mais je vais vous dire : ça vous va bien d'être sur votre trente et un." La serveuse se tourna vers Sam et l'observa. "Vous en revanche, jeune homme, vous auriez bien besoin d'un petit coup de main", dit-elle, se baissant pour lui aplatir une mèche rebelle. Bob trouva troublant ce geste ; mais il se rendit compte que Sam était moins au fait du pouvoir de son physique que ne l'avait été son père – ce qui était sans doute une bonne chose au regard de la souffrance qu'Ethan avait distribuée autour de lui.

La serveuse apporta leur café et leur tarte et les laissa discuter – mais de quoi exactement ? Ni l'un ni l'autre ne savaient par où commencer ni même dans quel but ils désiraient se parler. Après quelques faux départs, Bob tendit les photographies, vieilles images qui les aidèrent à se lancer. Sam n'avait jamais vu jusque-là de photographies de cette époque, et il les examina avec une grande fascination sous les yeux de Bob qui pendant ce temps observa son profil, le même, trait pour trait, que celui d'Ethan.

Sam tourna une photo sur la nappe et la poussa vers Bob. L'image représentait Connie et Bob. Ils se tenaient debout devant la maison couleur menthe. Bob n'avait aucune expression en particulier, il était penché sur le côté, les mains le long du corps tandis que Connie, poings sur les hanches, coudes écartés, clignait exagérément de l'œil, dans une pose outrancière et comique. Sam tapota sur la façade de la maison. "C'est là qu'il y avait une rampe en corde ?

— Tout à fait. C'est là que votre mère et moi vivions quand nous étions mariés." Bob s'éclaircit la gorge. "Ça m'étonne que vous sachiez ça. Que vous sachiez quoi que ce soit à mon sujet, en réalité."

Sam ramena la photo vers lui et la plaça sous la pile. Il s'adressa à Bob tout en continuant de parcourir les images. "Je crois que ceux qui connaissaient ma mère avant son accident savaient qu'elle avait dans son passé une histoire qu'elle cachait. Elle m'a parlé de la mort de mon père quand j'ai eu l'âge qu'il fallait, douze ou treize ans, et ça m'a donné une pièce du puzzle, mais j'avais l'impression qu'il y avait quelque chose d'autre, voyez, quelque chose de tapi. Puis un jour, à Noël, je devais avoir seize ans ; ma mère avait bu du vin et elle m'a dit : « Sam, il faut que tu saches que j'ai été mariée à un autre homme avant d'épouser ton père. »" Il leva les yeux et fit une moue horrifiée avant de se replonger dans les photographies. "Ce n'est pas ce qu'il y a de mieux à entendre pour un jeune homme encore adolescent. Et au début je n'ai rien voulu savoir de plus. Mais plus tard, après avoir grandi un peu et apprivoisé l'idée, j'ai commencé à poser des questions, et l'histoire s'est reconstituée, par bribes." Il poussa vers Bob une autre photo. Il s'agissait d'Ethan et de Bob ; ils étaient affublés de chapeaux de femme extravagamment fleuris, mais arboraient tous deux un air solennel et digne.

Bob scruta l'image, les yeux plissés. "Ah oui, ça. La maison était dans une impasse, et une fois par an, les voisins et moi on organisait un vide-grenier." Une ombre était penchée sur la jambe de Bob. "C'est votre mère qui a pris cette photo. Vous la voyez, là ?

— Waouh", fit Sam secouant la tête. Cela lui faisait plaisir, de voir ces images, et son plaisir fit plaisir à Bob. Sam tendit alors une photo prise juste après le mariage de Bob et Connie. Ethan se tenait à l'écart des jeunes mariés, le visage flou. Bob observa l'image et acquiesça avant de détourner les yeux.

“Est-ce que vous vous êtes remarié, Bob ? s’enquit Sam.

— Jamais, non. Et votre mère ?

— Non, non. Ça n’aurait pas été son genre ; je ne crois pas que c’est ce qu’elle voulait. Je sais qu’elle a eu quelques amitiés qui ont dû être amoureuses parfois. Des hommes qui apportaient à maman des cadeaux dont elle ne voulait pas vraiment, des hommes avec des moustaches et des grosses cravates, des lunettes aux verres teintés en cul-de-bouteille. Les années 1970, quoi. Les années 1980. Mais j’ai toujours eu l’impression que ça ne l’intéressait pas plus que ça.”

Ils burent leur café et mangèrent leur tarte ; Sam passa à Bob telle ou telle photo et Bob regarda chacune avant de la lui rendre, mais il était préoccupé, une gêne montait en lui, une envie d’évoquer un sujet en particulier. Il était curieux d’en savoir plus sur la vie de Connie après leur rupture et après la mort d’Ethan. Mais lorsqu’il formulait la question dans son esprit, elle lui semblait hostile. Or, il n’avait aucune intention hostile, de sorte qu’il ne sut pas trop comment procéder. Pour finir, il déclara simplement : “On connaît une personne, et ensuite on ne la connaît plus. Et pendant son absence on se demande de quoi sa vie est faite.” Sam haussa les épaules, sans savoir s’il s’agissait d’une question, d’une affirmation ou autre. Bob précisa : “J’essaie de me faire une idée de la vie de votre mère et vous au quotidien. C’était comment pour elle ?

— Bah, elle avait fort à faire. Elle devait s’occuper de moi, aller travailler, tenir la maison. C’est beaucoup pour une personne, vous savez ? Mais on avait notre petit univers, notre rue. Nous avions de la chance parce que nos voisins étaient sympas. Beaucoup avaient des enfants, donc il y avait des barbecues, des anniversaires, des fêtes pour Noël, des chasses aux œufs à Pâques. Je connaissais l'intérieur de chaque maison du quartier.

— Et ces gens étaient ses amis.

— Ils l'adoraient tous. Mais ils avaient tendance aussi je crois à la protéger, à cause de l'histoire de papa, et parce qu'elle vivait seule. Mais ce n'était pas une situation triste. Je veux dire, ma mère était merveilleuse. La vie c'était la vie avec ses hauts et ses bas mais on s'est vraiment bien amusés tous les deux, vous voyez ?

— Oui, fit Bob.

— Elle était drôle.

— Elle l'était, ça oui."

Sam pointa un pouce par-dessus son épaule. "À l'époque elle l'était ?

— Toujours."

Sam rempila les photographies et les posa près du coude de Bob. Sur la première, au sommet de la petite pile, Ethan était enfoncé dans le siège conducteur de sa voiture et regardait par la vitre ouverte, l'air espiègle. Bob dit : "Un inspecteur de police est venu chez moi quand votre père est décédé. Il voulait savoir où je me trouvais au moment de sa mort. Je me suis toujours demandé si votre mère était au courant.

— Je ne sais pas. Elle ne pensait pas que vous ayez quoi que ce soit à voir là-dedans, si c'est ce que vous voulez dire. En fait, elle pensait que c'était une femme riche, la responsable. Une des vieilles conquêtes de mon père.

— Eileen, fit Bob.

— Oui, c'est ça. Et elle en a parlé à la police, mais il s'est avéré ensuite que la femme était à l'étranger quand papa a été tué. Personne n'a jamais su qui l'avait renversé. Les détectives ont dit à maman que c'était un accident. Et c'était peut-être le cas. Mais ça l'a toujours taraudée, je le sais, de ne pas savoir à quoi s'en tenir avec certitude." Sam réfléchit un instant. Il ajouta : "Vous savez, elle n'évoquait pas beaucoup mon père. Peut-être à cause de la manière dont il est mort, elle n'aimait pas s'en souvenir. Et je me rends bien compte que c'était un beau parleur, une espèce de fouteur de merde, mais je n'ai pas une idée très précise de lui." Il haussa faiblement les épaules et observa Bob.

"Vous voulez que je vous dise comment était votre père, c'est ça ?" s'enquit Bob, et Sam répondit que oui, sûrement. Bob saisit la photographie d'Ethan et se donna un peu de temps pour trouver les bons mots. Il dit : "Votre père ne pensait pas à mal. Il n'était ni vulgaire ni radin. Il n'était jamais ennuyeux. Il était élégant physiquement, et marrant à regarder. Il avait de l'humour, et il incitait les autres à en avoir aussi. Il s'aimait un peu beaucoup, et usait démesurément de ses charmes, mais c'est peut-être compréhensible, donc on lui pardonne. Je ne sais pas comment vous le dire, Sam, sinon qu'il suffit à certains de pénétrer dans une pièce pour en changer l'atmosphère. Et votre père avait ce don inné de changer l'atmosphère dans toutes les pièces où il entrait."

Après s'être intensément concentré sur les propos de Bob, Sam demeura immobile, comme s'il façonnait intérieurement un nouveau portrait de son père. Il dit à Bob : "Bien. Merci.

— Pas de quoi", réagit Bob.

De la pointe de sa fourchette, Sam piqua la croûte de sa tarte. Il avait un sourire entendu. "Deux ou trois fois par an, ma mère disait : « Je me demande ce que fait ce bon vieux Bob Comet ? » Je me rappelle aussi un matin en hiver, elle regardait par la fenêtre en tenant le rideau, et elle a dit : « Tu crois que M. Bob va aller travailler aujourd'hui avec toute cette neige ? Dans sa vieille guimbarde ? Je ne sais pas ; je ne crois pas. »"

Bob fixa la tasse de café qu'il tenait dans sa main. D'une certaine manière, c'était précisément ce qu'il avait espéré entendre, mais il ne s'y était pas bien préparé, et pour lui, découvrir l'existence de ces instants fut à la fois salutaire et choquant : il trouva scandaleux que Connie pût le désigner par ce vieux surnom alors qu'elle vivait à seulement quelques pâtés de maisons de chez lui, et cette ambiguïté émotionnelle le laissa quelques instants sans voix. Sans remarquer l'effet de ses paroles sur Bob, Sam fit signe à la serveuse d'apporter l'addition. Il la régla, et Bob et lui reprirent la direction de la maison de retraite. Bob garda le silence durant la majeure partie du trajet, et Sam se demanda si quelque chose avait été gâché durant leur entrevue ; mais lorsqu'ils arrivèrent à la résidence, Bob était redevenu lui-même. Il proposa de faire des copies des photographies et de les envoyer à Sam, et ce dernier accepta et il écrivit son adresse sur un bout de papier qu'il donna à Bob. Les deux hommes se serrèrent la main et Bob regarda Sam s'éloigner à bord d'une vieille camionnette. Il se tourna vers la résidence et vit Maria debout à la fenêtre de son bureau. Elle brandit les mains, paumes ouvertes : Comment cela s'était-il passé ? Bob signifia d'un geste que les choses s'étaient plus ou moins bien passées, puis il remua deux doigts pour indiquer qu'il repartait marcher. Maria hocha la tête et Bob se remit en marche pour faire le tour du pâté de maisons et s'interroger sur tout ce qui s'était et ne s'était pas passé.

La vie à la résidence séniors Gambell-Reed suivit son cours. Les feuilles de l'arbre devant la fenêtre de Bob devinrent luxuriantes, lui obstruant complètement la vue. Il fit chaud cet été-là, souvent trop chaud, et il n'y avait pas de climatisation dans le bâtiment. Bob s'en plaignit comme les autres résidents ; et Maria lui répondit : "Nous souffrons tous ici, Bob." Bob souligna qu'elle était payée pour souffrir et Maria lui indiqua à combien s'élevait son salaire, ce qui mit purement et simplement un terme à la conversation. Bob se balada en tee-shirt et dormit la fenêtre ouverte. La nuit, une brise fraîche faisait frémir les feuilles de l'arbre de Bob et soufflait sur lui pendant son sommeil. Le matin, la chaleur revenait. Linus troqua son grand béret pour une casquette de base-ball en mesh avec ventilateur électrique intégré dans la visière. Jill était la seule à apprécier la chaleur. "J'aurais dû être un lézard sur un rocher", déclara-t-elle. "En un sens, c'est ce que vous êtes", rétorqua Linus. La pluie arriva, et avec elle l'automne, et les feuilles de l'arbre de Bob prirent des teintes impossibles, tombèrent et la vue du trottoir lui fut rendue.

Il était incroyable de songer qu'un an seulement s'était écoulé depuis qu'il avait tenté en vain d'intéresser les résidents au *Chat noir* d'Edgar Allan Poe, mais c'était de nouveau Halloween, et il y eut une fête et Bob se déguisa vaguement en vampire. Maria suggéra qu'il serait très fringant si seulement il marchait un peu plus vite afin que la cape flotte derrière lui ; mais il se déplaçait aussi vite qu'il le pouvait ou qu'il en avait envie, répondit-il. Il avait des dents de vampire en plastique, mais il ne les porta que très brièvement car elles lui faisaient mal aux gencives. Maria était déguisée en bagnarde avec un boulet en plastique enchaîné au pied, qu'elle fit tourner au-dessus de sa tête pour amuser la galerie. Linus était déguisé en jeune diplômé avec une toque et une toge en soie noire, et il tenait à la main une feuille de papier roulée autour de laquelle il avait noué un ruban bleu. Jill restait assise à sa table à l'écart sans costume, les yeux rivés sur ses pantoufles. Elle n'avait eu ni l'argent ni l'ingéniosité de se procurer ou de se fabriquer un déguisement, et elle en était amère. Maria dénicha un serre-tête oreilles de chat que Jill se mit dans les cheveux, et elle autorisa Maria à lui dessiner des moustaches au crayon à paupières noir. Appliquée et sérieuse, Maria traça à la règle des lignes sur les joues de Jill. Après quoi, Jill la remercia timidement. "Vous savez ce que je suis ? demanda-t-elle à Bob. Je suis un chat."

À onze heures, un bus s'arrêta devant la résidence et un torrent d'enfants déguisés en sortit. Maria avait organisé la visite grâce à une personne qu'elle connaissait à l'école élémentaire toute proche ; la veille elle en avait parlé à Bob en évoquant une rencontre entre deux groupes situés chacun à une extrémité de la vie. "Il y a les jeunes, avec leurs histoires qui restent à écrire et vous tous avec votre sagesse accumulée, qui regardez le passé. C'est possible, non, que vous vous rencontriez au milieu et que vous établissiez un lien ?" Son optimisme était vrai et sincère ; et pourtant Bob n'était pas convaincu que l'expérience serait concluante.

On demanda aux anciens de s'asseoir côte à côte sur une longue rangée de chaises placée au centre de la Grande Salle. On avait donné à chacun un sachet de bonbons à distribuer aux enfants qui, alignés en file indienne, se présentèrent un par un devant eux, disant : "Des bonbons ou un sort" en tendant leurs lanternes-citrouilles en plastique. Très peu de mots furent échangés. Les enfants avaient peur des personnes âgées, et ces dernières s'en offusquèrent. Maria, à proximité, glissait, inquiète : "N'hésitez pas, prenez le temps de vous connaître." Linus, Bob et Jill étaient assis ensemble au milieu du rang. Un garçon avec un déguisement multicolore se planta devant Linus. Quelque chose de peu profond dans son regard trahissait un esprit où l'intelligence ne prenait guère de place.

"Qu'est-ce que tu es comme cauchemar vivant ? demanda Linus.

— Pokémon.

— Quoi ?

— Pokémon." Désignant le papier roulé dans la main de Linus, il demanda : "C'est quoi, ça ?

— Oui, fit Linus. Tu n'en reverras probablement jamais. Ça s'appelle un diplôme, c'est-à-dire un certificat qui marque la fin des études. Parce que je ne vais pas tarder à sortir du cursus de ce bas monde."

Un autre enfant s'approcha, et il ne portait pas de déguisement, juste ses vêtements de ville qui n'étaient pas très propres. Il paraissait fatigué. D'une voix rauque, il lança : "Des bonbons ou un sort.

— Tu es déguisé en quoi ? s'enquit Linus.

— En rien.

— Et pourquoi ?

— Parce que ma maman est partie avec mon oncle."

Linus regarda vers Bob, affichant une moue impressionnée. Avant de se tourner vers l'enfant sans déguisement et de déclarer : "Ce n'est pas courant, c'est le moins qu'on puisse dire. Et parce que ce n'est pas courant, je vais te donner deux bonbons au lieu d'un." Linus baissa la tête pour farfouiller dans son sachet à bonbons. Le garçon, pressentant une faiblesse potentielle, osa calmement : "Je peux en avoir plus que deux ?

— Ne gâche pas tout, gamin", rétorqua Linus. Il mit deux bonbons dans la lanterne-citrouille du garçon et lui fit signe de passer son chemin. Le garçon s'arrêta devant Bob. "Vous êtes déguisé en quoi ? s'enquit-il.

— En Dracula.

— Vous sucez le sang ?

— Parfois.

— Vous allez me sucer le sang ?

— Ça dépend, répondit Bob. Ça dépend comment je me sens."

Le garçon continua d'avancer jusqu'à Jill.

"Des bonbons ou un sort, fit-il.

— Tu sais en quoi je suis déguisée ? interrogea-t-elle. En chat.

— Des bonbons ou un sort", répéta le garçon sans déguisement.

Après la distribution de bonbons, les enfants se rassemblèrent pour bavarder, échanger et ingérer leur butin. Seul le garçon sans déguisement s'attarda près des anciens ; Linus et lui s'étaient liés d'amitié. À un moment, il demanda : "Je peux toucher votre masque ?" et Linus acquiesça. La main du garçon était petite et fine comparée à l'immense tête rouge et grêlée de Linus. La main effleura doucement la joue de Linus – le garçon sursauta et l'enleva aussitôt. Il sembla interdit, amusé, effrayé. "Vas-y, petit, encouragea Linus. Tire un bon coup." Le garçon tendit de nouveau la main et tira cette fois sur la joue de Linus et la tordit. "C'est votre visage !" s'exclama-t-il. Il cria à l'attention des autres enfants : "C'est vraiment son visage !" Bob grimaça en pensant à la réaction de Linus mais ce dernier trouva tout cela hilarant et il rugit de rire, ce qui subjugua les enfants. À partir de là et jusqu'à leur départ, ils examinèrent tous Linus de près, s'émerveillant à chacun de ses mouvements. C'était un monstre potentiellement magique, et tout ce qu'il faisait leur paraissait irrésistible. Linus vécut tout naturellement cette adulation : il s'anima et tout devint performance comique. Il fit semblant d'avaler un crayon. "Oh, non ! J'ai avalé un crayon !" s'exclama-t-il. Un silence abasourdi s'installa brusquement, et Linus, se frottant le ventre, ajouta : "C'est bon, en fait." Les enfants éclatèrent de rire. Ensuite, il n'arrêta pas de faire tomber "accidentellement" sa toque, six fois, sept fois, et chaque fois il prétendit être de plus en plus contrarié, ce qui fit d'autant plus rire et crier les enfants.

Personne n'ayant surveillé ni régulé leur consommation de bonbons, les bambins devinrent bientôt incontrôlables. Un garçon avec un déguisement de cow-boy respirait bruyamment en se griffant plus ou moins le visage. Seul le blanc de ses yeux était visible. Certains s'étaient effondrés et se roulaient par terre sur le lino. Où étaient les instituteurs, les responsables ? Lorsqu'on annonça que le temps des jeux était arrivé, les enfants hurlèrent, exprimant ce qui ressemblait autant à de la joie qu'à de la souffrance.

Deux aides-soignants, des hommes costauds en blouses médicales vert clair, pénétrèrent dans la résidence par la porte de derrière, transportant tant bien que mal un grand bassin métallique rempli d'eau. Ils marchaient en crabe, face à face, les genoux pliés mais le dos droit, haletant sous le poids de leur fardeau partagé. Sans le vouloir, les hommes avaient attiré l'attention des anciens et des enfants qui s'étaient immobilisés et les observaient à l'œuvre pour voir s'ils parviendraient ou non au bout de leur peine. L'eau allait et venait dangereusement dans le bassin, et les spectateurs s'attendaient d'un moment à l'autre à la voir déborder. Lorsque le bassin fut enfin posé à sa place sur une palette au centre de la salle et sans que la moindre goutte ne tombât par terre, quelques applaudissements polis retentirent. Linus s'exclama : "Il va servir à quoi, ce bassin ? Est-ce que les enfants vont me laver ?" Il leva une main en l'air, fit mine de se laver l'aisselle et les enfants hurlèrent de dégoût. Il se tourna vers Bob. "J'arrête pas d'oublier de te dire, vieux. Tu te souviens des maçons ? De mon feuilleton à la télé ? Ils ont fait durer et durer le plaisir, mais hier ils nous ont enfin dit de quoi il retournait, et tu sais quoi ? Ils sont frères jumeaux. Ennemis jurés depuis la naissance, une rancune qui remonte au berceau, apparemment, voire même avant.

— Il y a eu un affrontement ?

— Tu m'étonnes. Un affrontement avec un grand A.

— Et comment ils ont filmé ça avec un seul acteur pour les deux rôles ?

— Bonne question, Bob, répliqua Linus. Et je suis ravi d'y répondre. C'est grâce aux coupes serrées et au montage. Ils n'ont pas doublé avec un mannequin, et c'est tout à leur honneur parce que ça ne marche jamais, et ils n'ont pas non plus succombé aux toutes dernières technologies numériques qui sont malhonnêtes.

— Et c'était crédible ?

— Pas vraiment. Mais tu sais, c'est déjà miraculeux qu'une œuvre d'art à laquelle autant de personnes participent tienne plus ou moins debout. J'étais captivé, c'est tout."

Sourire énigmatique aux lèvres, Maria s'approcha du bassin, un sac plastique plein de pommes à la main. Lorsqu'elle déversa les pommes dans l'eau, le silence se fit dans la salle. Elle expliqua aux enfants le traditionnel jeu des pommes flottantes, et précisa que celui ou celle qui parviendrait à attraper une pomme avec sa bouche recevrait un cadeau mystère de la boîte à cadeaux mystère, une boîte à chaussures ornée de points d'interrogation et d'étincelles. Les enfants furent manifestement intéressés par ce que disait Maria, mais lorsqu'elle demanda qui se lancerait en premier, personne ne s'avança. Une sorte de paranoïa, une timidité collective, s'était emparée du groupe ; chacun regardait avec méfiance par-dessus son épaule. Maria s'était dit qu'ils se précipiteraient tous pour participer, mais rien ne se produisait, personne ne bougeait, et pour la première fois depuis que Bob la connaissait, elle semblait mal à l'aise. Ne supportant pas de la voir souffrir ainsi, il coupa court à l'anxiété qui s'était emparée de l'assistance et décida qu'il serait le premier à jouer à ce jeu, qu'il serait celui qui briserait la glace, devant ses congénères et tous les enfants. Il se leva et se dirigea vers le bassin ; Maria parut déconcertée. "Que se passe-t-il ?" s'enquit-elle. Lorsque Bob s'agenouilla, elle comprit, et lui noua une serviette autour du cou en lui glissant : "Merci, Bob. C'est quand vous voulez."

Bob regarda l'amas de pommes rouges qui flottaient. Il plongea la tête dans l'eau et les enfants se remirent à crier. L'eau, comme le découvrit Bob, était terriblement et incroyablement froide.

Seul à l'œuvre, la tête à moitié immergée, Bob allait et venait comme un forcené, se disant que tôt ou tard il finirait par croquer dans une pomme. Lorsqu'il comprit qu'il ne faisait que les pousser, il affina sa méthode, approchant doucement et en biais les fruits.

Ceux qui connaissaient Bob furent impressionnés par ce comportement, mais aussi inquiets : n'était-ce pas trop tard pour changer à ce point de personnalité ? Pour soudain agir d'une manière complètement différente ? Certains parmi les résidents furent rebutés ; ils espéraient qu'il ne traversait pas une crise existentielle de dernière minute, ce qui n'était pas si rare dans le monde des maisons de retraite.

Linus ne faisait pas partie des rabat-joie. Initialement ébahi, il se laissa prendre par le caractère inédit de la situation et commença à soutenir son ami, d'abord intérieurement puis bruyamment, scandant le nom de Bob avec une telle ferveur que Maria ne tarda pas à l'imiter, puis Jill, ainsi que d'autres anciens charitables sans oublier une bonne partie des enfants. Pour finir, la plupart des personnes présentes reprirent d'une seule voix : *Bob ! Bob ! Bob !* Ce dernier, absorbé par sa mission, venait à peine d'enfoncer enfin ses dents dans une pomme lorsque la clameur lui parvint à l'esprit. Surpris, il se mit à rire et ce faisant but la tasse, ce qui le fit brusquement se redresser à la manière d'une baleine émergeant de l'océan. Il bascula la tête en arrière pour tousser, de l'eau jaillit de sa bouche tels des confetti et la pomme s'envola à travers la pièce, décrivant un long arc de cercle avant de rebondir sur le linoléum et d'aller rouler entre les pieds de la chaise de Jill et de disparaître sous une table. Les enfants déguisés se précipitèrent à quatre pattes pour la récupérer comme s'il s'agissait d'un totem ou d'un trésor qui, pour le posséder ne serait-ce que brièvement, valait bien un énorme sacrifice personnel.

OUVRAGE RÉALISÉ
PAR SOFT OFFICE
À EYBENS
ACHEVÉ D'IMPRIMER
SUR ROTO-PAGE
EN MARS 2025
PAR L'IMPRIMERIE FLOCH
À MAYENNE
POUR LE COMPTE DES ÉDITIONS
ACTES SUD
LE MÉJAN
PLACE NINA-BERBEROVA
13200 ARLES

DÉPÔT LÉGAL
1re ÉDITION : MAI 2025

N° impr. : 106793
(Imprimé en France)